박순녀창작소설들

이중섭을 찾아서

박순녀

동서문화사

이중섭을 찾아서
차례

이중섭을 찾아서

어서 이곳을 떠나고 싶다. 지금은 그 생각뿐이다. 죽음 뒤의 것이 나와 무슨 상관이란 말인가. 불에 타 재가 되어도 좋고 물에 잠겨 고기밥이 되어도 좋고, 이 거랑치 옷 입은 그대로 관 속에 놓여 땅에 묻혀도 좋다. 이렇게 중섭은 말했었다. 불길이 악마 혓바닥처럼 날름대며 그가 잠들어 누운 관을 크게 입 벌린 아가리에다 밀어 넣는 순간, 말없이 서 있던 모두는 빨려 들어가듯 관을 따라 아궁이 앞으로 다가섰다. 멈춘 듯한 시간이 흐르고 드디어 아궁이 아가리가 다시 벌어지며 삼켰던 것을 도로 뱉어냈다. 그는 연기가 픽픽 나는 잿더미 속에 허연 뼈로 남아 누워 있었다. 이게 뭐야. 그렇게 살다 이렇게 죽는단 말인가. 김이석은 문득 이중섭이 그리워질 때마다, 그를 떠나보낸 마지막 날 풍정을 내게 들려주며 탄식을 토하고는 먼 곳으로 눈길을 보내곤 했다.

이제 그 둘이 잠들어 있는 망우리공동묘지에 장례가 사라졌다. 더 이상 무덤을 쓰지 못하게 된 그곳은 공원으로 탈바꿈했다. 정리가 아주 잘돼 있어 찾는 사람들도 부쩍 늘었다. 산책을 하거나 운동을 즐기는 사람, 등산복 차림으로 배낭을 멘 사람, 더러는 산소를 찾아오는 사람들. 나는 이곳에 여러 번 찾아왔었는데도 장례가 없어지고 길이 넓어지고 그렇게 달라진 것을 알지 못했었다. 내 눈길은 늘 무덤을 찾는 사람들에게만 가 있었다. 무덤을 등지고 담배를 한 모금 푸우 내뿜는 중년남자가 보이면 나는 알아챘다. 아내를 묻었구나, 사랑하던 사람을 묻었구나. 또 무덤의 잔디를 그러잡고 하늘을 우러러보며 목 놓아 우는 초로의 여인이 보이면 단박에 알 수 있었다, 자식을 잃었구나.

나는 김이석을 잃은 지 오래되지 않았다. 아침에 식구들이 나가고 집 안이 텅 비면 나는 두 다리를 뻗고 소리쳐 울었다. 입 안에 무엇이 꽉 차 있는 것만 같아 그렇게 하지 않으면 숨을 쉴 수가 없었다. 내가, 내가 왜 이렇게 됐나! 나는 정말로 지금 내가 겪고 있는 일을 받아들일 수가 없었다. 나는 꾸역꾸역 치미는 그 무엇을 토해내야만 했다. 그러고 나면 속이 좀 후련해졌다. 그러고도 남는 것이 있으면 망우리로 갔다. 일주일에 두 번은 갔을 것이다. 그러나 나는 더 이상 울지는 않았다. 김이석의 무덤을 등지고 눈 아래 소리없이 흘러가는 한강물에 망연한 눈길을 보내다가 돌아오곤 했다.

그러던 어느 날 나는 앉았던 자리에서 일어나 무심코 그곳의 묘비들을 둘러보게 되었다. 처음에는 우리 무덤을 중심으로 해서 살펴보다가 차차 고갯마루를 넘어 북쪽으로 갔다. 묘비는 대부분이 한자로 무슨 공(公) 무슨 지묘(之墓) 그렇게 되어 있었는데 그 가운데 십자가가 새겨진 묘비 하나가 내 눈길을 끌었다. 그 묘비에는 죽은 이의 이력이 쓰여 있었다. 그러니까 아무개가 어느 날 나서 아무개하고 결혼해서…… 맨 끝에, 남편 아무개가 적는다—그렇게 되어 있었는데 십자가가 새겨진 묘비에 더러 그런 한글로 새겨진 것들이 있었다.

남편 아무개가 적다, 그렇게 새겨진 묘비가 나는 좋아 보였다. 내가 먼저 저세상으로 가서 김이석이 그런 묘비를 세워줬었다면! 그런 생각을 하다가 불현듯 떠올랐다. 그렇지, 이중섭의 무덤을 찾아보자. 김이석 말로는 고갯마루 북쪽 어디쯤이라고 했는데…… 김이석이 좋아하겠구나.

나는 이중섭의 무덤을 찾기 시작했다. 북쪽 무덤들은 벌초가 잘 되어 있지 않아서 어디가 무덤이고 아닌지를 영 알 수가 없을 뿐더러 묘들이 다닥다닥 붙어 있어서 무덤만 가지고는 좀처럼 찾을 수가 없었다. 그런데 그 무덤에는 좀 색다른 묘비가 세워져 있을 터였다. 흔히 있는 네모반듯한 그런 것이 아니고 둥그런 자연석이 올라앉은 것 같은 좀 색다른 것 말이다.

이중섭 묘비 사진이 집에 한 장 있는데 나는 그 사진 속 묘비를 떠올리며 이리저리 무덤을 뒤졌다. 그러나 두세 번 헛수고를 하다가 그때 문득 이중섭의 무덤이 그이 산소 반대편, 그러니까 우리 산소 밑을 북쪽으로 곧장 뚫고 지나간 자리에 있을 것 같다는 생각이 들었다. 그래서 저세상에서도 둘이서 그 길을 오가고 있을 것만 같았다. 묘역이 워낙 넓어서 거기를 다 뒤질 도리가 없으니까 그런 생각을 해본 것이지만 하여간 나는 찾는 범위를 좁혔다. 막연히 돌아다니지 않고 일정한 장소를 정해 놓은 뒤 잡초에 뒤덮인 무덤을 하나하나 자세히 살펴나갔다. 그리고 마침내 찾아냈다.

'大鄕李仲燮畵伯墓碑(대향이중섭화백묘비).' 조각가 차근호가 새긴 새까만 오석비였다.

이중섭은 명동 동방살롱으로 들어가려 하고 양명문은 거기서 나왔다. 그렇게 맞닥뜨려서,

"어?"

이중섭이 꼬리가 없는 말을 했고,

"이제 오니?"

양명문은 두 어깨를 쩍 펴고서 한 손을 훽 들어 보이고는 가버렸다.

'가버리네…….'

다방 안으로 들어서자 황염수가 손을 들어 중섭을 불렀다. 이중

섭이 마주앉자,

"명문이 봤니?"

황염수가 입이 좀 삐뚜름해서 물었다.

"응, 들어오다가."

"웃기는 일도 있지. 그 새끼가 오늘 시 고룐가 뭔가가 좀 생긴 모양인데 그걸 마누라하고 새끼가 기다린다고 그냥 가버리고 말더라. 미친놈."

조금도 미친 짓이 아니건만, 그 시절 동방살롱에는 늘 한잔 얻어먹으려는 가난한 예술가들이 모여들었다. 양명문도 그들 중 하나로 늘 얻어먹는 한 사람이었다. 그러다 그들에게도 돈이 생기는 수가 있어서 그런 날에는 기꺼이 한잔 샀다. 그간의 빚을 갚는 것이다.

"마누라하고 새끼? 야, 사람이 그런 헛소리하면 죽는 거 아니니?"

황염수는 명문의 입에서 나온 마누라와 새끼 소리가 도저히 참을 수 없는 모양이었다. 양명문은 어떤 위인인가. 일찍이 도쿄에서 첫 시집을 일본말로 내면서 '이 시집을 성경같이 읽어라' 첫 페이지에 그렇게 써넣은 위인이 아니었던가.

그는 평양에 처자가 있었다. 그러나 도쿄에서는 당당하게 독신자로 통했다. 그는 의학생(醫學生)과 연애해서 딸 둘을 낳았다. 그러다가 해방이 돼서 평양으로 돌아갔는데 그 의학생이 평양까지 양명문을 찾아왔다가 모든 사실을 알아버렸다. 그러자 그녀는 다시 서울로 돌아갔고 그는 또 다른 연애행각을 시작했다.

이번에는 독일어 시를 애인한테 바쳤다. 독일어도 잘 모르면서 독일어 시를 쓴 것이다. 새 애인도 독일어를 모르니까 괴테나 하이네 보듯이 명문을 우러러봤다. 그러나 그 재미도 오래 가지는 못했다.

6·25가 터지고 홀로 남으로 넘어온 양명문은 갈 데가 없었다. 그

는 결국 자기의 두 딸을 낳은 의학생—지금은 여의사가 된 그녀를 찾아갔다. 하지만 그녀는 이미 딸들을 데리고 시집을 가버린 뒤였다. 장모뻘 되는 그녀 어머니가 한마디 내뱉으며 그를 돌려보냈다.

"자네가 너무 늦게 왔네."

그러나 양명문이 누구인가. 부산에서 새장가를 들었다. 명문이 아니면 죽겠다는 아가씨가 나타나서 가정을 꾸린 것이다. 신혼부부는 아무데나 굴러들어가서 신세를 지곤 했다. 사실 그것이 그즈음 피난살이 방식이기도 했다.

그런 그가 마누라하고 새끼가 기다린다는 집으로 갔다. 그와 먹고 마시던 자칭 예술가들은 어안이 벙벙할 수밖에. 명문이 태어나서 여자를 책임진 일이 있었던가? 없다. 절대적으로 없다.

황염수가 계속 명문을 씹어댔다. 그는 본디부터 경우 없는 놈이라고 명문을 싫어했다. 그것을 잘 아는 이중섭은 꼭 해야 할 말이 있는데 할 수가 없었다. 여기에다 그 소리를 보태면 다방 안이 왈칵 뒤집힐 것만 같아서였다. 오늘은 참자, 그래 참아야 해.

어제 중섭이 종묘 골목에서 막 벗어나려는데 그 길 어귀쯤 되는 곳에 전봇대가 서 있고, 그 옆에 여자 하나가 등을 보이고 서 있었다. 그는 이런 곳에 들어갈 때는 아무렇지도 않았는데 나올 때면 꼭 한숨이 나오고 자기 자신이 싫어졌다. 그러면서도 어제 또 그곳을 찾았고 그래서 다시 한 번 내 꼴이…… 푸념하면서 나오는 순간, 어? 하고 주춤했다. 낯익은 누굴 본 것 같았다. 그냥 지나쳐버리지 못하고 힐끗 쳐다봤다. 양명문의 마누라가 틀림없었다.

보통 남자들이라면 찔리는 게 있어서 못 본 척 그냥 가버렸겠지만 중섭은 좀 궁금했다. 이런 찜찜한 곳에서 아는 여자를 만났으니, 모른척하면 좋았을 것을 신경이 좀 무딘 그가 아는 체를 했다.

"저, 김자림 여사 아니십니까."

등을 보이고 서 있던 여자가 돌아섰다.

"어머, 이중섭 선생님!"

여자가 화드득 놀라면서 얼굴을 붉혔다. 그들 부부는 늘 붙어 다녀서 중섭은 부산 피난시절부터 그녀를 잘 알고 있었다.

"누굴 기다립니까?"

사창가 어귀에서 기다리긴 누굴 기다린다는 말인가. 자림은 대답을 못하고 어쩔 줄 몰라 하며 눈길을 이리저리 돌렸다. 무슨 핑계를 대려 해도 잘 떠오르지 않는 모양이었다. 중섭은 자기가 김자림을 곤란하게 하고 있다는 것을 알았다.

그때 양명문이 나타났다. 이중섭이 지금 나온 곳에서 그도 걸어 나온 것이다. 그는 자기가 왜 거기에 있고 마누라가 또 왜 거기에 있는지를 거리낌 없이 술술 털어놓았다. 그러니까 부부 사이에 무슨 사정이 있는 모양인데 양명문은 생리적으로 더 이상은 도저히 견딜 수가 없었다. 부부는 결국 의논을 한 끝에 양명문이 여기 오게 됐고 김자림은 남편이 나오는 시간을 재고 있었던 것이다. 허락해 준 시간만은 꼭 지켜야만 했었던가 보다.

듣고 보니 잘못된 일은 아무것도 없었다. 그런데 착하고 우아한 아내 남정인을 두고 있는 황염수가 이런 소리를 들으면 어떤 반응을 보일까. 이중섭이 참기로 한 이유가 바로 그거였다. 어쨌든 그들은 김이석을 기다리고 있었다.

사람들은 살롱으로 모였다가는 하나 둘 흩어져갔다. 슬슬 술집으로 갈 시간이 된 것이다.

황염수가 이만 자리를 털고 일어났다. 아내 남정인이 퇴근해서 올 시간이 된 모양이었다.

"이석이가 오문 내 방에 들르든지."

그러면서 염수는 자기 화실로 가버렸다.

아무리 기다려도 김이석은 오지 않고, 이중섭은 누가 이끄는 대로 술집 '번지 없는 주막'으로 자리를 옮겼다.

배가 부르면 위가 어디 있는지 모르는데 거기가 비면 위가 배 속에 있다는 것을 싫어도 알게 된다. 중섭은 오늘 아무것도 먹지 않았다. 온종일 줄담배를 뻑뻑 피우면서 붓질만 해댔다. 배가 고팠다. 배가 고프니까 사람이 까부라지는데 그런 빈속에 술이 들어갔다. 술이 빠르게 몸속으로 퍼져나갔다.

그날 김이석은 그저 발길 닿는 대로 을지로를 터벅터벅 걸었다. 오늘도 이 세상은 마땅찮다는 생각을 하면서. 을지로가 끝나는 데서 명동으로 꺾어 들다가 술집 '은성'으로 들어갔다. 거기서 그는 혼자서 술잔을 기울였다. 술기운이 돌자, 이 풍진 세상을 만났으니 —중얼중얼. 잔을 기울이고 또 기울이고, 부귀와 영화를 누렸으면 —중얼중얼. 그렇게 혼자 중얼중얼 마시고 있었다.

그때 유리문이 드르륵 열리면서 김동사 손연희 부부가 좀 굳은 얼굴로 들어섰다. 그즈음 문단에서 그들 부부는 막강한 실세였다.

"어 김 형, 여기 있었소?"

동사가 아는 체를 했고 손 여사도,

"웬일로 혼자 오셨어요?"

한마디 던지면서 이석 바로 뒷자리에 와 앉았다. 그런데 이들 부부는 술을 시켜놓기가 바쁘게 다투기 시작했다. 열이 엔간히 올라 있는 말투로 보아서 지금까지 계속 다투고 있는 것 같았다. 이석은 듣기 싫어도 들어야 했다. 손 여사는 강짜를 부리고 동사는 화를 냈다. 술과 안주가 그들 입에 들어가면서 그 목소리가 더더욱 커졌다. 누가 듣거나 말거나 상관없었다. 연놈소리만 안 했지 차마 듣기 거북한 욕설을 서로 마구 해댔다. 아마도 등단 추천을 받으러

오는 젊은 여자애들이 문제인 듯했다.

다른 날이었다면 모를까, 세상 온갖 아니꼬운 것들만 눈에 띄는 이날의 이석은 도저히 참을 수가 없었다. 그는 몸을 틀어서 침을 튕기면서 말했다.

"부부싸움은 집에서나 하시오!"

김동사와 손연희는 느닷없는 일갈이 날아오자 너무 놀래서 말문이 막혔다. 이석이 한마디 더 얹었다.

"그런 싸움은 집에서 하는 거 아니오?"

졸지에 당한 두 사람은 이게 미쳤나, 어안이 벙벙했지만 반격할 말을 찾지 못해 얼굴만 일그러뜨렸다. 여기서 끝냈으면 이석의 판정승이었다. 그런데 술 몇 잔을 더 털어 넣더니 다시 몸을 틀고 머리를 들었다.

"김동사 선생, 그거 말이외다, 추천 받겠다고 따라다니는 애들, 그 애들 말이외다, 그것들 건드리는 거 아니지요. 미당도 그러대요, 동사는 예쁜 꽃만 보면 꼭 꺾어야 직성이 풀린다고. 여자하고 잘 생각이 있으면 김 선생, 돈을 내고, 그리고 서로 그렇게 자는 게 옳지 않습네까."

혀는 꼬부라지고 발음은 똑똑치 못했지만 김이석은 분명히 그렇게 말했다. 평소 그가 하고 싶었던 뼈있는 말이었다. 작가를 꿈꾸는 여성들이 작품을 추천해 줄 만한 선생님을 찾아갔을 때 그가 자자고 하면 자야 하는 것이 문단에 나오는 절차처럼 되어버린 세상이었다. 문학지망 젊은애들도 문제였다. 창피가 무엇인지도 모르고 그저 작가만 되면 그만이었다.

김동사를 손연희가 잡아끌었다. 술 처먹은 개라고, 피하는 게 상책이라 판단한 모양이었다. 그러나 술의 힘은 위대해서 몸집 작고 폭력을 써본 일도 없는 동사가,

"이 새끼가!"

내뱉더니 날렵하게 주먹을 날렸다. 하지만 술에 취한 주먹은 목표물을 벗어나서 허공을 갈랐다. 날렵하다 못해서 슬로모션 같은 펀치였다. 이석은 그 슬로모션을 피한다고 잽싸게 몸을 숙인다는 게 자기 코를 의자 등받이 모서리에 제대로 갖다 찍었다. 코피가 터졌다. 술집에서 코피 터지는 일이 아주 없는 건 아니었다.

동사 부부는 피를 보고는, 그것도 자기가 찍어서 낸 피를 보고는 손대지 않고 코를 푼 기분이었다. 그들은 가슴을 툭툭 털면서 은성을 빠져나갔다. 술집 애기가 안쓰러웠던지 찬 물수건을 이석에게 갖다 주었다.

그날 밤 김이석은 을지로 입구의 가로수 하나를 껴안고 빙글빙글 돌고 있었다. 사람들은 그 주정뱅이를 피해서 지나갔다.

이중섭은 '번지 없는 주막' 문이 열릴 때마다 그쪽으로 시선을 보냈다. 습관이었다. 박연희가 들어섰다. 그는 중섭을 보자 손을 들더니 밖으로 불러냈다. 그 뒷골목 '봄봄'에 경제신문 주필인 석영학과 그를 따라다니는 방 여사 자매, 그리고 자기는 자유에 목을 맨다고 하지만 사실은 겁쟁이인 시인 한무학 등이 모여 있었다. 석 주필이 나타나면 늘 술은 그가 사는데, 그는 대개 김이석을 찾아서 명동에 오는 사람이었다. 그런데 이날 밤에는 이석이 모습을 보이지 않는 바람에 든든한 전주가 있는데도 술자리는 간단하게 끝났다.

방 여사 자매는 이중섭만 보면 반색해서 술을 따라주고 안주를 입에 넣어주느라 분주했다. 그림을 좋아하는 것도 아니면서 중섭의 그림이 좋다 좋다 하니까 그걸 공짜로 얻으려는 속셈이었다. 그런 치들이 중섭 주변에는 수두룩했다. 그림은 화가의 재산이고 돈인데, 이 나라 화가가 다들 가난한데 그걸 공짜로 얻으려고 하는 것이다.

석 주필이 방 여사 자매와 사라지자 세 사람이 남았다. 곧이어 한무학도 처자가 있는 집으로 가버렸다. 이제 연희하고 중섭 둘뿐이었다. 박연희도 북쪽 출신이지만 그는 6·25하고는 상관없이 서울에서 살았기 때문에 정릉에 집이 있고 처자도 단단하게 거느리고 있었다. 그런데 그는 늘 자리를 빨리 뜨지 못했다. 이석이니 중섭이니 하는 집 없는 떠돌이들과 막역한 사이인 탓에 술자리에서 그들이 남으면 그도 남았다. 나 먼저 간다—차마 그러지를 못했다. 그래서 집에 들어가지 못하는 날도 더러 있었다. 연희가 중섭에게,

"너도 빨리 가라."

하니까 중섭이가,

"양명문이한테 가자. 명문이 돈 있어."

그리고는 앞장서서 택시부터 잡았다. 박연희도 시 고료 이야기는 들었다. 명동바닥이 여자들 입보다 훨씬 수다스러웠다. 그깟 시 고료가 몇 푼이라고. 그러나 명문이기 때문에 말이 요란스러워진 것 같았다.

"명문이? 그 새끼?"

"가자 가, 집으로 쳐들어가서 한잔 사게 하자고."

"좋다, 그래 가자! 가서 그 새끼 혼 좀 내주자!"

그런데 아닌 밤중에 날벼락을 맞은 사람은 양명문이 아니라 그의 아내 김자림이었다. 장충동 집에서 막 잠자리에 들었던 자림은 대문을 쾅쾅 두드리는 소리에 잠에서 깼다.

"미안하오. 밤이 깊어 출출허이, 김 여사가 말아주는 맛있는 국수 생각이 문득 나서 이리 찾아왔수다."

이중섭이 능글능글 웃으며 불쑥 안으로 들어섰다. 자림은 택시값부터 물어야 했다. 부글부글 끓어오르는 속을 애써 삭이며 "곧 통

금이에요" 해서 그들을 쫓아버리려 했는데, 정작 양명문은 한밤중의 불청객들이 싫지 않은 듯,

"이미 통금이다!"

큰 소리를 쳤다. 위풍당당하게. 그것이 명문이 특기였다. 그가 가슴을 쩍 펴고 그렇게 한마디를 하면 왜 그런지 여자들이 다소곳해졌다. 그래서 명문이 그걸로 여자들한테 한몫 단단히 보곤 하는데 김자림 또한 체념한 듯 잠잠해졌다. 덕분에 이중섭과 박연희는 쫓겨나지 않고 술상을 차리게 하는 데 성공했다. 술은 금방 바닥이 났다. 집에 꼬불쳐둔 명성소주가 단 한 병뿐이었다. 그것도 명문이 쭈욱 쭉 마셨다. 마셔야 하는 이유라도 있는지.

"김자림 여사, 술!"

양명문이 소리쳤다.

"술이 어디 있어요?"

김자림이 문틈에 대고 쫑알댔다.

"당신도 여기 와서 앉아요!"

명문이 아내를 술상 앞에 앉히려 하자 김자림은 억지로 웃으며 남편에게 눈을 흘겼다. 그러자 명문이,

"이 시도 낭만도 모르는 여자야!"

시 낭송하듯이, 그러면서도 경멸해 마지않는 듯 엄숙하게 말했다.

시도 낭만도 모른다는 말은 최고의 모독이었다. 김자림은 시와 낭만을 너무나 잘 알기에 시인 양명문과 결혼했다.

"가서 술 사와요! 문 닫았으문 탕탕 두드려서 사와요!"

양명문이 다그치자 자림은 더는 말 없이 밖으로 나갔다. 이미 통금이었다. 구멍가게 문이 닫혀 있어서 그녀는 명문의 말대로 주인 아주머니를 억지로 깨워 술을 사왔다. 단골이었으니 망정이지 크게 욕을 얻어먹을 뻔했다.

흥이 돋웠는지 명문이 느닷없이 버럭 소리를 질렀다.
"자, 모두들 금세기 조선 최고의 명곡 〈명태〉를 들어보라고!"
그리고는 목청 높여 불러댔다. 〈명태〉는 전쟁으로 세상이 온통 혼란스럽던 1952년, 양명문이 쓴 시에 작곡가 변훈이 곡을 붙인 노래였다. 선율이 대범하고 웅장할 뿐 아니라 리듬과 속도의 변화로 양명문 시 특유의 해학적인 맛이 더없이 잘 살아 있었다.

어떤 외롭고 가난한 시인이
밤늦게 시를 쓰다가 소주를 마실 때 카!
그의 시가 되어도 좋다
그의 안주가 되어도 좋다
짝 짝 찢어지어 내 몸은 없어질지라도
내 이름만 남아 있으리라
명태 명태라고 하하하 쯔쯔쯔
이 세상에 남아 있으리라

양명문은 술에 취해 흥겨워지면 늘 이 노래를 고래고래 불러젖혔기 때문에 그의 친구들은 귀에 못이 박힐 지경이었다.
"아, 저놈의 노래 듣기 싫어 죽겠네. 그만 닥치지 못해!"
중섭과 연희의 아우성에도 아랑곳없이 명문은 더욱더 목청을 돋우었다. 그렇게 시끌벅적한 밤은 깊어갔다.
문득 이중섭은 닭 울음소리를 들은 것 같았다. 눈을 뜨니까 역시 닭들이 꼬꼬댁거리고 있었다. 간밤의 기억이 돌아왔다. 그는 무거운 몸을 일으켜 닭소리 나는 쪽으로 걸어갔다.
뒤뜰이었다. 꽤 넓었다. 이 국유지를 양명문이 불하받아서 오막살이를 짓고 사는데 김자림이 아마 발품깨나 팔고 돈도 끌어모아서 마련했을 것이다. 텃밭이 있고 한구석에 닭장도 보였다. 자림이 닭장 안에 디밀었던 머리를 꺼내더니 소리쳤다.

"병차니 아버지이! 병차니 아버지이!"

양명문이 와서 김자림 옆에 앉았다.

"어서 드세요, 따뜻할 때."

명문은 내미는 달걀을 받아서 앞니에다 탁 쳐서 꿀꺽꿀꺽 넘겼다. 그것을 지켜보는 자림의 얼굴에 더없이 만족스러운 미소가 번졌다. 지금 막 꼬꼬댁거리던 닭이 알을 낳은 모양이었다. 중섭은 두 사람의 그 모습을 멀거니 지켜보았다.

이중섭의 눈에 암수 두 마리 닭이 부리를 맞대고 있는 모습이 눈에 들어왔다. 순간 그는 그 두 마리 닭이 자신과 자기 아내, 그리고 양명문과 김자림, 심통스러운 황염수와 그의 선한 아내 남정인, 그리고 김이석과 그의 북에 두고 온 골골거리는 아내…… 그들 모두의 모습을 에덴동산으로 불러 모으는 강렬한 느낌을 받았다.

입술을 쓱쓱 닦고 양명문이 방에 들어와 보니 방안에는 이불만 널려 있고 이중섭과 박연희는 어느새 빠져나가고 없었다.

머리 전체가 지끈지끈 욱신거렸다. 술 때문이겠지, 했는데 김이석은 바로 사태를 알아차렸다. 단순한 코피가 아니었다. 콧등 중간쯤이 내려앉았다. 그래서 얼굴 전체가 붕 뜬 것 같은 느낌인데 하, 이걸 어쩐다? 어서 남덕부인 편지를 전해 줘야 하는데, 그 생각부터 떠올랐다. 그는 거울을 들여다봤다. 코언저리가 밋밋하게 부어올라서 그게 눈까지 뒤덮어 가지고 가느다란 실눈이 감았는지 떴는지 갈피를 잡을 수가 없었다. 이래 가지고야 어딜 나돌아 다니겠나. 그는 콧속이 어떻게 됐을까 그런 걱정보다 그 볼썽사나운 얼굴 때문에 더 기가 막혔다.

일본으로 건너간 남덕부인이 중섭의 주소가 일정치 않아서 소공동에 있는 김광균 시인, 아니 김 사장 건설회사로 편지를 부쳐왔다.

이중섭은 김광균의 '내 홀로 밤 깊어 뜰에 나리면 머언 곳에 여인의 옷 벗는 소리' 이 시구를 좋아했다. 광균은 〈와사등〉 〈설야〉를 비롯 빼어난 시를 썼는데, 형님이 세상을 떠나자 어쩔 수 없이 형의 건설회사를 이어받아 운영했다. 예술가들에 대한 동료의식이 살아있던 그는 벌써부터 이중섭의 천재성을 알아보고 지원을 아끼지 않았으며 중섭의 그림도 많이 팔아주었다.

김광균에게 온 남덕부인의 편지는 대개 이석이 찾아다가 중섭에게 전했다. 중섭은 자기가 가지 않고 이석이 갖다주기를 바랐다. 광균과 모르는 사이도 아니면서. 이석 또한 그런 중섭을 굳이 갔다 오라며 떠밀지 않았다. 아내 편지를 기다리는 게 뻔해서 그냥 대신해서 찾아다주었다. 가난한 예술가들하고는 급이 다르게 돈이 있고 미군에도 줄이 닿는 김광균에게 중섭은 왜 가지 않으려 할까.

하여간에 이석과 중섭은 그런 관계였다.

이중섭은 참혹하기 그지없는 빈곤한 삶 속에서도 끊임없이 그림을 그려냈다. 판잣집 골방에서 시루의 콩나물처럼 끼어 살면서도 그렸고, 부두에서 짐을 부리다 쉬는 참에도 그렸고, 다방 한구석에 웅크리고 앉아서도 그렸고, 대폿집 목로판에서도 그렸고, 화포나 화첩이 없으니 합판이나 종이, 담뱃갑 은지에도 그렸고, 물감과 붓이 없으니 연필이나 못으로 그렸고, 부산 제주 통영 진주 대구 서울 등을 정처 없이 떠돌아다니면서도 그저 그리고 또 그렸다.

거의가 백구 아니면 럭키담배 은지에다 철필, 못, 송곳 또는 손톱으로 그린 은지화는 처음 여러 화가 친구들이 동시에 심심풀이로 해본 것인데, 중섭만이 여기에 매료되어 신들린 사람처럼 은지에 파고들었다. 송혜수, 최영림 등도 은지화를 그렸으나 중섭처럼 하나의 영역으로 구현해 놓지는 못했다. 각인하듯 선묘해 나아가는 중섭 특유의 미술세계를 가장 잘 표현할 수 있는 바탕이 은지였다.

다방에 앉아 차를 마시는 순간에도 그릴 수 있고, 친구들과 어울려 술타령을 하는 순간에도 그릴 수 있었으니 말이다. 허심탄회하게 자신을 숨기지 않고 기록하는 일기처럼 아무데서나 솔직하게 그릴 수 있었다. 그러면서 중섭은 은지화를 통해 자신이 앞으로 그리고 싶은 본격적인 작품의 밑그림을 구상하고 있었다. 담배를 쌌던 속종이인 은지는 그것을 펴놓아도 처음에 접었던 자국이 드러나고 또 온전한 것만 있는 것이 아니라 가장자리가 찢겨나간 것도 있었지만, 중섭은 이를 개의치 않고 자국이 남았으면 남은 대로, 찢어졌으면 찢어진 대로 사용했다. 은지는 담배를 쌌던 속종이니까 거의 크기가 일정하다. 그러나 중섭이 은지에 그린 내용은 천차만별이었다. 물론 가장 많은 소재는 아이들이지만 가족그림도 있으며 수렵도도 있다. 불상을 모티프로 한 것도 있으며 자신의 성애 장면도 있다. 중섭이 다른 제재를 통해 표현한 거의 모든 모티프가 다 들어 있다고 해도 과언이 아니다. 이처럼 은지화는 중섭에게 단순한 초벌그림이라기보다 완성된 하나의 그림세계였던 것이다.

제주에서 살다가 부산으로 건너온 중섭이 남덕부인하고 아이들을 지옥 같은 피란민수용소에 집어넣고 살던 때이다. 화가, 문인들이 부두에서 막노동도 많이 했는데 어느 날 중섭에게 돈이 들어올 일이 있었다. 중섭은 돈을 보면 쓴다. 쓰지 않고는 못 배겨서 쓴다. 쓰지 못했을 때의 그 처참함! 그것하고는 너무도 다른 쓸 때의 그 우월감! 허영일 수도 있는 그 기분은 돈이 있을 때만 맛볼 수 있는 특권이기도 했다. 밀린 찻값을 몇십 배로 갚고 팔아주지 못했던 술값을 듬뿍 쥐어주고, 돈이 있을 때에만 느낄 수 있는 우월감이다. 다른 사람은 그 특권을 행사하지 못해도 중섭은 한다.

황염수와 김이석이 의논을 했다. 그래서 남덕부인을 다방으로 불러냈다. 이중섭이 들고 오는 돈을 그 자리에서 바로 남덕부인에게 넘기자는 것이었다. 돈 몇 푼 생긴 남편이 함부로 마구 써대는 것을 막으려고 그 아내가 다방에 나와서 기다리곤 하는 모습이 낯설지 않은 시절이었다. 그 방법을 쓰기로 한 것이다. 그런데 중섭은 다방에 오는 동안에 몽땅 써버렸다. 이미 빈털터리였다. 그는 아내를 보자 걸음을 떼지 못하다가 도로 나가버리고 말았다.

이중섭의 아내 남덕부인. 그녀는 일본인이며 본디 이름은 '야마모토 마사코'다. 중섭은 일본문화학원 시절 자신의 예술과 인생에 가장 큰 영향을 미친 마사코를 만났다. 개방적이고 예술적인 분위기 때문에 부잣집 출신들이 많이 다닌 학교로도 알려진 문화학원에 마사코도 다니고 있었다. 마사코는 중섭보다 2년 후배였다. 어느 날 쉬는 시간에 학교 뜰에서 남학생들이 배구 경기를 하고 있었는데, 그 가운데 한 학생이 마사코의 마음에 쏙 들었다. 키가 크고 훤칠하고 잘생긴 청년이었다. 그때는 그가 조선사람이라는 것을 몰랐다. 그는 권투, 철봉, 달리기 등 못하는 운동이 없었다. 그뿐 아니라 노래도 잘 불렀다. 그러다 보니 뭇 여학생들에게 선망의 대상이었다.

어느 날 마사코는 실기수업이 끝나고 붓을 빨고 있었는데, 마침 바로 옆에 중섭도 있었다. 주위에는 아무도 없고 단둘이었다. 중섭이 자연스레 그녀에게 말을 걸었다. 그때부터 두 사람은 사랑을 키워갔다. 문화학원 시절 중섭의 별명은 아고리(아고는 턱-腭·리-李) 상이었다. 턱이 길다고 해서 붙여진 애칭이었다. 중섭도 자신을 아고리라고 편지에 곧잘 썼다. 중섭은 체격도 좋고 운동도 잘하는 반면 수줍음을 잘 탔다. 운동장을 거쳐 교실로 들어오는 길옆에 여학생들이 모여 있기라도 하면 그대로 걸어오지 못하고 단숨에 뛰어 들어가곤 했다. 그러면서도 남녀 학생들이 모여 노래를 부르고 있으면 조선 민족의 기상이 넘치는 노래를 당당히 불러젖혔다.

그가 즐겨 부르던 독일 크리스마스 노래 〈소나무〉 가사는 정신의 지향을 다짐하는 내용으로, 특히 술에 취했을 때는 더욱 목청을 돋우어 불렀다.

소나무여 소나무여 언제나 푸른 네 빛
차가운 겨울날이나 뜨거운 여름날에도
소나무여 소나무여 언제나 푸른 네 빛

이중섭과 마사코 사이의 사랑에도 위기가 찾아왔다. 1943년 중섭이 잠시 귀국해 있는 동안 태평양전쟁이 일어나면서 조선과 일본 사이에 편지가 끊겼다. 오랫동안 소식을 알 수 없자 주위에서는 "일본여자는 그만 잊고 빨리 결혼해라" 독촉이 심했다.

1945년 4월, 미군의 일본 본토공습이 시작되자 마사코 집안은 안전한 시골로 피란을 떠났다. 그 마지막 순간, 마사코는 가족과의 이별을 결심하고 사랑을 찾아 조선으로 향했다. 관부연락선은 미군의 폭격으로 이미 침몰된 뒤였다. 그녀는 시모노세키에서 일본과 조선을 연결하는 마지막 임시연락선을 타고 공포의 현해탄을 목숨 걸고 건너 드디어 부산에 닿았다. 이렇게 해서 다시 만난 두 사람은 한 달 뒤 원산에서 사모관대와 족두리를 쓰고 결혼식을 올렸다. 중섭은 그녀를 남쪽에서 얻었다고 해서 남득(南得), 남득했는데 그게 남덕이 됐다. 성은 남편 이중섭을 따라서 이남덕이었다.

김이석은 착잡한 마음으로 빈손으로 일어서는 남덕부인을 보내려고 다방에서 함께 나왔다가 골목 하나를 돌면 우동을 맛나게 잘하는 집이 있는 게 생각났다. 이석은 본디 미식가였다. 남덕부인을 데리고 그리로 들어가서 우동 한 그릇씩을 앞에 놓았다. 그는 중섭을 대신해서 남덕부인에게 사과했다. 말주변도 별로 없으면서,

"어쩌겠습니까. 사람이 그, 그렇게 생겨 먹었습니다……."

마치 자기가 잘못을 저지른 양 더듬거리며 미안해하자 남덕부인이 나지막한 소리로 말했다.

"아닙니다. 김 선생님, 우리가 도쿄에서 그림 공부할 때, 남편은 모든 상을 휩쓸었습니다. 그때 저는 그의 잔이 되고 싶었습니다."

잔?

"모딜리아니가 서른여섯엔가 죽었는데 죽기 1년 전인가 2년 전인가, 그때 결혼한 열아홉 살, 예술학도의 이름이 잔 에뷔테른이었습니다."

아, 그 벌거숭이 여자를 길게 잘 그리는 망측한 화가, 아니, 김이석도 망측한 짓을 더러 하니까 하여간에 알코올 중독에, 마약 중독에, 호주머니에는 돈이 있어본 일이 없고, 거기에다 귀부인들 앞에서 바지를 훌렁 벗는 노출증에, 남의 애인을 뺏는 게 취미라는 그런 화가가 모딜리아니라 들은 적이 있다. 그처럼 누드를 많이 그린 화가도 드물다고 한다. 여체를 끊임없이 탐하면서 자신의 예술세계를 보여 주는 방법의 하나로 누드를 택했기 때문이다. 그리고 육체의 욕망을 그림으로 솔직하게 풀어낼 수 있었던 것은 모델들과의 관능적인 생활을 함께 공유했기에 가능한 일이었다고 한다. 남덕부인은 조금 떨리는 목소리로 말을 이었다.

"모딜리아니는 어떤 미술사조에도 속박되지 않고 자신의 예술 세계를 펼쳐 나가기 위해 처절하게 자신과의 싸움을 이어나갔습니다. 그런저런 일들 모두, 그게 바로 잔이 사랑한 모딜리아니 그 사람이

었다고 생각합니다. 저는, 그런 속에서 모딜리아니의 그 눈동자 없는 여인누드가 탄생했다고 생각합니다. 김 선생님, 잔은 그의 임종을 지켜보고는 그 다음 날 스스로 목숨을 끊었습니다. 잔은 모딜리아니하고 나란히 묻혀 있다는데—목숨이 다하는 그 순간까지 몸을 바쳐 최상의 반려로 그에게 헌신했노라—그런 묘비명이 그 여자 무덤에 바쳐졌다 합니다."

저는 잔 에바테른이면 더 바랄 것이 없겠습니다, 남덕부인의 호수같이 맑은 눈이 그렇게 말하고 있었다. 한때는 그림 공부를 위해서 파리유학을 꿈꾸면서 프랑스어를 열심히 배웠다는 그녀다. 그녀는 돈이 없는 것, 벌이가 시원치 않은 것, 있는 돈도 제대로 쓰지 못하는 것, 이런 경제적인 무능 속에서 이중섭의 그림이 생겨난다고 믿는 것 같았다. 남편의 천부(天賦), 그것이 바로 그녀의 구원이기도 하기에…….

그러나 마침내 이남덕도 한계에 이르고 말았다. 제대로 먹지 못해서 빼빼 말라가는 아이들을 두고 볼 수가 없었던 것이다. 결국 그녀는 아이들을 데리고 일본으로 돌아갔다.

김이석은 책상 앞에 앉아보았으나 머릿속이 뜨끔뜨끔, 눈알이 쏟아지는 것만 같아서 뭘 써볼 엄두도 못 내고 결국 밖으로 나왔다. 콧등이 퉁퉁 부은 꼴을 해가지고 시내를 어슬렁거릴 수도 없는 노릇인지라 할 수 없이 발길 닿는 대로 걸었다. 외인묘지가 나타났다. 이런 곳에 이런 것이 있는 줄은 전혀 몰랐다. 남의 나라에 와서도 이렇게 묻히는구나. 문득 그때 일이 생각났다.

피란 올 때 검문소에 걸렸다. 아직 애 티가 줄줄 흐르는 한 병사가 이름이 뭐냐고 물었다. 그는 얼른 자기 이름이 생각나지 않았다. 아니, 잊어먹었다. 그래서 우물쭈물하니까 이 새끼, 이름도 몰라? 주먹이 날아왔다. 두 뺨을 연거푸 후려치더니 더는 묻지 않고 가라고 했다. 그럴 거면 때리긴 왜 때리나. 그 애송이 병사도 자기가 왜 때린지를 모르는 것 같았다. 전쟁이었으니까. 누가 죽고 누가 살지를 모르니까. 모두 제정신이 아니었으니까.

일주일쯤을 빈둥빈둥 지내다가 김이석은 다시 하던 생활로 돌아갔다. 남덕부인의 편지를 찾아다가 중섭에게 갖다주었다.

이중섭은 어느 지인(知人)의 빈집 이층을 얻어 쓰고 있었는데 인기척에 흠칫했다가 나타난 사람이 이석인 것을 알자,

"어, 김 형이군."

그리고는 그냥 하던 짓을 계속하려고 했다. 중섭의 행위를 무엇에 얻어맞은 듯 바라보던 이석은 너무 놀래서, 이게 미쳤나?

"너, 무 무슨 짓이가!"

목소리가 컸다. 관리를 제대로 하지 못한 빈집의 창틀들은 유리가 많이 빠져 있었다. 늦가을 햇볕이 시들어가 그렇지 않아도 썰렁한데 여기저기 유리까지 비어 있어서 좀 흉물스럽다 싶은 그런 창틀 하나에다 중섭은 불알을 올려놓고 있었다.

"소금을 뿌리고 있었어, 상할까봐."

중섭의 대답이 그랬다. 그의 한손에 소금이 묻어 있었다.

"오래 쓰지 않아서."

그렇게 덧붙였다.

진짜로 불알을 절이고 있었다. 하긴 틀린 말은 아니었다. 오래 쓰지 않아서 상할까봐. 이석은 두 팔로 허리를 짚고 있다가,

"그게 조개젓이가?"

기가 찼다. 중섭은 싱겁게 픽 웃고 소금이 허옇게 묻어있는 불알을 털었다.

김이석은 나중에 읽어보라며 편지를 책상에 올려놓고는 중섭을

이끌고 대폿집으로 갔다. 안주는 김치에 콩나물무침뿐. 두 사람은 까닭 모를 쓰린 속을 달래려 연거푸 막걸리 잔을 비워냈다.
느닷없이 중섭이 "제길!" 하며 고개를 푹 수그리고 눈물을 흘렸다.
"왜 그러나? 무슨 일 있나?" 이석이 놀래서 물었다.
한동안 말없이 눈물만 흘리던 중섭은 넘칠 듯 가득 따른 막걸리 잔을 단숨에 들이켠 뒤 입을 열었다.
"김 형, 내 소 그림들 어떻게 생각해?"
"어떠냐니? 네가 그린 순박하면서도 굳센 조선소야 나무랄 데 없이 훌륭하다는 것을 세상이 다 아는데. 굳이 더 말할 게 뭐냐."
눈가에 눈물이 마르지 않은 채로 중섭은 쓴웃음을 지었다.
"아까 낮에 무슨 평론가니 하는 작자가 내 소 그림을 보러 왔었어. 그자가 하는 말이, 소들이 하나같이 악에 받쳐 흉포해 보인다더군. 제 속마음이 비뚤어졌으니 그렇게 보이는 게지. 그리고 싸움소들은 마땅히 눈에 힘이 들어가기 마련 아닌가? 싸움소는 그렇다 치고 본디 조선소들이 얼마나 순하고 착한 녀석들인가. 시커먼 눈망울을 끔벅끔벅하며 얼마나 말을 잘 듣느냐 말이야. 그런데 그 따위 말을 하다니. 내가 우리 착한 백성들 닮은 우리 소를 얼마나 사랑하는데!"
다시금 두 사람은 말없이 술잔을 들이켰다. 이석은 그저 중섭의 힘없이 수그린 등을 두드려줄 수밖에 없었다. 그가 소 그림을 고집하는 까닭을 이석은 누구보다 잘 알고 있었다.
소는 우리 민족을 상징하는 동물이다. 우직하고 충직하며 성실한 성질이 한국인과 빼닮았다. 평생 주인을 위해 힘든 일을 마다하지 않으며, 늙고 병들어 힘이 없어지면 주인에게 가죽과 고기를 남기고 세상을 떠난다. 그런 소를 자아의 분신이라 여겼던 중섭은 굵은 선과 강한 색상과 힘찬 터치로 소를 그렸는데, 코뚜레·쟁기·달구지

와 같은 한국소의 필수품은 거의 다루지 않았다. 한마디로 그는 소 그 자체에만 관심을 두었다. 힘차게 발을 내딛고 일하는 소, 격정에 휩싸여 싸우는 소, 그리고 고된 일을 잠시 쉬고 있는 소, 해질녘의 소를 상상해 보라. 고된 하루의 노동을 끝내고 돌아가지만 자신이 받는 고통이 이것으로 끝나지 않는 영원한 멍에라는 사실을 소는 알고 있는 게 아닐까. 그 모습을 바라보던 중섭은 그것이 소의 숙명이고 자신의 숙명임을 깨달았는지도 모른다.

제주도 서귀포 피란살이 방 벽에 붙여놓고 바라보았다는 중섭의 자작시 〈소의 말〉은 소가 곧 중섭 자신임을 나타내준다.

> 높고 뚜렷하고 참된 숨결
> 나려나려 이제 여기에 고웁게 나려
> 두북두북 쌓이고 철철 넘치소서
> 삶은 외롭고 서글프고 그리운 것
> 아름답도다 여기에
> 맑게 두 눈 열고 가슴 환히 헤치다

이런 시를 짓고 소 그림을 그렸던 이중섭을 사람들은 소 같은 사람으로 이해하곤 했으며, 이 시와 더불어 소 같은 그의 성품과 정신세계를 높이 찬양하곤 했다. 중섭의 소는 금방이라도 몸을 부르르 떨며 투레질을 할 것만 같다. 또한 그림 밖 세상에 대해 뭔가를 표현하려고 애쓴다. 콧김을 킁킁 내뿜는가 하면 대뜸 뭔가 말을 할 것도 같다. 그래서 그의 소 그림에서는 어떤 외침이나 울부짖음이 느껴진다.

일제강점기까지만 하더라도 중섭이 그린 소는 목가적이었으나, 6·25전쟁과 피란 그 격변의 소용돌이를 거치면서 그가 그린 소의 모습도 달라졌다. 나라가 두 동강이 난 뒤의 소는 서로 대가리를 맞대고 으르렁거리는 싸움소이다. 6·25가 일어나 1·4후퇴 때 가족과 헤어져 38선 남으로 흘러내려 온 뒤의 이중섭 소는 절망적 갈등 속에서 몸부림치는 분노의 소이기도 했다.

중섭과 헤어진 이석은 황염수 화실로 곧장 걸어갔다. 그는 중섭을 아꼈지만 중섭 못지않게 염수도 아꼈다. 두 사람은 아주 달랐음에도 똑같이 너무 선했다.

황염수는 장미를 많이 그려서 장미화가라는 소리도 들었는데, 여학교에서 미술을 가르치는 그의 아내 남 선생이 학생 어머니들을 더러 데리고 와서 화실에 걸려있는 장미그림을 팔았다. 어머니들은 장미그림을 좋아했다. 그래서 염수가 장미를 많이 그리는지 모르지만 그들 부부는 집에 돌아갈 때면 마을 꽃가게에 들러서 장미 한 다발을 샀다.

그들의 대화며, 행동거지에서 꽃가게 주인은 그저 그들을 가난한 부부라 생각했을 것이다. 그러다가 그들 부부가 가난하고 가난한 화가, 세상의 화가가 다 가난하다는데, 그들이 바로 그런 부부라는 것을 알게 되었다.

어느 날 저녁에 꽃가게 주인이,

"이걸로 좋으면 그냥 가져가세요."

장미 한 다발을 내밀었다. 염수 부부가 의아해하자 보기에는 멀쩡해도 이제 곧 시들어서 더 이상 팔 수가 없는 장미라는 것이었다.

"이 꽃은 쓸 만할까요?"

쓸 만하다 마다요! 부부는 너무나 감격했다. 거리의 꽃장수는 이런 꽃을 가져다가 바깥 이파리 몇 개만을 뚝뚝 따가지고 내일 팔 것이다. 가게주인이 거기에다 장미 한 송이를 더 얹어주면서,

"이건 오늘 아침에 마산서 올라온 꽃이에요."

내일도 모래도 팔 수 있는 장미인 것이다. 팔지 못하는 장미만 주는 것 같아서, 그게 미안해서 하는 말이었다. 황염수가 그리는 장미가 이런 장미였다.

"염수야, 지금 중섭이를 보고 오는 길인데,"

김이석은 중섭이 하던 짓들을 본 대로 말했다. 염수는 허허 웃다가 점점 떨떠름한 얼굴로 바뀌더니,

"그놈을 어떡한다……."

혼잣말처럼 중얼거렸다.

김이석과 이중섭이 평양보통학교를 함께 다녔다면 황염수와 이중섭은 청년시절부터 그림을 같이 그려온 동인이었다.

그들은 전람회에서 팔린 중섭의 그림 중에서 아직 들어오지 않은 미수금을 걷고 있었다. 주변에서 중섭을 일본으로 보내자는 말이 늘 있었는데 언제나 돈이 문제였다. 일정한 거처가 없으니 그림도 제대로 그리지 못했다. 그가 할 수 있는 일은 오로지 그림 그리는 일뿐인데, 그 그림이 좋은 그림인데, 스스로를 관리하지 못하는 그는 있으면 한 끼에 두 사발 먹고, 없으면 뭘 마련할 궁리는 못하고 쫄쫄 굶는다.

사람은 살아가면서 자기도 모르게 달라진다. 이리저리 부대끼다 보면 달라질 수밖에 없다. 김이석도 그렇다. 평양시내에 미카도라는 커다란 빌딩을 가지고 있을 만큼 그의 집은 부유했다. 그러나 이석은 난리를 겪으면서 사람이 먹을 수 있는 것이면 못 먹는 것이 없다는 사실을 알게 됐다. 예전의 그는 싫어하는 것, 못 먹는, 아니 안 먹는 것이 많았다. 하지만 지금의 그는 못 먹는 것이라고는 없다. 없어서 못 먹는 것뿐이다.

이중섭은 유복자로 태어났지만 그의 어머니는 큰살림을 쥐락펴락

하는 여장부였다. 거기다가 큰아들이 뛰어나게 이재에 밝았다. 그런데 작은아들은 형하고는 영 딴판으로 그림 말고는 관심을 두는 것이 없었다. 그래서 작은놈이 영특한 큰놈한테 치이는 것이 어머니가 보기에는 안쓰러웠다. 어머니는 작은아들을 끼고돌게 되고, 그러면서 이 아이의 심성이 너무 고와서, 저래 가지고 어찌 세상을 살까 싶어서 결국 비호하게 되었다. 어머니는 중섭을 끔찍이 사랑했다.

형은 도무지 시원치 않은 동생이 마음에 들지 않았다. 동생의 아무것도 인정하지 않았다. 중섭이 그림 공부하러 도쿄에 가겠다고 했을 때도 크게 반대했다. 그러나 결국 형은 동생을 도쿄에 보냈고 유학비용도 넉넉히 대주었다. 중섭이 결혼해서 따로 살았을 때도 생계는 전적으로 형이 봐주었다. 해방되고 나서 중섭이 원산 여자 사범에 미술교사로 간 일이 있는데 그는 하루 만에 그 직장을 걷어치웠다.

동생을 한심하게 여기면서도 그의 모든 것을 받아들였던 활동가 형과, 그를 편애했고 그의 삶의 원천이기도 했던 어머니가 지금도 그의 곁에 있다면 아마 중섭은 그림 그리기에 파묻혀 살 수 있었으리라. 그러나 이제 그들은 없다. 대신에 인기화가, 천재화가—그 소리가 지금 중섭을 살려내고 있었다. 현실에서 그가 비참해지면 질수록 그의 인기가 높아지고 그는 자만에 빠져들었다.

예수가 나 말고 신을 두지 말랬다—그는 아무도 숭배하지 않았다, 인정하지 않았다. 일찍이 오산중학교 미술교사 임용련이 싹을 틔우고 도쿄유학에서 훌쩍 컸는데, 그는 지금 함께 갈 것을 찾지 않은 채로 잃어만 갔다. 자만이 그의 천부를 고갈시킬 수도 있었다. 그에게 천부가 있다면 이석은 그것을 지켜주고 싶었다. 천재가 천재를 잃어가는 것은 노력하지 않기 때문인 것을 이석은 알고 있었다. 어서 보내야지. 전쟁으로 폭삭 내려앉은 여기보다 일본 도쿄가 백 배 났지.

하기야 중섭이 일본에 가지 않은 것은 아니었다. 그 소리를 하자면 기운이 빠져버리는데, 1953년 8월 중섭은 일본에 갈 수 있었다. 너무나 고대하던 일이었다. 중섭의 일본행은 비합법적인 경로를 통해서 이루어졌다. 부산에서 끼니도 거의 거르다시피 쓸쓸하고 비참하게 살고 있는 중섭을 위해 대구에 있는 시인 구상이 나섰다. 구상은 발이 꽤 넓어 여러 방면으로 손을 쓴 끝에, 국회의원 지삼만에게 부탁해서 선원증 하나를 발급받았다. 그 선원증으로 중섭을 배에 태워 일본으로 보낼 수 있었다.

그런데 그는 불과 일주일 만에 부산 광복동 금강다방에 다시 나타났다. 중섭 본인은 더 말할 것도 없고 주위에서도 미처 신경을 쓰지 못한 일이 있었다. 염색해서 일반인들이 입는 군복, 그것도 헐어버린 옷차림 그대로 중섭은 일본으로 갔다. 부산바닥을 헤맬 때 그 꼴대로 간 것이다. 그러나 여기서는 그게 중섭의 스타일이었고 또 전쟁으로 거덜이 날 대로 난 이 땅에서는 흔히 보는 옷차림이기도 했다.

하지만 일본인 장모 눈은 달랐다. 딸하고 외손자들이 거지꼴로 일본으로 돌아온 게 얼마 되지도 않았는데 또다시 그런 생활로 딸과 손주들을 내몰 수는 없었다. 장모는 결단코 중섭을 받아들이지 않았다. 이루 다 말할 수 없을 정도로 냉대했다. 참지 못한 중섭은 뒤도 돌아보지 않고 부산행 배에 몸을 실었다. 또 기회가 있겠지, 중섭에게 그런 생각이 있었는지도 모른다.

부지런히 돈을 걷었다. 염수와 이석은 걷힌 돈을 중섭에게 주었다. 이번에는 옷부터 반반하게 입고 가야지. 그들은 단단히 일렀다.

"저번처럼 거지꼴로 가문 또 쫓겨난다."
"빤쯔부터 갈아입고."
중섭의 팬티는 너덜너덜 구멍 나고 냄새가 고약할 게 안 봐도 뻔했다.
"정릉골짜기에 가서 목욕도 하고. 좀 추운가?"
"무슨 정릉골짜기?"
"아차! 이사했나?"
이런 말을 주고받으면서 그들은 즐거워졌다, 차차.
"중섭아, 김도 몇 톳은 사야겠다, 장모님 좋아하시게."
"그렇지. 간 쓸개 다 빼버리고 살아남는 거다."
"애들이 있잖니. 애들이 있으문, 그러면 됐지."
"제수씨는?"
중섭은 게도 많이 그렸다. 화포 가득히 꼬무락꼬무락 게들이 꼬박이 차 있다. 자빠진 놈, 모로 가는 놈, 포개진 놈, 발을 쳐든 놈, 멍청하게 서 있는 놈—그런 놈들이 슬슬 기어 다니다가 누가 보면 멈칫 서버렸다. 그러다가 보는 사람이 없으면 다시 돌아다녔다. 숨바꼭질을 하고 있었다. 그놈들은 바다 냄새 닮은 아버지와의 먼 기억을 그리워하면서 그렇게 기어 다녔다. 장난치던 아버지와의 추억!
이중섭에게 일찍 죽은 첫애가 있었다. 중섭은 아들을 보내면서 밤을 새워 동자(童子) 그림을 그렸다. 혼자 가는 길이 외로울 거라고, 그 동자들과 함께 가서 놀라고 아들 곁에 동자그림을 함께 묻어주었었다. 중섭은 지금도 그 동자들이 아들하고 놀고 있다고 믿는다. 수없이 게를 그리면서 그는 수없이 아이들을 생각했다.
사실 그는 소보다 더 많은 아이들을 그렸다. 담배종이에 그린 은지화의 상당 부분도 군동화(群童畵), 모여 있는 아이들의 그림이다. 군동화에는 그 이름처럼 많은 아이들이 등장한다. 많은 것은 아이들만이 아니다. 〈봄의 어린이〉에는 개미·나무·풀·나비 등이 나온다. 〈제주도 풍경〉에는 많은 게가 나타난다. 게들 특유한 몸동작은 수많은 게 떼가 당장 몰려올 것 같은 착각을 불러일으키게 한다.

중섭이 그린 아이들은 하나같이 몸이 약간씩 비틀려 있는데, 그런 자세는 채 다섯 살이 안 된 아이들이 어머니나 할머니 앞에서 떼를 쓰거나 어리광을 부릴 때 보이는 몸짓과 비슷하다. 응석을 받아줄 사람이 있으니 분명 행복한 아이들이다.

아이들은 나비를 잡으려 하거나 물고기와 놀고, 게에 꼬집히거나 끈을 잡고 있으며, 저마다 어떤 행복을 즐기고 있다. 또한 아이들은 모두 젖먹이 때로 돌아가는 퇴행 과정을 보이며 누가 누구인지 알 수 없을 정도로 비슷비슷한 모습을 보인다. 이것은 소 한두 마리가 강렬한 개성을 드러내는 소 그림과 큰 대조를 이룬다.

중섭의 소가 고개를 쳐든다면, 아이들은 고개를 뒤로 젖힌다. 또한 소가 금방이라도 육중한 몸을 거칠게 들이밀 것 같은 데 반해, 아이들은 자연을 있는 그대로 받아들이며 엄마 아빠가 따뜻한 손길로 어루만져주기를 바라는 수동적인 모습을 보인다. '서로가 서로를 즐겁게 하는 공희(共戱)의 세계요, 친교의 동작이 강조되는 상대의 세계'다. 그런 어울림의 세계를 한두 마리의 소 그림으로는 나타내기 어렵다.

그 시절 보통사람들이 일본으로 가는 정식 루트는 완전히 막혀 있다고 해도 과언이 아닌데 밀항선은 언제 어느 항구에서나 떠났다. 돛 단 나무배는 돈만 맞춰주면 사람 머릿수가 차는 대로 떠났다. 밀항이 성공하기도 하고 탄로가 나기도 하는데 우리 바다에서는 별로 감시를 하지 않았다. 운이 나쁘게 일본에서 잡히면 오무라

수용소에 갇혔다가 제 나라로 추방되었다. 한국인만 일본에 가는 게 아니고 그즈음 아시아에서 일본은 기회의 땅이었다. 잡히면 죽는 것도 아니니 밀선이 쉴 새 없이 떠났다. 문제는 밀항 배 삯이었다. 그 목돈이 문제였다.

이중섭이 일본 간다는 소문이 쫘악 돌았다. 가야지, 모두들 그렇게 생각했다. 중섭은 염수 화실에서 나오면서 가슴에 손을 얹었다. 그것은 틀림없는 자기 돈이었다, 그림을 판 돈이었다. 그러나 염수하고 이석이 사방으로 뛰어서 마련한 돈이기도 했다. 절대로 자기 돈이 아니었다. 친구들이 애쓴 돈이었다. 중섭은 그것을 잘 알고 있었다. 아직 다 차지는 못했지만 염수하고 이석이 뛰고 있으니까. 그래, 가기는 가는구나!

염수와 이석은 기분좋고 홀가분했다. 이석이 염수에게 말했다.

"염수야, 이거 새 거구나?"

전에 본 적이 없던 새로 걸어놓은 나무그림을 보고 하는 소리였다.

"응."

염수는 이제 그의 입에서 나올 말을 듣지 않아도 알고 있는지 짧게 대답했다.

"야, 장미는 햇살이 흐르는데 나무는 왜 이렇게 심통이냐?"

너 성질머리처럼, 그 소리였다.

황염수는 아내 남정인이 쉬는 날이면 둘이서 정릉골짜기로 들어가서 나무를 그리며 온 하루를 보냈다. 그런데 이석은 그 나무만 보면 자기야말로 심통을 부렸다. 염수는 그 이유를 너무도 잘 알고 있었다.

염수도 한때는 고등학교 미술선생이었다. 그것도 자기 힘으로 얻은 직장이 아니라 많은 사람들이 연줄로 어렵사리 밀어넣은 직장이었다. 6·25가 끝나고 전쟁을 겪어낸 사람들은 심성이 고왔다. 없는 힘도 다해서 서로 도왔다. 모두들 박봉이었지만 1원을 받아도 그것이 고정 수입이었기에 사람들은 너나없이 직장을 끔찍이도 소중히 여겼다. 그런 직장에 들어가서 1년이나 됐을까. 입학시험 면접에서 장애를 가진 아이가 떨어졌다. 염수는 모른 체했으면 좋았을 것을 그런 결정을 내린 교장선생님에게,

"우리 문교부 장관님도 얼굴이 많이 얽었습니다. 그런데 이 학생은 왜 안 됩니까."

이런 소리를 하고 말았다. 신체장애가 결격사유이던 시절이었다. 그때 문교부 장관이 사실 곰보였다. 심한 곰보였다. 교장이 노발대발 소리쳤다. 염수는 그날로 쫓겨났다. 그리하여 생계가 몽땅 여린 아내 남 선생의 어깨로 넘어갔는데, 남정인의 됨됨이를 좋아하는 이석은 염수의 그 입이 밉기도 하지만 한편으로는 썩 통쾌하기도 했다. 그들은 '은성'으로 갔다. 술기운이 좀 돌자 염수가 반격에 나섰다.

"김 형 코가 그래서는 연애가 안 되지."

짜부라진 코를 두고 하는 소리였다. 이석은 쓰윽 콧등을 만졌다. 이 코 갖고는 정말 연애가 안 될까.

그때 손연희가 술집에 들어섰다. 두루 안을 살피다가 무슨 생각인지 그들에게로 다가왔다. 이석의 얼굴이 금방 뚱해졌다.

"합석해도 돼요?"

손연희가 물었다. 이석이 뚱해 있으니까 염수는 애매하게 그녀를 쳐다봤다.

"김 선생도 있고. 오늘 이 술은 내가 살게요."

손연희가 그런 소리를 하면서 의자를 끌어다가 앉았다. 그리고는 이석의 얼굴이 뚱하거나 말거나,

"한 잔 주세요."

잔을 내밀었다. 이석은 못 들은 척했다. 할 수 없이 염수가 따랐다. 손연희가 그 술을 쭈욱 들이켜고 나서 말했다.

"김 선생, 저번에는 우리가 잘못했어요. 김 선생 말대로 그런 데서 싸우는 게 아니었어요. 내가 사과할게요."

이게 무슨 소리냐? 이석은 뜻밖이었다. 물론 저번의 코피사건을 말하는 모양인데, 그에게는 만사 언짢았던 날이지만 어떻게 보면 후배가 선배에게 버르장머리가 없었다고 할 수도 있었다. 그런데 사과를 한다니…… 그의 얼굴이 저절로 좀 풀어졌다. 손연희는 몇 잔을 더 들이켜고 말을 이었다.

"문단의 폐단, 그것도 김이석 선생 말이 맞아요. 나도 동감이에요. 정말 나빠요. 선생입네 선뱁네 해가지고선 철없는 계집애들 끼고 자기나 하고."

자기 남편을 공격한 사건인데 손연희는 김이석과 완전히 같은 생각인 모양이었다. 여자라 그런가 보다. 이석은 더 이상 뚱해 있을 필요가 없었다. 사과하고 동감이라고까지 하는데! 술이 술술 넘어갔다. 손연희가 "코 괜찮아요?" 이석의 얼굴을 들여다보면서 슬쩍 물었다.

"코요? 이 코요? 문제없습네다. 아무 문제없습네다. 내 보통학교 동창이요, 여자동창이 종로에서 이비누까 하거덜랑요, 아무 염려 말랍디다. 미남 만들어준다고, 간단하대요."

"김 형, 그 소리 나한텐 없었잖아?"

염수가 그랬고 손연희는,

"여자 친구인가 봐요?"

물었다.

"여자 친구? 에잇, 할머니에요 할머니."

손연희가 발끈했다. 여자들이란 나이에 예민하니까.
"보통학교 동창이라며? 그럼 김 선생은 할아버지다!"
염수도 베이스를 넣었다.
"저 코가 문제는 문제예요. 저번에 이름을 대면 손 선생도 알 만한 여자분이 이석형이면 결혼해도 좋다, 그런 말이 있었어요."
"알 만하다면 이름을 대봐요."
"요리연구원 원장님인데 돈도 있어요."
"좋다!"
"김 형이 퇴짜를 놨어요."
"왜요?
"무섭다고."
"돈이?"
"여태 결혼을 안 한 게 무섭답니다, 올드미스가."
그리고 염수가 이렇게 덧붙였다.
"코 때문이에요, 코 때문에 김 형이 쫀 거지요."
"그렇다면 안 되겠네. 김 선생, 종로 이비누까로 가시오!"
그들은 결국 〈이 풍진 세상을〉을 노래했다. '푸른 하늘 밝은 달 아래' 손연희의 노랫소리가 드높았다.

이들의 기분이 풍선같이 떠 있는 것처럼 안주머니에 돈이 들어 있는 중섭의 마음도 분주했다. 머리를 깎고 수염을 밀고—수염이 덥수룩했다. 그림은? 그건 가져가야지. 그는 은지화만 가져가기로 했다. 전람회에서 팔다 남은 그림들은 자기 그림인데도 그는 푸대접했다. 나쁜 그림이기 때문에 팔리지 않았다고 생각하는 것이다. 좋은 그림은 누가 봐도 좋으니까. 그리고 뭘 또 가져간다? 없었다. 그는 소매치기를 겁내는 아줌마들처럼 돈이 들어 있는 가슴께를 또 눌러봤다. 불룩 잘 만져졌다. 그러나 그에게는 명동 어귀에서부터 이미 소매치기가 따라붙어 있었다.

"중섭아, 너 일본 간다며? 축배다 축배!"

"그렇지. 당연히 축배는 들어야지!"

오늘 가는 것도 아닌데, 내일 가는 것도 아닌데! 이중섭처럼 쉬운 상대를 털어먹지 못하면 밤잠을 못자는 치들이었다. 알코올 중독으로 봐야 했다.

"한 잔이야 한 잔, 딱 한 잔만 하자."

끌어들이기만 하면 되었다. 다음은 마신다.

"동해집에 새 애기가 왔어, 야."

그러나 중섭은 붙들리지 않았다. 그들이 너절하면, 너절해서 사주지 않을 수가 없는 중섭인데도 붙들리지 않았다. 그들은 북창동까지 따라왔다가 포기했다. 북창동에는 가화다방을 중심으로 한 술꾼들이 깔려 있는데 그쪽으로 방향을 틀 생각을 한 모양이었다. 하지만 아직 한 사람이 있었다. 양명문이었다. 그는 술을 먹자는 말도 밥을 먹자는 말도 하지 않았다. 그냥 따라오기만 했다, 사람 불안하게.

시청으로 나가면 효자동으로 가는 전차가 오는데 누상동에 사는 중섭은 타지 않았다. 걸었다. 국제극장까지 왔는데도 명문은 그대로 따라왔다. 사직동하고 효자동으로 갈라지는 모퉁이에 이르렀을 때 중섭은 갑자기 출출해졌다. 평양냉면이라는 간판이 보였기 때문이다. 그는 가슴의 돈을 한번 눌러보고는 평양냉면집으로 들어갔다. 물론 양명문도 따라 들어왔다. 그들은 마주 보고 앉아 아무 말도 나누지 않고 냉면을 맛있게 먹었다. 명문의 입이 굳게 닫혀 있어서 부담스럽긴 했지만 무시했다. 무시하기로 마음을 먹고 있었다. 그런데 냉면을 먹고 육수까지 말끔히 비우고 나서 명문의 입이 터졌다.

"중섭아, 그 돈 사흘만 빌리자. 아니, 낼, 내일이면 될 수도 있다."

오늘 받기로 한 돈이 내일 생길지도 모른다는 그런 소리였다. 밖으로 나왔다.

"오늘 막아야 하는 마누라 곗돈이 틀어졌다. 출판사서 내게 맡긴 번역 고료가 오늘 나오기로 돼 있었다. 거기가 가톨릭 계통 출판사라 약속을 어기는 그런 일이라고는 없는 덴데 그게 틀어졌다. 하루 이틀, 그렇게만 참아달라고……."

그리고 그 곗돈이라는 것이 얼마나 무서운지를 늘어놓았다.

"곗돈이 틀어지면 그게 어떻게 파급이 되냐 하면, 서울 장안의 모든 계가 줄줄이 틀어진다. 계라는 게, 그게 연결, 죄다 연결이 되어 있어서 한 군데가 막히면, 그렇게 되면 돈의 흐름이, 그게 당장에 뚝 끊겨버리고 만다. 여자들의 곗돈이 지금 우리나라 경제를 좌지우지한다 해도 과언이 아닌데, 어디고 여자들 곗돈을 끌어다 쓰는 판이니까. 그런데 그게 막히면 어떻게 되겠냐. 여자들이 죽기 살기로 곗돈 막는 게 다 그 때문이다."

양명문은 지금 김자림이 집 안에 있지도 못하고 길바닥 어딘가에서 파랬다 하얬다 할 거라고 했다. 그리고는 돈을 사흘 안에 반드시 갚을 수 있는 근거를 말했다.

"내가 번역한 책이 루 포올(르 포르)의 《사랑은 아낌없이》 그 독일어 원선데 그 원서를 내가 이번에 우리말로 옮겼다. 원서 번역이 썩 좋다는구나."

양명문이 루 포올을 진짜로 번역했다면 보나마나 중역이겠지. 그런데 어디까지나 원서 번역을 했단다. 제 시집을 성경같이 읽으라던 명문이다웠다.

칠궁을 지났다. 그대로 걸었다. 중섭은 왜 자기가 여기를 가고 있는지 알 수 없었다.

"넉넉잡고 사흘이다. 사흘만 빌려주라. 내 마누라 살리자, 중섭아. 제발 사정 좀 봐다오!"

숨이 찼다. 청운동도 지나고 오르막길이었다. 공기가 몽땅 사라진 것만 같았다. 물속에 빠져 허우적대는 것처럼 숨이 쉬어지지 않았다. 핫 핫, 조금만, 조금만 더 가면 세검정으로 넘어가는 고갯마룬데 고개만 넘으면, 그러면 숨이 쉬어질 텐데, 가슴이 터진다!

"중섭아!"

칵 벌어진 명문이 아가리가 보였다. 중섭은 그 아가리에다 돈을 처넣었다. 나중에 그는 이석에게 이렇게 말했다.

"고개에만 올라서면, 다섯 걸음이면 고개였는데……."

그 고개에만 올라서면 돈이 무사했을 거라는 소리 같았다. 이석은 대답을 못했다. 떠날 날이 코앞에 와서, 그래서 그 돈을 중섭이에게 주었는데…… 그리고 그 밤에 그들이 이 풍진 세상 〈희망가〉를 불렀었는데…… 명문이 맹세한 사흘은 물론 영원이었다.

양명문의 시 고료사건이 사람들 사이에서 이야깃거리로 돌아다녀도 이석은 좀 달랐다. 명문이도 이제 제 식구를 챙기는구나, 그는 그게 감명 받을 만큼 대견했다.

이중섭을 일본에, 그 소리가 들리지 않게 되고, 그리고 언제부터인가 중섭은 남덕부인의 편지를 그다지 기다리는 것 같지도 않았다. 물론 중섭 자신도 자주 쓰지 않는 듯했다.

하루는 이석이 중섭을 찾아가 방문을 여니, 신문광고를 잘라 벽에 붙여놓고 보란 듯이 씩 웃고 있었다. 순간 술 냄새가 훅 풍겼다. 그것은 그때 단성사에서 상영 중인 〈돌아오지 않는 강〉이라는 영화 제목이었다. 그걸 강조하기 위해 굵은 선으로 테두리를 그려놓았는데 바로 밑에는 아내에게서 온 편지들이 따닥따닥 잔뜩 붙어 있었다. 마릴린 먼로가 주연한 〈돌아오지 않는 강〉의 영화 제목을 어쩌면 자신과 아내 남덕을 가로막는 운명의 그것으로 받아들였는지도 모른다. 영화가 소개된 신문광고 아래에 아내에게서 온 편지를 잔뜩 붙여놓았다는 것은 영영 돌아오지 않는 강으로 비친 아내와의 관계를 절감한 것이리라.

그러나 그가 그린 〈돌아오지 않는 강〉 그림에서는 멀리서 집으로 돌아오고 있는 여인네가 보인다. 머잖아 그녀는 집으로 들어올 것이다. 그렇게 되면 오랜 기다림도 끝날 것이다. 두 남녀의 해후가 예상되고 있는 그림임에도 굳이 돌아오지 않는 강이라고 이름을 붙인 것은, 그의 돌아올 것에 대한 기대감에 비해 현실의 아득함이 너무도 멀고 서러웠기 때문이리라.

그러다가 중섭이 그림을 뿌리고 다닌다는 소문이 들렸다. 방 여사 자매도 얻었고 최아무개 여사도 얻었고.

"이중섭이 미친 거 아니야?"

그림을 뿌리고 다닌다니까 그렇게 말하는 사람도 있었다. 또 그 소문이 퍼져서 얻으려고 쫓아다니는 치들이 점점 더 늘어났다.

그림을 막 뿌리고 다녀? 김이석이 그의 거처로 찾아갔다. 뒤뜰에서 가느다란 연기가 피어올랐다. 중섭이 그림을 태우고 있었다.

황염수가 가끔 말했었다.

"나는 내 자식한테 유산을 많이 남기고 간다."

자기 그림이 돈이라는 소리였다. 지금은 비록 잘 팔리지 않아도 자식 대에 가서는 돈이 될 거라는 뜻이었다. 후세에 남을 그림을 그리고 있다는 의미였다. 아내와 아이들을 사랑하는 염수의 마음속은 그렇게 따뜻했다.

"중섭아!"

이석은 슬프도록 조용히 불렀다. 너도 나도 왜 이렇게 사냐. 너는 가족을 일본에, 나는 북에. 그러고도 우리가 사는 것은 너는 그림을 그리고 나는 소설을 쓰고 있기 때문이지. 그래야 우리가 사니까.

"김 형, 이거 가짜야."

이석을 쳐다보며 중섭이 용서를 비는 얼굴처럼 중얼거렸다. 이석이 그 옆에 앉았다.

그렇지. 이석도 소설을 쓰다가 북북 찢어버린다. 자기 진짜 소리가 나와 주지 않기 때문이다. 그림도 가짜다 싶으면 태워야지. 그게 미쳐서 태운다 해도 미쳐서까지도 마음에 걸리면 태워야지. 그림을 태우고 있는 희끔한 연기가 시원치 않게 피어올라서 흔들리다가는 엷어져 사라져갔다.

"그걸 왜 말리지 않고?"

그림을 타게 내버려뒀다고 아까워하는 사람들이 있었다. 또 진짜 보고만 있었겠느냐. 몇 점은 건졌을 거라는 사람들도 있었다.

세상을 하얗게 덮을 기세로 펑펑 함박눈이 퍼부어 내리는 어느 날 밤에 이석이 중섭과 함께 자다 무슨 기척에 깨어 보니, 중섭이 실오라기 하나 걸치지 않은 알몸으로 명상하는 부처님처럼 꼿꼿이 앉아 있었다. 보기에도 아플 정도로 뼈가 드러난 앙상한 제 몸을 들여다보며 벽을 향해 마치 누군가에게 용서를 빌듯이 무어라 중얼중얼거리고 있었다.

"국수 한 그릇 뜨끈뜨끈하니 훅훅 불면서 숲 속으로 엉금엉금 기어가 훌쩍훌쩍 먹자꾸나."

이석은 귀에 흘러들어오는 이 말이 무슨 뜻인지 알 도리가 없었지만 굳이 캐물을 필요도 없다는 생각이 들었다. 차라리 대꾸해 주고 싶어져서 "콧물이 줄줄 긴 가닥은 네가 먹고 짧은 가닥은 내가 먹자꾸나. 나도 한몫 끼자꾸나" 받아넘겼다.

그러자 중섭은 좋아 좋아죽겠다는 듯이 웃음이 넘실거리는 얼굴로 구들장이 쿵쿵 울리도록 껑충껑충 뛰었다. 그러자 벌거숭이 갈비뼈가 소처럼, 아니, 때까치처럼 함께 날렵하게 뛰었다. 나중에 이석이는 이 날 밤의 이 일이 꿈 같기도 하고 생시 같기도 했다.

1955년 새해 벽두에 '이중섭 작품전'이 미도파백화점에서 열렸다. 전시회를 앞두고 김광균은 김이석에게 이렇게 말했다.

"이중섭의 예술이 어디에 뿌리를 박고 있는지는 아무도 모른다. 우리 눈을 사로잡는 것은 헐벗고 굶주린 메마른 한 그루 나뭇가지에 서린 그의 슬픔과 생장하는 자태뿐인데……. 모진 전란 속에서 어떻게 죽지 않고 살아 이런 일을 했나, 정말이지 등이라도 한번 두드려 주고 싶다."

전람회 반응은 폭발적이었다. 관람객이 구름같이 몰려들어 일대 도로가 마비되고 경찰들이 정리에 나서야 할 정도였다. 그림도 불티나게 팔렸다. 너도나도 천재화가의 그림을 갖고 싶어 했다.

그러나 정작 중섭의 형편은 나아지지 않았다. 그 자리에서 그림값을 지불하는 사람도 더러 있었지만, 대부분은 지불증을 써주고 며칠 뒤 주겠다고들 했다. 그런데 수금이 여의치 않았다. 차일피일 미루거나 이미 그림이 제 손에 있으니 억지를 부리며 값을 터무니없이 깎고, 심지어는 연락조차 끊어버리고 떼어먹기 일쑤였다. 그나마 받은 돈마저 워낙 중섭이 돈 관리에 재주가 없고 술과 친구들을 좋아해서 몇 번을 크게 한턱을 쓰다 보면 한 줌 모래처럼 사라져갔다.

이중섭의 정신은 이미 시들시들 좀먹어가고 있었다. 누가 내 밥에다 독을 넣었다—그래서 밥을 거부했다. 귀에 대고 누가 자꾸 오라는데—환청이었다. 그는 이 세상 사람이 부르면 이 세상으로 오고 저세상 사람이 부르면 저세상으로 갔다. 그의 아버지가 이른바 정신병으로 일찍 세상을 떴기 때문에 그 유전인자를 언급하는 소리도 있지만 그는 알코올 중독이었다. 그래도 그는 술을 퍼마셨다. 주인이 부탁하지도 않았는데 묵고 있는 여관의 현관과 앞뜰을 열심히 청소하는가 하면, 여관에 묵고 있는 사람들의 신발을 반짝반짝 광이 날 만큼 닦아주기도 했다. 그림을 그립네 하고 세상을 속였기 때문에 그 보상으로 이런 일을 한다는 것이었다. 동네 아이들도 불러다가 온몸을 깨끗이 씻겨 주기도 했다. 이중섭의 정신적 이상 현상은 날이 갈수록 심해졌다. 봄이 왔을 때 최태응이 중섭을 대구 성가병원 정신병동에 입원시켰다. 병원에 실려가면서 그는,

"대통령님, 대통령님 잘못했습니다!"

저 높은 곳 대통령에게까지 빌었고 군인이나 경찰관을 보면 무릎을 꿇고 두손모아 빌었다.

"잘못했습니다, 용서해 주세요!"

세상살이에 잘못한 일이 너무 많아서 절대로 용서받지 못할 사람처럼 빌었다. 서울에서 김이석과 이종사촌이 데리러 가자 그는 이석을 보고 환하게 웃었다. 그리고 이석이 사주는 밥을 잘 먹었다.

"김 형이 주는 건 괜찮을 거야."

아직도 그런 소리를 하면서 달걀도 먹었고 두부에다 돼지고기를 숭숭 썰어 넣은 찌개도 먹었다. 평양에서 흔히 먹던 음식이었다. 그러면서 하는 말이,

"빵을 많이 먹었거든."

"무슨 빵을?"

이석이 물었다.

"거기서, 찾아오는 사람마다 빵을 가져오래서 오는 사람마다 빵이야. 그걸 먹고는 자고 먹고는 자고. 진짜 많이 먹고 많이 잤네."

그러고 보니 중섭의 얼굴이 생각보다는 맑았다. 그렇구나, 지쳐서 병든 사람들의 머리를 그렇게 쉬게 하는구나.

"더러 그림은 그렸니?"

그림 그릴 환경이 못 되는 것을 알면서도 물어보았다.

"은박지에다 그리긴 했는데 구겨버렸지. 그런데 형, 거기서 말야 우리를 가끔 마당에 데리고 나가서 둥글게 앉혀놓고,"

중섭이 두 팔로 둥글게 원을 그려 보였다.

"우리더러 아무 말이나 하라는데, 하고 싶은 말을 하라는데, 그래서 아무 말이나 하는데, 하늘에 대고 말하는 놈, 자기 손가락 보고 말하는 놈, 누굴 똑똑히 보면서 말하는 놈은 하나도 없고 그냥 아무 데나 대고 마구 지껄이는 거야. 진짜 미친 거더라고. 입을 빠끔빠끔해 가면서 지껄이는데……."

이중섭은 그 광경이 재미가 있었는지, 정신이 성하지 않은 사람이 정신이 성하지 않은 사람들을 두고 연신 흉내를 냈다. 입을 오무려 빠끔빠끔해 가면서.

언젠가 이석이 강연할 때 사람들 앞에 서게 되면 심장이 두근두근해서 영 말을 제대로 못한다고 실토를 하자,

"김 형, 그거 다 미꾸라지라고 생각해 봐. 미꾸라지들 몽글몽글 대가리를 내밀고 있다고 생각해. 그럼 마음이 아주 편해질 거야."

이중섭이 그렇게 가르쳐준 일이 있었다. 중섭을 데리고 서울 가는 기차 속에서 이석은 깊은 한숨을 내쉬었다.

중섭은 병원에서 퇴원한 뒤 넉 달 남짓 한묵과 함께 정릉에서 하숙생활을 했다. 건강이 좋아져 산책도 하고 그림도 그렸다. 그러나 그림이 잘 되지는 않았다. 중섭은 한묵에게 "아무래도 나는 이제

그림을 못 그릴 것 같아" 했고 박고석에게는 "고석아, 좋은 그림 많이 그려. 내가 어디서나 보아줄게" 했다. 자신의 죽음을 예감하는 사람의 말이었다.

박고석은 뒤에 이런 글을 남긴다.

중섭 형, 자네같이 못난 놈은 없을 걸세. 그 좋은 재간, 그 아름답고 따뜻한 마음보를 갖고 그래 사나이 자식이 더 살아 배길 수가 없었단 말인가. 나같이 흉측한 놈이 이렇듯 어지러운 세상일지라도 이리저리 살아나갈 수 있는 반성과 용기를 또 누구에게 의존해야 한단 말이냐. 내가 듣고 보아 아는 한 가장 아름답고 깨끗한 사람인 형을 우러러 사모해 왔고, 우리나라에서 가장 좋은 작품을 한 화가를 치면 형을 엄지손가락에 꼽는 우리들의 심정만이라도 알아주어야 하지 않겠나. 나나 또한 형을 아끼고 숭모하는 친구들은 제쳐놓고라도 형의 처나 아이자식들이 안타깝게 그리워하는 열원은 어떻게 되느냐 말이다. 임종이 외롭다기보다, 살림살이가 고달프기보다, 세상 사람들이 야속하다기보다, 자네는 자네만 아름답게 살았고 좋은 그림을 남기고 가면 그만이라는 그 배짱은 도대체 어디서 생겨난 것인가? 너만이 착하고 아름답고 너만이 좋은 그림을 그린 것이 우리들에게 무슨 소용이 있단 말이냐. 너같이 너만이 깨끗하고 아름답게 살려는 놈은 죽어야 마땅해.

이중섭이 서울에 와서 입원해 있다는 소문이 돌자 병실이 문병객으로 미어터졌다. 병원에서는 다른 환자들에게 지장을 주기 때문에 대책을 세워야 할 지경이었다. 그러나 병원을 들락날락 하다가 마지막 여름, 고작 그 여름 끝에 가서는 아무도 그에게 관심이 없었다.

푹푹 찌는 무더위 속에 정신도 정신이지만 간염이 중섭의 몸을 빠르게 먹어치우고 있었다. 그는 식사도 링거도 거부했다. 머리는 스스로 박박 깎았다. 밤이 찾아오면 시멘트 바닥에 피가 맺히도록 손등을 비비며 "남덕이 미워, 남덕이 미워" 단말마를 토해내곤 했다. 조카 이영진이 찾아가자, "네가 올 줄 알았다. 이젠 몇 시에 누가 올지 다 알 수 있어. 죽으려나 봐" 씁쓸히 웃으며 말했다. 그는 아무도 찾아오지 않는 병실에서 은박지에다 그림을 그렸다, 눈알까지 노래가지고. 9월 들어서 황염수가 한번 들렀다. 그게 마지막이었다. 9월 6일 11시 40분, 마침내 중섭은 눈을 감았다.

사인은 간장염이지만 그는 굶어 죽었대도 좋고 미쳐 죽었대도 좋다. 아니, 자살했다 해도 좋다. 전혁림은 이중섭이 통영을 떠나면서 남긴 한마디를 기억하고 있다.

"그림으로 현실을 살아갈 수 없다면 무엇 때문에 구차하게 살려고 힘쓰겠는가."

그의 임종을 지켜본 사람은 아무도 없었다. 무연고자로 처리되어 영안실에 누워 있었는데 사흘 뒤에 이석이 가서야 그의 죽음이 알려졌다. 친구들이 힘을 모아 홍제동 화장터에서 장례를 치렀다. 뼛가루는 둘로 나누어 반은 망우리공동묘지에 묻고 반은 일본의 처자에게 보냈다. 그의 영혼은 신촌에 있는 봉원사에 안장되었다.

내가 자랄 때는 불난 집에 도둑이 들면 엄벌을 받았다. 불행을 당해서 우는 집에 도둑이라니 '아니 사람이 피도 눈물도 없단 말이야' 해서 그랬으리라. 지금은 불난 집을 터는 도둑 따위는 없을 것이다. 그 정도는 살게 됐으니까. 그렇다면 상가에 도둑이 들면? 이중섭이 죽어서 병원에 누워있는데 누상동 그의 거처에, 고개를 숙이고야 들고날 수 있는 납작한 기와집 골방에 도둑이 들었다. 대화가(大畵家)라고 이름을 낸 김아무개하고, 6·25 피란시절 그의 제자로 밥 지어주고 이불 빨래 해주던 소화가(小畵家) 정아무개였다. 그들은 도둑질하러 들어왔으니 마땅히 벌벌 떨었다. 그러나 떨면서도 뒤질 것은 구석구석 뒤져서 싹쓸이해 가지고 나왔다. 그중에서 대충 큰 그림은 스승인 대화가 김아무개가 차지하고, 제자인 소화가 정아무개는 은지화며 그 밖의 자질구레한 것들을 챙겼다. 그리고 20년 넘게 묻어두었다. 도둑질이 무섭기는 무서워서.

1970년대에 와서 그들이 움직이기 시작했다. 소화가 정아무개는 동서문화사 고정일에게 은지화며 그 밖의 것들을 가지고 왔다. 은지화는 구도가 간단할 수밖에 없고 손톱, 송곳 등으로 그리기 때문에 위작도 비교적 쉽다. 그래서 중섭의 꽤 많은 은지화가 나중에 가짜다, 진짜다 해서 재판에까지 간다. 그런 은지화를 소화가 정아무개는 여럿 갖고 있었고, 색다른 것이라면 중섭의 자필 이력서가 있었다. 국방부 정훈국에 취직 좀 해보려고 쓴 이력서로 이중섭의 도장이 찍혀 있었다. 그 도장은 고무지우개에다가 중섭이 직접 새긴 것인데 이력서하고 도장을 백만 원에 사라고 했다.

이중섭의 그림을 가질 수 있는 아주 드문 기회였지만, 고정일은 소화가 정아무개와 그가 들고 온 그림들을 보면서 왠지 마음 한 구석이 찡하고 쓸쓸하여 거절했다고 한다. 스승인 대화가 김아무개는 꼬불쳐뒀던 그림들을 여기저기 쉬쉬하면서 처분하여 한몫 마련했다는 이야기도 뒤에 들을 수 있었다.

나는 남덕부인이 이중섭에게 보낸 편지 한 통을 가지고 있었다. 아이들의 이야기며 본인 이야기가 마치 내 눈앞에 이중섭 가족화를 펼쳐 보이는 듯한 따뜻하고 정겨운 내용이었다. 남덕부인이 지금 그것을 보면 그 마음이 어떨까. 돌려주고 싶었다. 그러나 전할 길이 없어 수소문해서 이중섭의 조카뻘 되는 분께 편지를 보냈다. 그쪽에는 길이 있을 것 같아서—그래서 그쪽에 보냈다.

나는 김이석의 소설 〈실비명〉을 읽고 그와 결혼할 마음을 먹었었다. 나도 잔이었다. 나는 수많은 잔을 보았고 또 만났다. 이 세상의 모든 아름답고 슬픈, 그리고 처절한 이야기가 모두 스스로를 불사른 잔 에바테른에게서 나온다.

한 인간으로서 또 한 예술가로서 이중섭에 대해 한국의 소를 빼놓고는 이야기할 수 없다. 이중섭이 염원한 것은 과연 무엇이었을까. 그것은 바로 슬프지 않은 세계일 것이다. 그러나 외롭고 슬픈 세계! 그것은 분명 한국소의 세계이며 이중섭의 세계이기도 하다. 한편 군동화는 외롭고 슬프지 않은, 생명이 철철 넘치는 즐거움의 세계이다. 이중섭 예술은 소 그림에서 시작되지만, 그가 진정으로 지향하는 세계는 천진난만한 군동화의 세계일지도 모른다.

저세상에서 이중섭 김이석은 자신이 바라던 세계에 닿았을까. 다시 망우리에 올라 두 사람의 묘를 찾았다. 그리 쌀쌀하지 않은 갈바람이 불어온다. 풀들이 가만가만 속삭인다. 나는 두 눈을 감고 귀를 기울여본다.

유섬 언니

공기가 어디라고 없이 맑았던 그 시절 그 가을에 나는 아홉 살이었다. 내 머리는 남달리 윤이 나서, 태양이 머리를 어루만지면 멀리서도 사람들이 나를 알아본다고 했다. 왼쪽 켠에 가루마를 타고 엄마가 손질해준 단발머리를 나풀거리며 그 새벽에 나는, 시골 십 리길을 한 시간에 걷고, 버스 타고 오 십 리길을 다시 한 시간 정도로 달려서 함흥의 공설운동장으로 갔다.

운동장은, 도심을 벗어난 북쪽으로 새 시설을 갖췄다고 자랑하는 빨강벽돌의 형무소와 큰길을 사이로 해서 앞으로 쭈욱 펼쳐져 있는 벌판이었다. 벌판에는 정문을 표시하는 나무기둥 두 개가 달랑 서 있었다. 유섬언니의 운동회 날이었다. 함흥시내에 있는 모든 보통학교 학생들이 함께하는 합동운동회 날이기도 했다. 내가 걷기도 하고 버스를 타기도 하면서 여기에 오는 것은 바쁜 엄마를 대신해서 점심시간에, 언니하고 점심을 같이 먹고 운동회가 끝나면 언니하고 정문에서 만나 같이 덕산집으로 가기 위해서였다. 그것이 그 날의 내 임무였다. 나는 내가 띠고 가는 임무를 잘 해날 것이라 다짐하면서 집을 떠났다. 그러나 언니하고 같이 집에 돌아올 때는 새벽에 그랬던 것처럼, 저녁바람이 아마 약간은 선들하게 느껴지는 어둑어둑한 초저녁쯤이 되리라는 것도 나는 잘 알고 있었다. 아침 저녁으로 두 번 다니는 버스를 타본 사람이면, 그때쯤의 그 선들함은 아는 일이었다.

또 함흥에서 덕산까지의 중간쯤이 되는 동천을 지나서 얕고 널따란 개울이 버스가 다니는 신작로를 가로지르고 흐르는데, 개울은 흔히 말라 있었다. 그러나 물이 흘러오는 위쪽을 바라보면 계곡이 점점 깊어지고 산이 하늘 닿는 데까지 이어졌다. 곰이 신작로까지 온다는 곳이었다. 버스를 타보지 않은 사람들도 그 소문은 다 알고 있었다. 실제로 몇 해 전에 미역장수할머니가 그곳에서 곰하고 맞닥뜨려 소리를 너무 지르는 바람에 목이 잠겨버렸다는 이야기도 다들 알고 있었다. 아니, 그곳뿐이 아니고 시골 오십 리길은 곳곳이 호젓했다. 사람이 보이지 않아서. 그러나 거기는 다 버스타고 통과하는 데고, 아홉 살의 나에게 부담이 되는 곳은 버스를 내려서 산을 끼고 걷는 십 리길이었다. 십중팔구는 같이 갈 사람이 없는 길이었다. 해는 기울고 그래서 어둑어둑해지는 초저녁, 으스스해지는 산자락, 귀신이 나온다는 소리도 있는 길. 그러나 언니가 있으니까. 엄마도 "둘이 같이 오니까" 했었다.

하여간에 그날의 나의 일정이 그렇게 되어 있었는데 형무소 앞에서 "세워주세요" 해서 버스에서 내린 나는 운동장 정문을 들어서서 이모네 식구하고 곧 만났다. 그곳에는 학생들이 이미 어마어마했고 학부모들도 어마어마했다. 아, 정말, 모두가 어마어마해 보였다.

"잘 찾아왔네, 유님이가."

시집을 갔다가 되돌아왔다는 사촌언니가 기특하다면서 내 머리를 쓰다듬었다. 시키는 대로 했는데 뭘, 나는 기분이 괜찮았다. 우리가 있는 데를 알고 나서 나는 유섬언니를 찾는다고 나섰다.

"함부루 다니지 마아, 어딘지 모르면 큰일 난다!"

뒤에서 사촌언니가 소리쳤다.

"네에, 잘할께요!"

나도 크게 소리쳤다.

운동장에는 커다란 동그라미가 횟가루로 그려져 있었고 각 학교의 푯말이 동그라미를 따라서 박혀 있었다. 나는 언니네 학교 푯말을 찾아서 언니를 찾아냈다.

"유님아, 유님아!"

언니가 내 두 손을 잡고 뛰었다. 나도,

"언니, 언니!"

언니에 지지 않게 뛰었다. 1주일 만에 만나는데 우리는 그렇게 감격스러웠다. 점심때엔 언니가 우리에게 왔고 운동회가 거의 끝나갈 즈음에 이모네가 일어섰다. 이따가는 사람이 너무 붐빌 테고 그래서 한발 먼저 일어선다는 것이었다.

"넌 유섬이 만나서 가고…… 우리가 먼저 간다?"

사촌언니가 다짐을 했다.

"저기서 만나서 갈 거예요."

나는 나무막대기 두 개가 서있는 정문께를 가리키며 자신 있게 대답했다. 아침에도 잘 찾아왔으니까, 이모네는 별 걱정을 하지 않고 갔다.

운동장에서는 각 학교를 대표하는 선수들의 계주(繼走)가 이어지고 있었다. 학생 전부가 일어서서 자기네 선수를 응원했다. 오늘 마지막 경기였다. 귀가 먹먹했다.

정말, 이따가는 너무 붐빌 거야. 나도 한발 먼저 언니한테 가서 기다렸다가 같이 가야지. 한번 가본 데라 나는 곧바로 언니에게 갔다. 그런데 언니가 거기 없었다. 자기네 학교 학생들은 있는데 언니가 없었다. 내 가슴이 쿠웅 내려앉았다.

"언니, 언니!"

찾았지만 없었다. 아까 그곳인데! 계주가 다 끝나고 학생들이 털고 일어나면서,

"가자."

자리를 뜨는데도 언니를 찾아낼 수가 없었다. 학생하고 학부모가 엉켰다. 키가 작은데 어떻게 언니를 찾아. 나는 사람들 사이를 비집고 필사적으로 달려가서 정문을 지켰다.

어마어마해 보이는 사람들이 정문을 빠져나갔다. 언니, 언니, 내가 보이지 않는 거야, 빤짝거리는 내 머리가 안 보이는 거야? 언니는 나를 찾아내지 못했다. 사람들은 얼추 빠져나가고 언니를 찾아내지 못한 나는 울고 있었다. 버스가 오면, 그 버스를 타지 못하면 —나는 울면서, 큰길로 나왔다. 버스가 바로 왔고 나는 손을 들어서 버스에 올라탔다. 버스삯을 물었는데 돈지갑에는 언니 버스삯이 남아 있었다. 어제부터 챙기고 또 챙겨두었던 버스삯이었다. 새로운 눈물이 또 나와서 나는 그 눈물을 북 닦고, 그래도 젖어오는 눈길을 창밖으로 보냈다.

언니는 홍군이었다. 그래시 언니는 홍군 띠를 이마에 매고 있었는데, 그런데 창밖으로 보낸 내 눈길에 그 홍군 띠에 겹쳐서 언니 스웨터가, 언니가 봄에 입고 온 스웨터가, 이상하지, 그 스웨터가 보였다. 그러자 나는 방금 있은 불행에서 벗어나면서 그 불행이 아스라해지면서, 그 스웨터 따라 감도는 잔잔한 미풍이 눈물로 젖은 내 얼굴을 스쳐갔고 또 내가, 푸른 들판을 두 손 벌려 달리고 있는 것 같은, 그런 환상에 빠지게 했다. 그 스웨터, 그 스웨터는 이런 곡절의 것이었다.

언니는 4학년을 마치고(4년제여서) 집을 떠나 함흥에 가서 5학년에 편입했다. 그런데 1년이 지나 6학년에 올라가면서 부급장이 된 것이다. 그 시절에는 학급에서 1등이 급장, 2등이 부급장, 이렇게 되어 있었다. 고무신이 없어서 간혹 짚신을 신은 아이도 있고, 남자여자를 합쳐봐야 한 학급에 열 명이 좀 넘는데서 그럭저럭 표나지 않게 지내던 아이가 정원이 빵빵하게 60명이나 되는, 함흥에서도 이름이 있는 여자학교에서 부급장이 된 것이다.

언니가 부급장이 되어서 6학년에 올라간 새 학기 주말에 아버지가 함흥에 가서 언니를 달고 왔다. 아버지 얼굴은 매우 흡족했고 언니는 조금 부끄러워하면서 아버지를 뒤따랐다. 그때 언니가 입고 온 스웨터가 바로 내가 버스 안에서 찔끔거리다가 떠올린 그 스웨터다. 아버지가 너무 흡족해서 언니에게 사 입힌 스웨터다. 나는 그 스웨터를 그려 보이지 않을 수 없다.

공작실(太絲) 굵기의 반쯤이 될까, 그러니까 중세사(中細絲) 정도의 보라와 하얀색 털실을 이리로 빼고 저리로 빼서 무늬를 넣은 스웨터인데 보랏빛과 하얀색의 배합이 3하고 1정도나 됐을까. 그 무늬가 파도 같기도 하고 나뭇잎 같기도 한데 너무 섬세해서 나로 하여금, 내가 언제부터인가 상상해온 큰 도시를 연상케 했다. 도대체 우리 아버지가 어디서 그런 스웨터를 찾아냈을까. 나도 일곱 살까지는 함흥에서 컸기 때문에 함흥의 스웨터를 모르지 않는다. 그러나 함흥에서 절대로 그런 스웨터를 본 일이 없었다. 나는 마술에 걸린 아이처럼 그 스웨터에 홀렸었다. 그 정도로 나에게 인상을 남긴 그 언니 스웨터가 그때 떠올라서—종점에 내려서는? 언니하고 함께 오지 못한 건? 내가 고민해야할 일들이 그런 것들이었는데.

우리 집에 웃기는 닭새끼 한 마리가 있었다. 사람이 등을 보이면 쫓아와서 뒤꿈치를 찍었다. 세상에 이런 닭새끼도 있나. 있다는 사람이 있었다. 사람을 공격하는 닭이 있다는 것이었다. 우리 집의 닭이 그랬다. 처음에 언니하고 나는 그놈한테 공격을 받고 너무 놀래서, 저게 미쳤나, 하고 서 있다가 다음 순간 냅다 놈을 쫓았다. 그랬더니 이놈이, 나 살겠소 도망을 쳤는데 우리가 돌아서자 또 쫓아왔다. 우리는 놈을 쫓고, 탕탕 발소리를 높이면서 놈을 쫓고, 꼬챙이를 찾아들고 놈을 쫓고, 놈은 깍깍깍깍 소리치며 양 날개를 푸득거려 도망을 치는데, 그런 일이 우리 집 마당에서 잘 벌어졌다.

볏은 붉고 귀는 희고 다리는 누르며 몸빛은 갈색, 황색, 흑색등의 털이 자르르 윤이 나는 토종인데 부피도 그럭저럭 컸다. 그런 놈이 우리하고 정면으로 맞닥뜨리면 뒷걸음을 치다가도, 우리가 놈이 있는 것을 미처 모르거나 그러면 꼭 당했다. 그래서 언니나 내가,

"아얏! 이놈이 또."

비명을 지를 때가 종종 있었다.

우리는 놈을 혼내준다고 많이 못살게 굴었다. 닭새끼 주제에 사람을 공격하니 당연한 일인데 나보다 언니 뒤꿈치를 더 많이 쪼았다. 나보다 언니가 순해 보였던 것일까. 하긴 아이들이 만만해 보여서 아이들만 공격했던 것은 아니고 어른도, 아무튼 사람들의 등만 보면 달려드는 수탉이었다. 언니는 그 닭더러,

"너도 고생이다. 사람은 왜 물어가지고 혼이 나니."

쫓으면서 동정할 때도 있었다.

언니는 그때 이미 아팠다. 그러나 겉보기에는 아무런 달라진 데가 없었다. 언니가 여학교에 들어갔을 즈음에는 우리 집이 함흥 근교로 이사를 와서 언니도 부모가 있는 거처로 돌아왔다. 언니가 부엌바닥에 각혈을 하고 폐결핵 진단을 받은 것을 나는 정확하게는 몰랐지만 어른들이 낯색이 달라지며 허둥거리고, 그런 때는 나를 몰아내는 것을 보고 뭔가가 집안에서 진행되고 있다는 것을 느낄 수 있었다. 그러나 언니는 여전히 학교를 다녔고 집에 오면 나하고 다리를 높이 올려 고무줄뛰기를 했다. 공기놀이도 했다.

공기돌 하나를 머리 위까지 던져 올리고, 그 돌이 떨어지기 전에

땅바닥의 공기돌 하나를 잽싸게 손안에 쓸어넣는다. 그리고 떨어지는 공기돌을 타이밍을 맞춰 받는다. 또 던져 올리고, 이번에는 두 개를 쓸어넣고 다음에는 세 개를, 그러면 내 손안이 벌어져서 손안의 돌을 뿌려버리고 떨어지는 돌을 받고, 하나부터 다시 시작을 한다. 네 개, 다섯 개 손안에 많이 쓸어넣을 수 있을수록 이기는 것이다. 올라간 돌을 떨어뜨리지 않고. 그래서 손이 큰 아이가 유리하다고들 하는데 언니하고 나는 지고이기기가 비슷비슷했다. 내 생각에, 그러니까 동작이 민첩한 쪽이 실수를 덜 하는 것 같았다. 언니가 그 닭새끼한테 많이 당하는 것도 언니가 좀 잽싸지 못하기 때문일 거야.

역시 달라지긴 달라졌다. 언니가 학교에서 돌아오면 엄마가 부엌에다 불러서 고기국을 먹였다. 삶은 계란도 먹이는 것 같았다, 나를 몰아내고. 삶은 계란이 얼마나 위대한 먹거리였는데! 나는 어렸지만 언니의 그런 특권을 순순히 받아들였다. 자연스럽게 그래야 한다는 것을 내가 안 것 같았다. 폐질환에 특효약이 없었다. 환자가 할 수 있는 것은 잘 먹어서 자기 힘으로 몸속의 병균을 박살내는 길뿐이었다. 맑은 공기를 마셔야 하고 내가 들은 낯선 약 이름은 '칼슘'정도였다. 오빠가 동경에 있었는데 그 약을 거기서 구할 수 있을 거라고 엄마하고 아버지가 말하는 것을 들었다. 그 약 이름이 '칼슘'이었다. 여기 병원에는 그 약도 없는지. 그러니까 불치의 병이라며 사람들이 두려워했다. 폐병이라 하면서. 다른 사람에게 잘 옮는다는 것도 알고 있어서 폐병쟁이를 사람들이 보려고 하지 않았다. 그러니까 그 병을 앓는 쪽에서도 숨겼다. 언니야 숨길 수도 없었다. 학교에서 알고 친구들도 알고 있었다.

결국 언니는 휴학을 했다. 내가 보기에는 환자 같지가 않았는데 잠행적(潛行的)이라 몸속에서는 역시 진행이 되고 있은 것이다. 산

속에 있는 병원에 입원도 하고 그래서 많이 회복이 되었다고 복학을 했다. 그러나 다시 휴학이 되풀이되고 언니의 학교생활은 거기서 끝이 났다. 아무도 끝이라고 하진 않았지만 그래서 이제 좋아지면 다시 간다고들 했지만 끝이라고 말을 하지 않았을 뿐이었다.

내가 여학교에 들어갔다. 여학교에 들어가면 첫째로 교복을 맞춘다. 그 기쁨이란! 그러나 나는 교복을 맞추지 못했다. 언니의 헌 교복을 입어야 했다. 뭐든지 헌 것을 나에게 물려줘야 직성이 풀리는 엄마가 또 그런 결정을 내린 것이다. 그래서 내 첫 기쁨은 사라졌다. 그러나 나는 섭섭하지 않았다. 새 교복보다 언니 교복이 훨씬 좋다는 것을 알기 때문이었다.

해마다 교복의 질이 나빠졌다. 옷감에 인조가 많이 섞여서 흐들흐들하게 힘이 없는데, 거기에 비하면 털이 많이 들어간 언니 교복은, 3년 전의 것인데도 모양이 반듯하게 그대로고 구김도 가지 않았다. 일본이 중국하고 싸운다나, 그래서 물자가 딸려 교복도 흐들흐들해져 버렸다.

언니 것에서 내 것이 된 교복을 내가 입었다. 언니 것이라 한 번도 입어본 적이 없었는데 이제 그것이 내 것이 됐다. 교복을 입고 내가 깡충 뛰었다. 앞으로 4년이나 입어야 하는 옷이니까 컸지만 그래도 너무너무 여학생 같았다.

"꼭 맞네, 엄마!"

엄마가 웃음을 짓고 쳐다보고 있었다. 그 옆에서 언니도 나를 쳐다보고 있었다.

"너무 잘 맞는다. 맞춘 것보다 낫네. 훨씬 더 잘 맞는다!"

나는 목을 돌려서 뒤를 보고, 제자리걸음도 몇 번 해보고, 다음에는 또 뛰어오를 것 같았던지 엄마가 내 치마를 잡아당겼다.

"왜?"

나는 엄마를 내려다보았다. 언니가 일어나서 자기 방으로 갔다.

"이 철없는 것아, 언니 앞에서……."

낮은 소리로 엄마가 중얼거렸다. 나는 그 자리에 주저앉았다.

나으면 다시 간다고 모두가 언니 앞에서 말했지만 언니는 교복을 내놓았다. 엄마도 그것을 말리지 않았다. 그렇게 그 교복이 언니에게서 나에게 온 것이다. 내가 철이 없어도 너무 없었다. 그걸 입고 언니 앞에서 뛰다니. 또 뛰어야 내가 아닌가!

밖에 나가면 내 머리에서 언니가 사라졌다. 나는 할 일이 너무 많았다.

나는 공부를 잘하는 아이로 통해야 하고, 친구도 지기지우(知己之友)를 만나야 하고, 넘기가 결코 수월치 않다는 사춘기적인 봉오리도 극복해야했다. 그런데 공부는 마음만 먹었지 하지 않아서 괴롭고, 친구는 잘못 사겼는지 남의 친구를 뺏었다느니 뺏겼다느니 하는 소용돌이로 말려들었고, 뭘 극복하기는커녕 사춘기 그 속에서 어느새 대모오빠를 키우고 있었다.

문제의 씨를 뿌린 것은 우리 오빠였다. 우리 오빠가 아버지 기대를 무참히 저버려서 그 반작용으로 오빠친구인 대모오빠가 아버지의 관심을 모조리 차지해버린 것이다. 우리 오빠가 공부는 뒷전이고 하지 말라는 짓만 하고 있었는데 대모오빠는 우리 오빠하고는 딴판으로 실로 유망한 청년이었다. 우리 오빠가 정학을 거듭하다가 퇴학으로 학교를 쫓겨났는데 대모오빠는 수재여서 바늘구멍이라는 관문들을 척척 뚫고 나갔다. 그런데 그 극과 극의 두 청년이 어찌 친구 사이인지 정말 알다가도 모를 일이었다. 우리 아버지는 대모녀석이 너무 부러워서 우리 집에 나타나면 그때마다 용돈을 찔러주었다. 대모오빠가 가정적으로 불우한 것도 아버지의 동정을 샀다. 대모오빠는 스스로 학비를 해결하고 있었다. 그걸 아는 아버지가 학비도 슬금슬금 거들어주는 눈치였다. 그를 무척 아꼈다. 미래지향적인 아버지에게 그는 될성부른 떡잎이었다. 우리들은 그런 관계 속에서 컸다. 내 가슴인지 머릿속에 대모오빠가 들어앉게 된 것도 그렇게 될 일인지 모른다. 아버지가 설마 그를 사윗감으로 점찍은 것은 아닐 꺼고. 나이가 엄청 차이가 나서. 내가 여학교에 들어갔을 때 대모오빠는 이미 대학생이었으니까. 그러나—나보다 세 살 많은 언니도 있긴 있다. 하지만 언니야 몇 해째 아픈 사람이고, 그것도 심각한 병으로 아픈 사람이고, 하여간에 그는 어느새 나의 절대적인 남성으로 나를 지배하고 있었던 것이다. 이상이오 우상이요 그것도 영원이라는 낱말이 앞에 붙어서. 사랑? 그건 속되지. 어른들은 사랑을 청소년들에게 불량이라고 가르쳤다. 반듯한 아이는 사랑 같은 거 하지 않는다고. 그래서 우리는 사랑이 필요할 때 불량을 피하려고 거기에다 존경을 대입시켰다. 사랑이 아니고 존경이라고. 그러니까 오빠도 내 존경의 대상이지 사랑은 아니다, 이렇게 되는 것이다.

하지만 어설프게나마 우리도 진리를 탐구하는 학도들이었다. 존경이 왜 사랑보다 높이 평가되느냐. 존경이 없는 사랑은 정말로 불량이냐. 우리 사이에서 그런 논쟁이 뜨겁게 불붙을 때가 있었다. 그러면 내 마음이 요동을 쳤다. 이 고뇌스러운 내 마음을 오빠가 알았으면 싶은데 나로서는 존경이든 사랑이든 절대로, 절대로 내 마음을 내비칠 수가 없었다. 내가 그에게 무엇인지를 모르는데!

어느 날 나는 대모오빠에게 편지를 띄었다. 우리는 편지를 잘 주고받았다. 그 편지에 나는 내가 새로 읽은 시 하나를 적어 넣었다.

크고 또 큰 힘에 끌리어가는
내 발자국의 보잘 것 없음이어!

답장이 왔는데, 그 시를 쓴 사람은 불교를 믿는 사람이고, 그 '크고 또 큰 힘'은 석가다. 그러니까 이 시는 종교시다—나의 '크고 또 큰 힘'이 무엇이냐. 연애라는 것에 조금이라도 관심을 가져본 사람이라면 내 마음이 은유하는 바는 명명백백한데 종교시? 너무하다 너무 해. 오빠가 이러니 나는 고민하고 또 고민한다. 나는 지금도 의문이다. 오빠는 그때 정말 별생각 없이 시만 해석해 준 것일까. 아니면 그 나이 때는 흔히 사모병에 걸리니까 그래서 상대를 하지 않은 것일까. 종교시? 마치 가만히 웃고 있는 것 같은 그 한마디로 나는 간단간단 매달려 있던 끈이 스르륵 끊겨서 뒤로 나자빠진 기분이었다. 하지만 내 마음도 호락호락하지는 않아서 오빠는 여전히 내 이상이요 우상이었다. 내 머리가 이렇게 일편단심과 우상숭배로 가득 차 있으니 복잡할 수밖에 없었다.

우리는 아버지가 양잠 관계의 일을 했기 때문에 늘 뽕나무 곁에서 살았다. 집에 돌아오면 뽕나무부터가 나를 맞았다. '이제 오니' 하고. 그래서 뽕나무와 마주서면 머릿속이 복잡하다가도 저절로 걸음을 멈추게 되었다.

이 나무는 곡식이삭 같은 꽃을 4, 5월에 피었다가 7, 8월에 가서 아이들이 따먹는 오디가 열린다. 언니하고 나는 오디 따먹기 선수였다. 시골아이들이 오디를 많이 따먹는데 까맣게 익은 오디를 따먹으면 어쩔 수없이 오디물이 옷섶에 묻는다. 오디물은 잘 빠지지 않아서 시골아이들의 옷섶은 늘 거무죽죽했다.

옷섶이 거무죽죽한 아이들이 밭두렁을 달린다. 그러다가 입을 벌리면 먹는 거, 날파리. 나는 완전 언니를 의지했다.

뽕나무 밑을 걸어간다. 오디가 보여도 따먹을 생각을 하지 않는다. 무거운 무엇이 와락 내 몸에 달라붙는다.

언니는 햇빛이 스쳐간 앞마루에 혼자 앉아 있었다. 집안이 고요했다. 엄마가 없었다.

"나 왔어, 언니."

언니는 발톱을 깎고 있었다, 가위로.

가위가 발발 떨고 있었다. 언니의 손이 떨고 있었다. 언니는 가위를 댔다가는 다시 대곤했다. 살을 자를 것 같았다. '내가 할게,' 나는 언니를 대신하고 싶었다. 그러나 그냥 가운뎃방에 가서 가방을 내려놓고 우두커니 서 있었다.

나는 가방속의 책 하나를 집어 들었다. 요즘 아이들이 돌려가며 읽는 인기 짱의 소설책이었다. 나는 마루로 다시 나가서 언니에게 책을 내밀었다.

"자, 언니."

언니 눈에 빛이 돌아왔다. 어쩌다가 언니 눈에 빛이 돌아오는 순간이었다. 그러다가 언니가 살짝 웃을 때도 있었다. 고마움을 표시할 때 언니는 그렇게 웃어주었다. 말이 거의 없어진 언니, 언닌 무슨 생각을 하는 걸까. 종일, 매일매일—

언니가 책을 받아들고 자기 방으로 들어갔다. 두 어깨가 앞으로 오므라들어서 키가 작아보였다.

엄마는 책을 저주했다. 책을 너무 봐서, 공부를 너무 해서 언니가 저렇게 됐다는 것이었다. '저렇게'란 언니를 갉아먹는 병을 이르는 말이었다.

언니는 함흥에 가면서 이모네에 맡겨졌다. 그런데 이모네가 서(西)함흥역에서 기동차 타고 세 정거장, 거기서 집까지가 또 산속의 자갈길을 30분은 더 가야했다. 학교에서 20분은 가야하는 서함흥역까지의 거리, 기동차 타는 거리—철로 사이가 좁은 협궤철도라 느리게 달렸다. 그리고 집까지의 그 자갈길은 분명 언니에게는 무리기 가는 통학거리였다. 그러나 어린 언니를 맡길 데가 마땅치 않아서 통학거리가 그렇게 되는 이모네로 언니가 가게 됐다. 믿거라 해서.

시골아이들은 아침에 두어 시간, 저녁에 또 두어 시간, 그런 거리를 보통으로 걸어서 학교를 다녔다. 나도 많이 걸으며 컸다. 그러나 나는 그 걸음이 내 체력의 바탕이 됐다고 믿는 편이다. 하지만 언니의 통학거리는 분명 언니에게 지나쳤다. 게다가 언니는 차속에서 늘 책을 읽는 아이였다. 책 읽는 아이, 공부하는 아이—그 소문은 널리 퍼져 있었다. 언니는 덕산집이 그리우면 책을 읽은 게 아닐까. 공부를 한 게 아닐까. 그래서 기차통학 1년 만에 그 이름 있는 학교에서 학급 2등도 한 게 아닐까.

"그놈의 공부를 너무 해서……"

엄마는 가슴을 치곤했다. 그 말속에는, 그때 언니를 돌보지 못했던 자책, 찬 새벽밥을 먹고 찬 점심을 싸들고 새벽길을 나섰을 게 뻔한 어린 딸. 이모네가 무심해서가 아니고 그 어린 것 하나를 위해서 농사일로 곯아떨어진 식구들이 새벽에 일어나서 아침밥을 지었을 리가 만무했다. 하루 이틀도 아니고 매일매일을. 폐결핵이 몸의 영양 상태하고 큰 관계가 있다는 말을 의사로부터 들은 엄마는 언니의 함흥유학시절을 저주했다. 못 먹어서 영양실조가 된 것이라고. 영양실조라는 말은 모르지만 그런 꼴이 된 것이라고. 책도 한 몫을 했다. 공부를 너무해서. 엄마에게는 돌이킬 수 없는 엄마의 책임이 되는 시기였다. 엄마는 스스로를 책망하고 또 책망했다.

"공부는 누가 그렇게 하랬다고!"

책에 책임을 돌렸다. 교과서도 소설책도 엄마에게는 그저 '책'이었다. 엄마는 언니에게 절대로 책을 읽지 못하게 했다. 절대로! 그러나 오는 날도 또 오는 날도 아무런 변화가 없는 환자생활에 언니는 책이나마 읽고 싶어했다. 병원에 있을 때는 친했던 친구들이 더러 찾아왔지만 언니의 병이 깊어지면서는 아무도 오지 않았다. 모르긴 하지만 그쪽 부모들도 못 가게 했을 것이다. 한번 달라붙으면 약이 없는 병이니까. 시름시름 앓다가 그만인 병이니까. 병균이 잘 옮겨 다니는데 청소년시기가 가장 취약하다니까.

언니에게 책이라도—그러나 안 되는 일이었다. 엄마는 절대로 허용하지 않았다. 원통하고 가엾어서 분을 삭일 데가 없는데 책? 책이 바로 저것을 저렇게 만들었는데! 엄마는 내가 언니에게 몰래 책을 전하는 것을 알면 아마 매를 들 것이다. 그러나 나는 엄마의 엄명을 어겼다. 매쯤은 기꺼이 맞을 것이다. 밖에 나가면 내 머리에서 언니가 사라져도 집에 돌아오면 언니 기침소리 하나, 말소리 하나, 눈빛 하나에도 내 마음이 모아졌다. 언니한테 내가 도움이 좀 되는 동생이었으면. 엄마만큼은 아니라도 나는 언니가 정말 정말…… 그런데 그 여름의 어느 날 밤이다. 무척 더운 밤이었다. 엄마가 집에 없었다. 언니하고 나는 안방에 있었다.

엄마가 없으면 우리는 뭔가 저질렀다. 그것이 대개 하면 안 되는 일들이었다. 곳간에서 뭔가를 훔쳐 먹는다든지 마루걸레질을 빼먹고 게으름을 피운다든지 심할 때는 아버지 바지를 뒤졌다. 돈을 쬐끔, 쬐끔 들키지 않게 훔치려고. 용돈을 인색하게 주니까 너무. 오마께(제비뽑기) 사먹을 돈이 없어서. 그러나 그런 게 다 이제는 흘러간 옛노래였다. 우리는 엄마가 없어도 안방에서 얌전했다.

"모기장 치자."

우리는 일찌감치 모기장을 쳤다. 모기가 극성이었다. 방 네 귀퉁이에 박혀있는 대못에다 모기장 고리를 걸고,

"됐다."

내가 세 군데, 언니가 한군데. 언니는 그것도 힘들어하는 것 같

았다. 우리는 모기장 속에 들어가서,
"너무너무 덥다."
방바닥에 배를 깔았다.
"어 시원해, 시원하다."
딩굴었다. 더위가 대번에 달아났다. 너무 시원하고 좋아서 점점 더 크게 딩굴었다. 이쪽 끝에서 저쪽 끝으로, 저쪽 끝에서 이쪽 끝으로, 둘의 몸이 부딪쳤다. 또 부딪쳐서,
"더워."
내가 언니를 밀어냈다.
"나도 덥다."
언니도 나를 밀어냈다. 크게 더 크게 딩굴면서 밀어내고 밀어내고—이런 때 한쪽이 멈추면 그만이었을 텐데 나도 그렇게 하지 않았고 나보다 힘이 약한 언니도 그렇게 하지 않고 반대로, 우리의 밀어내기가 그만 진짜가 됐다. 서로 질세라 꼭 적군과 아군처럼 사정없이 밀어내기를 했다. 모기장에 몸이 감겼다. 그 바람에 한 귀퉁이의 고리가 떨어져 나갔다. 또 떨어져 나갔다. 이제라도 멈춰야 하는데, 세 귀퉁이가 떨어져 나갔다. 그래도 우리는 멈추지 않았다. 모기장에 둘둘 말려가지고 밀어내기를 하는데, 둘이 다 말려가지고 있는 힘을 다하는데, 언니가 방문턱에까지 밀렸다. 언니가 반격해 올 것이다, 밀렸으니 반격해 올 것이다. 나는 언니가 반격해 올 것에 대비해서 온몸에 힘을 모으는데 웬 일인가, 언니가 움직이지 않았다. 움직이지 않는 것이 아니었다. 움직이지 못했다. 썩은 나무토막처럼, 방전(放電)해버린 물체처럼, 죽은 것처럼. 그때서야 나는 내가 무슨 짓을 했는지를 알았다. 그리고 그 순간이다. 언니 입에서 어어억! 소리가 터져 나왔다. 성한 사람을 절대 이기지 못하는 것을 안 어어억 소리가! 나는 벼락을 번쩍 맞은 것 같았다.

그 울음소리는, 처음에는 토해내듯이 폭발적이었는데 차차 차차 낮게 깔리면서 목에서 꺽꺽 꺾이었다. 그리고 그 꺽꺽 꺾이는 소리는 이어지고 이어지면서 오래오래 이어졌다. 마치 언니가 자기 몸에서 일어난 일을 넋두리나 하는 것 같은—나는 벼락에 묶여 달싹을 못하며 그 울음을 들었다. 그리고 언니가 그렇게 우는 것을 나는 다시는 보지 못했다. 애간장이 녹는다고들 하는데 그 울음이 그랬다. 내가 어떻게나 잔인했으면!

이제 그때의 나를 용서하고 싶다. 그런데 그 울음이 평생 나를 떠나지 않는다.

나는 오래오래 언니하고 눈을 맞출 수가 없었다. 그러나 여름이 가고 가을이 오면서 잃어버렸던 우애가 서서히 살아났다. 우리는 다시 눈길을 맞추었고 언니가 미소를 지어주었다. 깊은 미소였다. 나도 깊은 미소가 되어갔다, 언니 따라서. 거기에는 대모오빠의 책이 한몫을 했다. 오빠가 자기가 읽고 난 책이라면서 일본에서 수십 권의 책을 우리 집으로 보내왔다. 아버지의 장학금(?)도 그 책값이 됐기 때문이 아니었을까. 하여간에 평소 오빠가 주창하는 바가 여성이어 책을 읽어라, 었기에 나는 그 책들을 모조리 읽어치웠다. 언니는 자기 취미 따라서 이것저것을 짬짬이 읽는 것 같았다. 엄마는 책을 보자 태워버린다고 했는데 아버지가 워낙 책을 고귀한 것으로 알았기 때문에 살아남았다. 그런 책을 언니하고 나는 서로 눈짓을 해가면서 엄마 몰래 읽었던 것이다. 나는 오빠 전공학과 서적인 '법철학'까지 모조리 읽었는데 내 머리에 남아 있는 것은 책의 이름 '법철학'뿐이다. 연애소설이라면 수 십년이 지나도 어느 한 대목은 남아있을 법도한데.

겨울의 계절풍, 북쪽에서 매서운 바람이 휘몰려온다. 날씨를 전하는 말에도 기온이 얼만데 바람이 불어서 체감온도는 훨씬 낮다.

그 말이 맞다. 북쪽에서 바람이 불면 온천지가 뒤집히고, 나뭇가지가 울고, 나뭇가지가 없는 골목길에서는 전깃줄이 운다. 휘익 휘이익휙. 깊은 밤에 혼자서 그 소리를 듣고 있으면 꼭,

"죽을 놈은 나오고 살 놈은 들어가라!"

그렇게 들렸다. 소름이 끼치는 바람소리였다. 죽을 놈은 나오고—지금 나가면 죽을 것이다. 확실히 그 바람이 불고 기온이 곤두박질치면 얼어서 죽는 사람도 나왔다. 눈이 오고 바람이 휘몰아치면 길을 잃고 죽는 사람도 나온다. 그런데 그 다음 날은 거짓말처럼 사위가 고요해지고 햇빛이 온화하게 언 땅을 녹인다. 친정에 와있던 딸을 시집으로 보내는 날이다. 눈보라가 휘몰아친 그 전날에는 며느리를 친정에 보냈고. 또 이렇게 온화해진 날, 그런 날에는 스케이트를 멘 사람들이 강으로 나온다. 여기는 강을 끼고 있어서 스케이트 인구가 비교적 많았다.

나는 햇볕이 드는 마루에 앉아서 스케이트 날을 열심히 세우고 있었다. 강가에 나가면 뭐 돈을 받고 날을 세워주는 아저씨가 있었지만 감히 나야 내 손으로 스케이트에 봉사를 해야지. 여기는 피겨를 타는 사람은 거의 없고 다 스피이드 스케이튼데 이놈의 날을 세우는 것은 일이었다.

언니가 해바라기를 할 참인지 마루에 나왔다가 스케이트하고 씨름하는 내 곁에 와서 앉았다. 언니는 잠잠히 내 손길을 지켜보다가 이렇게 입을 열었다.

"기동차 타고 다닐 때 말인데—."

언니가 입을 열면 나는 그저 좋았다. 그런데 기동차란다.

"기차통학 때?"

내 말소리에 웃음기가 묻어났다.

언니가 기차통학 이야기를 별로 하지 않았지만 내가 아홉 살 때,

그 운동회 때, 언니를 잃어버려서 울고, 언니는 나를 잃어버려서 울고 했던 그날, 우리가 서로 일찍, 약속 장소가 아니고 서로를 찾아나서는 바람에 길이 어긋났다는 것을 다음 주말에 언니가 덕산집에 와서야 서로 알았다. 언니는 나를 잃어버리고, 물론 버스도 놓치고, 그래서 이모네에 갈 수밖에 없어서 서함흥역까지 울면서 갔고, 기동차 안에서도 찔끔찔끔 울었고, 이모네에 다 가기까지 울었다고 했다. 나는 버스 탈 때까지만 울고, 언니 스웨터가 떠오르면서 미풍을 만나고 들판을 달렸다. 그런데 언니가 길게 운 것을 알기 때문에 미안한 생각이 좀 있어서 내 말소리에 웃음기가 섞였는데,

"그래 그때, 서 재으리란 애가 있었다. 같이 기차통학 했는데."

어머, 언니 입에서 이런 놀랍고 또 놀라운 말이 나왔다. 나는 너무너무 놀랬다. 서 재으리? 그러니깐 서 재을이 말하는 거지, 언니?

"언니 언니, 언니가 서 재으리 알아!"

내가 큰소리를 내질렀다.

"왜 그렇게 놀래니?"

"글쎄, 아냐고 언니가?"

"안다. 기차통학 같이 했다니깐, 잠깐이지만. 갸네가 시내루 이사를 와서."

"그걸 왜 이제야 말하는 거야? 갸가 언니, 지금은 유명한 스케이트 선수야."

나는 언니가 큰 잘못이나 한 것처럼 눈을 부라렸다. 언니 따라갸, 어저구 하면서. 그런 얘길 할 계기나 있었나. 그러나 언니는 내 말을 흘려버리며,

"그러니? 그때, 그러니까 그때도 스케이트 메고…… 갸가 그러

더라."

그러니까 내 스케이트를 보고 '갸' 생각이 났다는 건가. 그나저나 우리 언니가 서 재을일 안다네! 이럴 수가—

"언니, 그러니까 지금도 갸가 언니 보면 알아?"

"그러기? 그때는, 내가 학교 다닐 때, (마지막 여학교) 그때는 보면 손을 흔들고, 그랬는데……."

"그럼 지금도 알 거야. 언니, 나 소개해 줘."

언니가 입을 뻥했다가 웃어버렸다.

여학생들이 링크에서 '갸'주변을 빙글빙글 돌면서 어떻게든, 눈길이라도 맞춰보려고 애를 쓰는데, 그 찌약 빠진 폼하며 물총새 같은 스피이드하며 아 우리들의, 아니, 나의 우상—또 우상, 이러면 이상한가—하여간에 나는 침을 삼키며 말했다.

"언니, 갸가 선수도 그냥 선수가 아니라니깐. 조선반도 전체 스케이트 선수권자야."

"……."

언니는 무슨 소린가, 싶은 얼굴이었다.

"조선에서 첫째라니깐. 조선반도 선수권자. 이제 일본 가서, 일본선수들하고 붙는대. 우리 전체의 대표선수야."

"전체?"

"그래!"

"아주 잘 타는 거네?"

언니도 알아차리는 것 같았다.

나는 언니가 더 잘 알아듣게 열심히 설명했다.

"언니, 스케이트도 스케이튼데 갼 멋이 있어. 너무너무 멋이 있어. 언니도 보면 좋은데—링크를 휘이익 날아가는 걸 보면! 여학생들이 숨이 넘어가서 입을 헤벌레 해가지구선 침을 흘리지. 웃겨

언니."

부풀리기야 했지만 거짓말은 아니었다. 여학생들이 그를 미켈란젤로의 남자, 그렇게 불렀다. 미켈란젤로는 어서 주워들었는지. 몸이 잘 빠졌다는 소리일 텐데 일제하에서 외국이름이면 나이팅게일도 때려죽이려든 태평양전쟁 말기에 그따위 소리들을 했으니. 어쨌거나 내가 '멋'을 그렇게도 강조했는데 언니는 '멋'에 별로 반응을 보이지 않고 이렇게 초를 쳤다.

"중학교 일년 떨어졌는데?"

어? 그 말은 조금 뜻밖이었다. 그 남자가, 그 기막힌 남자가? 그렇지만 무슨 상관이야.

"머리하고 멋은 다른 거야. 그건 다른 거야. 언니, 만나자 응?"

내가 알랑을 부렸다. 공부 좋아했던 언니가 공부 못하는 남자는 싫다—이러면? 그런데 언니는 내가 알랑을 부리면서 매달리니까 고개를 끄덕여주었다.

"고마워 언니, 고마워. 언니 고맙다고!"

언니가 또 웃었다. 해뜨기 전의 나팔꽃, 그 해맑은 하늘빛처럼. '서 재을 만나는 날'이 그렇게 성립됐다.

겨울이나 환절기는 언니에겐 나쁜 시기였다. 모든 병이 감기에서 시작이 되는데 그 시기에 감기에 잘 걸린다. 우리는 좋은날을 기다리기로 했다.

북국의 삼한(三寒)이 모질어도 사온(四溫)은 온다. 우리는 사온에 엄마가 집을 비우는 날을 기다렸다.

그런 날이 왔다. 날은 순했고 엄마는 집을 비웠다. 우리는 강으로 나갔다.

제대로 된 스케이트 링크는 강을 건넌 시내 쪽에 있었다. 강을 건너자면 다리를 건너야하는데 여기 만세교 바람이 소문난 매섭고도 지독한 바람이다. 이 다리를 3년만 건너다니면 바람 맞아 명태(황태)가 된다고 하는데 다리 위에만 올라서면 없던 바람도 돌풍이 이듯 휘몰려왔다. 그 바람이 얼음 같고 칼날 같아서 정말로 건너고 싶지 않은 다리였다. 길기는 또 얼마나 긴데. 서 재을이 있다면 강 건너에 있을 것이었다. 그러나 우리는 애시당초 다리를 건널 생각은 없었던 사람들처럼 강 건너는 별로 보지도 않고 우리 쪽 강가로 내려갔다. 이쪽에는 큰 링크는 없어도 동네 꼬마들이 얼음지치는 빙판은 있었다. 작고 고르지는 못해도. 나는 실력이 보잘 것이 없어서 큰 링크가 필요한 사람도 못되었다. 아이들 속으로 들어갔다. 아이들하고 어울리니까 딱 격에 맞았다. 아니, 돋보였다. 신이 나서 내가 뒷짐을 지고 폼을 잡고 하니까 강가에 앉아서 보고 있던 언니가,

"나도 타자."

하면서 일어섰다.

"탄다고?"

"탈거야."

"언니이, 정말 탈거야?"

나는 '니이' 하고 길게 발음했다. 너무 반가웠다, 언니 말이.

"탈거야."

언니가 다시 탄단다. 나는 얼른 스케이트를 벗어 내밀었다.

언니는 일어나지도 못했다. 두 손으로 빙판을 짚고, 두 다리는 헤엄치는 개구리 뒷다리처럼 찍찍 멋대로 나갔다.

"언니야!"

내가 소리를 지르고, 언니는 빙판을 기면서 웃고, 내 손을 잡고 또 큰소리로 웃었다.

"언니야, 괜찮아?"

"괜찮아!"

언니의 외출! 서 재을 만나는 날을 성립시켰을 때 우리는 말은 안해도 사실은 언니의 외출을 만들어 냈던 게 아닐까. 그래서 강가에 실제로 내려섰을 때 강 건너는 보려고도 하지 않은 게 아닐까. 언니의 스케이트는 몇 초로 끝났지만 언니도 나도 너무 행복해서 높고 맑은 웃음소리를 뿌렸다. 그리고 다음 날, 언니가 대각혈을 했다. 겨울을 이겨내지 못했다고, 다들 언니가 겨울을 이겨내지 못했다고 가슴을 쳤다. 나는 두 다리가 후들후들 후들거렸다. 언니의 외출, 그것 때문이야! 그런데 나는 고백하지 못했다. 언니는 나와 눈길이 마주치면 보일락 말락 고개를 저었다. 그거, 말하는 게 아니라고.

언니의 병세는 하루 빤짝했다가는 깊어지고 또 깊어졌다. 언니가 건넛방으로 옮겨갔다.

이 지방의 집들은 대개 방이 일자로 앉아가지고 한 아궁이에서 불을 지핀다. 우리 집도 안방, 가운뎃방, 웃방이 한 줄로 앉아서 아궁이에서 불을 때면 안방이 자글자글 끓고, 가운뎃방은 뜻뜻, 웃방은 좀 서늘한 편이었다. 언니에게는 서늘한 데가 좋다고 지금까지는 언니가 웃방을 썼는데 건넛방으로 가게 된 것이다. 건넛방은 같은 부엌이라도 딴 아궁이었다. 뭔가 바뀌어갔다. 언니 방에서 나오는 물건은 그릇은 팔팔 끓이고 뭐 크레졸로 소독할 것들, 그런 것은 엄마가 도맡아했다. 나는 그런 일에는 얼씬도 못하게 했다. 나하고 언니 사이에 뭔가가 이렇게 차단이 되어갔다. 언니가 해바라기를 한다고 낮에 더러 나와도 그때는 내가 집에 없고 언니하고 내가 보는 일이 점점 드물어졌다. 누가 말로 이래라 저래라 하는 것은 아니지만 집안이 그렇게 돌아가는 것을 느낄 수 있었다. 나를 보호하고 있다는 것을, 내가 가장 위험한 나이라—

일요일이었다. 엄마도 안방에 있었는데 종이 한 장을 들고 언니가 웃방에 있는 내게 왔다. 언니는 그 종이를 내게 내밀면서 이렇게 말했다.

"이거 다시 써줘. 나는 손이 떨려서…… 이렇게밖엔 못 썼어."

언니가 주고 간 종이에는 이렇게 적혀있었다.

대모오빠, 엽서 받고도 답장을 한 번도 못했어요. 늘 하고 싶었는데…… 오빠 책은 더러 읽었어요, 많은 생각을 하면서요…… 이제 오빠, 언제쯤에나 만나게 될까요? 내 손이 너무 떨려요.

유섬이가

언니가? 이 편지를? 나는 숨이 멎는 줄 알았다. 언니가 오빠한테 편지를? 상상도 해보지 못한 일이었다. 그 글씨 하나하나는 알아보기 힘들 정도로 삐뚤빼뚤했다. 손에 힘이 얼마나 없었으면! 그런 손으로 이 글을 써가지고 언니가 내게 왔다. 나는 쇠망치로 머리를 꽝 얻어맞고, 그리고는 무슨 생각을 하고 말고도 없이 그 자리에서 쫓기듯 그 글씨를 정확하게 또 예쁘게 받아썼다. 그리고는 또 쫓기듯 그 편지를 언니 이름으로 오빠에게 보냈다. 불야불야, 내 정신이 아니었다. 그러고 나서 멍해 있는데—답장을 한 번도 못했어요—가 되살아났다.

…… 그렇다면 언니가 대모오빠에게 처음으로 보내는 편지인가. 근래에 받은 몇 번의 엽서에 답장을 하지 못했다는 뜻인가. 대모오빠하고 언니가 편지를 주고받는다는 것을 왜 나는 생각해 본 일이 없었을까.

내 머리에 피가 우욱 솟았다. 아니야. 다시 생각해 본다.

언니는 내가 주착스레 대모오빠한테 편지를 보내곤 하는 걸 안다. 그러니까 처음으로 쓰는 편지가 맞다. 내가 언니를 잘 아는데 언니가 내가 쓰는 이런 편지를 나와 함께 써왔을 리가 없다. 나는 그걸 확신한다. 언니는 한 번도 내게 빡빡하게 군 일이 없지 않은가. 그게 언니가 아닌가. 게다가 언니는 아프다. 아파가지고 이런 편지를 쓴다는 건 말도 안 된다. 이러지 마. 나는 어려서부터 언니 특권을 다아 받아들였잖아. 내가 주착스레 오빠한테 편지를 쓰곤 하는 걸 언니가 아는데 이제 와서 언니가 이러면 나는 어쩌라고, 어쩌라고! 언니는 아픈 사람이고 나는 받아들여야 하고. 언니가 어떤 마음이라는 거야!

나는 머리를 책상에 박았다. 박고 또 생각을 모아보았다. 답은 '마지막'이었다. 그것이 답이었다. 아무리 거부해도, 아닌 척하지만 죽음이 한발 한발 다가오고 있는 것을 언니가 왜 모르겠는가. 오지 마, 오지 맛! 언니는 외쳐보았겠지. 그래도 오고 있는 것을. 그런 가혹한 일이 왜 자기에게 일어나고 있는가!

그렇다, 언니는 분노하며 떨었을 것이다. 아프고 싶어서 아픈 사람은 없다. 그러나 사람의 힘으로는 어떻게도 할 수 없는 것이 또한 그것이다. 그러자 언니의 깊고 깊은 저 밑바닥에서 들려오는 소리, 꿈도 있고 하고 싶은 일도 있는데 이제 못하고 마는가! 그 소리가 언니를 잡아 일으킨다. 손목을 본다. 아직은 힘이 있다. 언니는 펜을 잡았고 너무너무 쓰고 싶었던 그 편지가 그렇게 해서 쓰여진다…… 언니 마음, 내 마음, 오빠 마음, 우리의 소용돌이치는 마음!

그 무렵에 엄마가 나에게 엄명을 내렸다. 언니 앞에서 절대로 울지 말라는 것이었다.

지난 설에 언니도 나도 설빔을 얻어 입었다. 나는 그 새 옷을 바로 입었지만 언니는 입지 않았다. 늘 누워 있어서 구긴다고, 나중에 나으면 입겠다고. 엄마가 그 옷을 꺼내서 언니에게 입혔다. 그리고 그 이마를 한없이, 한없이 쓰담고 있었다. 우리 집은 바늘 끝만 살짝 대도 빵 터질 고무풍선 같았다. 모두가 숨을 죽이고 눈은 밑으로 깔았다. 엄마 눈은 한자쯤 꺼져서 그 꺼진 눈알이 사금파리처럼 번득였다. 나는 엄마가 무서워서 엄마 앞에서는 말도 굳어버리고 잠에 빠지면 천지를 모르는 내가 한밤중에도 깜짝깜짝 일어나곤 했다. 뚜벅뚜벅, 무슨 발소리를 들은 것 같았다.

언니는 건넛방에서 사람을 부를 때면 조그만 종을 흔들었다. 소리를 내는 대신 종을 흔들라고 아버지가 머리맡에 놓아준 것이다. 나는 엄마를 대신해서 부엌일을 많이 거들었다. 전에는 뺀들거리면서 부엌일을 안 하려고 요리조리 피했는데 밤낮없이 언니 종소리에 벌떡벌떡 일어서는 엄마를 보면 엄마를 대신하지 않을 수가 없었다. 나는 학교에서 돌아오면 교복을 벗어놓기가 바쁘게 부엌에 들어섰다. 펌프 물을 길어서 물 항아리에 채우고 톱밥을 가져다 아궁이에 풀무질을 해서 불을 땠다. 건넛방을 쳐다보면 부뚜막에서 방으로 들어가는 미닫이 아래켠의 유리를 통해서 방안이 보이는데, 쇠침대의 다리만 눈에 들어오고 그 위에 누워있는 언니의 모습은 눈에 들어오지 않았다. 유리 가까이에 가면 언니가 보이겠지만 나는 그쪽은 보려고 하지 않았다. 침대 다리만 봐도 내 속은 울컥울컥했다.

설거지통에 빈 그릇이 수북했다. 나는 톱밥을 아궁이에 가득 밀어 넣고 나서 허리를 펴 설거지통에 손을 댔다. 그때다.

"유님아—"

떨면서 가늘게 부르는 언니 목소리가 들렸다. 내가 머리를 돌렸다. 언니가 미닫이 아래켠 유리에 얼굴을 붙이다시피 갖다 대고 나를 부르고 있었다. 침대에서 내려와서, 무슨 힘으로 내려왔는지, 조그만 종을 흔들어서, 그것을 흔드는 정도의 힘이 고작인 언니가 침대에서 내려와서 이렇게 말하는 것이었다, 나에게!

"유님아, 나 살려줘!"

나는 주저앉았다. 동시에 입에서 무엇이 폭발했다. 폭발해서 집 안을 까뒤집었다. 켜켜로 눌러온 울음이 목줄을 타고 터져 나온 것이다. 으으윽!

엄마가 맨발로 흙바닥에 뛰어내렸다. 엄마는 내 왼쪽 뺨을 온몸을 내던져 후려쳤다.

"울지 말랬는데!"

그 말과 함께. 오장육부를 쏟아내는 그 말과 함께, 내 뺨에 불이 번쩍했다. 나는 뛰어 일어나서 부엌문을 박차고나가 뒤울안의 큰 장독에다 내 등을 내던졌다. 그리고 소리쳐 울음을 쏟아냈다, 미안해 언니, 미안해 언니하면서.

언니야! 그 오랜 동안 언니는 울지도 않고 짜증도 내지 않고 한탄도 하지 않았어. 나는 밖에 나가면 떠들고 웃고 언니를 잊어먹었어. 내가 그런 동생이야, 그런 동생이라고. 그 운동회 날, 언니가 길게 울었는데 나는 조금밖에 울지 않았어, 내가 그랬다고. 언니 교복을 입고 내가 뛰었잖아. 또 있다, 언니. 그 여름 날, 내가 무슨 짓을 했는지 언니, 나는 절대 잊지 못해, 모기장 속에서—그걸 어떻게 내가 잊겠어. 나를 용서하지 마, 용서하지 마 언니야, 용서하지 마! 스케이트 탄 것도 내가 잘못한 거야, 잘못한 거지, 정말로 잘못한 거지. 언니가 피를 토하는데 나는 입을 꼬옥 다물고, 내가 그랬잖아! 그보다 더 잘못한 거, 그 삐뚤빼뚤했던 언니 글씨는 그대로 대모오빠한테 보냈어야 했던 거야. 내가 그러지 않았어, 내가 그러지 못했다고 언니—

다음 날 새벽에 유섬언니는 몇 시냐고 날카롭게 묻고 그리고 이 세상의 끈을 놓았다. 열아홉이었다. 열아홉 살.

사흘 후에 나는 학교에 다시 나갔다. 학교친구들이 내 슬픔을 건드릴까봐 조심들 했다. 그러한 어느 날, 친구 하나가 점심을 먹고 나서 쉬는 시간에 강당으로 나를 끌어냈다. 꼭 해야 할 얘기가 있다면서. 넓은 강당에는 이미 두 사람이 있었다. 한낮을 지난 햇볕이 아직 유리창으로 넘어오는 데가 있었다. 그들은 그런 따뜻한 데를 찾아서 나무 맨바닥에 앉아 소군거리고 있었다. 우리도 그런 데를 찾아갔다. 그러나 서로의 사이가 많이 떨어져있어서 피차 말소리는 들리지 않았다. 친구가 내 손을 잡았다가 놓으며 말했다.

"유님아, 내가 정말 나 혼자만 듣고 넘어갈 수가 없었어. 너무 슬프고 아름답고 가슴이 그래, 뭐랄까. 세상에 이런 일이 실제로 있구나 싶고. 너네 언니 얘기다."

그렇게 시작이 되었다.

"서 재으리는 너도 알지? 미켈란젤로의 남자, 그 남자의 여동생이 내 친구야. 보통학교 때 한 반이였어. 서 재으리 알아?"

"알아."

언니하고 '걔 걔' 하던 남자지.

"알겠지. 기집애들이 오직 날리니. 말짱 헛것인지도 모르고. 서 재을이 여동생, 걔가 지 오빠 일기장을 어쩌다가 몰래 보게 됐대. 그랬더니 '보랏빛 그대' 그런 게 일기장 하나를 도배질했더래. 그 '보랏빛 그대'가 너네 언니야. 읽어보니깐 그렇더래. 얘가 놀래서, 너무 너무 놀래서, 너네 언닌 우리 여학생들 사이에, 아는 사이에선 좀 비극적이잖아. 그런 비극의 여주인공이 지네 오빠 일기장에 등장했으니 놀래지. 너네 언니가 왜 보랏빛 그댄지 그건 적혀 있지 않은데 하여간에 구구절절 '보랏빛 그대'더래. 너는 알아, 너네 언니가 왜 보랏빛 그댄지?"

귀 기울이면서 나는 생각한다—파도 같고 나뭇잎 같은 흰색과 보랏빛 무늬의 스웨터. 그걸 언니가 얻어 입었을 때가 서 재을이와 기차 통학했던 그 시기지.

"내 친구가 놀래더니 갑자기 씩씩거리면서 분통을 터뜨린다. 지네 오빠가 일기장에만 대고 '보랏빛 그대' 어쩌구 애절하게 노래해 놓고, 막상 너네 언니한텐 입도 뻥긋 못했더래. 읽어보니깐 그렇더래. 일기장 하나를 도배질해 놨으면서 우리 오빠가 머가 모자라서 고백 한 번 못하니. 일기를 그만 썼으면 편지도 쓰겠다. 그거 한번 못쓰고, 너네 언니 죽는 날까지! 그렇게 분통을 터뜨리다가 우리 오빠 못났어. 사내새끼도 아니야. 입은 뒀다 언제 써먹자고. 간이 생기다 말았지 우리 오빠—그러더니 이번에는 우는 거야, 우리 오빠 불상해, 불상해하면서 운다. 두 손으로 얼굴을 가리고 서럽게 운다. 근데 웃기는 게, 걔가 우니까 내가 따라서 운다. 덧없고, 덧없고, 아름답고 허무하고 허무해서 나도 운다. 지금도 눈물이 나네 …… 기차통학 같이 했다며?"

나는 아무 말도 못했다.

"그게 첫사랑이겠지?"

치받쳐오는 뜨거운 것을 목구멍으로 넘기며 나는 말했다.

"…… 어렸을 때야. 그게 언젠데……"

"소설이다…… 왜 한마디도 못했을까."

"……그러기……."

듣고 보니 정말로 소설 같은 얘긴데 언니는 알았을까. 낌새는 챘을까. 아련한 기차통학속의 소년, 중학교 일년 떨어진 소년. 내가 걔, 걔하면서 만나고 싶어 한 청년 서 재을. 그래, 우린 순진무구

했었지…… 아, 누구를 위해 내 가슴이 이리 싸아하고 친구 말마따나 이렇게 허무할까. 내 머리가 떨어졌다. 친구는 내가 울고 있다고 생각했는지,

"유님아, 生者必滅(생자필멸)이오 會者必離(회자필리)다."

한마디 읊었다.

산 자는 반드시 소멸하고 만난 자는 반드시 이별한다. 한문시간에 배운 말이었다.

동경에서 오빠가 돌아왔다. 미군기가 일본본토를 공습한다는 말이 파다해지면서 동경에 가있던 조선학생들 대부분이 귀국을 했다. 대모오빠는 동경에서 더 북쪽인 센다이로 소개를 갔다고 했다. 오빠는 선물로 인형을 들고 왔다. 키가 2십 5센티 정도나 될까. 두 개였다. 하나는 내 꺼고 하나는 유섬언니 꺼였다.

인형을 구경한지가 오래되었다. 함흥에서 인형이 사라진지가 오래되었다. 인형이 있다는 것을 잊어버리고들 살았다. 동경에는 인형이 있었구나. 그 인형은 어느 주부가 집에 있는 헝겊 쪼가리를 가지고 짬짬이 퀼팅 기법으로 서툴게 만들어서 동네 가게에다 진열한 것 같은 그런 것이었다. 나는 잠자는 인형, 눕히면 꼴깍 눈을 감는 그리고 언니 스웨터 무늬 같은 레이스 옷을 입은 인형을 좋아했는데. 예쁘지는 않아도 오랜만에 보는 그 인형이 신기했다. 하나는 집에 두고 또 하나를 들고 오빠하고 나는 멀지않은 공동묘지에 있는 언니 무덤을 찾아 집을 나섰다. 오빠가 그 인형을 언니 무덤에 묻어주자고 했기 때문이었다.

조선반도에도 미군기가 뜨는 일이 있었다. 그러나 폭탄을 떨어뜨리고 그런 일은 일어나지 않았다. 그런데 학도병을 끌어내는 일이 벌어졌다. 전문, 대학에 가있는 조선인 학생들이 '학도병'이라는 이름으로 끌려갔다. 전쟁은 막바지에 이르렀는지 졌다는 말을 절대로

실토하지 않던 일본이 이 섬에서도 옥쇄(玉碎)했다, 저 섬에서도 옥쇄했다는 발표를 내놓았다. 그런 판에 조선인 학생들을 '학도병에 지원'이런 말로 둘러대며 끌어냈다.

아무개네 아들이 끌려간다, 아무개네도 또. 소문은 순식간에 돌았다, 빤한 바닥이니까. 서 재을이 나간다는 것도 여학생들은 알고 있었다. 상급생들은 아직도 화려했던 그를 기억하고 있어서 마음이 좀 짠한 편이었다. 그는 언니에게 일기장 한권을 바쳤다. 그러나 나는 깨닫는다. 언니가 울지도 않고 짜증도 내지 않고 한탄도 하지 않고 참아낸 것이 바로 대모오빠 힘이 아니었을까. 그 긴긴 투병 내내! 중학교 일 년 떨어진 소년의 힘은 아니지……

언니, 공회당에서 이 지방 학도병들의 장행회(壯行會)가 있던 날 내가 공회당 앞마당에 갔었어. 그 소년을 위해서, '보랏빛 그대'를 가슴에 품은 소년을 위해서. 내가 그를 좋아했잖아, 멋이 있다고. 그 멋있는 그를 먼발치에서라도 보내고 싶었어. 그가 거기 있더라고. 무운장구(武運長久)라는 띠를 가슴에 두르고서 여러 학도병들과 함께 거기 있더라고. 내가 그를 보았어. 그야 내가 거기 온 걸 생각도 못했겠지. 그는 그때도 언니 생각을 했을 거고. 그게 서 재을이 본 마지막이야. 내가 남에 와버려서, 해방이 되고 바로 와버려서 그 뒤의 일을 내가 모르지.

정말 언니, 중요한 거 하나 빠뜨릴 뻔했네. 내가 공회당에 갔다 온 걸 오빠한테 어쩌다 말했어, '보랏빛 그대'도 몇 마디 흘리면서. 내가 혼자 삭이지 못했지. 그랬더니 오빠가 놀래서,

"그랬구니!"

그리고 하는 얘기가, 우리가 강에 나가서 스케이트 타곤 했던 그 때쯤인가봐.

서 재을이가 결선전 치르러 일본에 왔대요. 아깝게 졌지만 그때

오빠하고 만났대. 그 사람들이 학교 선후배인데다 오빠가 남을 잘 챙기고 그러잖아.

오빠가 남을 잘 챙긴다니까 대모오빠도 오빠가 챙긴 거 아닌가? 공부 시원치 않은 오빠가 공부 잘하는 불우한 친구를 챙겼다—말이 되지? 내 상상일 거야. 하여튼 서 재을이가 어깨가 처져서 돌아가는데 오빠가 안돼서 동경역까지 가줬대요. 그때 오빠가 자기도 곧 귀국한다니까 재을이가, 마침 거기 매장에 보이는 인형 하나를 사서 오빠 주면서,

"형님, 이걸 유섬에게—"

"니가 유섬이를 어떻게?"

"그거…… 기차통학 같이 했어요, 옛날에요."

그러냐. 오빠는 무심히 받았지. 받고 보니까 내 생각이 나서, 유님이 생각이 나서 오빠가 하나 더 샀대요. 그런데 늦게 귀국하는 바람에 언니 생전에 언니 주지 못했지 오빠가. 아무 말을 못하고 언니 무덤에 묻어준 거, 그게 그런 인형이었어. 언니, 잘 받았지?

언니, 언니가 살고 싶었던 열아홉. 지내놓고 보니까 언니, 열아홉은 자기 인생의 역사를 창조하는 나이더라고. 정말로 소중한 나이더라고. 그리고 우리에게 지대한 학습을 시킨 대모오빠 소식을 여기 와서 동경 있던 사람들 찾아서 무척 수소문했는데 알 길이 없었어. 새 세상 찾아 오로지 달려온 오빠야, 북송선 탄 거 아닐까, 그런 생각이 드네. 그렇지 않다면 왜 소식이 그렇게 묘연하겠어. 언니는 모르지만 내게 종교시, 그런 소리한 오빠야. 그래도 내가 오빠를 필사적으로 찾았어.

언니, 언니는 이 두 남자가 어떻게 된지 알아?

슬기 밀어주기

한국남자들은 한국으로 돌아가는 귀국비행기를 타는 순간에 백프로 한국남자로 돌아간다—손을 내밀면 바로 거기에 있는 신문도 꼭 집어 달라. 서랍 속에 있는 양말도 제 손으로는 못 찾고, 마누라가 아파서 집에 올 때 약이라도 사오라면 마음 편하게 잊어먹는다.

김 교수가 바로 그런 사람이었다. 미국에 있을 때는 모든 사정이 그렇지가 못해서 아내 심부름도 가고 설거지도 하고, 사내가 무슨 꼴인가 싶으면서도 어떡하랴. 아내가 김 교수의 유학생활을 견디느라고 세탁소를 다녔으니 심부름도 가고 설거지도 하는 수밖에 없었다. 거기는 그렇게 아내의 비위를 맞추지 않으면 법이 여자를 보호해 주겠다고 시퍼렇게 일어선다. 남편이 때린다고 아내가 신고라도 해봐라. 경찰차가 집을 에워싸고 권총을 꿰찬 서부총잡이 같은 경찰관이 들이닥친다. 남자 망신 주는 게 이곳의 정의라니—

김 교수는 '내 고향 남쪽나라'를 허밍하고 싶은 기분으로 한국엘 돌아왔다. 한국에 적응하는 거야 좋오치.

그런데 한국이 만만치가 않았다. 직장을 그럭저럭 잡은 것까지는 좋았는데 돈만 있으면 세상에서 가장 살기 좋다는 한국시민인 김 교수에게 돈이 없었다. 보통 외국유학을 갔다 왔다면 돈 있는 집의 자제라는 생각부터 하게 되는데 김 교수는 전혀 그렇지가 못했다. 한국에 집 한 칸이 없고 주택 청약통장 같은 것도 물론 없었다.

그래도 몇 해를 비비대면 뭔가가 생기겠지.

김 교수는 우선 학교에서 융자를 얻고 은행에서 대출을 받아서 전셋집을 구했다. 3년을 갚으면 빚이 없어진다. 3년 동안 또박또박 봉급의 3분의 2가 날아간다. 그리고 나머지가 생활비가 되는데 옛날 말대로 산 입에 거미줄 치랴. 어찌어찌 살아가겠지. 공부를 마치고 돌아와서 무사히 직장을 잡았으니 그게 어딘가. 직장 잡기가 하늘의 별따기라지 않은가. 김 교수도 아내도 그렇게 마음을 먹고 이제 한국생활을 버텨나가기로 했다.

이사를 하고 돈을 구하고 정신없이 두 달을 보냈다. 봉급이 나오기를 기다리고 그것을 쪼개 쓰느라고 계산을 하고, 모자라는 돈을 무엇으로 메울까 하고 부부가 머리를 맞대고 또 며칠이 지났다. 그러던 어느 날이었다.

밤에 엎어져 자고 있는 딸애 방을 들여다보다가 아내가 방 속으로 빨려 들어갔다. 이상했다. 이불 밖으로 삐어져 나와 있는 그 애 장딴지가 이상했다. 아내는 아이의 다리께에다 한쪽 무릎을 꺾고 엉거주춤하게 앉아서 이상한 다리를 주시했다. 그러자 아내의 두 눈썹이 마주 달라붙듯이 그 사이가 좁아졌다. 아내는 몇 초 동안을 같은 자세로 그러고 있다가 서서히 뒤로 물러나면서 자리에서 일어나 방에서 나왔다. 아내는 머리가 얻어맞은 듯이 어찔어찔했다.

아내는 소파에서 선잠이 든 김 교수를 깨워서 다짜고짜 딸애 방으로 끌고 들어갔다. 그리고는 아직도 아까 그대로 이불 밖으로 삐어져 나와 있는 딸애의 장딴지를 가리켰다. 김 교수의 눈이 커다래지면서 아내를 돌아다봤다. 아내가 자기 입술에다 한쪽 검지를 댔다. 아내는 김 교수의 입을 막고 그리고는 다시 다짜고짜 방에서 나오게 했다.

"웬일이야 응, 웬일이야?"

김 교수가 더는 참을 수가 없는 듯이 물었다.

"몰라. 나도 몰라!"

아내가 이마를 짚고 크게 머리를 흔들었다.

"모르다니?"

"내가 어떻게 알아. 방에 들어가 보니까 그렇더라고."

"그렇더라니. 그게 에미가 할 소리야, 애 다리가 저런데?"

"그러게 말야. 나도 모른다고. 저 기집애, 말을 해 줘야지 왜 저렇게 됐는지. 아이 어지러워. 맞은 거지?"

"누구한테 맞아? 깨워. 깨워서 물어봐."

"어떡하면 좋을까."

"빨리 깨우라는데!".

새로 한 시가 되어오고 있었다. 어지간하면 깊이 잠들어있는 아이를 그대로 재우고 내일 아침, 학교 가는 시간도 피했다가 저녁에나 일의 자초지종을 물으면 옳겠는데 부부는 그렇게 느긋할 수가 없는 문제라고 생각했다. 아이 다리가 그들 부부에게 너무 충격을 주었다.

딸아이를 깨웠다. 딸아이 슬기는 잠에서 깨면서 엄마, 아빠가 자기를 들여다보고 있다는 것을 알자 다리부터 감췄다. 이불자락을 끌어당기며 다리를 감추려는 슬기 손을 엄마가 딱 쳤다. 아이는 이불자락을 놓지 않으려고 놓쳤던 이불자락을 다시 그러잡았다.

엄마는 슬기를 자리에 엎드리게 했다. 슬기는 엎드리지 않으려고 뒤척이고 엄마는 결국 큰소리를 쳤다. 슬기는 단념한 듯 조용해졌다.

슬기의 두 다리는 무릎 뒤쪽에서 뒤꿈치 다 내려오는 데까지가 전부 푸르딩딩하게 꺼맸는데 그 꺼먼 피부 위에 또 핏빛이 도는 줄이 가로 쭉쭉 처져 있었다. 수 없이 많이, 처진 위에 또 처지고 또 처져서!

"누가 때렸어 누가, 선생님이니!"

김 교수가 그렇게 외쳤다.

"미쳤어? 선생이 이렇게? 요즘은 매 한 대를 들어도 학부모가 들고일어나는 세상인데 선생이 어떻게 이렇게 때려!"

아내도 김 교수에 지지 않게 외쳤다.

"그럼 누구야, 맞은 거지, 슬기야?"

슬기는 일어나 앉았지만 대답을 하지 않았다.

김 교수가 다그쳤다.

"말해 봐. 사고니?"

"사고? 무슨 사고?"

아내의 목소리가 뚝 떨어졌다.

사고라면 정말로 별별 일이 다 일어나고 있는 세상이었다.

아내도 머리에 '사고'라는 두 글자가 떠오르지 않은 것은 아니었다. 픽픽 스쳤다. 슬기는 저 다리를 학교 갈 때는 긴 양말로 숨기고 집에 와서는 재빨리 바지로 갈아입어서 숨겼다. 그렇게 식구들 못 보게 숨겼는데 왜 그토록 꼭꼭 숨겼을까. 숨긴 이유, 말 못했던 이유가 뭔데?

"너 왕따 당했니?"

엄마가 물었다.

'왜 말을 안 하니. 왕따 당했으면 당했다고 말하고, 애들한테 맞았으면 맞았다고 말하고. 말을 해 말을."

그래도 슬기가 입을 열지 않자 부모의 생각은 나쁜 쪽으로, 나쁜 쪽으로 흘러갈 수밖에 없었다. 여자애한테 말 못할 일이란? 사고로 해서 두 다리가 저렇게 되는 일이란 무엇일까. 오직 끔찍한 일이 많은 세상인데, 혹시? 혹시 뭐가? 학교 폭력도 날뛰는가 하면 학교 밖에서의 폭력도 보통 부모들의 상상을 넘던데. 어떡하냐, 혹시 몹쓸 일이 있었다면—.

"아이구 이 기집애야, 맞아야 입을 열겠어!"

마침내 아내의 목소리가 히스테릭해졌다. 그러자 슬기가 눈길을 아래로 내리깐 채 대답했다.

"선생님한테 맞았어요."

"선생님한테 맞아!"

"국어시험을 못 봐서 맞았어요."

그리고 슬기가 설명을 했다.

국어선생님은 틀린 문제만큼을 때리는데, 이번 시험에서 슬기가 36점을 받았으니까 예순 네 번을 맞았다는 것이었다. 회초리를 가지고 종아리를.

"너 너, 너만 맞았어?"

예순 네 번이라는 말에 정신이 어찔해지는 것만 같은 김 교수가 그렇게 물었다.

"아니오. 반의 아이들이 다 맞았어요."

"예순 네 번씩?"

"틀린 만큼만 맞았어요."

"너는 예순 네 번을 맞았다는 말이지?"

"……. 네."

슬기의 목소리가 기어들어갔다.

엄마는 말도 안 나오는 얼굴이었다. 예순 네 번을 맞았다는 말도 기가 차지만, 36점을 맞았다는 말은 더 기가 찼다. 지금까지 별별 불길한 생각을 다 했는데 36점을 맞았다니 이게 우리 아이가 하는 말인가.

슬기의 머리가 더 수그러들었다.

"36점을 맞다니 슬기야……."
정말로 이런 일이—
"그렇게 밖에 시험을 못 봤어?"
그래, 36점 받았다는 소리는 할 수 없었겠지. 36점을 맞았다는 소리를 할 수 없었기 때문에 예순 네 번 맞았다는 소리를 할 수 없었고, 예순 네 번 맞았다는 소리를 할 수 없었기 때문에, 양말로 다리를 감추고 바지로 또 감췄겠지. 슬기엄마는 화가 폭발했다.
"너네 선생님은, 니가 미국서 막 온 애라는 거, 모르니?"
슬기는 입을 열지 못했다.
"알아, 몰라?"
"알아요."
"그런데두 널 그렇게 때렸다는 거지?"
"틀린 애들은 다 때렸다니까요."
"너 말고도, 예순 네 번을 맞은 애가 또 있어?"
슬기가 다시 말을 못했다.
슬기엄마는 말을 못하는 애를 지켜보다가 마음을 갈아 앉혀야지 싶었다.
분하고 아득한 걸 생각하면 예순 네 대 때린 선생님처럼, 자기도 예순 네 대를 더 때려서 분하고 아득한 마음을 삭이고 싶지만, 머리를 뚝 떨구고 있는 애를 보니까 더 분하고 아득해서 눈물이 나올 것 같았다.
삭이자 삭이자. 우선 삭이자.
한국에 돌아올 때 아이 공부 때문에 걱정을 하니까 옆에서 괜찮다고들 했다. 한국에 돌아가서 1학기쯤만 지나면 아이들이 학교공부에 적응이 된다는 것이었다. 그래서 1학기쯤만 지나면 괜찮으려니 했다.

물론 아직 1학기의 반도 지나지 않았다. 그렇지만 1학기를 다 채우면서 한국학교에 적응을 하자면 36점을 얼마를 더 받아야 하며, 그동안 얼마를 더 맞아야 한단 말인가.

"알았어 슬기야. 들어가서 자라."

엄마의 말소리가 젖은 것 같았다. 김 교수는 계속 머리를 푹 떨구고 있는 딸을 일으켜 세워서 제 방으로 데리고 들어갔다. 딸하고 아버지는 얼마동안 그 방에서 두런두런거렸다.

잠자리에 들어서 부부는 학교에 처 들어가서 담판을 하자는 말도 했고, 그보다 아이의 공부를 봐주는 것이 급선무라는 말도 했다. 그러면서 어떻게 하면 36점을 받을까, 하는 것이 수수께끼였다. 미국에서 계속 우리말을 써왔다. 그렇다면 보통 아이큐를 가진 아이라면 80점 정도, 아니 70점은 받지 않을까. 우리말을 이해하니까. 아니 60점, 50점은 받아야 한다. 50점도 못 받는다면 머리가 약간 약하다는 소리가 된다.

우리 아이가 머리가 약한가. 절대 그럴 리가 없다. 중2가 되기까지 미국에서 미국공부를 잘 해왔고 결코 머리가 약하지 않았다. 미국하고 한국이 언어가 다를 뿐인데 슬기는 한국말로 책도 읽고 소설도 읽는다. 한국 교과서 정도는 다 이해를 한다. 또 한국학교에서 석 달 가까이 한국공부를 하지 않았는가. 그런데 국어를 36점밖에 받지 못한다는 말인가.

처음에는 학교에 처 들어갈 생각만으로 머리가 이글거렸는데 엄마는 차차, 아이를 너무 방치한 것이 아닌가 싶은 생각이 들었다. 이사다, 돈이다 하면서.

다음 날 아침 슬기엄마가, 두 아이 다 공부 잘한다는 동생한테서 얻은 정보는, 한국에서는 과외가 기본이다. 그러자면 두 부모가 있는 능력, 없는 능력을 다 해서 자식 뒷바라지를 해야 하는데, 언니는 기본이 돼 있질 않다. 남들을 봐라 남들을. 파출부 다니면서, 식당 설거지 도우면서, 자식 과외비 버는 부모가 부지기수다. 그런데 언니네는 형부가 교수씩이나 하겠다, 무슨 과윈들 못 시키겠나. 일류과외 모조리 시켜도 남는다. 사실은 버얼서부터 시켜야 하는 일인데 내 말을 귓등으로 듣더라. 본시 기초는 중학교에서 다 잡아야 한다구들 하는데, 슬기는 중2니 좀 급하게는 됐지만 지금부터라도 죽자고 시켜라—.

과외가 기본이라니 그게 교육이 가야하는 방향인가. 교육을 세워야지 교육을!

물론 이런 그럴듯한 소리가 슬기엄마 마음속에 없는 것은 아니었지만, 한국에 돌아오자마자 남들이 다 하는 과외를 슬기에게 시키지 못한 것은 첫째도 둘째도 돈 때문이었다. 그러니까 슬기엄마 머리 속엔 슬기 과외보다 빌린 돈에 그리고 살아가는 일이 더 급했다.

그러나 이제는, 딸애가 저렇게 맞고 온 이제는 손을 놓고 있을 수가 없었다. 동생이 말하는 일등과외는 못 시키더라도 무슨 수는 내야 할 것 같았다. 그래서 슬기엄마가 다음에는, 얼굴 절도나 겨우 익힌 앞집으로 찾아갔다. 그 집에도 아이들이 있으니까 더 구체적으로 조언이라도 들을까 싶어서였다.

그 앞집 아줌마는 많은 조언을 해 주었다.

이 아파트 꼭대기 층에 초등학교 6학년짜리 남자애가 있는데, 그 애는 1학년에서부터 밤 열 두 시안에 잔 일이 없다. 엄마가 끼고 열두 시까지 공부를 시키는데, 1학년 때에 이미 3학년 공부까지 다 마쳤다. 물론 반에서는 1등이고 전교 1등까지 하는지는 잘 모르지만 그 애를 봤는가? 비리비리 마르고 누렇게 뜬 애가 그 애다.

이젠 6학년이 됐으니까 열 두 시가 아니고 밤을 홀랑 새는지도 모른다. 시험 때는 물론 홀랑 새는 게 가본인데 링거 맞아가며 버틴다더라.

"어린 게 스트레스 얼마나 많이 받겠어요. 시험 때는 너무 긴장해서 토하고, 6학년짜리가 글쎄. 얼마나 긴장을 하면 토하고 그러겠어요.

우리 애는 스트레스 받으면 먹는다니깐요. 그런 소리 들어보셨죠, 먹어서 스트레스 해소한다는 소리?. 전엔 그 소리가 공부 못하는 애들 부모가 하는 소리라고 웃었어요. 병이라느니 어쩌니 하는 소리요. 애 공부 못하는 핑계를 잘도 갖다 붙인다고요.

그런데 진짜 그거 병이더라구요. 애가 스트레스 받으니까 먹을 것만 밝히는데, 우리 애는 시험 때만 되면 살이 쪄서 얼굴이 통통 보름달 같아진다니깐요. 그랬다가 시험이 끝나면 핼쑥해지는데, 남은 토하고 못 먹고 그런다는데. 링거 맞아가면서 공부한다는데."

아줌마는, 자기네 애들은 학원 단과반에 보내는데 팀을 짜서 하는 것보다 비용은 학원이 그래도 싸다고 했다. 슬기엄마에게는 싸다, 싸다 그 말이 제일 머리에 남았다.

이렇게 해서 슬기는 학원의 국어 단과반에 다니게 되는데, 김 교수 부부는 그것으로서 다소나마 관심을 기울이고 또 대책을 세웠다는 마음이 되었다.

이제 국어는 따라잡겠지. 한 학기가 지나는 거나 두고 보자.

슬기는 그냥 학교를 다니고 있었다. 덤덤하게.

김 교수는 슬기를 믿는다고 했다. 그러면 아내가 더 힘을 주어서 말했다.

"그럼, 우리 앤데."

이제 제 실력을 발휘하겠지. 지금까지 똑똑하다는 소리를 들은 앤데. 한국에서 아이를 만든다는 말을 많이들 하는데 만들어진 아이가 언제까지 버틸까. 결국은 아이 스스로가 공부를 해야지. 엄마는 슬기가 예순 네 대를 맞은 충격에서 차차 벗어났다. 그러면서 아이에게 학원공부가 도움이 되냐고 자꾸 물었다. 슬기는 된다고도 되지 않는다고도 말하지 않았다.

"너는 애가 왜 그래? 되면 되고 안 되면 안 되고. 분명히 말을 해야지."

그래도 시무룩한 채 말이 없었다.

"안 되는 거야? 안되면 돈만 버리는 거잖아. 너 엄마 말 듣고 있어?"

"……듣고 있어요."

아니, 애가 힘이 없어—

"너 왜 그렇게 힘이 없니?"

"……."

"추욱 처져 가지고. 왜 그러니? 어깨를 쭉 펴고 자신을 가져. 하면 된다고. 니가 못할 게 뭐 있어."

정말 못할 게 뭐 있어. 몇 년만 꾸욱 참으면 형편도 펼텐데. 엄마는 슬기를 다둑거리기 시작했다.

"슬기야, 지금은 우리가 집도 없고 엄마, 아빠가 좀 힘이 들어. 그래도 조금만 참으면 그때는 슬기가 하고 싶은 거, 다 해 줄 수가 있어. 그러니깐 힘을 내자. 공부 잘 하고."

엄마는 슬기하고의 대화가 잘 마무리되었기를 바라면서 딸의 방에서 나왔다.

그로부터 꼭 2년 뒤에, 그러니까 슬기가 고1이 된 어느 날이다. 그 때도 김 교수하고 아내는 아마 돈 얘기를 하고 있었을 것이다. 인생사가 다 계획대로 되지 않아서 몇 년이면 끝날 것 같았던 고생이 아직도 멀었다느니 그런 얘기나 하고 있었을 것이다. 아내는 요즘 들어서 벼락을 맞아도 돈벼락을 맞고 싶다는 소리를 입에 달고 다녔으니까. 날이 갈수록 돈이면 다라는 생각이 새록새록 드는 모양이었다.

슬기가 김 교수 앞에 와서 무릎을 딱 꿇었다. 그리고는 김 교수의 눈을 똑바로 쳐다보면서 입을 열었다.

"아빠, 2년만 슬기를 밀어 주세요."

이게 무슨 홍두깬가.

"밀어 달라니?"

"미국에 보내주세요. 거기서 고등하교 나올 때까지만 아빠가 밀어 주세요. 대학은 제 힘으로 가께요."

김 교수는 너무나 놀라서 딸의 얼굴을 보다가 아내를 불러댔다.

"이봐이봐, 애 말 좀 들어 봐!"

딸애는 아직도 무릎을 꿇은 채였다.

얼마나 마음을 굳게 먹고 얼마나 어려운 말을 하고 있는 것일까.

슬기가 한국에서 전교 톱이나 적어도 학급 톱을 했다면 지금 이 시점에서 미국에 보내 달라고는 하지 않았을 것이라고 김 교수 부부는 생각했다. 집안에 여유가 없다는 것을 너무 잘 아니까.

도대체가 슬기는 그동안 공부를 잘 하자는 자세가 아니었다. 그래서 엄마는 눈만 뜨면 슬기에게 '집중집중'을 역설했고 김 교수는, 공부할 때는 책을 뚫어지게 봐라. 아빠도 그렇게 했다. 그러면 공부는 저절로 된다고 자기의 경험을 말해주곤 했다.

그러나 그런 말이 다 효과가 없었다. 슬기는 그냥 주눅이 들어갔고 좋은 것도 나쁜 것도 따로 없는 얼굴이었다. '우리 애'는 한국에서 도저히 적응이 안 되는 것일까. 김 교수 부부는 그런 말도 하게 됐다. 그 말을 뒤집어 보면, '우리 애'는 우리가 생각한 만큼 우수한 아이는 아니었던 게 아닌가 하는 소리였다. 슬기가 그 모양이니 김 교수도 아내도 맥이 풀렸다.

그런데 슬기가 공을 던졌다. 이 공을 어떻게 요리해야 하는가.

"박 태오씨네 산이 그리고 또 슬기보담 작은 설 정식씨네 딸애 있었지?"

김 교수가 착잡한 입을 열었다.

"윤미, 윤미 말이야?."

"윤미던가. 그 애들은 공부를 잘하는 모양이더라고."

"들었어?"

"응, 저번에 시험을 치면서 산이가 세 번이나 토했다고 박 태오씨가 그러더라고. 애들이 세 번이나 토한다는 거, 어떻게 된 거 아닐까?"

박 태오씨도 설 정식씨도 다 미국에서 돌아온 사람들인데 산이는 슬기하고 같은 학년이고 윤미는 한. 두 학급이 아래였다.

"공부를 어떻게 시킨다는 말도 해, 박 태오씨가?"

슬기엄마는 돌아와서 아직 한 번도 그들을 만나보지 못 했지만 남자들은 두. 세 번 만날 기회가 있었다.

"산이는 돌아오자 엄마가 대학생 하나를 데리고 둘이서 끼구, 밤 열 두시까지 엄청 시킨 모양이더라고. 힘들었다면서 적응하는데 꼬박 1년 반이 걸렸대."

"박 태오씨가 그래? 요샌 남자들도 대단해."

"산이엄마가, 점점 소리를 높여가면서 앨 닦달을 하면 박 태오씨, 자기는 놀라서 잠을 못 잔다는 거야. 공부 가르치는 사람보다 잡자는 사람이 더 힘이 들더래."

"엄살도."

"그럴 수가 있지."

"그래, 윤미는?"

"산이 보담 더 잘한대. 적응하는 데도 다 개인차가 있고, 윤미엄마가 본시 학원 선생 하던 사람이잖아. 지금은 과외선생을 하는데 일륜가 보드라고."

"그 아줌마, 잘 할 거야. 돈도 엄청 벌 거고. 엄마가 과외에 훤하니 윤미야 일류로 과외 시키겠지."

그리고 부부는 얼굴을 마주보며 다시 슬기 문제로 돌아와야 했다. 요는 과외를 시키면 공부는 잘하는 모양인데 슬기도 국어하고 수학하고 두 가지 과외를 시키고 있다. 그러나 과외에 관한 한 들으면 들을수록 아득해 질뿐이었다. 일류에서 꼴찌까지 한 가지에서 백 가지 까지……

대체 자기네보다 더 돈이 없는 사람은 어떻게 하고 있을까. 슬기는 그래도 교수씩이나 하는 집의 아인데, 하루 벌어서 하루 사는 사람도 있을 것이고 엄마 없이 또는 아빠 없이 크는 애들도 있을 것이다. 정부에서 생계비를 보조해 주는 집의 아이들도 있을 것이고, 섬에서 뭍으로 나와 보지 못한 아이들도 있을 것이다. 일류는 커녕 과외선생의 그림자를 보지 못한 애들도 그 얼마나 많을까. 그렇다면 그 애들은 어떻게 되는가. 개천에서 용 났다는 말이 없어진지가 오래다는 말은 많이 들었다.

어쨌든 간에 남의 이야기는 남의 이야기고 슬기를 어떻게 하면 좋을까. 아이는 아빠한데 자기 소망을 터놓은 후로 눈길을 더 아래로 깔고 다녔다. 부모 가슴에 소용돌이를 던졌다는 것을 알고 있기 때문일 것이었다.

에잇, 슈퍼나 가보자. 먹고는 살아야지. 엄마가 털고 일어났다.

가까운 곳에 X마트가 있었다. 이 마트가 개장할 때 계산대에서 일할 여직원을 모집하니깐 이 주변의 여자들이, 특히 아줌마들이 산더미 같이 모여들었다고 들었다. 여자들이 그것도 주부들이 눈알이 시뻘개서 일할 자리를 찾고 있다는 이야기였다.

X마트는 이날도 북적북적, 카트가 이리 부딪고 저리 부딪치면서 북적거렸다.

스트레스 많이 받는다는 여자들이, 꼭 여자만이 아니고 남자들도 하루에 한번 씩 들린다는 슈퍼다. 뭐, 꼭 먹을 것만 사러 오는 게 목적이 아니고, 매장을 아래위로 두루 훠훠 둘러봐서 싼 물건도 사고 필요하지 않은 물건도 사고 그러는 것이 이 대형 슈퍼다. 여름에는 시원하고 겨울에는 따스하니 열 받는 사람들, 병들지 않은 사람들이 일과처럼 나들이하기엔 꼭 적당한 데가 이곳인 모양이었다.

엄마는 꼼꼼히 메모한 물건들을 식품 매장에서 사 갖고 계산대를 빠져 나오다가 아는 얼굴을 만났다.

"어머, 오토바이 아저씨?"

오토바이 아저씨도 엄마를 알아보고,

"슬기어머니 아니세요? 이거 얼마만입니까."

슬기 이름도 기억하고 있었고 아주 반가워했다.

"여기 사시는군요?"

"네, 슬기네도? 우린 3단지 살아요."

슬기네가 미국에 가기 전에 오토바이 아저씨네는 옆집에 살았는데 오토바이를 타고 출퇴근을 한다 해서 모두들 오토바이 아저씨라고 불렀다. 그때는 두, 세 살쯤 되는 사내 아이 하나가 있었는데.

"언제 오셨습니까. 슬기도 많이 컸지요?"

"컸어요. 고1인 걸요."

"벌써요? 그렇게 됐겠네요."

"애기엄마도 잘 있지요? 댁의 그 애기도?"

"집사람도 잘 있고 그놈도 초등학교 5학년이 됐어요. 밑으로 계집애 하나 더 낳고요."

"남매 두셨군요. 잘 됐네요. 그때는 신세 많이 졌는데."

"신세는요."

오토바이 아저씨는 그때 공항엘 다닌다고 했다. 어떤 부서에서 일하는지는 모르지만 슬기네가 미국엘 간다는 것을 알고는 일부러 와서,

"아무래도 짐이 많으시겠지요? 혹시 초과를 하면 저를 찾아주세요. 아는 사람한데 부탁하면 되니깐요."

그래서 아저씨가 있는 곳의 전화번호하고 이름을 적어 받았다. 그리고 막상 떠날 때 아저씨 신세는 지지 않았지만 이 삭막한 세상에서 일부러 찾아와서 그런 호의를 베푼 것이 너무나 고마웠다.

그들은 멈칫멈칫 사람들을 피해서 창가로 물러섰다. 창가에는 그들 같은 고객을 위해서 의자가 몇 개 놓여 있었지만 자리마다 사람이 차지하고 있어서 그들은 카트에 기댄 체 이야기를 나누는 수밖에 없었다.

"정신이 좀 없죠, 여기는."

슬기엄마가 말했다.

"그런 셈이죠."

아저씨는 그렇게 대답해 놓고 한마디를 더 덧붙였다.

"그래도 여기두 썰물처럼 사람들이 빠져나갈 때가 있대요. 집사람이 하는 말이요."

그게 언젠데? 하는 듯이 슬기엄마가 의아한 얼굴이 되자,

"아이들이 학교에서 시험칠 때."

"그렇겠네요."

슬기엄마가 웃었다.

"엄마들이 아이들 붙잡고 공부 봐 준다, 그거예요. 그렇게 나다니기를 좋아하는 여자들이 거리에서 없어지면 그때가 아이들 시험 칠 때라는 거예요. 집사람이 교회에 잘 나가는 편인데요, 성경에 우리의 길흉화복을 점지해 주시는 하느님, 뭐 그런 구절이 있나봐요. 집사람이 우리 집의 길흉화복은 우리 아들놈의 성적표가 점지해 준대요."

슬기엄마가 또 한번 웃었다. 그러면서 말했다.

"공부는 잘 하지요? 우리 슬기는 여기 와서 헤매기만 해요."

오랜만에 만난 그리 친하지도 않은 사람들이 잠시 서서 나누는 이야긴데도 화제는 자연스럽게 아이들 문제로 흘렀다.

"선생님 댁이야 무슨 걱정이세요. 뒷바라지 오직 잘 하시겠어요. 우리 같은 사람들이 흉내를 내자니 가랭이가 찢어지는 거지요. 얼마 전에 집사람이 큰집이 있는 진주엘 다녀오더니 큰일 났다고 방방 뛰는 거예요. 거기만 해도 지방이잖아요, 시골이고. 그런데 고등학교 정도 나온 엄마들이 얼마나 많이 시키는지, 유치원 들어가기 전부터 벌서 시키는데, 우리 애들도 많이 시켜요. 그런데 그게 반의반도 안 되더라는 거예요. 엄청 들어가는데 반의반도 안돼요. 노래, 바둑 뭐 한문—남이 시키면 너도나도 정신없이 시키는 거지요.

저는 사실 찢어지게 가난한 집에서 대학을 어찌어찌 제 힘으로 나왔어요. 집사람은 못 나오구. 그게 한인지 이 사람이 아이들 무척 시켜요. 태권도 시키고 음악, 미술 시키고. 정말 돈이 많이 들어가요. 그래도 애가 피아노 치구 그림대회 나가구 그러면 흐뭇한가 봐요. 자기는 생전 피아노 근처도 못 가보구 미술 근처도 못 가보구. 나도 마찬가지구요. 자랄 때 그런 거 해 봤겠습니까. 그래도 지금은 집사람까지 이리 뛰고 저리 뛰고 해서 남의 흉내 절도는 내는 셈이예요.”

그럴 수준이 되었고 그래서 시키는 거구나.

“우리 때만 해도 저처럼 과외 못 받고 대학 간 사람들이 많았어요. 그런데 이젠 우리도 할 수 있는 형편이 조금 됐다고 할까요. 형편이라야 쬐그만 아파트 하나 분양 받고 오토바이 대신 경차 하나 굴리는데 집사람 말이, 무언들 못 하겠냐는 거예요. 솔직히 나도 그렇고 그 사람도 시키고 싶은 거예요. 그게 우리한텐 다잖아요.

우리한테 무슨 문화가 있어요, 노래방밖에 더 있어요. 막 배불리 먹고 나면 그야말로 음악이라도 이야기하는 사람이 있습니까. 1년에 한번 미술관 가는 사람이 있습니까. 그렇게 살면서 남이 하는 것은 다 쫓아 한다구 이거 시키구 저거 시키구 하는 것 같아요. 우리나라 사람들이 또 그런 스타일이잖아요. 그냥 휩쓸려서. 네, 알면서 그렇게 사는 것 같아요.”

“……. 우리 애는 미국에 가고 싶다고 그러는데…….”

“보내세요. 슬기는 영어가 되지요?”

“그건 아직 되는 거 같아요.”

“그럼 보내세요. 저는 그나마 공항 같은 데서 일하다 보니까 사람은 서울이고 말은 제주도 그런 말처럼, 어른이나 아이나 나가서 두루 봐야겠다는 생각이 너무 들어요. 그렇지만 그게 돈이 어딥니까. 우리 같은 사람은 시도를 못하지요. 아예 꿈도 못 꿔요. 여기서 그냥 지지고 볶으면서 좋은 대학 나와서 번듯한 직장이나 잡으면 먹고살겠다, 그거지요.”

“아기엄마도 무슨 일을?”

하겠지. 이리 뛰고 저리 뛴댔으니.

“자기도 뭘 해 본다고, 힘이 드니까. 그렇습니다.”

아저씨는 계면쩍어 하면서 말했다.

"우리도 애 문제가 너무너무 심각해요. 마침 존 얘기 들었네요."

"그렇습니까."

그리고 이번에도 아저씨는 자기가 일하는 곳의 전화번호를 적어 주면서 필요한 일이 있으면 꼭 연락하라고 했다.

집에 돌아온 엄마는 슈퍼에 가기 전보다 더 마음속이 복잡하고 불안했다. 지금까지 슬기를 잘못 기른 게 아닐까. 애만 덜렁 이 너무나 힘겨운 세상에다 내몬 게 아닐까.

엄마는 초조한 나머지 남편의 직장에다 전화를 걸어 산이네 전화번호를 알아 가지고 통화를 했다. 산이엄마는 깜짝 놀랐지만 슬기엄마가 무슨 일로 전화를 했는지를 알자 이런 기회를 기다리고 있었던 사람처럼 실감 넘치게 이야기해 주었다.

그들의 대화는 한 시간이 지나도 그칠 줄을 몰랐다.

"슬기엄마 국어가 돼야, 국어가 되지 않으면 모든 게 말짱 헛 것이드라구요. 다음엔 한문. 우리말과 글이, 그게 거의가 한문에서 나왔잖아요. 그러니까 한문이 안 되면 국어가 안 되고 국어가 안 되면 기초가 안 되고. 국어가 돼야 다른 과목도 되는데. 다른 과목이 안 되는 게 국어 때문이드라구요.

슬기는 영어가 된다면서요? 우린 너무너무 급해서 산이한테 영어책을 읽힐 시간이 없었어요. 전 과목을 다 봐주다 보니까 영어가 날아간 거죠. 영어를 놓쳐 버렸어요. 학교 성적을 90은 올려놔야 하니까. 그 90 올려놓기가 너무나 힘든 거예요."

아이마다 개인 과외 아니면 학원엘 다니는데, 그 학원에서는 그 근처에 있는 학교들의 지난 4. 5년간의 시험문제를 다 가지고 있다고 했다. 그래서 우선 그 문제들을 집중적으로 푼다. 그러면 선생들은 시험으로 학생들의 변별력을 알아야 하는데 학원에서 너나없이 다 해 주니까 같은 내용을 가지고 결국 꼬고 꽈서 시험을 본다. 어른도 설사 내용을 다 이해하고 있어도 한참 생각해야 할 정도로 꽁꽁 꼰 문제들을 낸다.

"사실 내용을 알면 과학 같은 건 쉽게 풀어야 되잖아요. 이론을 아는 게 중요하니까. 그렇게 꽈서 어렵게 비비 꽈서 내면 문제를 많이 풀어본 애들은 그래도 그 사이를 이해하는 거지요. 요새 선생님들 하는 일요, 수업시간에 한번 쓱 훑어 줘요. 그러면 학원에서 진짜루 온갖 문제를 다 풀어보고, 그러면 선생님들은 비비비 꽈서 문제를 내고. 우리 산이는 무슨 소린지 모르는 거예요. 국어가 약하니까.

그걸 90점까지 올려놓자니 얼마나 훈련을 시켜야 했겠어요. 기술자 만드는 거예요. 90점 이상이라면 한두 개 틀려야 하는데 그걸 90점까지 올리자니. 아이들이 코피 터지고 링거 맞는다는 말이 나올 수 밖에요."

정말 아이들이 불쌍하다. 이런 공부가 아이들한테 무슨 도움이 되고 무슨 의미가 있나. 시키는 엄마, 부모들 다 안다 알아. 그래도 어쩔 수없이 시키고 이 투자를 하지 않으면 아이를 포기하고 길거리로 내쫓는 일이 된다.

"그런데 슬기엄마, 90점 맞아봐야 고등학교 가면 더 심각해져요. 성적이 비슷한 두 아이가 하나는 수능을 제대로 보고 하나는 그날 무슨 이유로, 몸이 좀 아팠다던지 무슨 이유가 있을 수 있잖아요. 그래서 서. 너점 점수 차이라도 나봐요. 하나는 제일 좋다는 A로 가고, 약간 삐긋한 애는, B도 C도 못 가고 그냥 D대쯤으로 가게 되는 거예요. 법대는요, 우리나라에서 A, B, C, D대 순으로 좋다잖아요. 1년 내내 비슷한 성적이던 애가, 하루의 몇 개 차이로 A도 못 가고 B, C 못 가고, D로 가야 하는 게 우리 현실이에요. 그래도 이 나라는 이대로 갈 거예요. 가정에서 제일 큰 지출이 사교육빈데 이것도 고쳐지지 않을 거구요."

산이엄마는 이 병폐가 고쳐지지 못할 이유를 들었다.

우리나라 사람들이 미국에 가서도 그렇게 제도가 좋다는 나라에서 SAT학원을 만들어 아이들 과외 시킨다고 미쳐서 돌아가는 타고난 그 체질을 무슨 수로 고치겠느냐. 과외가 극에 달하니 학교 선생들은 선생대로 좌절을 느끼고, 산이만 해도 모르는 것은 과외에서 배우는 걸로 알고 학교교육을 믿지 않는다. 채소장수 아저씨도 아이 과외는 두세 가지 시키고, 있으면 있는 대로 없으면 없는 대로 다 시킨다. 좋은 대학 나와도 별 볼일이 없다는 소리도 하면서 일단은 시켜야 하고 가자면 시켜야 한다.

슬기엄마가 과외에 관해서 맨 처음에 자문을 구한 앞집 아줌마만 해도 아마튜어였다. 아이들을 학원의 단과반에나 보내면서 비리비리 마르도록 공부를 시키는 꼭대기 층에 대해서 비아냥거리는 투가 없지 않았다.

그러나 산이엄마 말을 들어보면, 과외를 시키는데도 85점밖에 받아오지 못하는 애들은, 부모가 한 번도 그렇게 열심히 시켜본 일이 없는 집의 애들이라는 것이었다. 진짜로 우수한 몇 아이들은 냅버려 둬도 하지만 나머지는 거의 엄마가 백 프로 만든다. 그러니까 엄마가 만들지 못하는 애들은 처지는 수밖에 없다.

산이엄마는 프로였다. 과외에 관해서는 그야말로 백 프로 프로였다. 그 두 사람을 한 걸음 뒤로 물러서서 비교해 보니까 슬기엄마는, 슬기가 지금 서 있는 자리가 보였다. 그러자 지금까지의 일이 딱딱 아귀가 맞아떨어졌다.

김 교수부부는 슬기를 미국에 보내기로 결론을 내렸다. 혼자 보낼 수가 없어서 결국 엄마가 따라가기로 했다. 부부는 생이별을 해야 하고 학비는 김 교수가 한 달에 천불을 보낸다. 여기서 갚아야 하는 돈을 떼고 미국에 천불을 보내고 나면 김 교수 수중에는 한 푼도 남는 돈이 없다. 그는 아르바이트를 해야 될 것이고, 프로젝트도 따야 할 것이다. 미국에서는 모녀가 극빈자생활을 할 것이고, 이를 악물고 1, 2년을 버틸려고 그럴 것이다. 그래도 어쩔 수없이 가야겠다는 결론을 내렸다. 슬기가 발붙일 데가 없다는 것을 알았다.

언니가 슬기를 데리고 미국으로 떠난다니까 동생부부가 회식의 자리를 마련했다. 그 자리에 슬기엄마는 슬기를 데리고 나갔지만 동생네 아이들은 과외 때문에 데리고 올 수가 없었다고 했다.

"애들은 시간 맞춰서 다시 만나게 하든지, 그래요 언니."

"그리자."

동생은 자기 옆자리에 슬기를 불러서 앉히고 그 한손을 쓸어 주면서 물었다.

"미국에 가서 좋아?"

슬기가 입가에 웃음을 띠면서 머리를 끄덕였다.

"좋다네. 이모는 속 상한데."

동생도 미소로 그렇게 말해 놓고, 이번에는 얼굴을 슬기엄마에게로 돌렸다.

"그러니까 내가 과외 시키랬잖아. 언닌 돈타령만 하구선. 형부하고 생이별하는 거 좋아? 그 돈 갖고 여기서 투자해봐. 안 될게 뭐 있는데."

슬기엄마가 물수건으로 손을 닦으며 말했다.

"슬기는 국어에 핸디캡이 있잖니. 그걸 우리가 미처 몰랐어. 한국사람이 그저 한국말 쓰니까 그걸로 되는 줄 알았지. 그게 아니었는데. 슬기한텐 한국어가 외국어였는데. 외국어가 1, 2년으로 모국어가 되니? 그게 안 되니까 슬기는 모든 게 안됐던 것 같애."

"오자마자 국어 과외부터 팍팍 시키는 건데. 지금부터라도 마구마구 하면 안될까. 말이 글쎄 그렇다는 건데, 그래도 언닌 뭘 죽어라 만들어 놓질 못하드라."

"그러지 마. 나도 알아 볼만큼 알아 봤어. 그런데 알아볼수록 안 되겠다 싶더라. 모든 사람이 한입같이 하는 말이 90은 돼야 한다며? 그런데 90점짜리 팀은 절대 85점을 받아 주지 않고. 팀들이 짝짝 짜여 가지고 슬기처럼 툭 튀어나와서는 90점 팀에 낄 수도 없어."

"당연하지. 엄마들이 똘똘 뭉쳐서 팀을 지키는데. 얼마나 무섭게 지키는데. 그러니까 슬기는 실력 팍팍 싸아서 90에 뛰어오르는 거야. 할 수 있지? 슬기는 할 수 있을 거야."

"할 수 있을 거라구요? 저더러 그 말을 믿으라구요, 이모?"

"그래. 한번 그렇게 해 봤어?"

"그래도 이모, 저는 제가 가고 싶은 대학엘 못 가요. 내신이 또 있잖아요. 그게 엄마 성적인데."

"그렇지. 슬기도 알 건 다 아네. 그러니까 엄마도 뛰는 거지. 다른 엄마들도 다 하잖니. 네 생각만 하면 엄마도 해야지. 요새 말이다, 미국유학인지 조기유학인지 숭어가 뛴다니까 망둥이도 뛰는데, 내가 아는 집에서는 중2짜리 남자애를 미국엘 보냈다. 여기서 과외하기 힘드니까 미국에 나 같은 이모라든지, 그런 가까운 사람이 있으면 보내라고들 하잖니. 이집에서도 가까운 목사님네로 보냈지, 하숙시킨 거야.

그런데 막상 가니까 가족끼리 생활하는데 저 혼자 마루에 나오구, 그러니까 그 집 식구들이 자꾸 들어가서 공부하라고 그랬나봐. 이 애가 한 달반 만에 돌아왔어. 너무 외로와서 그랬겠지. 갈 때 자퇴하고 갔는데 돌아와서 학교 관계가 복잡했나 보드라. 그런 케이스도 있고, 말하자면 실패한 케이스도 많다는 거야."

"그거라면 이모, 너무나 걱정 안 해도 돼요."

슬기가 또박또박 대답했다.

한국에 와서 자기 의견이 없는 애처럼 앉으라면 앉고, 서라면 서고, 표정을 잃고 살던 애가.

"그럼 미국에서 대학을 나왔다고 하자. 그때는 어쩔래? 한국에 돌아올 거야, 거기 주저앉을 거야?"

"그건 모르겠어요. 그때 가 봐야지요."

"그런데 슬기야, 여기서는 적어도 대학을 나오면 대충 중류 이상으로는 살 수 있다. 미국에서도 그렇게 살 수 있어? 우리처럼 누우런 얼굴을 한 사람들이 말이다."

"중류 이상이 뭔데요?"

"사회에서 알아주는 사람."

"이모, 저는 사회가 알아주는 사람이 되지 못해도 배운 대로 사는 사람이 되고 싶어요."

"아이구 그 엄마에 그 딸이다. 가라 가. 가서 잘 해봐아."

그만 동생이 장난스레 말꼬리를 올렸다.

옆의 남자들의 화제도 바야흐로 과외로 진입하고 있었다.

"그거 모르겠드라구요, 형님."

동생 남편의 말이었다.

"저 사람이 컴퓨터는 나한테 미는데 모르겠어요. 그래서 전산실 직원한테 배웠다는 거 아닙니까."

"요새 아이들이 컴퓨터를 잘하니까."

김 교수가 말했다.

그러자 동생이 갑자기'나 못살아 '하면서 분통을 터뜨렸다.

"아빠라는 사람이 글쎄, 컴퓨터 실력이 얼마나 알량하면 아랫사람한테 배우고 그래. 그리구두 애가 두 문제나 틀려오게 하구선. 언니, 두 문제가 틀리면 평균이 얼마가 떨어지는지 알지? 초등학교 6학년짜리를 가르치지 못해서—"

"헤에, 그게 아니라는데두 저 사람은. 요새 컴퓨터하곤 맞지 않는다는데두 그러네. 형님, 우리가 도스 그런 거 해요, 안 하잖아요. 그게 언제 적 컴퓨터 운영체제인데."

"그래두 그게 다 기초가 되니깐 시험에도 나오구 그러겠지. 그걸두 개나 틀려오게 하구선."

동생은 어디까지나 두개가 문제인 모양이었다.

"그래, 내가 죄인이다 죄인. 전생에 몇 만억겁의 죄인이 한국사람으로 태어난다더라. 그럼 됐냐. 뭘 알구나 말해야지 아무리 설명해도 모르는 사람이."

"모르긴 뭘 몰라. 자긴 무슨 빌 게이츠라고. 전산실 사람한테 배우고서도 그 실력이면서."

"야, 길가는 사람한테 물어봐. 요새 도스 하냐고. 윈도 나오구 마이크로소프트 나오구 한번 클릭하면 화면이 척척 뜨는 세상인데, 왜 그 복잡하고 쓰지도 않는 도슬 애들한테 가르쳐 가르치길. 전산실 직원도 그러더라. 더 이상은 자기도 모르겠다고. 형님 제가 보니깐요, 과학문제도 그래요. 예를 들자면—"

동생의 남편도 슬슬 열이 오르기 시작하는 모양이었다.

"용해도(溶解度) 아시죠? 애들이 용해도를 설명해도 잘 모르드라구요. 설탕이면 설탕, 소금이면 소금이 물에서 얼마만큼 최고로 녹을 수 있는 그 양을 용해도라 하잖아요. 용해도의 개념이 그런 건데."

동생의 남편이 계속해서 아내의 비위를 건드렸다.

"자기도 애한테 달달 외우게만 하는 게 능사가 아니야. 형님, 더운물에서는 설탕이 잘 녹았는데 찬물에서는 반밖에 녹지 않았다. 그렇다면 녹지 않는 설탕이 40도에서는 몇 그램이 나오느냐—이런 문제가 그래프로 온도, 용해도 해서 나오는데, 그러면 애들이 영 어려워하더라구요. 용해도의 개념이 잡히지 않는 거지요.

그걸 딱 한번 실험으로 해 보면요, 물을 백 도로 끓인 다음에 '봐라,' 선생이 물속에다 설탕을 넣으니까 없어졌어. 다음에 물을 식혀서 설탕을 넣었어. 그랬더니 설탕 몇 그램이 허옇게 나왔어. 아, 온도에 따라서 녹는 게 다르구나. 애들이 쉽게 알 거 아닙니까. 그걸 어렵게 그래프로 용해도, 온도 그려주고, 뜻도 모르는 걸 달달 외우게 하고."

"그럼 우리 집에 실험실 차려서 실험시키고, 우리애만 도슨지 안 쓰는 거니까 몰라도 되고, 그런 거야?"

동생의 남편이 아내에게 어깨를 한번 으쓱해 보였다. 그리고 나서 이렇게 말했다.

"형님, 우리가 요새 애놈 사회공부 시킨다구 부부가 역사책 한 권을 사서 쫙 읽고 있어요. 그렇게 대비하면 설마 그놈이 백 점 못 받겠어요."

슬기가 미국에 가서 수학 첫 시험에서 자기 반 톱을 했다는 소식이 왔다.

슬기는 물론 본래부터 수학을 썩 잘 했다. 그런데 한국에서는 왜 그러지를 못했을까. 어디를 가도 통하는 수학이 한국에서 통하지 않은 이유가 무엇일까.

김 교수는 눈시울이 뜨겁도록 슬기가 대견했다. 아내가 그 소식을 전하면서,

"새끼가 공부를 잘한다니까 왜 이렇게 기쁘지?"

했다.

"슬기한테 말해줘. 아빠가 슬기 민다고."

김 교수가 그렇게 대답했다.

내 곁의 내 친구여

그들이 정미가 사는 일산에 가자면 3호선으로 갈아타는 충무로까지 나오는데도 대충 한 시간하고도 반이 더 걸리는데 일산까지는 또 4, 50분이 더 걸린다. 그래도 가는 수밖에 없었다. 정미가 무릎팍이 아파서 시내에 나올 수가 없다니 친구들이 먼 길이지만 가는 수밖에 없었다. 그전이라면 올 수 없다는 정미는 빼고, 나머지가 적당한데서 만나면 되었는데 지금은 사정이 달라졌다. 40대쯤에서부터 아직 한참 살 나인데도 하나 죽고, 또 하나 죽고, 그리고 다시 강산이 두세 번 변하는 사이에 동기들이 넷으로 줄었다. 문희가 그리 흔치도 않은 무력증이라는 게 하루아침에 찾아와서 움직이지 못하게 됐을 때만 해도 나머지끼리서 만났다. 5, 6명이 모일 수 있었으니까. 그러나 지금은 넷이다. 정미가 빠지면 셋이 된다. 셋이서 만나자구?

셋이? 셋이 둘이 되고 하나가 되고…… 그래서는 안 된다. 넷에서 더 줄어서는 안 된다. 그리하여 넷이 서로의 얼굴을 쳐다보면서 새삼스레, 약간 목소리를 깔고 다음과 같이 다짐을 했다.

"우리 넷은 끝까지 함께 가야 한다!"

그러므로 정미가 빠져서는 안 되었다. 정미가 다리 때문에 시내에까지 나오지 못한다면 나머지가 가야 했다. 가서 넷이 되어야 했다.

그런데 일산까지 한 번 가고, 두 번 가고, 세 번까지 가게 되니까 십 년전에 위암수술을 받은 일이 있는 혜숙이가 구시렁거리기 시작했다.

"다른 데는 다 다니면서."

정미가 그런다는 것이었다.

혜숙이가 토를 달기 시작하면 골치가 아팠다. 그래서 태옥이가 얼른 말했다.

"어딜? 못 다녀 야. 정미가 요새, 근처 병원에 물리치료 다니는 거 말고는 아무 데도 못 다녀 야."

암이 5년 안에 재발하지 않으면 완치됐다고 믿어도 된다는데 혜숙이는 5년을 넘기고 10년도 넘겼다. 그렇다면 암은 분명히 정복이 된 것인데 어쩐 일인지, 혜숙이는 수술을 받고 그때 너무나 줄어버린 몸무게가 지금도 마른 채 회복이 되지 않아서 큰병은 역시 큰 병을 치렀구나, 하는 기분을 갖게 했다.

혜숙이 키가 165를 넘는데 그러니까 여자의 키치고는 여간 큰 게 아닌데, 몸무게가 지금 44도 못되고 43.8? 9에서 갔다 왔다했다. 165에 43.8—그 것이 얼마나 빼빼 마른 몸인가를 숫자만 봐서는 잘 모를 것이다.

키 165의 중년여성의 몸무게가 65 정도면 뚱뚱한 아줌마들한테, 미스 코리아처럼 날씬하다! 는 소리를 듣는다. 그렇다면 165에 43.8의 혜숙이가 얼마나 비비 말랐는지를 짐작할 수 있을 것이다.

혜숙이는 길을 가다가도 현기증이 나고 머리가 아파서 길가에 한참씩 쭈그리고 있는다고 했다. 그러면 빙그르르 돌던 시야가 서서히 되돌아온다는 것이었다.

이런 혜숙이가 더 이상은 일산까지 못 가겠다고 뒤로 빼면, 넷이 끝까지 함께 가자던 그 약간은 비장한 약속도 깨지는 수밖에 없었다. 더구나 혜숙이는 인천에 살기 때문에 일산까지 오자면 두 시간하고도 40분이 더 걸린다고 했다. 왕복에 거의 여섯 시간! 정미 다리만 다리고 나는 뭔가 싶을지도 몰랐다.

그렇다면 혜숙이가 집안에만 처박혀 있는가. 몸이 약한 탓에, 몸무게가 43.9 밖에 안 나가는 탓에 환자라고 처박혀 있는가 하면 천만의 말씀이었다. 큰딸이 독신인데, 그 큰딸하고 같이 살면서 큰딸의 오만가지 뒷수발에다 뭐, 큰딸이 점심을 사먹기 싫어한다나. 그래서 매일매일 메뉴를 달리해서 도시락 싸기. 며느리가 몸이 약한데 며느리 달고 한의원 다니기, 무공해식품 찾아서 나르기, 또 1일주일에 한 번씩 할머니합창단에 반드시 나갔다.

합창단에 나가는 것을 보면 혜숙이가 노래에 소질이 있구나 하는 것을 짐작할 텐데, 그 옛날에 혜숙이는 확실히 독창에 늘 뽑혔다. 그러나 세월이 혜숙이 음정을 오락가락하게 만들었는데도 기를 쓰고 합창단엘 나갔다. 합창단에 나가면 무대에 오르는 일도 생기고, 무대에 오르자면 몇 날 며칠 연습도 해야 하는데.

노래라는 것이 룰라랄라, 꾀꼬리 같은 소리나 뽐내는 것 같아도 혜숙이 말에 의하면 노래가 중노동이란다.

"노래 몇 곡조를 계속 뽑아봐. 기운이 쑤욱 빠진다. 그거 중노동이야."

그래서 혜숙이는 정 힘이 들면 입만 빠끔빠끔해 보인단다. 소리는 안내고.

그렇다면 합창단엔 왜 나가지? 바람이 한번 씨익 불면 건들건들 날아갈 것 같은 몸을 해가지고. 그래서 양순이가 말했다.

"그렇게 힘이 든다면서 거긴 왜 나가니, 중노동이라면서?"

그러자 태옥이가 모르는 소리하네, 하는 듯이,

"혜숙이가 너 지금도 고음이 쭈욱 올라간다. 그런 높은 소리가 어서 나오지?"

높은 소리에는 자신이 있는 혜숙이었다. 그래서 태옥이 말이 듣기가 좋다. 그러나 돌아서서 태옥이는 이렇게 말했다.

"난 걔 노랠 듣고 있으면 난데없는데서 쑤욱 올라가서, 그러면 내 배꼽이 놀래서, 툭 튀어나올 거 같애, 스물스물하면서. 그런 거 왜 있잖아?"

태옥의 배꼽에 책임을 질 일이 없는 혜숙이는 할머니 합창단엘 다녔고, 여하간에 다닐 데는 다 다녔다. 그러나 결코 힘이 넘쳐서 다니는 것은 아닐 것이었다. 그게 사는 보람인지 모른다. 그녀에겐.

친구들이 혜숙이만 보면 몸무게를 물었다.

"좀 늘었어?"

"조금."

"얼마?"

"43.8인가 9인가."

"8인가 9인가! 차라리 007을 해, 007을!"

"그러지 마. 나한테는 001, 002가 얼마나 중요한데."

"001이 몇 그람인데? 백? 이백? 하긴 001이 얼마겠어. 그래도 왜 요즘은 좀 먹더라, 전에 비해서."

"그치? 근데 영 안 늘어. 나도 이상해."

"이상하긴 뭐가 이상해. 니가 돌아다니는 거 생각해봐. 나보다 훨씬 많이 돌아다니드라. 성한 사람도 우리 나이에 그렇게 돌아다니면 뻗어버리는데, 43.8인가를 해가지구선 그렇게 돌아다니니."

"이상해. 다닐 일이 자꾸 생긴다."

"또 이상하대. 다닐 일을 만들어서 다니면서. 너 여기저기다 무공해 단골을 만들어 가지구선 찾아다니지? 무공해가 무슨 도깨비 방망이야, 없는 힘을 빼가면서."

"너 제발이니까 제발, 좀 돌아다니지 말고 44가 돼봐. 44!"
"45!"
친구들은 혜숙이만 보면 이런 아우성이다. 끝까지 함께 가야 하는 동지인 탓에.

혜숙이가 일산행을 퉁퉁거리면 나머지 세 사람이 난감해지는데 이 날 주엽역에서 만난 혜숙이가, 처음에는 눈치를 좀 보게 하더니 밖에서 점심을 먹고 정미네서 다시 떡을 먹고 그리고 몸이 좀 노곤해질 때쯤 해서는 차차 기분을 회복해서,
"한숨 자볼까."
하면서 거실 바닥에 누웠다.
정미가 얼른 베개하고 담요를 들고 와서 혜숙에게 주면서 말했다.
"따뜻하지? 바닥이 따뜻하지? 내가 아까 밸브를 다 틀어놨다, 따뜻해지라구."
자기 때문에 일산까지 왔으니 서비스를 소홀히 할 수 없었다.
자, 다리가 말썽인 정미도 친구들한테는 공격 대상이었다. 혜숙이가 돌아다닌다고 정미도 친구들하고 한목소리로 떠들어대지만, 그럼 자기는 안 돌아다니냐 말이다. 정미는 아침에 전화를 해도 없고, 낮에도 없었다. 전화해서 한낮에 집에 있는 년은 뭐 병든 년, 돈 없는 년, 첩년, 그런 세상이니 돌아다니는 걸 시비 걸자는 것은 아니다. 문제는 너무 돌아다녀서 성치 못한 다리가 덧나는 바람에 친구들을 여기까지 오게 하는 데에 있었다.
정미로 말할 것 같으면 동네에서 통, 반장으로 뽑혀 기초적인 활동을 한 것이 2, 30대의 일이고, 중년에 와서는 동창회회장, 노인학교교장 또 뭐 뭐하는 장들을 거쳤다. 그런데 장이라는 것을 하다 보면 거기에 뭐가 주렁주렁 붙어 다니는 모양이었다. 크고 작은 그

뭐가.

그러나 정미는 그러한 감투(?) 중에서 어떤 것은 친구들에게 공개를 하지만 어떤 것은 비밀에 부쳤다. 평통(平統) 대의원도 비밀로 했고, 새마을운동에 앞장을 서는 사실도 친구들은 까맣게 몰랐다. 정치판이다 싶은 것은 덮어두는 것 같았다. 그러다가 언젠가 공명당이 선거에서 패배했을 때이다.

“너들, 그거 완전히 부정선거다.”

정미가 이런 선거위원장 같은 말을 했다.

그러자 듣는 쪽도 수준이 있어서 그냥 넘어가지 않았다.

“지면 부정선거지.”

그러나 정미는 근거가 있어서 하는 소리라, 다시 목소리를 깔고 말했다.

“내가 그 선거에 참여했어 야. 그래서 부정선거라는 거 너무 잘 알아.”

참여? 참여라는 말에 태옥이하고 양순이가 고개를 바짝 세웠다. 정미가 제 갈 길을 찾았네, 혼자의 힘으로!

“참여했다구? 어떻게 참여했는데?

이제 와서 하는 소리지만, 친구들은 정미를 국회에 보내지 못한 일을 아쉬워했다.

정말이다. 그러니까 그때 일찍이, 좀 젊었을 때, 정미를 국회에 보냈어야 했다. 그러나 그 시절에는 모두가 새끼 낳으면서 먹고사는데 바빠서, 정미 같은 진짜 일꾼을 챙기지 못했었다. 정미처럼 가진 것이 없고, 또 정치공부를 못한 애한테는 후원회 같은 것이 생겨 가지고, 인물부터 다듬었어야 하는데 선견지명들이 없어서 그냥 저 노는 대로 내버려뒀었다. 금강석을 옆에 두고 몰라본 것이다.

정미가 동창회 일을 보고 또 그 밖의 일을 보면서 너무 잘한다는 소문이 났다. 교통비도 자기 돈을 써가면서 깨끗하게 잘한다는 것이었다. 공금을 함부로 쓰는 일도 없고, 공금을 먹지 않기 때문에 말발이 선단다. 조직에서 말발이 서면 그게 지도력일 것이다.

콩이 하나면 반쪽만 먹는 사람은 깨끗하다는 소리를 듣고. 몽탕 먹어치우는 게 우리네 조직인데, 반쪽도 먹지 않는 사람이 있다면 그렇다면 그 사람을 국회에 보내야지. 그런 사람을 찾아내서 국회에 보내는 게 국민의 도리가 아닐까.

그러나 모든 일에는 위, 아래라는 것이 있어서 그래서 정미에게 국회가 좀 과하다고 말한다면, (과할 것 같지 않은데 그래도 과하다고 말한다면) 시(市)면 어떻고 구(區)면 또 어떤가. 그러니까 풀뿌리 민주주의가 첫 뿌리를 내릴 때, 그때 시위원이나 구위원으로 밀었어야 했는데 못했다. 정미는 크게는 나라를 위해, 작게는 이웃을 위해서 뭔가를 하고 싶어도, 뭘 해야 할지를 몰랐을 것이다. 정치나 정치가가 대단하다해도 그들은 사람을 속이는 게 특기고, 그러니까 그런 때에 정미의 진가를 아는 누군가가 진정 나라를 위해, 우리의 이웃을 위해서 정미를 팍팍 밀었어야 했는데 친구들이 옆에 있으면서 그것을 못했다.

이제 정미가 선거에 참여했단다.

"정미야 참여한 얘기, 빨리 해봐. 빨리."

"그러기!"

정미가 어떻게 활동하는지 너무 궁금하다.

"내가 그때, 이 아픈 다리 해 가지구 여의도까지 갔어요."

"여의도? 여의도 어딜?"

여의도는 정치의 메카가 아닌가.

"공명당 당사."

정미가 짧게 대답했다. 제대로 갔네!

"그러면 그렇지. 니가 가만 있을 애(할머니들이 애, 애 한다고 웃는 젊은 사람들을 보았는데 실제로 그렇게 부르니까)가 아니지."

태옥이가 감탄인지 감격인지, 머리를 크게 끄덕이고 나서 또 물었다.

"그래서, 직책은 뭔데?"

뭐든지 맡기면 잘할 정미다.

"직책은 무슨……."

"그래도 맡았을 거 아니니."

"도와달래서 나갔어."

"그러니까 뭘 도왔는데?"

"여론조사 좀 해 달래서."

"여론조사면 리서어치? 요새 막 유행하는 그거, 선거의 꽃이다."

"꽃은 무슨."

정미가 약간 뒤로 뺀다. 그래도 태옥이는 기대가 크다.

"꽃이다 너. 여론조사에서 대개 판가름이 난다 너."

"그런 거 아니고, 거 전화 거는 거 왜 있잖니. 여긴 무슨 당 누굽니다, 기호는 몇 번, 하는 거. 그걸 나흘이나 꼬박 했어 야. 그랬더니 목소리가 다 갈라지더라고. 그걸 닷새 하라는 거, 난 나흘만 했어. 다리가 너무 아파서. 다리 아프다는 핑계로 나흘만 했는데 핑계도 아니었어 야. 종일 전화 앞에 달라붙어서 전화 해대는데 죽는 줄 알았다니까. 봉사를 한 거야."

"봉사?"

태옥이 입이 닫히지 않았다.

전화를 붙잡고, 여기는 무슨 당—그건 선거철에 젊은 아가씨나 아르바이트 학생들이 하는 일이 아닌가. 정계진출을 하라니까 공명당 중앙 당사에까지 가 가지고 여기는, 그게 말이 되니? 태옥이가 노골적으로 윽박질렀다.

"그래서 돈은 받았어?"

"돈은 무슨. 봉사라니깐. 자원봉사."

"자원봉사 좋아하네. 야 길거리서 취로사업을 해도 돈은 받는다."

"그거야 마땅히 받지. 국가에서 도와주자고 하는 사업인데."

정미는 어디까지나 반듯한 대답을 했다.

"너 엑스포에서 봉사하는 거, 그거 공짠 줄 아니? 그것도 자원봉사야. 그래도 2만 얼만가를 받는다더라. 그런데 공명당 중앙 당사에서, 나이 많은 고령의 할머니를 돈도 안주고 공짜로 부려먹어?"

이런 일이 있어서 정미가 정계에다 발을 디밀고 있는 것을 친구들은 알고 있는데, 거기에 대해서 정보를 제일 많이 갖고 있는 애가 태옥이었다. 정미가 새마을운동에 관계하고 있는 것도 태옥이를 통해서 알았다. 태옥이는 정미하고 전화를 자주 하다보면 이런 거, 저런 거, 뚜들겨 맞춰서 비밀을 집어내는 모양이었다.

정미가 혜숙에게 담요를 갖다주고 나서 다리를 찔뚝거리면서 주방 쪽으로 가버리자, 태옥이가 주방 쪽을 손가락으로 꼭꼭 찍어 보이면서 소리를 낮춰 말했다.

"새마을운동 때매 재가 요새 다리가 더 아파. 절대 아는 척을 하지 마. 일산에 새마을운동지부가 새로 생겼나봐."

혜숙이가 들을라. 동네병원에만 다닌다고 했는데. 둘은 혜숙이를 잠깐 살피다가,

"그걸 왜 아는 척을 하면 안되니?"

양순이가 거의 손짓으로 물었다.

"걔가 새마을을 절대 비밀로 하니까."

그러면서 태옥이가 얼굴을 약간 씰룩거렸는데, 정미가 왜 비밀로 하는지를 그것으로 대충 알 수 있었다. 그러니까 정미는 친구들이 새마을을 별로로 보는 것을 아는 것이다. 태옥이가 특이 그런 경향이 있는데, 정미는 아무튼 정치판에 관해서는 별로 말하지 않았다.

혜숙이가 비시시 일어나면서 말했다.

"정미를 국회에 보내는 건데."

"너, 자지 않았어?"

태옥이하고 양순이가 놀라면서 봉창 뚜들기는 혜숙이를 크게 웃었다.

정미가 커피를 타가지고 오다가 웃는 친구들에게 물었다.

"왜 웃어?"

"널 국회에 보냈어야 했대, 혜숙이가."

태옥이가 말했다.

"지랄하네."

정미의 그 말에 양순이가 말했다.

"아니야, 너를 못 보낸 건 우리들의 실수다."

"실수? 맞아맞아."

태옥이가 맞장구를 치려는데 정미가 커피 잔을 탁자에 내려놓고 나서 손을 내저었다.

"야야, 시시한 소리 그만 하고 커피나 먹자. 혜숙아, 너 커피 먹어도 돼?"

혜숙이가 접시에 남아있는 쑥떡을 집어가면서 말했다.

"나는 쑥떡."

친구들의 눈이 혜숙에게로 갔다. 아까 도가니탕도 먹으리만큼 먹던데 또 저 떡을? 조금만 자기 양을, 조금만 넘겨도 꼴깍꼴깍 넘어온다고 가슴을 쓸고 야단인 애가—

친구들의 눈길이 자기한테 와있는 것을 충분히 아는 혜숙이가, 요술 상자를 내보이듯이 말했다.

"나 요새 많이 먹는다. 우리 딸이 44.5가 되면, 그러면 50만 원을 준대."

"50만 원!"

50만 원을 함께 외치더니 친구들이 다음에는 법석을 떨어댔다.

"아까 너, 몸무게가 얼마랬어?"

"43.9인지 뭐 그랬지? 그럼 44는 다 된 거네? 0000005만 더하면 44.5다!"

"와, 너 요새 잘 먹는다며?"

혜숙이가 또 다른 상자를 열어 보였다.

"45가 되면 백만 원 준대."

이번에는 숨이 멎었는지 친구들이 떠들지를 못했다.

혜숙이가 말했다.

"50만 원 받으면 10만 원을 쏠게."

"그, 그럼 백, 백만 원 받으면?"

태옥이가 숨을 후우 하고, 더듬거리며 물었다.

"백만 원 받으면 20만 원."

"20만 원? 조오타."

친구들이 새 새끼처럼 입을 벌려 합창을 하더니 마음이 변했다.

"30만 원!"

혜숙이도 기분이다! 해서,

"좋아."

바로 받아들였다.

그럼 어디서 먹지? 해서 다시 오만가지 소리를 다 하다가 친구들이 현실로 돌아왔다. 그들은 혜숙이 큰딸의 돈을 인출하자면 그 엄마의 몸무게가 비밀번호라는 사실을 깨달았다. 그리하여 '혜숙이 몸무게 관리수칙'이 그 자리에서 만들어졌다. 그들은 혜숙에 관한 한 돌파리의사 이상이었다. 그녀가 몸을 다스려오는 것을 십 년 이상이나 보아왔으니까.

과로를 피하자.

40대 남자가 과로로 픽픽 쓰러진다. 하물며 혜숙이가 이 나이에 저 몸으로 과로를 한다면? 더 긴말이 필요치 않다.

백가지 소리 다 해봐야 몸무게는 입으로 먹어야 는다. 그런데 혜숙이는 위가 거의 없는 상태라 먹었다 하면 꼴깍꼴깍 넘어오니 혜숙아, 조금씩 자주 먹어. 니 양은 니가 아니까 그 양대로 자주 먹으라는 거야. 너는 병아리 모이처럼 먹는데 그래 갖고는 백년 가야 통통해지질 않아. 그러니까 절대적으로 조금씩 자주 먹어.

"알았어 혜숙아?"

태옥이가 다짐을 했다.

"알았다."

혜숙이가 대답했다.

그럼 이것도 결코 소홀히 해서는 안 되는 일이라면서 태옥이가 다시 다짐을 주었다.

"그리고 혜숙아, 너 애들이 주는 용돈 있지? 그거 아끼지 말고 팍팍 써버려. 그거 정신건강에 젤이다."

혜숙이가 태옥이를 말똥말똥 지켜봤다.

"왜? 내 얼굴에 뭐 묻었어?"

묻었냐고? 저걸 그냥, 정신건강에 뭣이라고!

다른 친구들은 모르지만 혜숙이는 태옥이에 관해서 아주 최근의 정보를 하나 가지고 있었다.

태옥이가 저번에 해외여행에 나섰을 때의 일인데, 이왕이면 친구들하고 가고 싶었겠지만 정미는 다리 때문에, 또 누구는 돈이 어쩌구 해서, 결국 배드민턴 친구하고 짝이 되어서 떠났다. 그런데 여행사에서 어찌나 촌스럽게 빨리 공항에 오라고 했던지 시간을 기다리는 동안에 모두들 배가 고파왔다. 기내에 오르면 기내식이 바로 나오는 것은 알지만 당장 배가 고프니 요기를 하지 않을 수 없었다. 그러나 태옥이는 참았다. 지금 먹으면 나중에 맛이 없다나, 어쩐다나 하면서. 돈을 아끼자고.

비행기에 올라 비행기가 고도를 잡자 기내식이 바로 나왔다. 그런데 태옥이는 너무 참다가 급하게 먹는 바람에 배속에서 토사광란이 일어나고, 혈압이 오르고,(평소 혈압이 높지 않았는데) 열까지 펄펄 나서, 두바이에선가 비행기를 갈아탈 때 병원에 실려갔다. 일행은 저 보석으로 이름난 나라를 향해 날아가고 있었는데!

태옥이는 젊었을 때부터 돈놀이를 했다. 천 원이 만 원되고, 만 원이 십만 원, 백만 원되고. 백만 원이 되면 꽁꽁 묶어서 은행으로 달려가고. 그 재미는 아는 사람이나 알 것이다. 쓰는 재미? 모으는 재미를 모르는 사람들이나 하는 소리지. 천 원이 만 원되고 만 원이 십만 원이 되는 것을 빤히 아는데, 배가 고프다고 그때마다 입요기를 했다가는 십만 원은 영원히 만져보지 못하지. 어이구 짠순이가 날려버린 여행비용이 얼마나 아까울꼬. 그걸 벌충하자고 또 끙끙거리고 있겠지. 정신건강에 뭣이 제일이라고?

태옥아, 이 세상에 비밀이란 없는 거야. 그 배드민턴 친구가 내 사돈벌이 된다고. 우리한텐 급체를 해서 여행을 포기했다면서 우물우물. 꽃을 꽃가게서 사는 일이라곤 없지. 길거리서 싼 거나 사자고 우기고. 정미가 저번에 무슨 표창을 받아서 꽃을 사들고 갈 때도 결국, 지 고집대로 싼 거로 샀잖아. 내 일이건 남의 일이건 돈이면 쌍지팡이 짚고 나서지.

혜숙이가 속으로 그렇게 씨부렁거리고 있는 줄도 모르고 태옥이가 또 입을 열었다.

"니 딸이 효녀는 효녀다. 그 녹색 옷이 보면 볼수록 너한테 딱이네."

혜숙이가 아까 자랑했었다. 큰딸이 금년엔 그린 계통이 유행한다면서 그 녹색 옷을 사줬다고. 그러나 이 말은 물론 아부다. 혜숙의 큰딸이 효녀는 효녀지만 왜 효녀냐. 그것은 여하간에 여기서 효녀가 나오는 것은 순 아부였다. 30만 원 때문에. 그래서 친구들이 적당히 말을 맞추면서 떠드는데 혜숙이가 이번에는 재산에 관한 자문을 구했다.

"우리 산이 팔릴 거 같애. 근데, 우리 큰딸이 팔리면 자기한테 젤루 많이 달래. 어떻게 해야 할까?"

팔려? 팔린다 팔린다하더니 팔리는구나. 그래 팔아야지. 산자락에 얼마 안 된다고는 했지만 살아서 빨리 팔아야지.

"잘 됐다 야. 너무 잘 됐다."

정미가 말했다.

"또 한턱 낼 일이 생겼잖아."

태옥이의 말이다.

"그럼, 너는 어떻게 할 건데?"

양순이가 물었다.

"그래서 지금 생각중이다."

"효년데도 젤루 많이 달래?"

태옥이가 효녀를 또 들먹였다.

"왜, 효녀는 돈이 싫어?"

양순이가 친구들을 둘러보았다.

"뭐 싫겠어, 말이 그렇다는 거지. 그러니까 이런 문젠, 길게 생각할 거 없어. 그냥 꽉 쥐고 있어. 그러다가 쓰고 남는 게 있으면, 그때 가서 똑같이 나눠주던지, 그게 좋아."

태옥이가 잘라서 말했다.

그러자 혜숙이가,

"그게 그렇게 간단치가 않아 야. 애들도 돈을 봤는데 어떻게 싹 싹 시치미를 떼냐."

그 말에 양순이가,

"니 생각이 그렇다면 큰딸한테 젤 많이 줘야겠지. 그 딸이 지금 엄마를 돌보고 있잖아. 일본에서도 왜, 부모 모시는 자식한테 집을 준대."

남의 나라의 사례를 들었다.

잠시 생각하는 시간이 있었다. 그리고 나서 성미가 신중하게 말했다.

"그래도 내 생각에는, 큰아들한테 제일 많이 줘야한다고 생각한다."

"큰아들이니깐?"

양순이가 반문했다.

"그래. 큰아들이니까."

"제사 지내주니깐?"

"아니. 집안에는 질서라는 게 있어야 한다고 생각한다."

질서? 가부장제가 강요하는 그 먼지 낀 질서? 그러나 양순이는 잠잠했다. 질서라는 말이 너무나 편안하게 들려왔기 때문이었다. 순종해야할 단어처럼.

양순이는 자기가 좋아하는 것을 위해서 질서를 많이 파괴했었다.

질서파괴가 힘이 들어도 그렇게 살아야 한다고……
태옥이가 말했다.
"우리가 아무리 떠들어도 혜숙인 혜숙이야. 지 하고 싶은 대로 할 걸, 그치?"
"그렇다 왜."
혜숙이가 툭 던지고 나서, 자기 앞의 커피를 드려다 보더니,
"커피가 먹고 싶은데 식었네."
하면서 정미를 쳐다봤다. 어떻게 안 되겠냐는 듯이.
태옥이가,
"너 44.5. 커피는 안 돼!"
재빨리 손을 내저었다.
"그러지 마. 오늘은 커피도 마시고, 술도 마시고, 까짓 거 죽기보다 더하겠어. 44.5는 없다."
"그러지 말라니까. 자나깨나 44.5. 그리고 30만 원!"
"45가 돼야 30만 원이라는데두!"
"알았어. 45가 돼야 30만 원이다."
"술 줄까."
정미가 농담 반, 진담 반으로 물었다.
"너네 영감이 언제 오는데?"
"걱정 마. 밤이나 돼야 올 거야. 오래오래 놀다 오랬어."
"영감을 함부로 하는 거 아니다. 우리 넷 중에서 너만 영감이 있어 야. 영감을 귀하게 여겨야지."
"귀하게? 난 귀찮기만 하다."
"속에도 없는 소리."
"아니야. 난 혼자 사는 여자들이 좋겠드구만. 얼마나 귀찮은데. 저번에 왜 내가 아팠잖니. 그때 많이 아팠어 야. 아파서 밥을 못

먹는데, 우리 영감도 안 먹는 거야."

"같이 아프자고? 너네 영감이 많이 웃기네."

태옥이가 흐흐 하면서 이빨을 내보였다.

"지랄하네."

정미가 눈을 흘겼다.

"그럼 왜 안 먹어?"

"내가 밥을 해주지 않아서."

"니가 밥을 해주지 않아서?"

"아파서 며칠씩 굶는데, 밥을 해주지 않아서."

"그래서 같이 굶어? 그건 야 좀 심했다. 아, 자기더러 해 먹으라지."

"못한다니까."

"왜 못해?"

"우리 영감이 그래. 손도 까딱 안 해요. 나중엔 나도 짜증이 나서, 사먹고 오래니까 사먹고 오더구먼."

"버릇을 잘못 드렸네 뭐. 요새 애들이라면 당장 이혼깜이다."

"그치? 정말 그런 때는 혼자 살고 싶다니까. 또 씻으래서 씻기나 하나, 영감 냄새 나는데. 여자는 안 그런데 남자는 왜 그럴까. 혼자 살면 깨끗하고 정말 좋겠어."

버얼써 옛날의 일이다. 양순이가 외간남자하고 사건을 벌이며 돌아다녔을 때의 일이다.

남자한테 미치니까 처음에는 남이 알면 큰일이 날 것 같았던 그 비밀을, 양순이는 제 입으로 정미한테 떠벌렸다. 눈이 뒤집혀서 앞뒤를 가리지 못하고 벙벙거리는 그 이야기들을 다 듣고 나서, 정미가 이렇게 말했다.

"너는 좋겠다, 여러 남자를 알아서."

놀란 것이 양순이었다. 화냥질을 했는데 좋겠다니! 너 큰일 난다. 그러지 마, 이런 말이 나오게 돼 있는데, 얘가 말이 통하네. 그러자 양순이는 가막소에 끌려갈지도 모른다는 두려운 마음이 밀려나고 우쭐한 기분이 되었다. 그렇지, 이런 연애를 아무나 하나.

첫째, 이런 연애가 성립이 되자면 남자가 여자한테 미쳐야 하고 여자는 용기가 필요하다. 둘째로는, 여하간에 여자가 잘나야 이런 짓도 할 수 있는 것이다! 양순이는 확실하게 자기가 정미보다 잘났다고 확신했다. 싸우고 피 터지던 그 계절!

"저번 명절에 말이야."

양순이가 입을 열었다.

재밌는 얘기? 하듯이 친구들이 양순이를 쳐다보았다.

"어떤 남자한테서 전화가 왔어."

"전화?"

눈빛들이 또랑또랑해졌다. 효과 백 프로다.

"명절을 잘 지내냐고 묻는 거야."

소동이 일어나고 발언들이 쏟아졌다.

"야 야 떠들지들 말고. 남자한테서 전화. 다음으로 빨리 빨리 넘어가자."

혜숙이가 발언들을 정리했고, 양순이는 자기 전화를 계속했다.

"그래서 내가 말했어. 누굽니까, 누군지부터 말하세요. 누군지를 알아야 대답을 하지요."

"니가 그렇게 대답했단 말이지? 20대 처녀처럼 도도하긴. 그래서?"

태옥이가 괘씸해하면서 시빗조로 말했다.

그러거나 말거나 양순이는 자기 페이스를 지켰다.

"그랬더니 이렇게 말하더라. 명절이 돼서 생각이 나더라고."
"생각이 나더라고!"
"야, 생각씩이나 나니깐 당연히 전화를 했지."
또 치고받기라도 할 듯이 야단이 벌어지는 것을 잠재우고 정미가 물었다.
"누구라는 말은 안하고?"
"어디선가 나를 본 영감이겠지. 그래서 혼자 사는 이 독거(獨居) 노인이, 내가 독거노인이잖니. 명절날 아침에 어떻게 지내나, 전화를 해 본 거겠지."
독거노인 그 말은 너무 하다느니, 노골적이라느니 불평을 늘어놓고 나서,
"영감일까? 하여간 매너는 좋다."
혜숙이가 말했다.
"영감? 그렇시, 영감일 거야."
태옥이가 고개를 끄덕끄덕했다. 설마 청년일라고? 중년도 아니고. 살아 있으므로 그들은 입방아를 다시 찧기 시작했다.
"남자친구 해라."
"그래. 그만하면 괜찮은 거 같지, 느낌이?"
"명절에 그거, 전화 걸어주는 거, 아무나 하는 거 아니다 너."
"아무나 이런 영감이 생기는 것도 아니고. 안 그래?"
"그렇지. 나중에 후회하지 말고 지금 잡아."
그 것은 농담이자 진담이었다.
양순이가 말했다.
"잡을 생각 없다. 지금이 젤 좋아. 혼자가 너무나 좋아."
"복을 차네."
태옥이가 툴툴거렸지만 나머지 친구들은 말이 없었다.

지금 양순이에게는 아무 것도 없다. 돈도 자식도 남편도 없다. 잘 나가는 남편 덕에 사모님 소리를 들으면서, 남편만큼이나 대접을 받으면서 살아온 양순이지만, 그들의 부부생활은 바로 원수하고의 동거였다. 한쪽이 탈선을 하면 다른 쪽이 따라서 탈선을 하고, 갈등, 질투. 긴 긴 세월을, 정말로 긴 긴 세월을 상처 입으며 살았다.

사람이 나이를 먹으면 건안(乾眼)이 된다는데 양순의 눈물은 마르는 날이 없었고 슬픔은 끝나지 않았다. 그런데도 그들 부부가 놀랍게도 거의 노년에까지 함께 산 것을 보면 돈, 명예 그리고 양심 같은 것까지가 믹스가 돼서, 끝가는 데까지 간 것이 아닌가 싶은 생각이 든다.

정미가 분위기를 띄울 화제를 생각해냈다.

"잠깐 잠깐. 나 지난번에 왜 있지, 영화관에 가서 영화를 봤다."

태옥이가, 내 배꼽이야! 하는 얼굴이 되었다. 이렇게 되면 친구들이 벌떼처럼 일어나서, 영화관씩이나 간 정미한테, 너처럼 다리를 찔뚝거리는 할머니가 너 말고도 또 거기 앉아 있드냐. 하고 따지고 들어야 하는데, 갈아 앉았던 분위기가 금방 뜨지 않았다. 그래서 정미가 다시 설명에 들어갔다.

"우리 부녀부 회원 중에, 남편이 영화관 주인이 있어야."

공명당 어쩌구 하더니 부녀부라네. 이렇게 되면 우물쭈물 봐 넘길 수가 없지. 그래서 공명당 부녀부냐, 새마을 일산지부 부녀부냐, 그것을 분명히 밝히라고 친구들이 요구했다.

"지랄하네."

정미가 가볍게 받아넘기고 영화 내용을 이야기했다.

76인가? 74인가? 거기를 갔다왔다하는 남녀가 성생활이 너무 황홀해서 '죽어도 좋아!' 하고, 소리친다는 것이었다.

태옥이가 '에게게' 하고 대번에 송충이 씹은 얼굴이 되더니,
"너무 품위가 없다 야."
항의를 했다.
그 말을 받아서 정미가 진지하게 물었다.
"그게 말이 되니?"
그러자 혜숙이가 머리 나쁜 학생처럼 말했다.
"뭐가 말이 되고 안 되고니?"
"이게 그냥, 그럴 거야!"
정미가 눈을 똑바로 뜨자 혜숙이도 지고 있지 않았다.
"그걸 왜 우리한테 물어? 너 말고 누가 또 영감이 있냐? 저부터 이실직골 해야지, 은근슬쩍 우리한테나 물으면서. 그래, 넌 황홀이야?"
"언제 적 일을? 우린 30년도 더 돼 야."
"그견 우리더러 민으라고?"
웃음이 와그르르 터지고 나서, 별 지랄들(영화가) 다 한다고 욕을 해댔다. 옛날의 애수, 의사 지바고, 그게 영화지, 하면서.
정미가,
"웃고 나니까 배가 고프네. 우리 딸기 먹자."
하면서 아이구구 소리를 냈다. 무릎을 감싸 쥐고는.
태옥이가 냉큼 일어나서,
"내가 갖고 올께. 그냥 있어있어."
하면서 주방으로 갔다.
혜숙이도 일어나서 화장실로 갔다. 정미하고 양순이가 남아서 잠시 말이 끊어졌다가 정미가 먼저 입을 열었다.
"너는 그 영화 공감하지?"
궁금해 하는 얼굴이었다. 옛날의 고백도 있었겠다……

"죽어도 싫어."

양순이가 짧게 대답했다.

"왜?"

"사람에게 너무 치었어. 지금이 좋다는 내 말이 믿기지 않는구나. 지금이 행복해, 진짜야. 내가 살아온 중에서 제일 행복하다. 코딱지만한 임대주택도 생겼고. 그때는 정말 고마웠어. 그때 고마왔던 거, 나 잊지 못한다."

임대주택을 신청할 때 양순이는 백 만원도 안 되는 돈이 부족해서 포기를 해야 할 판이었다. 그때 정미가 보탰다.

"그러지 마, 너라면 안 그랬겠어? 여자라는 게 고거야, 고작 힘이."

양순이가 베란다로 시선을 돌렸다. 정미가 가꿔놓은 화분들이 창을 넘어서 들어오는 봄빛을 받아 그 중의 빨간 제라늄이 활짝 피어 있었다. 그 빨간빛이 눈 속이 젖어오도록 시렸다.

정미네는 남편의 연금으로 살고 있다. 그런데 태옥이가 얻어들은 정보에 의하면, 정미는 당에 그리고 새마을에도 찬조금을 낸단다.

"그런 것도 협력을 해야 활동도 할 수 있나봐. 웃기지?"

정미는 자기가 늘 빈털터리라고 하는데, 그렇게 쓰면 당연히 빈털터리지. 태옥이가 보는 바로는 그랬다.

양순이가 가만히 말했다.

"정미야, 살아보니까 사람이 혼자서 사는데 그리 큰돈이 드는 것도 아니더라. 내가 어떻게 사나 싶지? 나 수입도 가끔 있어 야. 세상이 그렇게 돌고 돌더라고. 그리고 나도 너처럼 자원봉사도 하면서 그렇게 바쁘게 산다."

하는데 태옥이가 딸기접시를 들고 와서 떠들었다.

"혜숙이 어디야, 딸기 먹자. 30만 원, 30만 원. 야, 어디 갔어?"

혜숙이가 제자리에 와서 앉으면서,
"십만 원이 먼저야. 다음이 30만 원인데도 껑충 뛰네."
태옥이를 나무랬다.
그러자 태옥이가 십만 원도 30만 원도 아닌 더 묘안을 내놓았다.
"혜숙아, 몸무게는 차차로 하고 응, 다음 달에 우선 먹는 것부터 하면 안 될까. 우선 먹고. 너이 딸한테 말해 봐. 너이 딸이 효녀잖니. 그 은은한 녹색 빛깔의 옷을 사준 딸인데."
혜숙이가 글쎄, 하는 듯이 고개를 꼬다가 말했다.
"그건 좀 어려울 거 같다."
"왜?"
"우선 먹었는데 그런데 먹고 나서 45는 고사하고 44, 5도 못된다, 그럼 우리 딸이 뭐라겠니?"
"우리가 45 만든다니깐 우리가. 문제없다니깐."
"뭐가 문제없어? 먹는 거만 좋아서."
"50만 원, 백만 원을 받는다며?"
웃음이 또 터졌다.
그래, 우리는 끝까지 함께 가야하는 동지들이니까……
그들이 밖에 나왔을 때는 해가 서쪽으로 많이 넘어가 있었다. 그리고 아파트단지 안의 개나리는 노랑꽃을 활짝 터뜨리고 있었지만 해가 기울면서 지난 계절의 끝이 살아나는지 으슬으슬 추웠다. 그들의 어깨가 앞으로 모아졌다.
"잘 가."
정미가 3층 베란다에서 밖에 대고 소리쳤다. 찔뚝거리며 따라나오는 것을 현관 안으로 밀어 넣었는데……
"그래. 내달에 보자."
친구들이 손을 흔들어 함께 대답하고, 다시 돌아서 오는데 이런 소리가 또 들린다.

"뒤에서 보니까 모두 미스다!"

지랄하네, 정미가 잘 쓰는 말이었다.

혜숙이가 소리쳤다.

"그래. 지랄하지 말고 그만 들어가. 추워. 문 닫고."

"45. 45!"

"저걸 그냥……"

혜숙이가 정미에게 주먹질을 해 보인다. 그래도 정미가 소리친다.

"자나깨나 조꼼씩, 알았어?"

그 말을 받아 태옥이가 혜숙에게 속삭였다.

"자주 자주. 꼭이다."

그들이 지하철 계단을 내려가면서 키득키득 웃고 있었다.

멀리 있는 이유

그 무렵에 나는 일년에 반은 미국에 있었다. 그래서 미옥이를 만나는 일이 이루어졌다. 그렇지 않고 내가 한국에만 있으면서 꼭 만나야지, 해서 만나지지는 않았을 것이다. 미옥이는 미국 앨라배마주의 모빌에 산다.

코네티컷의 하트포드 공항에서 나는 국내선 비행기를 탔는데 애틀랜타에서 갈아타야한다고 했다. 애틀랜타는 '바람과 함께 사라지다'에서 만나는 이름이라 구면인 것 같아서 갈아타는 것쯤이야 했는데 막상 비행기가 날아가면서부터 나는 불안해지가 시작했다. 잘못 갈아타면? 그래서 저 미국 밖으로 날아가는 비행기에라도 올라타게 되면? 내가 불안불안해 하는 것은 내가 영어를 못하는 데에 있었다. 그러면서 비행기는 멎었고 애틀랜타에 도착했다.

그런데 애틀랜타공항에서 애틀랜타라는 소리를 나는 한마디도 들을 수가 없었다. 그럼 무엇이라고들 하는가하면 '아란타 아란타', 그 아란타 소리를 알아듣는 순간 내 얼굴이 환해졌다. 맥더널드가 맥나드로 들리지 않던가 미국에선. 아란타가 귀에 들어오자 갑자기 내 마음이 뜬뜬해졌다. 뭘 미국 밖으로 내쳐질지도 모른다고 쫀쫀해져가지고. 나는 여유로워지고 느긋해졌다. 그리고 조금 더 작은 모빌행 국내선에 올라탔고 다음에 멎으면 모빌이겠지. 그러면 미옥이가 나와 있겠지. 나는 '하이!'만 하면 되었다.

미옥이는 막연한 내 상상. 그러니까 아무래도 부정적일 수밖에 없었던 내 상상하고는 조금 다르게 두 어깨를 쭈욱 편 균형이 잡힌 모습이었다. 그렇다고 몰라보게 달라졌다거나 그렇지는 않고, 옛날 미옥이가 분위가가 확 달라져서 거기에 서있었다.

그녀는 수화물 찾는 곳에서 나를 기다리고 있었는데, 나는 그녀를 알아보고는 우리 식으로 호들갑은 다소 떨면서,

"미옥아!"

했고, 그녀는 나를 감아 안으면서,

"선희지?"

나직하게 불러주었다.

우리는 둘이 다 뜨거운 감정은 아니었을 것이다. 이렇게도 만나는구나, 그런 쪽이 훨씬 컸을 것이다. 그녀가 수화물 찾는 곳에서 나는 기다리고 있은 것도 나에게는 감회를 더하게 하는 일이었다. 소도시서 사는구나 싶은. 그것이 뭐 감회까지 일으키는 일이까만은 '입국장' 어쩌고 하는 곳을 거치지 않고, 뒷골목 같은 통로로 해서 나를 비행장 밖으로 데리고나가는 것도 나에게는 감회였다. 그러나 그 감회의 원인은 소도시도 통로도 아니고 사실은, 우리가 수 십년 만에 만난 데에 있었을 것이다.

미옥이는 우리말을 거의 잊어버리고 있었다. 듣는 쪽은 그래도 많이 알아듣는 편이었는데, 말은 '거시기' 하다가 '음음……'을 반복했다. 내가 너무 답답해서,

"영어루 해, 영어루."

그러면 미옥이가 어께를 으쓱해 보였다. 내가 영어를 알아듣지 못하니까. 그러나 사람 사이에서의 소통은 재미가 있었다. 그러면서도 통했다.

내가 미옥이네에 당도해서, 으레 남의 집에 처음 가면 그러는 것처럼 집안부터 살폈다. 그리고 그 집의 침실 문을 삐죽이 열다가

안에까지 발을 들여놓았다. 자그마한 책상 하나가 보였기 때문이었다. 내가 거기 있는 책(물론 영어책)에 관심을 보이자 미옥이가 말했다.

"내 책이다, 소설책."

"읽었어?"

"읽었지."

나는 그녀를 쳐다봤다. 이상한 소리를 들은 사람처럼. 작업실을 보았을 때도 나는 어리둥절했었다. 우리로 말하자면 현관이 되는 데에 덧들여서 미옥의 작업실이라는 길쭉한 마룻방이 있었는데, 거기에는 전문양복점에서나 볼 수 있는 투박한 재봉틀, 재단기, 갖가지 실타래, 샘플쪼가리들—그러그러한 비품들이 쫘악 놓여있었다. 미옥이가 양장점을 했단다.

왕년에, 그러니까 우리가 이상한 발음으로 영어랍시고 배우던 그 시절, 나는 똑똑해서 우등생이었고, 미옥이는 밑에서 주로 놀았다. 나는 영어 성적이 당연히 좋았고 미옥이는 유급이나 겨우 면하는 수준이었다. 또 그 시절에는 학교에서 바느질도 가르쳤는데 나는 바느질도 잘했고 미옥이는 바느질도 못했다. 그런 미옥이가 옷 한 벌을 내놓았는데, 예전의 내 체격을 떠올리면서 그 옷을 만들었노라고 했다. 샛노랑 윗도리에 감색 치마였는데, 윗도리의 목덜미와 치마 허리에 'Pil Ok Fashion', 그런 녹색 라벨이 단단히 붙어있었다. 나는 대번에 눈치를 챘다. 필옥? 아이구우, 미옥의 브랜드 이름이네. 개인 브랜드! 그걸 나한테 입혀놓고,

"너무 잘 맞는다."

그녀는 스스로 감탄했다. 나는 책도 옷도 절대로 맞장구를 칠 수가 없었다.

"머리도 그거. 좀 고쳐야겠다."

내 머리를? 이 머리를? 얘 봐라—나는 어이가 없었는데 그러나 애매한 목소리로 물었다. 그녀 비위를 거슬러서는 안 되기 때문에.

"영 아니니?"

"파마하고 그 밑을 확 쳐버리자. 그럼 훨씬 젊어 보일 거야."

그러니 말인데 사실 미옥이를 처음 보는 순간 나는 놀랬다. 싱싱했다. 빠글거리는 파마머리를 밑에서 그야말로 확 쳐올려서 귀선(線)에서 볼륨을 넣었는데, 그게 여간 싱싱해 보이는 게 아니었다. 흑인아줌마들의 그 빠글거리는 머리처럼 보일 수도 있는데.

미옥이 남편 테일러씨가 귀가해서 나를 보자 눈 꼬리에 주름을 잔뜩 잡고는 오래오래 놀다가라고 했다.

"테일러씨, 호인 같다."

내가 솔직하게 첫인상을 말하니까 미옥이는 그 말이 싫지 않은지,

"저래 뵈두 너, 술 마시면 해피하다면서 단추 아래 껀 우에다, 우의 껀 아래다, 그렇게 끼고선 너, 새벽 한시도 좋다, 두시도 좋다. 그래가지고선 너, 내가 가는 곳은 꼭꼭 알리라, 여자한테 가더라도 꼭꼭 알리라. 야밤에 너, 그거 질투니? 자는 사람 깨워가지고선 너무너무 못살게 굴어서 내가, 하루는 길길이 뛰면서, '바지 벗어!' 했다."

바지? 나는 웃음부터 나왔다. 웬 바지가 여기서 나와? 왜 바지가 나오냐 말이다.

그녀가 계속했다.

"바지를 벗었지. 내가 불같이 날뛰니까. 혁대루 세 대를 내리쳤어. 그리고 말했어. 너이 엄마가 아마 60년 전에 니가 다섯, 여섯 살때 때렸을 것이다. 오늘 밤 맞은 거 기억하라—그 버릇이 떨어졌다."

정말로 내가 상상도 하지 못한 대사였다. 연극 대사 같았다. 그리고 그 뒤가 또 있었다. 단추 밑의 껀 우에다, 우의 껀 밑에다, 그렇게 끼고 다니는 자기 아들에게, 미옥이 아들이 아니고. 테일러씨가,

"단추 그렇게 끼고 다니던 아버지다. 지금은 봐라. 네 아버지가 네 아들을 데리고 대통령 앞에 나가도 송구할 데가 없다."

이러더라는 것이다.

여기서 나는 정보 하나를 얻었다. 테일러씨에게 미옥이가 아닌 다른 여자 사이에서 난 아들이 있다는 것을 우선 알았다. 나는 확실한 목적이 있어서 미옥이를 찾아왔다. 옛 친구가 보고 싶어서 온 것이 아니었다. 그러므로 나는 미옥이 비위를 되도록 거스르지 말아야했다.

다음 날 스케줄에 '미용실'이 들어있었다. 그게 그냥 해본 소리가 아니었다. 아침을 먹고 나서 커피 한잔씩을 들고 거실로 자리를 옮겼는데 미옥이가,

"런치 갖다 주면서 미용실 들리자."

테일러씨한테 점심을 갖다 주는 길에 들르자는 소리였다. 테일러씨가 우체국에 파트타임으로 나간다고했다. 나는 꼼짝없이 머리를 볶아야할 모양이었다.

"선희야, 여기 좀 와봐."

미옥이가 가죽소파 팔걸이 옆으로 나있는 창가로 나를 불렀다.

"저 길 건너, 저게 내 집이다. 지금은 렌트 줬어."

창밑으로 잔디가 깔린 앞뜰이 조금 있고, 다음이 2차선쯤이 되는 길이고, 그 길 건너에 있는 집을 미옥이가 가리켰다. 그게 자기 집이라는 것이었다. 여기는 대개 울타리라는 게 없어서 길을 사이에 두고 양 켠의 집들이 마주보게 되어있었다.

"집이 두 채네."

"그게 아니고, 저기서 양장점을 했었어."

"살림은 여기서 하고?"

"그게 아니고, 죤하고 저 집에서 살았어. 내가 안 해본 게 없다. 내가 젤루 잘하는 게 카텐 만드는 건데, 그것도 백화점 다니면서 배웠다. 백화점—하면 대개 깨끗한 유니폼, 그런 판매사원 떠올리지? 아니야. 사방이 꽉 막힌 창고에서 일했어."

창고에서의 일거리는 여러 가지 제품의 단을 드르륵 박는 거, 단추 구멍 맞춰서 단추 다는 거, 마지막 포장을 해서 상품 마무리 짓는 그런 단순노동인데, 대개 여자들이 그 일을 했다. 커튼 다루는 일은 무거워서 힘이 들었단다.

"거시기, 여기는 남부니까 흑인이 많아서 흑인여자들이 그런 일을 많이 했어. 그때 내가 흑인여자가 어떤가를 알았는데 빈들빈들 놀다가, 수다 다 떨다가, 열두 시 땡, 하면 오뚜기처럼 일어선다. 다섯 시 땡, 하면 '타임 오버 타임 오버'. 단은 박다 말고, 단춘 달다 말고, 포장은 하다 말고 타임 오버야. 바늘이 덜렁덜렁 달려 있는데 누가 찔리면, 하는 생각도 안하더라고."

그녀의 어조로 보아서 그녀가 흑인여자를, 흑인을 좀 낮추어 보는 것을 알 수 있었다. 나는 해방이 됐을 때의 한국이 생각났다. 그때 한국에는 코리안타임이 있었고 노라리꾸라리에 땡땡이치기가 너무 심해서 한국사람들을 고용한 미국기관에서는 한국사람들이 화장실 몇 번 가는 것까지 체크했다. 그렇게 무책임의 극치였던 한국사람들이 지금은 어디서나 일벌레라는 소리를 듣는다.

"저 집에서 죽자고 일해서 죤을 항공대학에 보냈어. 거기가 비싸드라고."

"혼자서 키운 거니?"

이야기의 분위가로 봐서 그 당시 그녀가 혼자였다는 것을 알 수 있었다. 그리고 그녀 아들이 죤이라는 것도 나는 자연스럽게 알았다.

"그래, 혼자서."

"이 집에는?"

"테일러가 여기 살았어. 나는 저 집에 살고. 집이 마주보이잖아."

"마주보면서 연애했네?"

유부남일 텐데? 아들이 있다니까.

"아니거든. 그냥 마주보면서 그렇게 살았어. 5, 6년 정도를 그렇게 살았을까. 테일러가 홀아비였어. 그래도 관심이 없었어. 테일러한테 여자가 오면 오나부다, 가면 가나부다—"

"놓치면 어쩔려구?"

"걱정 마요. 그러다가 어느 날이야. 내가 밖에 나가는데 길 건너 테일러가 '헤이, 같이 안가겠소?' 낚시대 메고 나오면서 그러는 거야. 내가 '오오케' 하고 테일러 포오타에 올라탔다."

역사는 그렇게 이루어졌다는 것이다.

그런데 두 사람이 합치기도 전에 테일러씨의 지병이 도졌다. 테일러씨는 심장수술을 받게 되었고 미옥이는 테일러씨 집에 살다시피 하면서 시중을 들었다. 남은 것은 법적인 선서뿐이었다. 테일러씨는 선서 대신에 이렇게 말했단다.

"당신하고 결혼할 수가 없소."

조금 뜻밖이었지만 그렇다고 미옥이는 앞이 캄캄하고, 그렇게 충격을 받은 것은 아니었다. 그래서,

"오오케."

선선히 동의했다.

그녀는 현재 테일러씨보다 열 네 살이 연하란다. 그러나 진실은, 미국병사 존의 아버지를 만났을 때 그녀는 열 살을 확 줄였다. 미국병사가 너무 어렸고, 그들은 동양사람의 나이를 도통 알아맞히지 못했다. 그녀가 열 살을 줄여도 전혀 눈치를 채지 못했다. 그녀는 열 살 적은 나이로 미국에 왔고 지금 모든 서류가 열 살 적은 나이로 기재가 되어있다. 테일러씨도 네 살 연하의 미옥이를 열 네 살 연하로 굳게 믿어 의심치 않는 상태였다.

남자들에게는 대개 로리타콤플렉스가 있어서 여자 나이가 어리면 되게 많은 양보를 한다. 이 경우에 테일러씨가 그렇다는 것은 아니고, 미옥이가 '선서'를 오로지 하나의 길이라고 생각하는 편이 아니라는 이야기다. 그녀는 생활력이 있었고, 남자를 하늘로 알고 살아온 여자도 아니었다. 테일러씨하고 선서한 관계라도 좋고 안 해도 그다지 상관이 없었다. 적어도 그녀 신조는 그런 것이었다. 그런데 테일러씨 입에서 이렇게 다음 말이 이어졌다.

"……발기가 되지 않아서……의사하고도 의논해 봤는데, 그런데 이유를, 확실한 이유를 모른다는 것이오."

짐작도 하지 못했던 말이었다. 발기? 수술 후유증? 의사도 모른다지 않은가. 미옥이는 잠잠히 고개를 떨어뜨리고 있다가 한참만에 그 고개를 들었다.

"결혼해요."

선서가 그렇게 해서 이루어졌다.

나는 아무 말도, 아무런 코멘트도 할 수 없었다. 부부라는 것은 언제나 그들만의 세계다. 내가 열흘을 이집에 있으면서 이들 부부가 싸우는 것도 두 세 번은 봤는데, 테일러씨가 뭐라뭐라 뭐라! 미옥이가 질세라 뭐라뭐라 뭐라! 둘이 해대는데, 영어니까 무슨 소린지 알아들을 수는 없지만 험악했다. 어느 쪽도 한마디 지지 않고 소리를 처대는데 그 소리가 엔간히 요란해야 말이지. 그들은 집안에서 싸우고 나는 뜰에 있는데, 너무 큰소리가 오가니 나는 난감할 뿐이었다.

가서 말려야 하는가. 손님이 있는데도 저리 뜨겁게 싸우니……그러다가 한층 더 큰소리가 터져 나온다.

"셧업! (닥쳐!)"

테일러씨의 고함소리다. 이크! 어찌 될 것인가. 그런데 이상했다. 한마디도 지지 않고 똑같이 해대던 미옥이 목소리가 없어졌다. 다신 들리지 않는다. 기다려도 들리지 않는다. 끝인가? 싸울 때마다 그런 패턴이었다. 어느 시점에서 테일러씨의 셧업이 터져 나오고 악악대던 미옥이가 잠잠해지고. 그들의 싸움은 화끈하고 끝이 없는 것 같았다.

미옥이는 자기 스케줄대로 나를 미용실에 데리고 갔고 자기 단골 미용사라는 흑인아가씨한테 나를 맡기고는 자기 볼일을 보러갔다. 여기 와서 내 머리를 볶네. 내 머리가 좀 길기는 해도 흑인여자들의 직업의식이 어떻다는 것을 방금 들었는데, 이 흑인아가씨한테 내 머리를 맡겨도 되는 것인가. 한국에서도 처음 접하는 미용사는 불안한데…… 에이 운명이다!

내 머리를 굽는 데엔 한국에서의 절반 정도의 시간이 소요되었다. 얼마나 쎄게 했으면—나는 굽힌 내 머리를 보는 게 겁이 났다. 미옥이가 데리러 와서,

"어머 얘, 십 년은 젊어졌다."

어쩌고 너스레를 떠는데 뭘, 빠글빠글 달라붙어 있던데. 나는 집에 와서야 거울을 제대로 보았다. 내 머리는 귀 위쪽으로 처 올려져 있는데, 이제 보니까 미옥이하고 비슷한 스타일이었다. 다만 미옥이는 밑이 민들레 씨방처럼 소복한 게 나하고 아주 달랐다. 나는

갈데없는 흑인아줌마였다. 선글라스까지 터억 잡숫고. 여기는 햇볕이 강렬해서 그게 필수품이었다. 눈을 깜박깜박해보니 어머, 발랄하다. 나는 폭소를 터뜨렸다, 푸우! 발랄하다 발랄해, 십 년은 젊어졌어.

"울 엄마가 거시기, 젖통이 큰 간나 치고 온전한 게 없다 그랬어."

미옥이가 뚱딴지같이 툭, 한마디를 내뱉었다. 그녀의 거시기 저시기는 여전했지만 그래도 빠르게 우리말을 찾아가고 있었다.

"난데없이 울 엄마니. 야 야, 그러니까 생각이 나네. 니가 가슴이 컸지, 그건 사실이다."

"그래서 미워했다니까."

그 시절에는 젖가슴이 큰 게 큰 흉이었다. 그 때문에 우리는 부풀어 오르는 가슴을 동여매느라고 정신이 없었다. 그런데 미옥이는 가슴을 처매지 않고 그냥 덜렁거리면서 다녔다. 우리는 미옥이를 얼마나 삐딱하게 봤던가. 그녀가 흑인여자, 흑인을 낮추어 보는 것처럼 우리는 그녀를 칠칠치 못하다느니 입을 삐쭉거리면서 낮추어 봐야 하는 존재로 꼽았다. 그러나 그 후의 사건이 없었다면 나는 여기, 지금 이 만트비나울마을에 와 있지 않을 것이다. 우리 동기 둘이 해방이 되어 이남에 오다가 강간을 당했는데, 한 아이는 이남 정보원이 그 아이를 그렇게 만들어 놓고 그게 탄로날까봐 죽여 버렸다. 그리고 한 아이가 미옥인데, 미옥이는 얻어 탄 트럭 운전기사가 그 짓을 했다. 거기는 이북 땅이었다. 미옥이는 돌아가지 않고 오던 대로 이남으로 넘어왔다.

그녀가 이남에 와서 취한 행동은 자기를 아는 사람, 그녀의 소문을 쑤군거릴 모든 사람하고의 단절이었다. 우리는 그녀 소식을 '카더라'로 얻어들었다. 미군피엑스 다닌닥카더라. 양공주 됐닥카더라.

그때만 해도 우리는 동서남북을 몰라서 동향이라고, 이북이 그립다고 끈끈한 유대감에 사로잡히곤 하지 않았다. 오히려 강간 같은 충격적이 사건은 아니더라도 북에서의 일을 들추어내면 곤란한 일도 있어서 아는 사람을 슬슬 피하기도 했다. 임신중독이 돼서 퉁퉁 부은 걸 봤닥카더라. 미옥이 소문은 그것으로 끝이었다. 미국에나 가야지, 여기서 어떻게 살아. 우리는 쑤군거렸다.

세월이 흐르면서 허물도 추억거리가 되고, 사람들이 뻔뻔해 지기도해서 우리는, 서로서로 눈을 감아주면서 그립다고 찾아다녔다. 그리고 우리가, 사회가 미옥이를 얼마나 가차없이 내몰았는지도 깨닫게 되었다. 그러면서, 우리에게 끼지도 못하고 치명적인 소문 또 소문에 허우적거렸을 그 동기를 나는 찾아보고 싶어졌다. 그녀에 대한 흥미가 왕성해지고, 그녀가 살 수밖에 없었던 '삶'을 조명해보고 싶어졌던 것이다. 그것도 그녀 입장에서가 아닌 글 쓰는 내 입장에서. 그 칠칠치 못했던 동기, 나는 그녀를 찾기 시작했고 그래서 어찌어찌 그녀가 있는 곳을 알았다. 역시 미국이었다. 내가 편지를 띄었고 답장이 바로 있었다. 영어편지였다. '사랑과 존경으로'로 시작해서 '하이를 네 가족에게도'로 끝나는 편지였다. 그러나 나는 어디까지나 제 삼의 방관자로서 여기에 왔다.

미옥이는 매일매일이 바빴다. 관광 때문에 바빴고 요리솜씨를 자랑하고 싶어서 바빴다. 식탁 가득히 접시, 접시에다 요리를 차려놓으면 나는 놀기도 하고 양이 많다고 나무라기도 했다.

"이렇게 많게, 누가 다 먹어?"

"많아? 우리 시누가 와도 나는 이만치 차린다. 그러면 요리솜씨 좋다고 되게 좋아하는데."

그녀는 자기의 모든 부분을 나에게 보여주고 싶은 것 같았다. 잘하는 부분을. 한국에 돌아가면 내 입이 그녀를 대변한다. 주방 찬장에는 그릇들이 가득가득했고, 저녁에 먹은 접시들은 디시워시에 집어넣고 틀어놓았다. 그리고 아침에 뽀송뽀송한 접시들을 꺼내서 찬장에 다시 진열했다. 나는 그녀 노동에 일체 참여하지 않았다. 걸리적거릴 것 같아서. 그녀가 바쁘게 돌아가면 나는 이집의 안팎을 살핀다.

집이 크지 않으니까 집안을 구석구석 살필 데는 없고 나는 밖으로 나온다. 앞뜰은 길까지 5미터 정도나 될까. 작업실을 달아놓았기 때문에 앞뜰이 양쪽으로 갈린다. 지금은 일을 접었는데 더러 커튼 단골이 찾아온단다. '필옥 패션' 단골? 나는 실쭉 웃는다.

뒤로 돌아가면 거기는 앞뜰보다 훨씬 넓었다. 백 평은 넉넉히 될 것 같은데 밭이랑 몇 줄이 나있었다. 그런데 좀 기이한 것은 마당 뒤끝이 습지 같다는 점이었다. 비가 오면 젖고 개면 말라버리는 그런 땅이 아니고 늘 지질하다는 소리다. 그래서 밭이랑도 가운데로만 몇 줄이 있었다.

이상하지? 습기가 집쪽으로 슬금슬금 습격해 와서 집이 무너지는 그런 일은 없나보지? 늘 지질해서 습기가 조끔씩 조끔씩 사방으로 퍼질 것도 같은데? 이상하다. 그러면서 나는 눈만 뜨면 뒷마당으로 나왔다. 거기에 딸기밭이 있기 때문이었다. 한국에서 비닐 속에서 자라는 딸기도 그때는 보지 못했기 때문인지 나는 그곳에서 자라는 딸기가 너무나 신기했다. 그런데 빨갛게 익은 통통한 딸기는 모두 새들의 차지였다. 눈을 뜨자마자 나오는데도 나와 보면 그런 딸기는 새가 다 쪼아 먹고 나머지 지지리 못나고 찌그러진 작은 것들만 몇 개 남아있었다.

나는 그 못난 것들을 따서 뒷마당에 있는 수도에서 씻어서 아침상의 접시에다 놓는다. 여기는 남쪽이라 과일이 많고 달다. 그래도 나는 내가 따온 딸기만 먹는다. 나만 그걸 먹는다. 나는 그때 그 딸기가 너무나 귀하게 여겨졌다. 미옥이가 딸기를 먹는 나를 보면서 말했다.

"한국의 동글동글한 애호박, 그게 너무 먹고 싶어서 한국에다 씨를 부탁했다. 씨가 와서 심었더니 대야만한 게 열리더라."

한국호박이 미국호박이 되더라는 것이다.

내가 뒷마당에 나오면 왼쪽 곁 집 영감이 자기네 앞마당을 서성거렸다. 울타리가 없으니까 나왔다하면 서로가 노출이 되었다. 서성거리다 없어지면 그만인데 시선을 들면 거기에 아직도 그 영감이 보였다. 동양여자가 나타나서 좀 신기한가. 만트비나울은 부촌도 못되는데 흑인도 거의 눈에 띄지 않았다. 그래서 옆집에 온 동양여자가 신기한지도 몰랐다. 주방에서 계속 달가닥거리는 미옥에게 내가 물었다.

"저 집 영감, 머하는 사람이니?"

"왜, 그 영감 봤어?"

미옥이 어조가 대번에 튀었다.

"나가면 늘 보여서."

"나쁜 놈이야."

"왜?"

"내가 저쪽 집에 살 땐데—"

그러니까 커튼 만들면서 혼자 살 때의 이야기가 된다.

여기는 잔디를 손질하지 않으면 벌금이 나오는 나라다. 그리고 집집마다 잔디가 파랗게 깔려있다. 미옥이도 2주에 한번은 꼭꼭 잔디를 손질해야했다. 그런데 잔디 깎는 기계가 구식이었다. 손으로 끈을 잡아당겨서 시동을 거는 그런 구식이었다. 그런데 이 구식기계가 끈을 아무리 잡아당겨도 시동이 걸리지 않을 때가 있었다. 점점 그런 일이 많아지면서 미옥이는 그 구닥다리하고 씨름을 해야

했다.

"그거 있지? 끈을 잡아당겼다가 확 놓으면 시동이 걸리는 그거."

"알아알아. 옛날엔 목탄차도 끈으로 시동을 걸곤 했잖아."

"맞아. 그게 얼마나 힘이 드는지. 잡아당기고 잡아당기고, 부릉부릉 소리만 나고 되지 않는다. 땀이 뻘뻘 나고 숨이 차오르고."

그러다 눈을 들어서 보면 이쪽 켠에 그 영감이 서있는데, 왼쪽 켵 집 영감 말인데, 그때는 미옥이가 길 건너에 살았으니까 이쪽 켵이 되는데, 그 영감이 이쪽 켠에 서서 길 건너 뜰에서 찔찔 매는 여자를, 미옥이를 실실 웃으면서 지켜보았다는 것이다.

"그뿐이면 야, 말도 안한다. 내가 결혼해서 이집으로 와서 잔디도 더러 깎는데 그러면 이 영감이 '니드 썸 헬프? (도와줄까?) 이러는 거야, 나쁜 영감이. 저쪽에 있을 땐 실실 웃으면서 보던 영감이, 내가 여기 와서 기계 터억 타고 깎는데, 거 있잖아 터억 타고 갂는 거, 그 기계가 있어서 그 기계 터억 타고 깎는데, 고장도 물론 안 나고. 근데 헬프? 나쁜 영감이. 동양여자는 안되고 테일러부인이니까? 내가 '셧업!' 했다."

"잘했다. 셧업이 바로 그런 때 쓰라는 욕이다. 잘했어!"

그리 칠칠지 못하던 미옥이가—

식탁의 전화벨이 울렸다. 미옥이가 받더니 어조가 곱지 않았다. 어쩌고 저쩌고, 그러다가 오겠다는 사람을 오지 말라는 것 같았다. 그리고 입이 뻣쭉해서 전화를 끊길래,

"누군데?"

내가 물렀다.

"아들이야, 테일러."

"오지 말라는 거 같던데?"

혹시 나 때문이 아닌가 싶기도 해서.

"싫어."

"몇 살이나 되는데?"

"40이 됐나? 나를 무시한다. 언젠가 여기서 전화하는 거 밖에서 오다가 들었는데, 내 영어를 흉내 내는 거야."

"어떻게?"

"떼떼떼떼 떼떼떼떼……"

"누구한테?"

"지 친구들이겠지."

내가 웃어버렸다. 내가 들어도 미옥이 영어는 혀가 약간 짧게 들렸다. 그래도 영어가 워낙 유창(?)하니까 나는 존경스럽기만 한데 본토사람으로서는 흉도 볼 수 있지 싶었다, 내 생각에는. 그러나 미옥이는 생각만 해도 기분이 더러운지,

"낄낄거리면서…… 내가 쏴줬어. 넌 몇 나라 말을 하냐. 난 네 나라 말을 한다!"

"네 나라, 니가? 무슨 네 나라?"

"봐봐. 한국말 하지, 일본말 하지, 영어도 한다. 한자도 배웠잖아. 그게 중국말이다."

그럼 나도 네 나라 말을 하게!

"그랬더니?"

"뻥했지. 지는 영어 밖엔 모르잖아. 그것도 남부사투리 주제에."

내가 너무 좋아하니까 미옥이는 내친 김이었다.

"내가 녹음도 따 놨다."

"무슨 녹음?"

"돈 보고 여기 오잖아. 지 아버지가 해군에서 연금이 나오지, 직업군인이었어. 우체국에서도 연금 나올 거고. 이집도 지 아버지 꺼라고 생각하는 거지. 다 나 준다고 녹음해 놨어."

"전부? 테일러씨가 그러자고?"
"그렇지."
내 표정이 조금 이상했던지 미옥이도 이내 민감한 문제라는 것을 알고,
"머 그렇다는 거고. 커피 먹자, 이쁜 잔으로."
의자를 갖다놓고 찬장 높은 데의 찻잔을 꺼냈다. 로오열 알버트의 장미꽃 찻잔이었다.
"이쁘다. 나도 이런 거 사놨다."
내가 자랑을 했다.
"이쁘지? 잘 샀어. 여기서 인끼 있는 거야."
"'마더스 데이' 세일에서 싸게 샀지. 근데 미옥아, 저 거실의 호랑이, 그건 어서 얻었니? 한국에 갔었어?"
가지 않았지 싶었지만 그렇게 물었다.
이집 거실에는 어느 거실에나 있는 소파 있고 장식탁자, 도자기 같은 것도 있는데 우리 민속품인 호랑이 벽걸이, 그네 타는 춘향이 액자, 기계수(繡)의 나비를 한줄로 쪼르륵 묶은 매듭, 노리개 같은 그런 한국물품들도 있었다.
"한국 슈퍼서 부탁만 하면 다 얻어."
"한국사람들이 그래도 있나보네?"
한국슈퍼도 있다니까. 미옥이가 커피를 따르면서 대답했다.
"음, 있어도 대개 멀리에 있어."
"찾아다녀야 하겠네."
"가까운 데 한국아줌마 몇이 있는데 일본, 독일 같은 데서 군인 따라온 여자들이야. 와선 남자하고 대개 헤어지고 어렵게들 살더라. 그런 여자들이 한곳에 모여서 살아. 왠지 이상하게 한군데서 살더라고."

끼리끼리. 약하면 그렇게들 살 수밖에. 군인 따라온 여자들이라면 주둔군 따라온 여자들일 텐데, 주둔군이라면 한국주둔군도 있고, 그렇다면 한국주둔군 따라온 여자들도 있을 것인데, 미옥이는 한국주둔군 따라온 여자 이야기는 하지 않았다.

"거기 아줌마를 가끔 불러서 집안일을 시키는데 이 아줌마가, 자동차 뚜껑은 훗크훗크—"

여기서부터 미옥이가 낄낄거리기 시작했는데,

"아이그래스, 후레무—"

했다.

그 웃음소리로 미루어 무식하다는 것인데 그래, 훗크는 자동차뚜껑 후두, 그게 훗크가 된 것은 알겠는데 아이그래스, 후레무는 무엇이냐 말이다.

"아이그래스는 선글라스고, 후레무는 필림이다."

선글라스는 눈에 쓰니까 아이그래스가 맞고 후레무는? 필림이 그렇게 들렸다는 소린데 애틀랜타가 아란타가 아니든가.

"단어를 모르니까."

미옥의 말이었다.

미국에 와서 뼈를 깎는 노력 끝에 정확한 영어를 구사하는 미옥이로서는, 수십 년을 여기서 살면서 아이그래스, 후레무 하는 그녀들이 한심하기도 할 것이었다. 나는 혼잣말처럼 중얼거렸다.

"그래도 미국까지 왔다면 성공한 케이슨데 그렇게들 사는구나."

나는 내가 지금 왜 미국에 와 있으며, 자식이 몇이고, 어떻게 살았는지를 대충 그리고 솔직하자고 마음을 먹으면서 털어놓았다.

"너도 겪을 건 다 겪었다."

미옥이가 몇 번이나 머리를 끄덕이고 나서, 그리고 말했다.

"내 말도 많이 들었지?"

순간, 나는 녹음기를 들이댈 때다, 라고 느꼈다. 그녀가 테일러 씨의 말을 녹음했듯이 나도 녹음기를 준비해 갖고 있었다.

"내가 용산 미8군에 있은 건 알지?"

"피엑스에 있었다며?"

"세탁소서 일했다."

우리 사회를 완전히 떠나서 그곳에서 얼마간의 돈이 모아졌단다. 그 돈을 저 남쪽 대지주 아들이라는 사기꾼한테 몽땅 털리고, 소문에는 나이 많은 미군장교하고 살아서 모은 돈이라는 말이 있었는데 어쨌거나, 어떻게 모았거나 모조리 뜯기고 다시 잡은 것이 어린 미국병사였다. 두 사람 사이에 아이가 생겨서 퉁퉁 부어서 다녔다는 것도 사실이었다. 임신중독으로 죽을 뻔하다가 그래도 무사히 아이를 낳아갖고 미국으로 왔다. 지옥이 이때부터 펼쳐진다. 가정폭력이 시작되는 것이다.

같은 샐러드를 세 번 내놓았다고 주먹이 날아오고, 사내놈들이 쳐다본다고 강짜 부리면서 걷어차고, 돈을 달라고 목을 틀어 감고, 미옥이는 모텔의 청소부 일을 했는데 수입은 손님이 방에 놓고 가는 팁이었다. 그래도 미옥이는 자기가 미국생활을 잘못하나 싶어서 빌었다. 잘못 했어, 잘할게. 비행기타고 미국으로 올 때, 미국에서 살아남지 못하면 태평양 저 물속에 빠져죽겠다고 다짐했던 그녀다.

그러나 그녀가 결심하는 날이 온다. 맞아서 죽으면 죽었지 다신 빌지 않겠다고! 결국 그녀 대퇴골이 부서졌다.

"선희야, 지금도 쇠막대기가 여기, 여기에 박혀있다."

미옥이는 의자에서 돌아앉아 자기 궁둥이께를 가리켰다. 수술을 해서 부서진 뼈 조각에다 쇠막대기를 박았다는 것이었다.

"일년 넘게 꼼짝을 못하고 누워있는데 이 새끼가 하자네. 내가 여자한테 보냈어. 여자한테 주는 돈 12딸라, 방값 3딸라, 콜라 50

센트. 그런데 몇 달이 지나서 이 새끼가 나달나달한 돈을 도로 주면서 이러는 거야. 안가고 말지 평생 돈 준 소릴 할 거라고. 그런 미친 지랄 다 빻다가 뒈졌다."

죽었는데, 그러나 죽어도 아파서 죽었거나 한 게 아니었다. 살해당했다. 내가 녹음기를 들고 왔어도 살인사건을 상상해본 일은 꿈에도 없었다.

작은 마을이 뒤집혔다. 경찰이 집집을 탐문 수사했고 미옥이도 불려 다녔다. 피해자하고 산 사람이니 당연했다. 그러다가 그 기사가 나갔다. 미옥이가 범인이라는.

"내가 갈보짓을 했고, 묘지를 사놨고, 폭력 신고도 있었고. 그중에서도 묘지를 사논 게 문제였어."

미국의 도로를 달리다보면 길가로 십자가를 꽂은 묘자들이 더러 보인다. 그러나 묘지라는 것은 특별한 경우가 아니면 젊어서 사놓는 일은 드물 것이다. 그런데 미옥이가 아직 살림이 자리도 잡기 전에 묘지를 사놓는다는 것은 충분히 이상하게, 묘하게 보일 일이었다.

"정말 묘지 사논 거야?"

"사놨어."

"왜?"

"모르지. 그 새끼가 죽었으면, 해서 사논지도 모르지."

살인범이라고? 하룻밤을 덜덜 떨면서 지샌 그녀가 날이 밝자 모빌시청으로 시장님을 찾아갔다. 그녀가 온 청사가 울리게 소리쳤다.

모빌에서 발행하는 신문에 아무개가 아무개를 죽였다고 났다. 내 아들이 성장해서 그 기사를 읽었을 때, 당신이 책임을 지겠느냐. 아무개라는 여자가 아무개라는 남자를 죽였다고 책임을 지겠느냐.

나는 내가 있고, 내 아들이 있고, 배가 부르고, 깨끗한 방만 있으면 그만인 여자다. 그 여자가 사람을 죽였다고 책임을 지겠느냐. 당신은 시장이다. 시민을 책임지는 시장이다. 내 아들에게 책임을 지겠느냐!

다음 날 아침, 신문사는 정정기사를 냈다. 추측기사라고 정정기사를 커다랗게 실었다.

나는 얼이 빠졌다. 미옥이가 미옥이가!

그렇다. 살인자라는데 누가 그런 누명을 쓰고 가만히 있겠는가. 그럴 사람은 없다. 그러나 누구나가 시장님을 찾아가서 미옥이처럼 들이댈 생각은 하지 못한다.

"내가 쌩쌩한 미국시민이래두 그랬겠어? 힘이 없어 보이니까 에라, 신문이나 왕창 팔아먹자, 그런 거지……개새끼들! 커피나 한 잔 더 먹자."

"그래……먹자."

잔이 다시 채워지고 스타박스 커피의 짙은 향기가 퍼졌다. 그러나 우리는 둘이 다 그 잔에 손을 대지 못했다.

어디나 약한 사람이 당한다.

"사건은……아직도 미제야. 범인이 잡히지 않았어."

"윤곽도 못 잡고?"

"내 생각엔……폭력배들이랑도 어울려 다녔어, 그 새끼가. 그놈들의 짓이 아닐까, 그래도 증거가 없으니까…… 살인이 난 그 여름이 가고 가을에 추석이 와서, 그 추석에 내가 한복 차려입고 오토바이타고 동네를 휘젓고 다녔다. 부웅부웅 날듯이 달렸다. 그리고 며칠이 지나서 내가 차를 몰고 나가니까 사람들이 그 자리에 서서 구경하드라. 차가 없어서 오토바이 날린 줄 아는 거지, 내가. 내 차가 얼마나 존 찬데."

존 차? 어떤 찬데? 그녀 어조에 장난기가 돌아와서 나도 숨을 제대로 내쉬었다. 그래서 말했다.

"미옥아, 커피 식었다."

"그래, 마시자."

그녀 이야기가 이어졌다.

"우리 시어머니, 시누가 자꾸 온다. 와서는 애놈한테 돈을 주네. 이놈이 버릇이 나빠져서 여기 껄 저기다 갖다 노래두 안 듣고. 그런 놈을 식당에 데리구 가서는 애 보는 데서 설탕을 잔뜩 집어온다. 내가 죤을 내주지 않았어. 그랬더니 다신 안 그런대요, 죤은 봐야한다면서. 나를 갈보네, 경찰 뒤따르게 한 게 그것들인데. 내가 한국에서 6·25 만나구 직장 다녔다면, 그랬다면 그런 줄 알지, 여기 누가 뒷조사 하냐."

미옥이는 죤하고 단판을 했다. 할머니한테 가겠느냐, 엄마 말에 복종하겠느냐. 죤이 할머니를 이집에 오게 하면 엄마 말에 복종하겠다고. 그래서 미옥이가 오케이를 했단다.

"죤이 몇살이었어?"

"일곱, 여덜 살 때야."

"너더러 요리 잘한다던 그 시누?"

"맞아. 지금은 나이가 많아서. 그래도 가끔은 나보러 온다. 오면 내가 극진히 대접해요. 지금은 나를 좋아하고 사랑해. 시어머닌 갔고. 우리 죤이 동양사람 중에서 엄마가 젤로 미인이란다, 기준을 모르니까. 그래도 동양여자하고는 결혼을 안 한대요, 내가 사는 걸 봐놔서."

그렇게 칠흑속의 단 하나의 빛이었던 죤이 지 색시하고 남미로 가겠단다.

"나보고 비행기타고 거시기, 보러 오래."

미옥의 목소리가 어느새 잦아들어있었다. 이 북미 끝에까지 와서 또 저 남미 어딘가로 보러 오란다……그녀 눈가에 외로움이 차는 게 보였다. 처음 보는 모습이었다.

아흐레째 날, 내일이면 나는 모빌을 떠난다. 언제나처럼 눈을 뜨자마자 뒤뜰로 나갔다가 나는 주방으로 뛰어들었다.

"미옥아 미옥아, 옆집 영감이 굿모닝 하더라. 그래서 내가, 내 선글라스를 가리키면서 큰소리로, 아이그래스! 해줬어, 잘했지?"

하하하, 우리는 허리를 젖혀가면서 웃었다. 하하하하.

그날이 그렇게 시작되었다. 우리는 런치박스를 들고 차에 올랐다. 해변으로 가는 날이었다. 마지막 이벤트로 마련한 관광이었다. 그 해변으로 가는 다리가 그렇게 길 줄이야. 지금 이글을 쓸 줄 알았다면 이름이라도 메모해 둘 걸, 이젠 미옥이가 없으니 물어볼 수도 없다.

다리가 끝나고 해변도로가 나타났다. 좌회전해서 달리는 그 도로도 끝없이 끝없이 이어졌다. 땅이 정말 넓구나. 차창에 스치는 바람이 우리들의 머리를 흩날리고, 우리는 결국 노래를 부르기 시작했다. 아침 해변 거닐면 옛사람이 생각난다—그런 노래. 긴머리 소녀, 단발머리 소녀—그런 유의 노래, 그것이 다 일본노래였다. 아 옛날이여다.

"그때, 여기다 별장을 사둘 껄!"

갑자기 미옥이가 소프라노가 됐다.

"무슨 별장?"

나도 덩달아 소프라노로 뽑았다.

"보상금이 나왔거든. 그때 여기다 집을 사랬어, 내 변호사가. 반드시 오른다면서. 이 바보가 우야 투자하겠노. 파도만 철썩거리고 집이라곤 어쩌다 여기저긴데. 아이구 바보야. 사뒀으면 큰 부자가 됐는데. 그러면 우리 동기들, 해마다 불러다가 크게 놀았는데."

나는 새삼스레 바다 따라 도로가 있고, 도로 따라 한켠으로 쭈욱 서있는 호화스런 집, 아름다운 집들을 쳐다봤다. 미옥이는 바보바보 하지만 부러울 것도 없는, 나하고는 전혀 상관이 없는 집들이었다. 그보다는 변호사, 보상금이 더 귀에 남았다.

여기는 변호사 천국이니까 미옥이도 개인 변호사가 있는 모양인데 그건 알만하고 보상금? 나는 미옥에게 물었다. 무슨 보상금? 그 새끼가 죽고 꽤 많은 보상금이 나왔단다. 그 새끼 소리가 나오면 나는 말이 막혔다. 묻고 싶어도 물을 수가 없었다. 무얼 어떻게 묻겠는가. 글 욕심이 나서? 어떤 표정으로 묻겠는가.

우리는 차를 주차장에 세우고 해변에 내려섰다. 그러나 그 새끼 일은 못물어도 나는 꼭 묻고 싶은 것이 있었다.

"미옥아, 정말루 섹스가 없어도 괜찮은 거니?"

"괜찮아. 그 새끼하고 너무 해서."

"또또, 너는 참말루 못 말리겠다."

"평생할 거, 그때 다 했다니까."

"그때는 그때다, 야."

"얼마나 시달렸는데? 모를 거야. 정말로 많이 했어. 안 해도 돼."

"남자가 옆에 있는데? 같이 자는데?"

"글쎄? 손을 잡고 자면 조금 이상한가. 아니야, 절대루 아니야. 안 해도 돼."

미옥이는 단언하고 강조했다. 안 해도 돼—내 가슴이 찌르르해왔다. 우습다. 우리가 단발머리하고 가슴이 크네 작네했던 그 시절, 이런 앞날을 어찌 짐작이나 했겠노.

"미옥아, 집에 가고 싶다……"

"나는 안가. 울 엄마가……젖통이 큰 간나 치고 온전한 게 없다 그랬어."

두 번 듣는 말이었다.

어머니
당신은 내가 집에 못 가는 진정한 이유를 모르세요
역시 내 생활이 불길했기 때문이에요 어머니
흰 머리가 되고서도 나를 놓아버리지 못했을 늙은 어머니
내가 멀리에 있는 이유를
그것이 어머니에게 좋다는 이유를
그것을 당신이 알아서는 안 돼요 어머니

돌아오는 길에서 우리는 별로 말을 하지 않았다. 다리를 넘어오자 도로 한 켠으로 깊은 숲이 이어졌다. 큰 나무들이 들이찬. 아까는 그런 줄을 몰랐는데 그 숲도 긴 다리만큼이나 계속되었다. 한번 들어서면 빠져나올 수 없을 것만 같은, 그런 숲을 끼고 있는 길가에는 노루며 고라니 같은 동물의 표지판이 서있었다. 길에 뛰어드는 동물은 조심하라는 표지다. 그럼에도 특히, 밤길에서 동물을 종종 치는 수가 있다. 우리가 달리고 있는 길가에도 동물 표지판이 띄엄띄엄 서있었다. 그런 숲이 거의 끝나갈 즈음이었다. 핸들을 잡고 있던 미옥이가 중얼거렸다.

"저 속에서……그 새끼가 시체로 발견됐어, 열이틀 만에. 손발은 묶기고 몸은 나무에 비끌어 매져서……"

내 등줄기로 소름이 쫙 달렸다. 반사적으로 뒤돌아봤다. 밀림 같은 깊은 숲이 멀어져가고 있었다.

빠글거리는 머리에다 '필옥 패션'의 샛노랑 윗도리, 감색 치마 그

리고 옷은 갖춰 입어야한다고 미옥이가 내준 그녀 거들까지 받쳐 입고 공항에서 그녀와 나는 작별을 고했다. 등을 꼬옥꼭 눌러주고만 싶은 포옹을 풀고 나서 나는 말했다. 목에 걸리지만 그 말을. 들어보지 못한 녹음기는 짐 속에 있었고.

"미옥아, 써도 되니?"

"……음음……쓰고 싶으면 써."

그녀 눈에 미소가 비친듯 했지만 입은 한일(一)짜로 꼭 물려있었다.

'필옥 패션,' 이제야 나는 생각한다. 미옥이는 '필옥 패션'을 탄생시켰을 때가 젤로 행복하지 않았을까, 엄마의 웃는 얼굴도 상상해 보면서. 성폭행이 있었으므로 미옥이 급소 같았던 엄마. 나는 정말로 뒤늦게야 '필옥 패션'을 다시 생각해 보게 된다. 정말로 너무 뒤늦게서야!

나도 한국으로 돌아왔다. 미옥이와 나는 계속해서 안부를 주고받았다. 한국에서 전화를 걸면 미옥이가 성화를 해댔다, 전화값을 수신자 부담으로 하라고. 한국은 비싸다고. 나는 알았어, 알았어하지만 흘려들었다. 어쩌다 하는 전환데 비싸면 얼마가 비싸다고. 미옥이가 못 받으면 테일러씨가 받을 때도 있었다. 테일러씨는 지금도, 뒷마당의 찌그러진 딸기를 먹던 내 얘기를 한단다. 나는 고마워서, 찌그러진 딸기를 먹는 나를, 커다란 좋은 거 놔두고 그걸 먹는 나를 기억해 주는 게 고마워서, 그 감정을 좀 엮어보고 싶어도 그의 영어만 들으면 얼어가지고 오케이와 굿바이로 전화를 끝내버렸다.

그 전화가 언제부터 통하지 않았을까. 아마 우리가 헤어지고 나서 2년은 되었을 것이다. 오지도 않고 받지도 않았다. 걸면 전화벨은 울리는데. 이사? 전화벨은 울리는데. 이사를 갔다면 새 사람이라도 받을 텐데. 남미에 갔다 해도 이렇게 오래? 차차 이상한 생각이 들었다. 나는 수소문을 했고 전에 했던 것처럼. 회답이 바로 왔다, 죽었다고. 차를 몰고 집에서 나가다가 달려오는 소방차에 부부가 그 자리서 즉사했다고.

미옥이네 차는 작업실을 끼고 길에 나서는데 그때, 왼쪽에선가 바른쪽에선가 불차가 와서 두 사람을 뭉개버렸다는 이야기가 된다.

미옥이는 강간껀에 대해서는 한마디도 결국 입을 열지 않았다. 아직도 건드릴 수 없게 그 업(業)이 생생해서, 그래서 그녀는, 북미 끝에까지 왔지만 자신의 업을 책임질 누구도 찾지 못한 것이다.

남섬

죽기 아니면 살기로 혜옥이는 뉴질랜드로 갔다.

—나는 이제 아무데도 갈 수가 없다. 눈이 아니면 코가, 코가 아니면 이빨이, 허리, 다리, 소화불량에다 부정맥, 혈압, 불면증—몸의 모든 기관이 차례로 혹은 동시다발적으로 고장을 일으켰다. 걸으면 길을 똑바로 가는 것이 아니고 삐딱하게 가져서 이크! 내 다리가 내 말을 듣지 않네. 걸음이 지그자그네. 거기에다 현기증까지 느끼게 되면 다 됐구나. 진실로 다 된 기분이었다. 평형감각이 없는데 다 된 거지. 밖에 나다니지 말고 병원에나 사알살 찾아다니면서 죽을 날이나 기다릴 수밖에.

증말, 그럴만한 때가 됐다고는 해도 증말, 너무 표가 나는 일이었다. 몸이 사람의 말을 들어주지 않으니. 하고 싶던 일을 한 가지 떼어내고 두 가지 떼어내고, 그러면서 사람이 둥글둥글해지고 편안해졌다는 말을 듣게 되는데 서글픈 일이었다. 팔팔한 게 다 그게 힘이 그렇게 만들어주는 일인데.

혜옥이가 해외여행이라는 것을 한번 가고 두 번째로 미국에 갔을 때, 뉴욕의 그 번화한 거리 복판에서 그녀는 눈물을 흘렸다. 자기가 여기에 와 있다니, 여기에 이렇게 서 있다니, 꿈이라고 생각했던 일이 실제로 일어나고 있다니! 그 후 혜옥이는 보름에 한번 꼴로 김포공항에 갔다. 여행을 잊지 않으려고.

지금은 김포 쪽을 쳐다보지도 않는다. 국제공항이 인천으로 옮겼다는데 말로만 들었지 가보지는 않았다. 자기 발이 자기 말을 듣지 않아서 지그자그로 걸어지는데 비행기를 탄다는 것은 생각도 못할 일이었다. 그래서 지난날의 생활은 떼어내고 또 떼어내면서 병치레나 하면서 지내던 혜옥이가 뉴질랜드행을 결심했다. 거기에는 그럴만한 혜옥이로서의 이유가 있는데—

결심을 하고 나서 혜옥이는 정리할 일에 착수했다.

옷 정리부터 했다. 다 버릴 생각이었는데 버려지지 않았다. 그녀는 버려지지 않는 변변치도 않은 옷을 보면서 사진을 다 찢어 없앴다는 친구의 말이 생각났다.

"그냥 두고 죽어봐라. 애들이 밟고 다니드라고 그냥. 전엔 태워주기라도 했는데 야."

어디서 본 모양이었다.

혜옥이는 버리는 쪽에다 옷을 수북이 쌓아놓았다.

옷 정리를 대충 하고 나서 창문에다 쇠창살을 다는 공사를 벌렸다. 이것은 사람을 사야하는 일인데 생각만 해도 머리가 지끈지끈했다. 사람을 산다는 것이 그렇고, 일을 시킨다는 것이 그렇고, 돈까지 나가는 일이 또한 그랬다. 그래도 꼭 해야 하는 일이었다.

도대체가 이 집은 혜옥이의 오로지 하나의 재산인데 그녀는 이 집을 북에 있는 동생들에게 넘기기로 마음을 정한 지가 오래되었다. 그 결심을 하고 나서 그녀는 자기 아이들에게 말했다.

"전에도 내가 말했지만, 이집은 북에 있는 내 동생들한테 줄 생각이다."

아들도 딸도 뚱해서 좋다 굳다 말이 없었다.

그들은 알고 있었다. 어머니는 가난한 외가의 맏이였는데 무슨 여건인가가 우연히 맞아떨어져서 어머니만 서울에 와서 공부를 할 수 있었다는 것을. 보통 가난한 집의 맏이는 동생들을 위해서 희생이 되는데 어머니는 어린 동생들을 남겨두고 혼자 월남했다. 그래도 북이 잘 산다면야 그러려니 하고 살 텐데 북이 저렇게 못산다니, 그 동생들 배나 한번 실컷 불려주는 게 어머니의 소원이었다.

그래도 그렇지. 유산은 보통 자기 자식들한테 가는 거 아닌가. 그때까지 어머니 집이 유지가 되면 말이지만.

"그래서 내가 이집은 공증을 할까한다."

어라, 공증이라고? 아들, 딸이 손을 못 대게 어머니가 '공증' 이라는 절차까지 알아본 모양이었다.

"맘대로 해 맘대로, 엄마 집이잖아!"

딸이 결국 부아를 터뜨렸다.

그런 일이 있고 나서도 십 수년이 지났다. 집은 그 사이에 낡을 대로 낡아버렸는데 지난 2, 3년 사이에 혜옥이네만 빼고 양 옆하고 뒤쪽에 다세대주택이 들어섰다. 혜옥이한테도 다세대주택으로 개축하자는 제의가 있었는데 응하지 않았다. 번거로워서였다. 그랬더니 혜옥이네 집만 난딱 땅에 붙어버려서 둘레의 다세대주택에서 내려다보면 유리창을 통해 혜옥이네 안방이 훤히 드려다 보였다.

그뿐이 아니었다. 지반을 든든하게 하네 어쩌네 하면서 옹벽을 쌓더니 혜옥이네 집하고 옹벽 사이가 맞붙어버릴 지경이 되어버렸다. 그것도 거의 직선으로 쌓아올리는 바람에 옹벽이 와르르 무너져 내릴 것만 같은데 지반을 든든하게 한다는 말에 고마워서 혜옥이는 딴 생각은 하지 못했다. 나중에야 남들의 말을 들어보니까 그런 때엔 눈에 불을 켜고 내 것을 지켜야 한다는데, 이것 보세요, 라는 말 한마디도 못하고 침범을 당했다. 지금이라도 측량을 새로 하고 소송을 걸면 옹벽을 무너뜨릴 수가 있다고 한다. 그런데 옹벽이 무너지면 다세대주택에 문제가 생길 것이고 그래서 여기도 무너진다, 무너진다 하는 다세대주택을 올려다보면서 옹벽을 무너뜨리는 일은, 혜옥이로서는 감당할 수가 없었다. 손을 대지 않아도 직선으로 쌓아올린 옹벽이 무너질 것만 같아서 현기증이 나는 혜옥인데. 그리고 더 급한 것은 옹벽하고 혜옥이네 창문 높이가 거의 비슷하다는 사실이었다.

어느 허술한 집에 도둑이 들었다. 도둑을 맞은 집주인이 도둑에게 물었다. 주변에 잘사는 집도 많은데 하필 왜 가난한 자기 집에 들어왔냐고. 들어오기 쉬어서 들어왔다고 도둑이 말했다.

창문하고 옹벽이 가지런하니 얼마나 도둑이 들어오기 쉬울까. 창문을 드륵 열고 들어온다. 마음만 먹으면 창문 하나 드륵 열고 들어올 수 있는 것이다. 창문에다 쇠창살을 달자. 이것도 죽기 전에 꼭 해야 하는 일이었다. 혜옥이는 그 동안 별러오던 일을 강행했다.

몸이 늘어지네. 누울 자리만 밟히네.

혜옥이와 아들네는 두 콧구멍 사이처럼 붙어사는데 혜옥이가 원해서가 아니고 며느리가 그렇게 자리를 잡았다. 아들네는 맞벌이부부니까 여차하면 혜옥이를 불러갔다. 아침저녁으로 갔다 왔다, 아무리 가까워도 비오는 날, 추운 날, 더운 날, 그것은 일이었다. 그러다가 혜옥이가 늦게라도 가게 되면 초등학교 3학년짜리 손녀가 대문 앞에 나와 서 있다가 혜옥에게 원망하듯이,

"나는 누가 봐주는 거야 !"

울음을 터뜨렸다.

니가 너를 봐줘도 되는데, 같이 원망하고 싶어도…… 결국 혜옥이는 아들네로 들어왔다. 손녀가 예뻐서도 아니고 손녀라는 혈연 때문도 아니었다. 에미, 애비가 집을 빠져나간 뒤에 아이를 밥을 먹여서 학교에 보내고, 학교에서 돌아오면 문을 따주고, 간식거리라도 챙겨주고, 아이는 누군가가 돌봐 줘야하는 어린이였다. 그래

서 아들네로 옮겨왔다. 그런 일 정도는 할 수 있으니까.

그런데 혜옥이는 '봉사' 하는 마음으로 아들네로 들어갔는데 실제로는 가정부로 격상인가 격하가 되어가고 있었다. 그녀는 며느리에게 선을 긋기로 했다.

"토요일하고 일요일은 내가 쓰자."

"파출부 오는 날을 더 늘려요?"

며느리의 어조가 약간 야릇했다. 내가 어머니를 부려 먹었냐, 파출부도 부르고 있는데, 하는 투였다. 그래도 며느리는 그러자고 동의했다. 혜옥이가 집에 있어주는 것이 낫다는 판단이 나온 모양이었다.

두루두루 정리를 한다고 아들네와 자기 집을 갔다 왔다하는 사이에 혜옥이는, 눈이 아파오고, 잇몸이 들뜨고, 걸음이 심하게 갔다 왔다했다. 그리고 또 아침에 눈을 뜨면 가슴이 묵직하게 느껴졌다. 그 느낌은 기분이 아주 안 좋았다. 죽음이 거기 있는 것 같은 느낌…… 그래…… 심장마비, 심장마비로 죽는 사람은 복이 있다고 했겠다. 그런데 지금 당장 복되게 죽고 싶은 마음은 아닌데. 미적미적 혜옥이는 자리에서 나와서 하루 일과를 시작한다.

병무는 혜옥이를 보자 축이 났다고 했다.

표가, 표가 나는 모양이네? 그 동안 무리를 했으니까. 이런 때는 집에서 쉬어주는 것이 제일인데 오늘 말고는 병무를 만날 날이 나지 않았다. 오늘은 혜옥의 날인 토요일이고 내주에는 뉴질랜드로 떠나야 하니까 오늘로 잡은 약속을 변경할 수가 없었다. 병무를 만나는 일도 신변정리의 하나로 들어 있는 셈이었다. 그들이 가끔 점심은 먹곤하는 레스토랑에서 식사를 시키고 나자 병무가 언제나처럼 물었다.

"그 동안 뭘 했어?"

혜옥이는 자기가 한 일을 하나하나 보고했다.

"아까 나더라 축이 났다고 했는데 표가 나? 그렇잖아도 으슬으슬 몸살이 오고 그래."

축이 난다는 소리는 싫다. 그건 다이어트하는 젊은애들이나 반기는 소리다.

"무리를 했군."

"좀 그랬나봐."

"무리를 왜 하니. 무리가 제일 나쁘다는 거 안다면서?"

"그런데…… 떠나기 전에 해야지. 이번 여행을 내가 목숨을 걸고 한댔잖아."

"자넨—"

혜옥이는 병무가 자기에게 '자네' 하면 반사적으로 어색한 느낌이 드는데, 자기 말이 아닌 것 같고 써본 일이 없어서. 하여간에 병무는 혜옥이를 더러 '자네' 하고 불렀다.

"자넨 욕심이 많아. 죽은 다음의 일까지 걱정하고. 나는 그런 욕심이 하나도 없다"

"욕심이라고?"

죽은 다음을 깨끗하게 하자는 것인데. 그러나 혜옥이는 더 어쩌구를 하지 않았다. 어쩌면 병무의 말이 맞는다는 생각도 있었다.

"집고치는 일은 살아서 돌아오면 그때 가서 해도 되잖아. 여행을 떠나기 전엔 힘을 비축해야지. 왜 반대야?"

맞아맞아. 병무씨 말이 다 맞아. 당신은 머리가 좋아서 그런 식으로 살아 많은 것을 이룬 사람이고, 나는 머리가 나빠서 이루지 못한 사람이라 이루고 싶은 욕심이 많이 남아 있어. 사실이 그렇기 때문에 이루지 못한 혜옥이는 허전하다.

"나도 뉴질랜드에 갈까?"

병무가 말했다.

뉴질랜드에? 이 사람은 온다면 오는 사람인데—

"올 거야?"

"가도 되지. 거기 남섬이 좋아."

"갔었어?"

"한번 갔었어. 함께 남섬엘 갈까?"

그러자고 해야 할지, 아니야, 해야 할지 순간 혜옥이는 헷갈렸다.

병무하고 혜옥이는 학교 선후배에다 같은 동네에 살고 있어서 늘 볼 수 있는 사이였다. 그러나 서로가 제 갈 길을 한창 걸어가고 있을 때에는 시간이 없어서 만나지 못하다가 그러다가 잊을만하면 서로가, 저렇게 사는 사람도 있지, 해서 서로를 찾곤 했다. 그리고는 또 잊어버리는 사이였는데 노년에 와서 부쩍 자주 만나게 되었다. 시간이 남아서, 사회에서 밀려나는 처지가 되어서, 늙어가는 사람끼리 만나게 되는 것이었다. 만나면 혜옥이는 묻고 병무는 대답했다. 판이하게 다른 인생을 살아온 사람들인데 말동무로 아주 좋았다. 저번에는 병무가 '에이츠'의 시를 베껴다 주었다.

내게 금빛은빛으로 수놓아진 하늘의 천이 있다면
어둠과 빛과 어스름으로 물들인 파랗고 휘뿌옇고 검은 색이 있다면
그 천을 그대 발밑에 깔아드리련만
나는 가난하여 가진 것이 꿈뿐이라
그 꿈을 그대 발밑에 깔겠습니다
사뿐히 밟으소서 그대 밟는 것이 내 꿈이오니

"내가 좋아했던 시야."

병무가 말했다.

혜옥이는 뜻밖이었다. 이렇게 감미롭고 화사한 시는 혜옥이 자신처럼 단순하기 그지없는 사람이나 좋아하는 줄 알았는데, 병무는 말하지 않던가. 이 세상에는 태어나지 않는 것이 제일 좋고, 태어났으면 빨리 죽는 것이 제일 좋다고. 그런 병무가 좋아했던 시라니, 스스로 염세주의라던 사람이! 그래, 내가 좋아하는 시는 다른 사람도 좋아하나보다. 혜옥이는 오래간만에 '시'라는 것이 적혀 있는 종이를 받아들고 '내게 금빛은빛이—' 마음속에서 무엇이 살아나는 것은 느꼈다. 남섬 여행을 이야기하다보니 그 '금빛은빛이' 생각나네. 그들은 뉴질랜드에서 만나 현지에서 떠나는 관광단에라도 끼어서 남섬에 가기로 했다.

"그럼 빨리 와. 나는 뉴질랜드에 3주만 있을 꺼니까."

"일주일 후에나 가면 되겠군?"

"그렇지. 그 동안 나는 거기서 관광단을 알아보께."

혜옥이는 사실 관광 같은 것은 전혀 생각하고 있지 않았다. 그런데 관광부터 하게 생겼다.

병무하고 남섬을 돌면 잘했다 싶어질까, 잘못했다 싶어질까. 모르겠다. 결정은 났으니까 기대하는 쪽으로 걸자. 생각이 이리저리 굴러다녀서 창밖으로 고개를 돌리고 있던 혜옥이가 물었다. 별로 생각해 본 일도 없는 것을.

"병무씨, 내세(來世)가 있어?"

병무는 역시 단순하기 그지없는 사람을 보는 얼굴로, 그러면서도 그는 대답했다.

"생각은 뭐가 하니? 세포지?"

"그렇지."

혜옥이는 자신이 없이 대답했다. 세포라는 단어도 참 오랜만에 듣는 소리였다.

"세포가 죽으면 지금까지 마구 돌던 필림이 딱 끊기지? 그러면 내세를 뭐가 생각하냐?"

"없지."

그러나 혜옥이는 이어서 말했다.

"생각이 뿅하고 하늘로 올라가서, 거기서 내세가 빙글빙글 돌고 있는지도 모르잖아. 윤회(輪回)는?"

"윤회? 우리가 윤회설에 따라 내세에 거미가 될지도 모른다고 하자. 그럼 지금 눈앞에 있는 거미를 찍 밟아 죽이는 게 찜찜하겠지? 사람의 마음을 그렇게 다스리는 거, 좋잖아. 그렇게 되면 아무것도 함부로 못하지. 소위 말하는 살생(殺生)을 못하지."

그러네. 그렇게 생각하면 그렇게도 되네.

누가 보아도 미련하다는 소리를 들을 만큼 혜옥이는 밀린 일을 처리하다가 뉴질랜드로 떠났다. 그러다 보니까 그때쯤에는 또 다른 걱정거리가 생겼다. 거기에 가서 앓아눕기라도 하면 딸의 그 구박을 어떻게 받을까 싶었다. 늘 어딘가 아프다고 병원을 들락거리기에 아들도 딸도 이번 여행을 극구 말렸는데.

갸륵하게 딸을 돕겠다는 여행이지만 혜옥이는 이 딸을 별로 좋아하지 않아서 둘이 만나면 싸웠다. 둘이 싸워야하는 이유는 가령 이런 것이었다. 공부를 하겠다고 외국에 가면서도 딸은 서울의 아파트 평수를 늘린다고 아등바등했다.

"공부를 하든지 집을 늘리든지. 공부도 하겠다, 집도 늘리겠다, 그러다간 아무 것도 안돼요."

그러면 딸이 한 번도 그렇구나, 하는 일이 없었다.

"엄마는 가만 있어. 엄마 말 들어서 되는 게 없더라."

이러면서. 또 잘난 체하는 것도 보통을 넘었다. 무엇을 어느 만큼 잘하는지는 모르지만 직장 동료들 모두를 우습게 알았다. 누구는 어째서 실력이 없고, 누구는 또 무슨 실력이 없고.

"니 실력은 뭐가 그리 대단해서. 그러지 마라."

"모르면 가만 있어. 엄마가 뭘 알아?"

알지. 니가 별로 실력이 없다는 거 알지—혜옥이가 입 밖에는 내지 않아도 속에 그런 생각이 있었다. 그것이 문제였다. 잘난 딸을 인정하지 않으니까 싸움이 되었다. 솔직히 말한다면 체질적으로 혜옥이는 딸을 싫어했다. 평생을 잘난 체를 해본 일이 없는 그녀로서는 무엇 때문인지 잘난 체를 하는 딸이 사랑스러워질 수가 없었다. 그래서 아파트 평수를 욕심 내면서 딸이 집을 떠날 때만해도 그녀는 냉담했다. 떠나면 떠나나부다, 공부를 한다면 하나부다, 그런 식이었다. 그런데, 그렇게 보낸 딸이 전화를 걸어올 때마다 징징거렸다. 데리고 간 아들애가, 혜옥에게 외손자가 되는 그 애가,

"현이가 엄마, 말이 통하지 않아서, 그래서 학교에 가선 우둑허니 구석배기에나 있다가 그러다가 그냥 오는 모양이야. 학교가 너무 싫대."

그것도 징징거려야 할 고민거리고,

"여기 사람들이 나를 봉으로 아나봐. 모두가 돈, 돈이야!"

고장 난 냉장고를 한번 열어보고 가는데도 돈, 집 구경 한번 시켜주는데도 돈. 교포라고 믿고 부탁했는데.

"뜯어 먹으려구만 한다구. 동족끼리."

그것이 그곳에서 사는 방식인데. 그것을 알게 되면 알게 된 대로 돈이 그렇게 나가는 것도 걱정인 모양이었다. 그리고 학교공부를 따라가지 못하겠다고 징징거렸다.

"밤을 새서 공부하는데도 엄마, 따라가지 못해. 나 너무 힘들

어.”

알아들을 수가 없어서 힘이 들고, 책을 읽는데 남보다 더뎌서 힘이 들고, 모를 것투성이라 힘이 들고. 이 애가, 자기 위에 사람이 없는 것처럼 잘난 체를 하더니.

“그렇게 어렵구나.”

“말도 못해. 밤낮 몸살이구. 잠을 못 자구 밥도 대충대충 때우니까.”

“그래서는 안 되는데.”

“그럼 어떡해. 그래도 시간이 모자란데.”

딸이 짜증을 부리면 혜옥이 마음도 무거워질 것 같은데 그게 아니고 이상하게 그녀는 마음이 훈훈했다. 이 애가 진짜로 공부를 할 마음인가부다. 그러니까 공부가 어렵다지. 딸이 처해 있는 여러 가지 여건이, 나이가 중년을 넘어가고 있다든지, 학위까지 딸 계획은 없다든지, 그런 저런 여건으로 해서 공부를 하고 돌아와도 별로 뾰죽한 수가 없다는 것을 본인도 혜옥이도 아는데 그런데도 공부가 힘이 든다고 징징거린다. 혜옥이는 그렇게 징징거리는 소리를 들어주는 동안에 차차 딸의 건강이 걱정이 되었다. 공부에다 살림에다 아이의 시중까지, 힘에 겨워서 신경이 날카로워져 있는 것이 느껴졌다. 저러다가 앓아눕기라도 하면 예사 일이 아니다. 아이도 무사할 수 있겠는가. 조만간에 둘이 꼼짝 못한다는 소리가 들려올 것만 같았다.

혜옥이는 생각했다. 자기에게 남아있는 힘이 있다면 이런 때에 써야하는 게 아닌가. 가서 돕는 데까지 도와줘야지.

그런데 딸은 어머니의 생각을 별로 환영하는 것 같지 않았다. 어머니라는 사람이 도대체가 시원치 않은데, 그래가지고 비행기에서 무사히 내리기나 할까 싶었다. 그런데 굳이 오겠다니 절대 오지 말라고도 못하고. 어머니는 와서 팔을 걷어붙이고 살림을 도울 생각이겠지만 그것은 어머니의 생각이고, 뉴질랜드에까지 왔는데 집구석에만 있다가 가랄 수도 없고 관광도 시켜드려야지. 하다못해 경치가 좋다는 남섬 관광이라도 시켜드려야지. 그러자면 동행을 해야 하는데 주말에라도? 아니야, 4, 5일은 걸릴 텐데 아이고, 엄마 오지 않는 게 나 돕는 거야.

그러나 하여간에 혜옥이는 뉴질랜드에 왔고 그녀는 뉴질랜드가 마음에 들었다. 사는 마을이 시골이 아닌데도 시골 같아서 좋고, 사는 집도 허름한데 구석구석이 세심하게 짜여져 있어서 좋았다. 그러니까 작은 고리 하나도 감탄할 만큼 쓸모 있게 박혀있는데, 사람이 사는 사회도 이렇게 배려가 잘 되어있으면 그게 좋은 사회일 텐데. 집 전체가 잘 배려가 되어있었다. 그 중에서도 혜옥의 마음을 사로잡은 것은 수납장이 여기저기에 있다는 점이었다. 필요하다 싶은 데에는 꼭 수납장이 설치되어 있었다. 가구를 따로 놓을 필요가 없었다. 정말 괜찮은 곳이야.

딸은 아침 일찍이 나갔다가 밤이 늦어서야 돌아왔다. 도서관에서 한참 뭔가를 하다가 아이의 저녁을 챙겨주기 위해서 바삐 돌아와야 하는 일이 없어졌다. 늘 시간이 없다고 징징거리는데 혜옥이는 자기가 도움이 되는 것 같아서 좋았다.

평형감각이 없어서 길을 삐닥삐닥 걷는다고 자기를 우습게 보지만 뭐 밖에 나가서 뛰어다니며 활동할 것도 아니고, 집안에서 밥하고 빨래하는 데는 아무 지장이 없었다. 그녀는 즐겁게 살림을 하나하나 접수해 나갔다.

그녀가 특히 좋아하는 일은 빨래를 해서 내다 말리는 일이었다. 이집의 구조로 말할 것 같으면 출입구가 세 군데나 되었다. 서울의 아파트는 출입구가 하난데, 1층이면 화단 내려가는 데가 하나 더 있기는 하지만 대체로 하난데, 여기는 조그만 집에 출입구가 셋이나 되었다. 그것도 마음에 드는데 더구나 소개할만한 것은, 뒤뜰에 공연장이 있다는 사실이었다. 그러니까 이집은 현관에 붙어서, 이곳에서 데끼라고 하는 널판이 깔린 조그만 공간이 있고, 그 데끼에 잇달아서 역시 널판을 깐 공연장이 있었다. 공연장 크기가 네 평? 다섯 평? 그런 규모를 가지고도 공연장이라고 할 수 있는지. 그러나 분명히 공연장이었다. 데끼에서부터 객석이 되는 계단 3단이 아래로 내려가고, 그 밑이 판판한 무대로 되어 있었다. 완전히 공연장 형태였다. 이 조그만 집에 이 조그만 공연장이 어째서 딸려 있는지. 그것은 처음에 이 집을 지은 사람만이 아는 일일 것이었다.

혜옥이는 이집 데끼를 잘 이용했다. 거기는 해가 잘 들어서 빨래 말리기에 좋았다. 건조대를 데끼에 내다놓고 빨래를 넌다. 이곳은 날씨가 그야말로 여우 시집가는 날이었다. 서울에서는 가을이고 이곳은 반대로 봄인데, 이 봄날이 해가 났다가 금방 바람이 불고, 하늘이 하얘지면 비가 왔다. 다시 해가 나고 비가 오고. 서울은 검은 구름이 몰려오면 비가 오는데 여기는 흰 구름이 밀려오면 비가 왔다. 해가 났다가 비가 왔다가 바람이 불었다가 날씨가 금방금방 바뀌어서 혜옥이는, 빨래를 널고 공연장 계단에 잠시 앉았다가 비가 와서 도루 걷어가지고 들어갈 때도 많았다. 딸은 차차 어머니의 도움이 실감이 나는지,

"혼자서 바쁘다가 둘이 바쁘네."

이러면서 히히거리기도 했다. 그래서 혜옥이는 뉴질랜드에 예정대로 딸의 무슨 과제물이 있다는 삼 주를 있을까, 조금 더 연장을 할까, 그것을 고민하게 되었다.

병무가 전화를 걸어왔다. 여행날짜가 잡혔나보다. 기분이 좀 떠 있는 혜옥이가,

"나도 전화하려던 침인데 통했네. 병무씨 잘 있었소?"

다소 높은 소리로 말했다.

"그게 말이야, 약속을 지키지 못하게 돼서…… 미안해."

약속? 미안하다구? 뭐 이런 소리가 다 있어. 딸의 눈치를 봐가며 이곳의 관광단을 알아봤고, 방은 혼자서 쓰나 같이 쓰나, 노년의 성(性)이 걸려있는 문제라 생각이 많은데 못 온다고? 마누라하고 같이 온다면 그것도 흔쾌히 받아드릴 용의가 있었는데. 그러나 그녀는,

"할 수 없네."

짧게 말했다. 화내는 것을 꾸욱 눌러야하기 때문이었다. 물어봐서 무슨 핑계를 대도 다 성의가 문제지.

"나, 내일 수술을 한다."

혜옥이는 뒤통수를 꽝! 한방 맞은 것 같았다. 몇 초를 말을 못하다가 그녀는 낮은 소리로 물었다.

"가슴 때문이야?"

그도 혜옥이도 순환기에 고장을 갖고 있는 사람들이다. 혈관이 좁아져있는 것이다.

"그렇지. 전에도 가슴에다 스탠트 세 개를 박았잖아. 이번에는 네 개를 박는 모양이다. 이렇게 살아서 뭐하니."

죽는 게 낫지. 그의 목에 걸려있는 말일 것이다. 그는 심장마비로 꼴깍 죽을 거라면서 죽을 복이 있다고 말해왔었다.

"그러지 마 병무씨. 그러지 말고 기운을 내서 수술을 잘 받아, 응? 병무씨, 응, 응?"

혜옥이는 몇 번이나 응 응을 되뇌었다.

"그래. 수술이 끝나면 전화할게."

그리고 전화가 끊겼다.

혜옥이는 수화기를 내려놓고 우두커니 그 자리에 서 있었다. 이상한 기분이었다. 아니, 죽는구나—하는 기분이었다. 그가 죽음의 터널을 빠져나오기엔 나이가 너무 많았다.

전화가 걸려오지 않았다. 그러나 혜옥이는 걸 수가 없었다. 그리고 전화가 걸려오지 않는 날이 길어지면서 혜옥이는 확인이 되는 마음이었다. 그래, 확인 같은 거 하지 않아도 확인이 되네. 병무 생각이 문득문득 났지만 혜옥의 판에 박은 나날이 이어졌다. 빨래를 널고, 산책도 다녀오고, 공연장 계단에 앉아서 커피도 마시고, 콩나물국도 끓이고. 딸은 어머니에게 모든 살림을 맡겨갔다. 혜옥이는 딸에게 머물 기간을 늘렸다. 딸한테 도움이 된다고 판단한 것이다.

그날도 혜옥이는 세탁기에 돌린 빨래를 데끼의 건조대에 널고 있었다. 그리고 아차! 하는 순간이었다. 그녀는 데끼에서 뒷걸음질을 하다가 뒤에 계단이 있다는 것을 깜박했다. 그녀는 허공을 디뎠고 공연장 바닥으로 굴러 떨어졌다. 왼발이 접쳤다. 통증이 달리고 그녀는 아이쿠! 했다. 반사적으로 아픈 발을 감싸쥐자 당장 부어올랐다. 눈앞에서 그대로 부어올랐다. 집안에는 아무도 없고, 그녀는 어떻게 해야 할지 생각이 떠오르지 않았다. 삐었을까 부러졌을까. 아이고, 나는 이제 마지막이다. 발병신이 돼서 운명이, 내 운명이 발병신으로 마지막이다.

얼마 후에 그녀는 궁둥이를 움찔움찔해 보다가 한발로 밀어서 방으로 들어갔다. 발은 더 부어오르는데 이런 때는 찜질을 한다는 생각이 떠올랐다. 그러나 찜질도 찬물찜질, 더운물찜질이 있는데, 이 경우는 어떤 찜질인지 알 수가 없었다. 이곳에 아는 사람도 없고, 연락을 할 수 있는 사람은 휴대전화를 가지고 있는 딸뿐인데, 그녀는 처음부터 딸을 떠올렸지만 전화를 걸 엄두를 내지 못했다. 요즘

이 무슨 시험기간인가 뭔가가 된다고 입안이 헐었네, 밥 먹을 시간이 없네, 그리고 징징거리는데 거기에 대고 발을 분질렀다고 할 수가 없었다.

다행히도 발은 못참을 정도로 아프지는 않았다. 너무 부어올라서 겁이 나지 애고대고할 정도로 아프지는 않았다. 만지지만 않으면 참을만하게 뜨끔거렸다. 삐었나보다. 부러졌다면 훨씬 더 아플 텐데.

오밤중에 딸이 돌아와서 입을 딱 벌리고 말을 잇지 못했다. 매질이라도 하고 싶은 얼굴이었다.

귀국날짜를 연장하는 것이 아니었는데. 예정대로 돌아갔으면 이런 불상사는 일어나지 않았을 텐데.

다음 날 아침, 딸은 혜옥이를 싣고 물어 물어서 병원을 찾아갔다. 발등의 가느다란 뼈 하나가 부러졌다는 것이었다. 발에 깁스를 하고 휠체어도 빌려서 싣고 왔다. 딸은 잠깐 학교에 나갔다가 급하게 돌아왔다. 밤늦게까지 도서관에서 읽고 써도 정해진 날짜에 과제를 내기 어렵다고 했는데. 2, 3일 후부터 혜옥이는 딸이 없을 때면 살짝살짝 일어나서 외발걸음으로 설거지를 하고 라면을 끓였다. 그리고 며칠 후에 병원에 갔더니 의사가 말했다. 발을 쓰면 회복이 더딜 뿐이 아니라 피가 발에 몰리지 않게 발의 높이를 가슴, 그러니까 심장보다 높게 유지해야 한다는 것이었다. 그러니까 그렇게 하자면 드러누워서 발을 어디다 매달던지 뭘로 고이라는 소리였다. 움직이지 말라는 소리였다.

놀랍게도 병무한테서 전화가 걸려왔다. 살았네 이 사람이! 전화도 안 오고, 나쁜 쪽으로 생각이 굳어졌는데.

"병무씨!"

혜옥이는 너무나 반갑고 고마워서 목소리가 튀었다.

"전화 기다렸어?"
"그러엄!"
"그게 말이야, 수술은 잘됐는데 영 기운을 못 차리겠드라고."
"그렇겠지. 그야 그렇겠지. 그래서 지금은 괜찮고?"
"좋아졌어. 그래, 어떻게 지냈지? 잘 지냈어?"
"나? 나도 사고를 쳤지."
혜옥이가 후후 웃었다.
"무슨 사고?"
"이야기를 좀 길게 해도 괜찮아?"
"괜찮아."
그래서 혜옥이는 발을 다친 이야기며 그 때문에 구박뙈기로 지낸다는 소리를 했다.
"고생하는구나. 그래서 좀 나아지기는 했어?"
병무가 물었다.
"조금. 쬐금씩 편해지는 기분이야."
혜옥이가 대답했다.
"그런 게 다 아차, 하는 순간이지? 조심하다가도 아차, 하는 거지. 그래서 병원에는 잘 다녀?"
거기가 뉴질랜드 아니니. 생소할 텐데, 하는 어조였다.
"어제 갔었는데, 오늘 또 가고 싶어."
혜옥이가 말했다.
"웬 소리냐?"
"의사가 또 보고 싶다는 소리지."
"반했냐?"
"반했어. 의사가 너무너무 마음에 들어."
병무가 허허했다. 그러면서 말했다.

"자네가 한눈에 반할 할망구도 못되는데 그래, 뭐가 마음에 들었어?"

"너무너무 마음에 들었어. 의사가, 자기가 환자가 돼서 진료하드라고. 내가 묻고 싶은 걸, 먼저 말해주고 내가 걱정하는 거, 다 알아주고 그러니 환자가 너무 의지가 되는 거지. 고맙다는 말이 저절로 나오는데, 고맙다니까 고마워할 일이 아니래요. 그게 의사가 하는 일이래요. 그 의사를 또 만나고 싶다니깐."

"백인의사야?"

"그렇지. 여기서 백인을 키위라고 하는데 키위의사야. 나는 늘, 그런 의사가 어디 없나 찾았어."

혜옥이는 그, 마음이 통하는 의사 이야기가 더 하고 싶었다.

"이야기를 좀 더해도 돼? 그 의사가, 내가 발을 살짝살짝 쓴 걸 아는 거야. 대번에 아는 거야. 쓰지 말랬는데 썼으니 나는 조끔 면구스럽지. 그래도 어떻게 아냐 이거야. 우리 집에 CC카메라를 달아 논 것도 아니겠고. 너무 이상했는데 내가 내 발바닥을 만져보고 알았다니깐. 발바닥이 물렁하드라고. 딱딱했던 깁스가 살짝살짝 딛는 바람에 물렁해진 거지."

혜옥이는 지금 생각해도 유쾌해서 크게 웃었다.

"어머, 전화가 너무 길어졌다. 미안미안. 그만 끊을게. 병무씨, 맛있는 거 많이 먹고 기운 팍팍 내야 돼."

"알았어. 자네도 잘 있다가 와."

전화가 끊겼다.

혜옥이는 그날 밤 딸하고도 수다를 떨었다. 시작은 딸이 했다. 중국애가 과제를 모두 끝내고 일찌감치 중국으로 돌아갔다는 것이었다. 이제 방학이 시작될 때였다. 딸이 말했다.

"중국사람 느긋하드라고. 나는 밤낮 A, A 하잖아. 그런데 그 애는 A면 어떻고 B면 어떻고 통과만 되면 되는 거지, 그런 태도드라고. 큰 나라 사람들이 역시 여유가 있나봐."

혜옥이가 도리질을 했다. 그 사람들 싫어.

"왜? 엄마는 조금 편견이 있지, 전에부터. 엄마가 몰라서 그렇지 그 사람들 대단해요. 이 나라 경제도 그 사람들이 쥐고 흔들고, 은행 돈도 다 그 사람들 돈이래. 부촌의 존 집도 다 그 사람들이 차지하고 있고, 이집 주인도 중국 사람이야. 부동산 몇 채씩 가지고 세놔 먹잖아."

"중국사람들 더럽고……"

혜옥이가 중얼중얼했다. 그들한테 돈이 많아도 그것이 좋아지는 조건이 되지 않는 모양이었다.

"엄마, 홍콩이나 싱가폴에서 온 중국사람들은 더럽지 않아. 본토에서 온 사람들이 샤워를 하지 않아서 냄새가 나지. 그래서 여기 사람들이 중국사람을 더러운 동양인이래지."

"한국사람은? 우리도 동양인이잖아. 우리도 더러운 동양인이야?"

"한국사람은 깨끗한 동양인. 한국사람들 샤워 잘하잖아. 여기 사람들도 그건 알아요. 그래서 한국사람은 깨끗한 동양인이야."

"나는 말이다—"

혜옥이가 소리를 낮췄다.

"저 이스턴비치의 그 존 집들이 다 중국사람들 차지라니까 하는 말인데, 이 나라 사람들이 좀 안 됐더라. 중국사람들한테 얹혀서 사는 거 같아서. 제 나라에서."

동네 앞에 이스턴비치라는 아름다운 바닷가가 있었다. 혜옥이는 발을 다치기 전엔 그 바닷가를 잘 산책했었다. 바닷가가 아름다우니까 거기 집들은 모두 크고 현대적이었다. 그런데 알고 보면 거기에도 중국사람들이 다 들어와 있는 모양이었다.
딸이 말했다.
“그렇게 말하면 엄마, 키위는 마오리를 쫓아내고 들어앉지 않았나.”
마오리는 본시부터 이곳에서 살던 사람들이다.
“그렇게 말하면야 그렇지. 어수룩한 사람들이 영악한 사람들한테 당하는 거구.”
“그래두 엄마는 키위의사만 좋지. 중국의사는 싫구.”
딸이 놀리는 투였다.
저번에 혜옥이가 병원에 갔더니 중국의사가 진료해 주었다. 같은 의사가 늘 진료해주는 것이 아니었다. 당번 같은 게 있는 것인지. 중국의사가 진료해주던 날, 혜옥이는 너무 실망해서 병원엘, 다신 가고 싶지 않다고 했다. 중국의사도 뉴질랜드에서 의사공부를 했을지 모르고, 아니면 공부는 다른 데서 했다 하드라도 적어도 이 나라에서 이 나라의 의사자격시험 같은 것은 치뤘을 것이었다. 그런데 중국의사하고 키위의사는 분위기가 너무 달랐다. 한마디로 중국의사는 서울의사 같았다.
“그래서 엄마, 내가 생각해 봤는데 엄마는 이 나라를 좋아하니까 다리 다 나을 때까지 여기 있는 게 어때?”
혜옥이는 조금 뜻밖이었다.
“그런 생각을 왜 했어?”
“오빠네선 엄마가 2층에 살잖아. 그 발루 2층살이를 어떻게 해? 여긴 계단 같은 거 없구, 엄마가 궁둥이루 이리저리 다닐 수 있구. 휠체어도 쓰자면 쓸 수 있구.”
갸륵하네. 별로인 딸이 그래도 생각할 건 다 생각하네.
“내 말이 맞지? 여기가 엄마한텐 편하잖아. 엄마도 많이 좋아져서 내가 전처럼 힘들지도 않고."

솔직히 딸은 전처럼 힘들지 않아서 혜옥이를 붙잡을 생각도 생겼을 것이었다. 실어가고 실어와야 하는 병원도 어쩌다 가면 되고.

혜옥이도 며칠을 생각해 보았다. 딸이 붙잡기 전에도 그 생각을 하지 않은 것은 아니었다. 그녀의 자리가 가나오나 가정분데 여기에서 그녀는 서서히 가정부자리로 돌아가고 있었다. 여기가 확실히 이 발로 가정부하기가 편했다.

깁스를 풀 때까지만 여기에 있을까. 그러나 세상만사가 편한 대로만 되는 것은 아니다. 서울을 너무 오래 비우면 서울사정이 달라질 수가 있고 달라지면 그녀의 자리에도 변동이 올 수가 있다. 아들네에서 필요로 하지 않을 수도 있다. 그러면 그녀는 통장의 잔고를 보고 또 보면서 새로운 생활방도를 세워야한다. 처지가 그런데도 뉴질랜드에서 이쪽이 편하다고 이대로 눌러있어야 할 것인가.

이런 때는 병무에게 물어보는 게 좋지. 그는 머리가 좋아서 명쾌하게 대답해줄지 모른다. 물어봐서 설혹 그가 하라는 대로 하지 않아도 물어보는 거야 나쁠 거 없지. 전엔 겁이 나서 전화를 걸지 못했는데 이젠 겁낼 일도 없고. 그래, 물어보자. 혜옥이는 용건도 생기고해서 아무도 없는 낮 시간에 병무한테 전화를 걸었다. 전화는 그의 아내가 받았다. 그의 아내는 그녀 목소리를 알고 있었다.

"안녕하세요? 별일 없으시죠? 우리 선배님도 안녕하시구요?"

"……."

"나 성 혜옥이예요."

그래도 그의 아내는 대답을 하지 않았다.

"여보세요, 여보세요?"

전화의 감이 나쁜가. 다시 '여보세요'를 찾으려는데 대답이 돌아왔다.

"영감이 갔어요……."

"!"

"편안하게 갔어요…… 장례식도 끝났구요……"

……혜옥이는 수화기를 천천히 내려놓았다.

"서진아, 나 이스턴비치에 좀 데려다 줄래?"

"많이 갑갑하구나, 엄마가."

딸은 선선히 슈퍼에 가는 길에 혜옥이를 이스턴비치가 한눈에 들어오는 잔디밭에다 내려놔 주었다. 혜옥이는 잔디밭 가장자리에 처져있는 나지막한 목책에 걸터앉았다.

그런데 그녀가 앉아있는 목책이 재미가 있었다. 보통 이런 목책은 통나무를 반으로 쪼개서 판판한 데를 위로하고 둥근 데가 밑으로 가게 하는 것 같았는데 여기는 반대였다. 둥근 데가 위로 되어있었다. 그런데 앉으니까 편했다. 궁둥이가 자연스럽게 나무에 밀착이 되었다. 판판하다고 더 편한 것은 아닌 모양이었다. 이것이 경륜이구나. 잔디밭은 너무 넓어서 축구장 세 너개는 들어앉을 것 같은데 그 잔디밭 왼쪽으로는 새집들이 쭈욱 들어와 앉아있었다.

혜옥이는 이 새집들을 싫어한다. 이민이 자꾸 들어오면서, 그 중에는 아이들을 데리고 조기유학을 오는 한국사람들도 많이 있어서 새집, 새마을이 날로 많아졌다. 그런데 그 새집, 새마을을 혜옥이는 싫어한다. 크고 좋은 집도 새집이면 혜옥이가,

"그런 집은 거저 줘도 싫다."

그러면서 손사래를 처대니까 딸이,

"거저 주는 사람 없어요."

놀리면서 말했다.

"엄마가 새동네를 싫어하는 거, 그거 나무 때문일 거야. 오래된

동네는 나무들이 얼마나 많아. 정원이 넓구."

이 나라에서는 집을 지을 때 적용이 되는 건폐율이 바뀌었단다. 집 쪽이 커지고 정원 쪽이 좁아진 것이다. 개발붐이라는 게 불면 어디서나 일어나는 일이란다.

"이제 새동네에 나무들이 자라봐. 그쪽이 훨씬 멋있어질 거야. 집들이 현대적인데."

아무리 그래도 분위기라는 게 있다. 혜옥이는 그쪽 분위기가 싫다. 아무튼 싫다.

잔디밭 왼쪽으로는 새동네, 오른쪽에는 학교가 있다. 한국의 중, 고등학굔데 여기서는 칼리지라고 한다. 무슨무슨 칼리지. 칼리지의 학생들이 체육시간을 잔디밭에서 보내는 것도 자주 본다. 공도 차고 막대기도 들고 다니고. 무슨 운동인지는 모르지만. 아이들은 잘 보호를 받고 선생님들은 놀라운 일인데 아직도 권위가 있다. 학생들이 선생님을 함부로 대하지 않는다. 기초질서가 아주 잘 잡혀있다. 그런데 이 나라 청소년들의 자살율이 세계 최고라고 한다. 아이들이 좀 유치할 정도로 단순한데, 단순하다는 것은 잔머리를 굴리지 못한다는 소린데, 그런 아이들이 스스로 목숨을 끊는다. 느닷없이 고함을 질러대면서 집의 유리문을 박차고 나가는 아이도 있고. 보호를 아주 잘 받고 있는 아이들이—그래, 질서가 너무 잘 잡혀있고 보호를 너무 잘 받고 있어서 그래서 너무 고요해서. 사람은 울부짖기도 하고 태질을 치기도 해야 하는데—

앞쪽이 바다다. 목책에 앉아있으면 잔디밭이 바닷가보다 높아서 거의가 중국사람들의 차지라는 바닷가의 집들은 보이지 않고 바다만이 앞쪽으로 좌악 펼쳐져 있다. 바다 끝닿는 데엔 섬이 누워있고. 바다의 빛깔은 그날의 날씨에 따라서 달라진다. 제일 아름다울 때가 초록으로 빛날 때다. 오늘은 잿빛이네, 오늘은 하얀빛이네, 오늘은 그냥 바닷빛이네. 그러다가 초록으로 바다가 빛나면 혜옥이는 바다가 왜 그렇게 신비한지 가슴이 아리다. 그녀는 바다를 응시한다. 그녀 눈 모습이 가느스름해지고 주위의 소리가 사라진다. 대신 귀 밑바닥에서 징—하는 소리가 들려온다. 머리가 비는 순간이다.

깁스한 다리를 목책 위로 끌어올렸다.

그래, 오늘의 바다는 안개 낀 잿빛이네. 바다 끝의 섬도 그저 뿌우옇게 몽롱할 뿐이고. 남섬은 동서남북 어느 쪽일까. 약속대로 병무하고 남섬에 갔더라면 관광은 고사하고 버스의 자리나 지키고 있었을지 모른다. 병무가 언젠가 우스갯소리를 했다. 늙는 것은 특권이라고. 늙지 못하고 죽는 사람이 얼마나 많은데 늙을 수 있는 것은 특권이라고. ……외롭고 쓸쓸하다……

바다 위에 안개가 밀려왔다. 하늘은 하얗다. 안개를 따라 금방 안갯비가 몰려왔다. 이슬 같았던 비가 조금씩 굵어졌다. 비는 오른쪽에서부터 와서 잔디밭에 진입했다. 머리가 젖고 앞가슴이 젖었다. 혜옥이는 피할 수도 없어서 앉은자리에서 그대로 비를 맞았다. 온몸이 비에 내맡겨지고 안개 때문에 바다도 이제는 보이지 않았다. 그런데 그 비와 안개 속에서 그녀는 너무 편안해지는 자기를 보았다.

병무가 말하기를, 세포가 죽으면 생각은 끝나고 그것이 죽음이라고. 그러나 혜옥이는 세포가 죽는 순간 생각이 하늘로 뿅 올라가서 거기서 빙글빙글 도는 쪽으로 하고 싶다. 그러니까 병무도 저 하늘로 올라가서 지금 저 하얀 구름 속에서 이 비를 뿌리고 있다고 생각하고 싶다. 비에 내맡겨진 몸이 이렇게도 편안할 수가!

지금 죽었으면—지금 이 편안함 속에서 죽었으면—죽음이 무섭고 두렵지 않은 지금 죽었으면. 그녀는 빗속에서 진실로 지금 죽었으면, 하는 자기와 만났다.

겨울 지평선

서울의 한옥은 대개 ㄷ자로 앉는데 그 집도 그랬다. 오른쪽이 아니고 왼쪽이 터진 ㄷ자. 그 집 문간방이 내가 새로 얻은 일터였다. 먼지가 꺼멓게 앉은 방문을 톡톡 치니까 "네" 하는 대답이 돌아왔다. 나는 안에 들어섰다.

방안은 어두웠다. 낮게 내려앉은 처마 바로 밑으로 한일자의 격자문살 창문이 하나 나 있었는데, 볕이 들어올 곳이라고는 거기밖에 없었고 볕은 버얼써 비켜간 오후라서 방이 그렇게 어두운 모양이었다. 그 어둑어둑한 방 아래쪽으로 벽을 등지고 한 남자가 앉아 있었다. 남자 앞에는 앉은뱅이 싸구려 나무책상 하나가 있고, 책상 위에는 서류들이 어지럽게 흩어져있었다.

"일하러온 학생이지요? 여기 앉아요."

남자가 말했다. 나는 남자와 책상을 사이에 두고 앉았다.

"오후에 두 시간, 그 정도만 도와주면 되는 거 들었지요?"

남자가 다시 말했다. 나는,

"네."

짤막하게 대답했다.

남자는 안경을 썼고 살갗은 흰 편이었다. 조용해 보였고, 어느 쪽이냐 하면 첫인상이 인텔리 분위기라 할 수 있었다. 인텔리, 인텔리—그 말을 즐겨서들 했는데 나는 인텔리에 끌리는 소질이 있어서 우선, 잘못 왔다는 생각은 들지 않았다. 나이는 좀 들어 보였는데 서른? 서른 다섯? 어느 대학의 강사라든가? 일본에서 대학에 적을 뒀던 학생들이 해방이 되면서 귀국해서 아직 자리가 덜 잡힌 우리네 대학에서 강사도 하고 교수까지도 하던 때였다. 그가 어떤 종류의 강사인지는 모르는데 나에게 있어, 그는 남자는 맞지만 남자는 아니었다. 우리에게, 나에게 남자는 20대였다. 그러나 나는 남자를 찾아온 게 아니고 일을 찾아왔다. 제대로 찾아온 것이다. 그리하여 내 아르바이트가 시작이 된다.

194*년 아무 날 아무 시(時), 경남 거창군 *면에서 야기된 남조선 괴뢰폭도들의 폭거로 인해 희생된 프롤레타리아 혁명대중의 사상자 수(數). 사망 **명, 부상 **명, 행방불면 **명, 납치 **명

또 언제 어디 어디에서 무엇으로 **명

남조선 각지(各地)에서 분출된 '승리의 행진' 참가 애국민중의 수효

극악무도한 반동 '서*청년단 최근 동태 및 그 초토화작전 수립계획에 관한 보고

그런 서류들을 지역별로 분류하고, 묶고, 필요에 따라서는 기록도 하는 것이 내 일거리였다.

수집이 잘됐네. 언제 어디서 이런 게 이토록 완벽하게 수집이 될까. 그런데 수집이 되고 있네. 내용이 전부 유혈, 폭동, 은폐, 분쇄, 음모, 유격, 전투, 투옥 같은 피바람이 연상되는 용어지만 나는 그저 덤덤하게 남자가 지시하는 대로 일을 처리했다. 매일 보고 듣는 게 그런 것이다. 이상할 것도 없었다.

길에 나서면 우익과 좌익이 매일같이 떼지어서 한쪽은 운동장 쪽

으로, 한쪽은 남산을 행해 행진했다. 가서 무슨무슨 대회를 치르기 위해서였다. 가는 동안 법을(법이 있었는지 모르겠는데) 지키는 법이 없다. 과장된 구호를 외쳐대고 깃발을 흔들고 찢어지게 노래를 불러서 세를 과시한다. 나라 사랑하는 충성에 서로가 질세라 열을 올려 행진한다. 여간 시끄러운 게 아니다. 그러나 일반시민은 그저 말없이 그들이 차지한 길을 피해서 불편하게 다녔다.

이 두 행렬이 가다오다 마주치는 일이 있었다. 그러면 일이 벌어졌다. 원쑤 만난 듯이 욕설이 오가고 주먹이 날고 결국은 엉겨붙어서 피를 보는 일도 있었다. 서울거리만 그런 것이 아니었다. 거창저 어느 면에서도, 또 그보다 자그마한 마을에서까지도 그런 일이 벌어지는 모양이었다. 매일매시 여기저기에서 좌우익 간에 폭동이 일어나서 죽고 죽인다.

오후가 되면 별이라고는 구경할 수없는 이 방에서 두 주일쯤 일했을까. 날은 하루하루 추워오는데 군불도 못 때고, 결국 남자가 이런 제안을 했다.

"우리 집으로 갑시다. 우리 집도 적산이라 온돌이 없어요. 다다미방만 넷인데 그래도 안방에 고다쯔(화로)가 있어서 여기보다는 지낼만해요."

그리고 남자는 자기 집안을 설명했다.

"식구는 어머니 한분뿐이고, 그렇게 불편하진 않을 겁니다."

남자의 말대로 집은 적산가옥이고 식구는 어머니 한분뿐이었다. 어머니는 연세가 꽤 많았고, 유약해 보이는 남자와는 딴판이었다. 몸집이 크고 네모난 얼굴은 거무스름했다. 척 봐도 억센 인상이었다. 나는 괜히 기가 죽었다. 나를 고용한 사람이 어머니가 아닌데도. 그런데 며칠이 지나 그 억세 보이는 어머니가 나에게 이런 호의적인 말을 했다.

"학생, 갔다왔다할 거 없이 우리 집에 그냥 이사를 와라."

어머니는 처음부터 나에게 하대를 했는데 그게 별로 어색하지는 않았다.

이사?

어머니는 내가 자취를 하고 있다는 것도, 고학생이라는 것도, 처음부터 당연히 알고 있었을 것이다. 북에서 온 학생들이 대개 그런 처지였고 내가 아르바이트를 하고 있는 것도 알고 있었으니까.

이사를 오라네. 노는 방이 있지. 오라는 걸 보면 방값을 받자는 것은 아닌 것 같고, 불쌍해 보였겠지. 어머니 혼자서 결정한 일은 아닐 테고 서 강사—이사 오라는 말이 고마워서 그때부터 나는 그 남자를 서 강사라 부르기로 했다—하고도 물론 상의가 됐겠지. 나는 말나오기가 바쁘게 이사를 해치웠다. 그런데 밥까지 제공이 됐다. 숙식 모두가 공짜다. 일터를 여기로 옮긴 첫날부터 어머니는 내가 일을 끝내고 갈라치면 꼭꼭 붙잡아서 저녁을 먹여 보냈다. 본래부터 인심이 좋은 분인가. 나는 고학생 사는 방식대로 얻어먹곤 했는데 사실을 말하자면 밥이 문제가 아니었다. 나는 그때 자취방을 되도록 빨리 나와야할 처지에 있었다. 그런데 내 딱한 처지가 한꺼번에 해결이 난 것이다.

내 호화생활이 시작이 된다. 나는 세끼 밥을 꼬박꼬박 얻어먹었는데, 남로당인가 어딘가로 보내는 일거리는 오히려 줄어들었다. 줄어들거나 아예 끊어져도 상관이 없었다. 먹고 자는 게 해결이 됐으니까. 내 은사한테 부탁해 놓았던 입주 가정교사자리도 어쩌면 얻어질지 모르고. 그 선생님은 내 초등학교 6학년 때 담임이었는데 나를 도와주려고 무척 애쓰는 분이었다.

서 강사 말대로 이집 안방에는 난방기구 구실을 하는 고다쯔가 있었다. 방 한가운데 다다미에다 사방 80센티 정도나 될까. 그런 자리를 20센티 정도의 깊이로 파서 거기에다가 40센티 정도 높이의 나무틀을 세운다. 나무틀에는 이불을 덮고 그 속에 전기알을 장치한다. 전기가 들어오면 전기알에서 열이 난다. 그 열을 이불로 가둬 이불 속을 뜨뜻하게 만드는 것이다.

나는 서 강사 어머니를 할머니라 부르기로 했다. 낯선데라 적응을 잘 못해서 어른을 부르는 이름도 없이 우물쭈물 지냈는데 계속 그러는 것은 예의가 아닌 것 같았다. 어머니? 그보다 내게는 할머니가 저항이 덜하고 불러보니까 어울리는 것 같기도 했다. 쩍 벌어진 체구에다가 주름이 잡힌 볼때기가 큰살림을 주무르는 그런 할머니상에 꼭 들어맞았다. 본인도 '내가 늙었냐' 그런 항의를 하지 않고 그렇게 불러도 좋다는 반응이었다. 나도 눈치는 수준급인데 할머니가 앳된 아가씨인 나를 마음에 들어하는구나 싶었다.

날씨는 하루하루 추위가 더해갔다. 할머니가, 저 남쪽 무슨 탄광에서 일한다는 영감을 보러간다며 짐을 꾸렸다. 옷가지며 반찬이며 부피가 제법 되었다. 짐을 챙기던 할머니가 장롱 앞에서 나를 불렀다. 할머니 치마폭에 무슨 옷감이 수북했다. 할머니는 계속 장롱 속에서 옷감을 끄집어내면서,

"곱지?"

옷감을 들어보였다.

"우리 가장, 장가갈 때 색시 줄 거다."

나는 흑, 웃어버릴 뻔했다.

우리 할머니가 아버지를 '가장'이라 불렀는데 그게 썩 어울렸다. 아버지는 오십을 좀 넘겼고 할머니가 오십 넘은 아들을 '가장 가장' 부르는 게 듣기 좋았다. 그러나 서 강사는 노총각이기는 해도 마흔은 아닐 것이다. 오십은 더욱 아닐 것이다. 가장은 적어도 장가는 가고 나이 마흔은 넘어야 하지 않을까, 그게 내 생각이었다. 마흔

도 안됐고 더구나 장가도 못간 아들을 가장? 그래서 웃을 뻔한 것이다.

할머니가 내게 자랑한 것은 옷감뿐이 아니었다. 패물도 있었다.

우리 어머니가 딸의 혼수를 보자기에 하나하나 꿍쳐 넣던 장면이 떠올랐다. 어머니가 생각난다.

"영감이, 우리 영감이, 생기기는 뭣 같애도 돈 하나는 잘 보내지. 그래서 장만한 거다."

할머니는 영감 자랑까지 하면서 옷감을 펼쳐 보이고 패물도 꺼내 보였다. 내가 곱다, 좋다 감탄을 하면 할머니가 좋아할 테지만 그러나 나는 그런 것에 별로 관심이 없었다. 내 욕심은 그런 것에 있지 않았다. 내 욕심은 딴것이었다.

할머니가 영감한테로 떠났다. 그리고 그날 밤이 문제였다. 자는 게 문제였다. 할머니는 자기가 떠난 뒤에 어떻게 하라는 지시를 하지 않았다. 학생은 어디서, 가장은 어디서, 그런 지시가 없었다. 하란다고 하라는 대로 따를지는 모르지만 그래도 어른이다. 둘이 다 청춘은 아니라도 성이 다른 남녀가 남게 되는데.

지금까지는 안방에서 고다쯔 속에 발을 드밀고 한 이불에서 세 사람이 함께 잤다. 할머니를 사이에 두고 양옆에 나하고 서 강사가 눕는다. 나무틀 한 면에 한 사람씩 발을 드밀면 한 면이 남는다. 서 강사하고 나 사이가 그렇게 해서 벌어지는 것이다. 온기가 발끝에서부터 올라와서 노골노골하니 춥지 않게 잘 수 있었다.

할머니가 떠난 그날 밤 서 강사는 서재로 쓰는 다다미방에다 자기 이불을 깔았다. 물론 난방장치가 전혀 없는 냉방이다. 마음이 불편해서 정말 어찌할 바를 모르겠다. 내 짐을 처박아둔 그 냉방에 가서 내가 잔댈까. 그걸 서 강사가 그러라고 할까, 남잔데? 서 강사도 곰곰이 생각해서 내린 결정일 것이다. 나는 고민을 했지만 서 강사의 결정을 따랐다. 그걸 신사의 도리라고 해석했기 때문이었다. 나는 신사의 도리를 매우 존중하는 여성이었다. 그 무렵엔 그랬었다. 나는 무엇이든 신식이 좋았었다. 그렇지만 진지하게 생각해 보자. 다른 방법은 없을까.

서 강사는 아침마다 얼어붙은 얼굴로 이불속에서 나왔다. 그러나 나는 고다쯔를 혼자서 끼고 푹 잘 잔 얼굴로 이불속에서 나온다. '선생님, 나는 서 강사 앞에서는 꼭꼭 서 강사를 선생님이라고 불렀는데, '고다쯔서 주무세요, 같이요' 이렇게 말하고 싶지만 그럴 수가 없었다. 그것이 결국 꼬투리가 되었다. 열흘 넘게 있다가 오겠다던 할머니가 닷새도 채우지 않고 돌아왔는데 들어설 때부터 얼굴빛이 심상치 않았다. 그러다가 서 강사가 냉방에서 잤다는 것을 아는 순간 고함이 터졌다.

"언 방에서 잤다고? 니가 언 방 잤어? 그러니까 니가 다다미방 자고, 자안 고다쯔 끼고 자고? 그래, 덜덜덜덜 떨면서 이 병신이, 언 방에서 잤다고? 하이고, 니가 그러자고, 니가 그랬다고? 끔찍이 잘했다, 끔찍이 잘했네. 고다쯔 놔두고 끔찍이 잘했다, 이 병신, 등신아!"

가장이 대번에 병신이 되고 등신이 됐다. 할머니 노성이 계속된다.

"이런 물러빠지고 순해빠지고, 아가리 처넣는 것도 받아먹지 못하는 천하에 못난 놈. 지 애비 발톱만도 못한 놈. 도둑놈 애비 발톱만만 돼봐라! 어째서 니 놈은 이리도 물러터지고 순해터졌노!"

할머니는 귀가 차서 말도 막힌다는 투였다. 그러다가 결국,

"이 얼어서 뒈질 놈아!"

쩌렁! 소리쳤다.

"어머니!"

서 강사도 같이 소리쳤다.

"그래!"

할머니가 받아쳤다.

그것으로 마무리는 됐는데 나는 참으로 막막했다. 내 잘못이 무엇이며 서 강사의 잘못이 무엇인지. 아니, 무엇이 잘못되었다기보다 막막하다는 느낌이었다.

나는 이집을 나가야 하는가. 반사적으로 스스로에게 그렇게 물었다. 태풍이 지나간 후는 조용했다. 늦은 저녁을 먹고 잘 시간이 되어서 우리는 전처럼 고다쯔의 삼면에다 각자의 발을 드밀었다. 서로 말이 없고 서로 생각에 잠겼다.

누가 제일 먼저 잠이 들었을까. 나는 누가 발을 건드려서 깼다. 그것도 잠을 깰 만큼 건드려서. 일부러 발을 쑤욱 드밀지 않으면 고다쯔 속에서 서로의 발이 닿는 일은 거의 없다. 장난으로 또는 일부러 쑤욱 드밀어보는 일은 있겠지만 그냥 잘 때, 서로의 발이 닿지 않게 고다쯔라는 것은 만들어져 있었다. 할머니는 코를 골다가 말다가 그렇게 자고 있었다. 숨소리를 누르고 있는 것은 서 강사였다. 서 강사가 내 발을 건드리고 있었다.

이게 무슨 노릇인가. '놓쳤다, 그만 놓쳤어 기회를!' 내 발을 건드리는 그 발길질은 그렇게 말하고 있는 것 같았다, 내가 느끼기에는. 잠이 확 달아났다. 또 발길질이네. 내가 완전히 깬 것을 알았을 텐데도 서 강사는 몇 번을 더 발길질을 했다. '놓쳤다, 그만 놓쳤어 기회를!' 그게 분해서 도저히 그대로 있을 수가 없어서 투정을 부리는 것 같은 그 발길질. 할머니까지 깨면 이 상황을 어찌 수습할 것인가. 우스워지는 이 상황을, 슬프달 수도 있는 이 상황을, 기가 차달 수도 있는 이 상황을—

열흘은 넘게 있겠다던 할머니는 왜 영감한테 닷새도 못 있고 돌아왔을까. 거기에 딴 여자가 있었다. 내가 제일 상상하기 쉬운 게 그것이었다. 간다고 전보를 치고 간 것도 아니니까 들통이 난 것이다. 들어설 때 낯색이 좋지 않았던 것도 그 때문이다. 서 강사가 언 방에서 잤다고 나를 바로 앞에 두고 고함을 질러댔는데 그것도 영감 탓이 많았으리라. 나는 그렇게 분석해보았다. 혼수까지 보이면서 얼마나 살갑게 굴었는데? 니가 임자 돼라, 내가 그렇게 느낄 만큼 그랬는데. 서 강사는 노총각이다. 내 기분에는 영감 같은 노총각이지만 그래도 우리 둘을 남겨두고 간 것은 대체? 두 사람이 그럭저럭 한방에서 지내지 않을까. 이 상상이 맞나, 틀리나?

나는 아침에 그 집에서 나왔다. 물론 갈 데가 없었지만 떠나지 않을 수가 없었다. 그러나 할머니의 역정이 내 행동의 결정타는 아니었다. 남자의 발길질이 문제였다. 나로 하여금 한시도 지체할 수 없게 만들었다. 내가 그래도 자존심을 지탱하면서 사는 고학생이라면(고학생 사는 법에 '모른 체'와 '능청'이 있는지 모르겠는데) 나는 '모른 체'도 '능청'도 하지 못했다. 내가 할 수 있는 것은 보다 빨리, 더 빨리 내 태도를 알리는 그것이었다. 그것이 내가 해야 할 일이고 서 강사에 대한 성실이었다. 그래서 나는 내가 할 일을 했다. 나는 한나절을 어찌어찌 보내다가 오후에 은사를 찾아갔다. 선생님이 나를 보자,

"왔구나!"

너무너무 반겨주었다. 나를 보면 대개 표정이 흐리기부터 하는 분인데. 나는 단박에 좋은 일이 있다는 것을 알아챘다.

"전보까지 쳤는데 이제 오냐."

우리가 만나는 방법은 직접 가거나 엽서를 띄우거나 정 급하면 전보를 치거나였지 전화는 좀처럼 없었다. 다 그렇게들 만났다. 주로 찾아가서들 만났다. 그런데 전보를 쳤다니!

"왜요, 선생님!"

"가정교사자리 나왔다."
"정말요, 선생님!"
선생님이 설명을 했다. 본정, 일제 때 본정 본정했는데 그 본정은 일본사람 거리였고 종로가 조선사람 거리였다. 이를테면 종로하고 본정이 조선사람하고 일본사람의 대표적인 거리였는데 그 본정의 '진고개 가구점'을 찾아가면 이야기가 돼 있다는 것이었다. 일본이 망한 뒤에 본정이 진고개로 불리었다. 옛날에 거기에 땅이 진고개가 있었던 모양이었다.
세상에, 죽으란 법 없네. 아침만 해도 죽느냐 사느냐 앞이 새까맸는데! 이렇게 해서 나는 '진고개 가구점'의 입주 가정교사가 됐다. 그리고 다음 날에 서 강사가 없는 시간에 맞춰서 내 짐을 그 집에서 가져왔다.
내 짐에서 제일 부피가 나가는 게 앉은뱅이 책상이었다. 한때 나는 기숙사생활을 했는데 거기서 나올 때면 다들 자기가 쓰던 책상을 갖고 나왔다. 기숙사 비품이지만 지키는 사람이 없으니까 책상이 없는 학생들이 갖고 나왔다. 그래서 나도 남 하는대로 갖고 나왔는데 그게 이사할 때면 큰 짐이었다. 그것만 없으면 이불속에다 책 몇 가지를 쑤셔 넣어가지고 그것은 이고, 다른 것은 들고 그리고 이동이 되는데, 볼쌍사납지만 돈을 아끼자면 그렇게 해도 되는데 그놈의 도둑책상 때문에 돈 주고 리어카꾼을 불러야했다.
내가 리어카꾼을 달고 짐을 챙겨올 때 할머니가 뜨뜬한 얼굴로 지켜봤다. 그 동안 잘 대해 줬는데 몇 번 고함을 질렀다고 저게 내빼는구나, 싶은 모양이었다. 신세 모르는 거, 그런 얼굴이었다. 그 발길질을 모르니까. 여하튼 이렇게 해서 서 강사하고 내 인연은 끝이 났다. 그런데 다음다음 날 저녁 무렵에 가구점 직원이 나더러 밖에 나가보래서 나가 봤더니 서 강사가 거기에 있었다.

이 남자가? 나는 너무나 뜻밖이었다. 그는 내가 놀라자빠질 것 같은 것을 알았을 것이다. 얼른,

"좀 걷지."

앞장을 섰다. 뒤따르면서 여기를 어떻게 알았느냐고 물론 나는 물었다. 그가 정보수집에 관한 일을 하고 있다는 것은 알지만 설마 나한테 정보원을 붙었을라고. 그러나 알 수는 없다. 제 버릇 개 못 주는 거니까. 내가 그런 생각쯤을 하면서 세 번 물었을 때 그가 대답했다. 근처 리어카꾼한테 물어서 알았다고. 짐을 나른 리어카꾼이 있을 거라 싶어서 탐문수색했다는 말이었다.

역시! 정보수집가가 맞다. 그러나 정 나를 찾으려면 학교에 와도 되는데 내가 어떤 데 가 있나, 그게 궁금했나? 이 추운데 사람 쫓아내고서는 발길질로. 그 때문에 그를 좀 얕잡아보게도 됐는데, 여하간에 웬 수고까지 해가지고서는 이리 추운데 어디 들어가자는 말도 하지 않고. 나는 정말로 따라가고 싶지 않았다. 내 걸음이 점점 느려졌다. 그는 1킬로 가깝게나 걸어와서 조선은행 앞에서 나를 기다렸다가 겨드랑이에 끼고 있던 가방을 내밀었다.

"책가방이요. 받아요."

슬쩍 웃으면서.

이 사람봐라, 별로 웃지 않는 사람이 슬쩍 웃으면서. 게다가 웬 가방이래? 나는 당연히 그가 끼고 있는 가방을 눈여겨보지 않았다. 남자들이 흔히 그렇게 끼고들 다니니까.

"자, 자져요."

"왜요?"

"공부 잘하라고."

"있어요, 저도."

"새 거니까 써요."

내 가방은 사실 많이 헐었다. 아버지가 쓰던 것을 들고 왔는데 오래된 것이었다. 그러나 이 사람한테 가방을 받는다는 것은? 좀 뜻밖이었다. 아, 추운데…… 나는 눈길을 잠깐 고정시켰다가 가방을 받았다. 그리고 헤어졌다.

가방은 완전히 새것이었다. 가죽으로 된 갈색 새 가방이었다. 대개 남자들이 이런 가방에다 서류 같은 것을 넣어가지고 다녔는데 우리 여대생들도 이런 가방을 책가방으로 많이 썼다. 서 강사는 내 가방이 헌 것을 보고 내게 필요한 물건이라 들고 온 모양이었다. 싼 물건이 아닐 텐데…… 여러 의미로 들고 왔겠지. 필요하지. 그러나 지금 내게 절실히 필요한 것은 이집에 잘 보여서 이 자리를 오래 유지하는 일이었다. 내 처지가 새 가방 하나로 좋아지는 것이 아니었다.

'진고개 가구점'은 길가에 제법 번듯하게 자리잡은 상점이었다. 그러나 상점에 붙여서 뒤쪽에다 지어놓은 살림집은 엉성하기 그지없었다. 판자로 뚝딱, 가건물 그 자체였다. 방은 필요할 때마다 덧붙여나간 모양인데 바닥은 온돌이라도 방안은 외풍에 무방비상태였다. 황소바람이 사방에서 들이쳤다. 온돌방에 있어도 사람들의 얼굴은 푸르뎅뎅했다. 그 때문인지 모두 입을 꾸욱 다물고 좀 건드리기라도 하면 눈썹을 세우고 노려볼 것 같았다. 그러나 나에게 무슨 불평이 있으랴. 이 집 사람 모두가 추운데. 가정교사로 들어온 게 감지덕지지. 한데는 아니지 않은가! 내가 서울 와서 배운 게 있다면 겸손일 것이다. 그러나 고통은 고통이었다. 가게 점원까지 합쳐서 이집에서 먹고 자는 식구가 아홉이었다. 아주머니는 손에서 물이 마를 때가 없는데 그러다 보니까 입이 늘 닷 자쯤 빠져 있었다. 그 대식구가 내 탓은 아니지 않은가. 또 그 정도의 식구는 보통이었고. 그런데 밥을 먹을 때면 아주머니 손길이 내 앞에서 왠지 거

칠어지는 것을 느낄 수 있었다. 성질이 마구 난다는 듯이.

밥상에 아홉 식구의 수저가 놓이고 밥그릇이 그 옆에 놓이고 아주머니가 국을 퍼서 밀어준다. 국이 각자의 밥그릇에까지 가기도 하고 사이가 뜨면 못 가기도 한다. 못 가면 다른 식구가 거들어서 마저 밀어준다. 그런데 아주머니는 내 국그릇은 퍼놓기만 한다. 갖다 먹든지 말든지. 노골적으로 그래 보인다. 먹을 때는 개도 건드리지 않는다는데. 맞는 비유이기나 한가? 아무튼 그래 보인다.

내 자격지심일까. 내가 왜 자격지심을 가져야 하는데? 가정교사 자리라는 것이 실질적으로는 보잘것없어도 얼굴을 마주하면 학부모들이 대충 송구스러워하는 태도를 취해 보인다. 어쨌거나 자기 자식을 가르치는 선생이니까. 그런데 이 '진고개 가구점' 아주머니는 누가 봐도 나하고는 눈도 마주치려 하지 않았다.

나는 성실하게 아이를 가르쳤다. 아이하고 한방에서 자고 식구들과 마주치는 일은 되도록 피했지만 행동거지는 조심했다. 분수를 지키며 성실을 다하자는 마음이었다, 가정교사자리를 잘 지키자고. 그런데 어떤 점이 거슬린다는 것일까. 아주머니 태도는 달라지지 않았다, 더하면 더했지. 나도 나를 싫어하는 게 눈에 보이는 아주머니를 피하게 됐다. 그래도 밥은 먹어야지. 그래서 먹는데 먹는 게 돌이다. 집이 허술해도 장사를 해서 돈이 돌아서인지 먹는 것은 푸짐한 편인데, 그런데 매일 나는 돌을 씹었다. 그러다가 운명의 날이 왔다. 첫 월급을 타는 날, 그날 아저씨가 나를 앞에 앉혀놓고 이렇게 말했다.

"선생님, 저어……. 말하자면요."

아저씨는 장사를 하는 사람인데도 기질이 싹싹하다기보다 좀 무거운 편이었다. 그 아저씨가 작심했다는 듯이 무거운 어조로,

"우리가 가정교사를 둘, 그런 형편이 아니에요."

그리고 말을 끊었다. 불길한 예감이 머리를 스쳤다. 아저씨가 말을 이었다.

"정수 선생님이, 우리가 밥술이나 먹나 해서, 그래서 몇 번이나 가정교사 좀 두라고, 그런 말씀이 있었어요. 선생님도 있어봐서, 우리 집이 좀 옹색해요? 식구는 많고, 그래서 정수 에민 늘 입이 빠져 있고. 내가 못한다고 그때마다 말씀 드렸지요. 가정교사 둘 형편이 아니고 필요하지도 않아서요. 우리 형편이 그런데, 저번에는 또 일부러 불러서 사정을 하세요, 고학생 하나 먹고 자게만 해 달라니. 그러니 내가 더는 못한다는 소리를 못하지요."

내가 더 듣고 있어야 하는가. 내가 군식군 걸 모르고 선생으로 살았으니 아주머니가 얼마나 싫었을까.

벌떡 일어났다. 문을 박차고 한길로 뛰쳐나갔다. 나가서 뛰었다.

추웠겠지. 아주 추운 밤이었겠지. 바람도 살을 에듯이 독했겠지. 밤이 깊지 않은데도 사람의 그림자가 거의 보이지 않는 얼어붙은 밤을 나는 뛰었다, 아래쪽으로 뛰었다. 반대로 뛰었다면 조선은행이 바로였겠지. 길은 쭉욱 뻗어있었고 추위? 전혀 느끼지 못했다. 20분은 더 뛰었으리라. 그러다가 멈춰 섰다. 멈춰 섰다가 이번에는 왔던 길로 다시 뛰었다. 갈 곳이 떠오른 것이다. 나는 마리가 가정교사로 입주해 있는 집, 그 대문 앞에 가 섰다. 마리가 쓰는 방 창문 가득히, 따스한 너무나도 따스한 금빛의 전기불이 보였다. 부르르, 나는 떨었다.

안방 있고 대청 있고, 건넛방, 뜰아랫방, 사랑채, 찬방, 부엌, 장독대, 광, 뒷간…… 두루두루 갖추어진 이 집 사랑채의 한 방이 마리가 쓰는 방이다. 마리 전에 있던 가정교사는 남자여서 자기가 가르치는 남자아이하고 한방을 썼는데 지금은 마리가 혼자서 쓴다. 여자선생님이어서. 나는 이 집 아이보다 한 살이 더 많은 5학년 남자아이하고 한방을 썼는데…… 금빛이 흐르는 마리의 창을 한동안 지켜보다가 나는 마음을 다잡고 사랑채 뒤뜰로 난 사랑문을 조심스레 뚝뚝 두들겼다. 그 소리에 뭐가 번득였는지 마리가 금방 문고리에 찌른 숟가락을 빼고 사랑문을 열었다. 그리고 거기에 덜덜 떨며서 있는 나를, 오버도 걸치지 않고 서 있는 나를 보았다. 그녀는 내 손을 잡아끌고 한마디도 없이 자기 방의 아랫목에 깔아둔 요 밑으로 나를 디밀었다.

한참 만에 내가 말했다.

"나 나왔어."

"잘했다."

"더는 참을 수가 없었어."

"알아."

나는 '진고개 가구점' 아저씨가 내게 한 말을 그대로 옮기고,

"너무 챙피했어."

하니까 마리가 이렇게 말해주었다.

"뭘. 그럴 처지도 못되는 그런 주제에, 너 같은 A하고도 프라스 가정교사 선생님을 모시구선. 모르니까 용감하다 야."

그 익살맞은 말이, 진고개를 달린 내 가엾은 순간을 날려주었다.

우리들의 작전이 펼쳐진다. 마리가 사정 이야기를 하니까 그녀가 가르치는 아이하고 식모처녀가 우리 편에 붙었다. 남자아이는 절대로 내가 있다는 것을 다른 식구에 말하지 않겠다고 맹세를 했다.

"마하지 아으께오, 저때 마 안 해오."

그 애는 말이 샜다. 언청이였다. 콧구멍 초입까지 찢어진 언청이였다. 언청이는 여기서는 어떻게 할 수가 없고 아이 아버지가 사방으로 알아보니까 홍콩에 가면 고칠 수가 있다는 것이다. 그런데 홍콩은 외국이다. 보통사람은 외국에 나가지 못했다. 정부의 높은 자

리에 있는 사람이 공무로 또는, 그때 한창 유행한 마카오·홍콩 무역, 그런 걸 하는 사람들에게는 여권이 나왔다. 그러나 부자에겐 길이 있었다. 돈이 빽이고 빽이면 안 되는 것이 없었으니까. 이 아이도 이제 홍콩에 간다고 했다, 부자니까.

아이는 명랑했고 약속도 굳게 지켰다. 선생님 친구가 숨어 있는 것이 들킬까봐,

"서새닌, 서새닌!"

아슬아슬할 때마다 정보를 제공했다. 그러면 나는 이불장 속에 들어갔다.

잠은 한방에서 자지 않아도 식사는 아이하고 겸상해서 먹는다. 밥상은 처녀애가 들고 오는데 그 애도 우리 편이니까 나는 버젓이 밥상 앞에 앉는다. 부엌에서 밥상은 안주인이 보는 데서 차리니까 밥그릇을 세 개로 할 수는 없어도 슬쩍슬쩍이 되는 것은 다 슬쩍을 해주었다. 그래서 우리는 두 사람의 밥상을 셋이서 갈라 먹어도 배가 고프거나 그러지는 않았다. 그리고 아, 이렇게 방이 따뜻할 수가! 그래서 이렇게 행복할 수가!

그러나 세수하기, 이빨 닦기, 뒷간 다니기, 속옷은 또 어쩌고? 꼬리는 잡히게 돼있고 잡히면 마리는? 하루 이틀은 친구니까 들켜도 이해가 간다고 하자. 그 이상은 마리를 이 집에서 내쫓는 일이다. 그걸 알면서도 하루가 지나고 이틀이 지나고. 마리가 아이를 가르치고 나면 밤 열 시가 되는데 그때부터가 마리 공부시간이다. 마리는 대충 자정 가까이까지 자기 공부를 하는 모양인데 마리가 자유분방해 보여도 자기 공부는 허술히 하지 않았다. 그러나 아무 준비물이 없는 나는 일찍부터 이불속에 들어가서 따뜻해! 하다가는 아이를 가르치고 난 마리를 잡아끈다.

우리가 기숙사생활을 했을 때 함께 자고나서 아침에 내가 창가로

가면 마리가 물었었다.
"눈 왔어?"
"아아니."
그러면 마리가 화를 냈다. 눈이 왜 오지 않냐고. 다음 날 아침에도,
"눈이 와?"
"아니. 하늘이 꾸물꾸물이다."
그러면 또 화를 냈다. 나는 생각했다. 마리는 왜 눈을 기다릴까. 눈이 오면 온다는 사람이라도 있는 걸까.
그때처럼 우리는 나란히 누워서 이 남자, 저 남자 이야기를 했다. 눈에 차는 남자 없을까 하면서. 서 강사 이야기도 벙벙 지껄였다.
"그 남자, 나이가 좀 많지?"
"가방 받았잖아."
"꽃반지 받아도 좋은 남자, 그게 좋은 남자지."
"나는 돈 있는 남자."
마리는 늘 돈 있는 남자를 찾는댔다. 자기 하고 싶은 일을 하자면 남자가 돈이 있어야 한다고. 그래서 2호, 3호부인도 좋다고.
"두고 봐. 내가 반드시 돈 있는 남자 찾는다. 그럼 집 하나 사주께."
그런 약속을 받고 나는 나흘을 채우지 못하고 거기서 나왔다.
천천히 걸었다. 갈 곳은 있었다. '진고개 가구점'을 나왔을 때하고는 다르게 나는 갈 곳은 있었다. 그때는 뛰었는데 지금은 천천히 천천히 걷고 있다. 내가 간 곳은 채 선생의 자취방이었다.
채 선생은 내 여학교 선배이자 북에서 같은 동네에 살았었고 그 동네 초등학교에서 선생을 했던 사람이다. 친언니만큼이나 가까운

사이였다. 서울에 와서도 그녀는 역시 선생을 하면서 대학에 가기 위해 한 푼을 아끼며 살고 있었다. 나를 돈으로는 돕지 못해도 자기 학교에 운동화가 배급으로 나오면(그런 것이 귀해서 배급으로 나왔는데), 신지 않고 뒀다가 나한테 주곤 했다. 그런 사람에게 폐가 돼서는 안 되지. 그런데 나는 그녀에게 가고 있었다, 폐를 끼치러. 마음이 무겁고 걸음이 무겁고 손, 발, 입, 코는 얼대로 얼어서 불에 데는 것 같고. 죽고 싶다!

그런데 나를 맞는 채 선생이 이상했다.

그녀는 나를 보면 언제나 반갑게 맞아주었다. 늘 미안한 얼굴로. 꼭 보호해야할 사람을 보호하지 못하는 보호자처럼. 그런데 나를 맞은 채 선생의 얼굴이 야위어 길어지고 몸은 거짓말처럼 반쪽이었다. 단단했던 사람이다. 자기 입으로도 '난 신체 건강해' 그러면서 나보고, 입이 짧다, 복이 달아난다, 어쩌구 흉을 보던 사람이 달라져도 이렇게—내가 그녀를 본지가 1년이 아니고 2년도 아니고 그래, 석 달 정도 되겠다. 그 석 달에 사람이 이렇게 변하다니.

"채 선생, 어디 아파요?"

나는 그 말부터 하고 말았다. 그만큼 놀랬다.

그녀는 두 손으로 자기 볼을 쓸어 올리면서,

"왜 눈이 그렇게 둥그래서?"

겨우 웃어 보이고 나를 방으로 데리고 들어갔다.

방은 추웠다. 그녀는 이집의 현관 옆으로 난 4조 반의 다다미방을 쓰고 있는데 적산집이 그렇듯이 추웠다. 고다쯔도 없어서 그런 데서는 낮에도 이불을 뒤집어쓰고 산다. 그녀가 지금까지 뒤집어쓰고 있던 이불이 거기에 있었다. 그녀는 내 손발을 자기 손으로 녹여주면서 요를 내게 밀어주었다. 쓰라고. 나는 요를 두르고, "하아아" 하고 일부러 큰 숨을 한번 내쉬고 나서, 하기 어려운 말일수록

빨리 해야 한다는 생각으로,

"채 선생, 나 갈 데가 없어요."

어리광 부리듯이 털어놓았다.

그러면 같이 있자는 말이 당연히 나와야 했다. 나는 아무리 급해도 그녀에게 같이 있자는 말은 한 적이 없고, 또 그래서도 안 된다고 생각해 왔다. 그녀는 대학 갈 사람이니까. 그게 얼마나 간절한 소망인지를 아니까.

그녀는 얼굴을 돌리고 딴 데를 봤다, 멍하니, 말없이. 이럴 리가 없는데! 내가 얼마나 급하면 달려왔을까를 잘 알 사람인데 말이 없었다. 이런 경우를 나는 생각하지 못했다. 나는 결코 오래 머물 생각이 아니고 그건 그녀도 짐작할 사람이다.

남자가 있다, 그렇지 않고는 알 수가 없었다. 사람이 왜 이렇게 모르게 됐는지. 남자가 있으면, 그렇다면 들어맞을 수도 있다. 있으란 소리를 못할 것이고 또, 또 달라진 이것저것이 그래서이고, 남자가 없으란 법이 없고 그래서 그녀는 남자가 생겼고 그 남자가 우선이 됐고…… 나는 표 나지 않게 눈알을 굴려서 벽을 보고 바닥을 살폈다. 동거인이 있다면? 한구석에 배낭이 보였다. 어디 떠날 사람처럼 뭔가를 넣어둔 배낭이. 우리가 남으로 올 때 메고 온 그런 배낭이. 그것 말고는 거기 뒹구는 남자의 양말짝도, 못에 걸린 신사 스타일의 바지도 눈에 들어오지 않았다. 내가 더는 아무 말도 못하고 있는데 그녀가 결국 이렇게 말했다.

"같이 있어. 그러자."

있을 수밖에. 있어야 하니까. 갈 데가 없으니까. 그러나 이 느낌은 뭘까. 이 변화는 뭘까. 깊은 병이라도 든 것일까?

남자는 없었다. 하루가 지나고 이틀이 지나도 남자는 나타나지 않았다. 닷새가 지나도 나타나지 않았다. 그럼 없는 거지. 밥을 먹는데 그녀가 이런 말을 했다.

"같이 먹으니까 밥맛이 있네."

그 말이 내게는 참으로 반갑게 들렸다. 같이 있으니까 좋은 데도 있다는 말처럼 들렸다. 그러나 주눅이 들어있는 나는 전처럼 까불대지 못하고,

"그래요?"

조심스레 대답했다. 그러면서 생각했다.

나도 배급을 타니까 쌀은 보탤 수가 있고, 잠은 둘이 꼭 붙어서 자니까 혼자서 자는 것보다 따뜻하고, 밥맛이 난다니 살도 찌겠다. 그럼 그녀 좋고 나 좋네. 채 선생이 말수는 좀 적어졌지만 당장 나가라고 '진고개 가구점' 아저씨처럼 야박을 굴 것 같지는 않고, 달라지기는 한 것 같아도 그래도 그 사람 그대로네.

내가 과민했나. 자격지심이 저도 모르게 늘었나. 사람마다 남모르는 고민이 있는 법이고 채 선생도 그럴 수가 있고 그리고 그것은 스스로 해결할 수밖에 없는 문제고, 내 고단한 경험으로는 그랬는데, 그러면서 내 기분이 많이 호전이 됐다. 그러자 죽었던 기도 스을슬 살아나고 덩달아 고학생 사는 법이 힘을 얻어갔다. 내가 좋으면 남도 좋게 보인다. 그렇게 모든 것이 좋은 쪽으로 가는 듯이 열흘이나 지났을까.

그날 밤, 나는 이상한 소리를 들은 것 같았다. 밤이면 무슨 일이 생기네. 잠을 깼다. 내 옆에 체 선생이 눕고 채 선생 옆에 내가 눕고 우리는 둘이서 그렇게 자는데 채 선생 저쪽에 사람이 있었다. 남자였다. 한 이불에 세 사람이 있었다. 어두운데다 채 선생에 가려서 꼭 그렇다고는 할 수 없었지만 그래도 남자였다. 그들은 내가 깬 것을 알아차리고 하던 말을 뚝 끊었다. 그리고 세 사람은 얼어붙은 것처럼 움직이지 못했다. 움직이지 못하는 우리가 할 수 있는

것은 눈을 꾸욱 감고 기다리는 일뿐이었다. 우리는 잠을 기다렸다. 내가 잠이 든 게 새벽녘이나 될까. 눈을 뜨니까 남자가 보이지 않았다, 방안에.

다음 날 밤에도 같은 일이 되풀이됐다. 나는 그 남자가 들어온 후에야 알아차렸고 새벽에는 그 남자가 사라지고 없었다.

나도 말이 없고 채 선생도 말이 없었다. 그녀를 채근해서 말을 시킬 수는 없었다, 내 주제에. 그래서 우리는 그 밤이 없었던 것처럼 또 하루를 보냈다. 또 하루를 보냈다. 자리를 잡는 듯했던 내 마음에 다시 불이 일었다. 나는 떠나야 할 시간을 재고 있었다.

그런 하루가 또 저물어 우리는 자리에 누웠다. 채 선생이 콜락콜락했다. 감기의 뿌리가 영 뽑히지 않았다.

문득 채 선생이 일어나서 유리창의 잠금쇠를 살폈다.

나는 여러 번 잠금쇠가 잠겨 있지 않아서 잠그곤 했다. 그때마다 채 선생이 감기 때문에 추워도 환기를 자주하나 했었다.

"열려 있어요?"

나는 채 선생 등에 대고 물었다.

"아니야."

"아까 잠궜는데."

"응……"

채 산생 목소리가 애매했다. 그녀는 자리에 돌아와서도 눕지 않았다. 나도 일어났다. 내 신경도 예민했다. 한참을 채 선생이 그렇게 앉아 있다가,

"그 사람이 저 유리창으로 들어와서…… 너도 알았지, 엇그제?"

낮은 소리로 입을 뗐다.

유리창으로? 무슨 소리야? 예상하지 못한 말이었다.

"그래서 너 있으라기가……그랬던 거다. 한 직장 있던 사람인데

학교서 만나서…….”

“그럼 그렇다고 말을 해야지.”

나는 강한 어조로 말했다. 그런 일은 진짜 귀띔을 해줘야지. 그러면서 계속했다.

“그런데 유리창은요?”

“그게…… 그러니까,”

그녀는 뜸을 드렸다가, “빨갱이” 하고 어조를 깔았다.

무슨 뚱딴지야. 그 남자가 빨갱이라는 말 같은데, 그래서 유리창으로 들어온다는 소리 같은데 빨갱이? 그녀하고 빨갱이?

“웃기지?”

채 선생의 그 말이 어처구니 없지? 로 들렸다.

그녀가 북을 떠나온 데엔 두 가지 이유가 있었다. 대학 간다는 것은 절대적인 그리고 근본적인 목적이었고 또 하나가 그 남자였다. 그녀가 여학교를 막 나와서 초등학교 선생으로 처음 발령을 받았을 때의 일이다. 발령을 받고 부임하기까지에 일주일인가 하는 여유가 있었다. 그녀는 발령 당일에 부임하지 않고 마지막 날을 이틀 앞두고 학교로 갔다. 그녀로서는 아주 적절하다고 생각해서 정한 날짜였다. 학생들이 방학숙제를 첫날에 하는 일은 거의 없다. 마지막 날에 하는 학생이 많다. 그것이 보통 학생들의 스타일이다. 그러니까 이틀 앞둔 날짜는 빠르지도 늦지도 않은 이상적인 시점이었다. 그녀로서는.

그녀가 교무실로 들어섰다. 앞에 칸막이가 있고 그 안쪽에서 이런 소리가 들려왔다. 일본말인데 거슬거슬 갈라진 쉿소리가 이렇게 말했다.

“틀림없습니다, 마지막 날에 옵니다. 아버지가 유지 아닙니까.

거만하지요."

칸막이를 돌아서 그녀가 앞에 나섰다. 여섯 명인가 되는 선생들의 눈길이 일제히 그녀에게 쏟아졌다. 그들 입이 모두 뻐엉했다. 그중에서도 제일 까무러친 얼굴이 보였는데 조놈이구나. 단박에 알 수 있었다. 거만하지요—머어?

그녀가 이렇게 부임을 했다. 고놈에게 그녀가 좋은 감정일 리가 없었다. 그런데 고놈도 머리는 있었는지 금방 사과를 했다. 손을 머리에 댔다가 뒷주머니에 댔다가, 그러다가,

"제가 실수했습니다. 용서하십시오."

제법 분명히 사과를 했다.

그런데 그것으로 끝이 아니고 쩔쩔매면서 이런 부탁을 했다.

"저어…… 면목이 없습니다만 저어, 부탁인데요. 지금까지 말입니다, 허 선생이 우리 반 음악을 가르쳐주셨는데 이번에도 선생님이 좀…… 부탁드립니다."

그리고 자기가 음악에 얼마나 젬병인가를 누누이 설명했다. 설명하지 않아도 그 깨진 목소리며 큰 몸집의 투박한 인상이며 나긋나긋하고 섬세한 예술, 음악하고 맞지 않는 사람으로 보였다. 또 음악에 젬병이 아니라도 남자들은 음악을 여자하고 잘 결부시켰다. 그래서 음악시간을 여선생한테 부탁하는 경우가 종종 있었다. 허 선생은 바로 그만둔 여선생이었다. 그녀는 그 부탁을 수용했다. 나쁜 감정은 나쁜 감정이고 커다란 남자가 쩔쩔매는 그림이 우스웠다.

그런데 그녀의 나쁜 감정을 누그러뜨리는 것이 또 있었다. 이 촌스러운 남자가, 촌스러운 남자가 딱 맞는 이 촌스러운 남자가, 짬짬이 공부를 하는 모습을 보게 됐다, 그것도 영어공부를. 일본이 죽기 살기로 싸우고 있는 그 나라들, 우리도 일본의 편이 되어서 싸우는 걸로 알고 있는 영미의 언어를 공부하고 있었다. 그녀로 말

할 것 같으면 연구, 공부—그러면 깜박 죽는 여성이었다. 그대로 갔다면 내놓고 사랑하게 됐을지도 모른다. 채 선생이 촌스런 남자, 그랬지만 그 어조가 늠름한 남자로 들렸다. 해방이 왔다. 촌스러운 남자는 꽁꽁 숨기고 있었는데 완전 공산주의자였다. 출생성분부터가 프롤레타리아 계급이라 했다. 사람들은 도시, 시골 할 것 없이 생전 들어보지도 못했던 프롤레타리아, 부르주아 그 속으로 휘말려 들어가고 있었다.

그녀는, 다시는 그 남자를 보지 못한다. 소문을 들었을 뿐이다. 높은 상부에 들어갔다는 소문을 들었다. 부르조아는 단칼로 무찌를 남자, 칼을 갈면서 산 것을…… 그녀는 바삐 보따리를 쌌다.

빨갱이라. 처음에는 몰랐다고. 그 남자가 좌익이라는 것을. 빨갱이라는 것을 알았을 때는 이미 그 빨갱이를 목숨처럼 사랑하고 있었다고. 빨갱이라면 가슴이 아릿한데……

좌가 아니면 우로 갈라져 있는 세상이지만 좌도 우도 아닌 사람도 많았다. 채 선생이나 나도 좌니 우니 그렇게 살지 않는 축에 속했다. 좌니 우니 하고 정신없이 돌아가는 사람들을 보면 저래야만 애국인가 싶었다.

"그런데 아니라는 거야. 제대로 된 나라를 세우자면 사상부터 똑바로 가져야 한다는 거지. 지금이 건국 촌데, 자기는 공산주의를 위해 싸운대. 그러기 위해선 목숨도 내놓는대."

사랑이 승리하면 모든 게 달라진다. 대학 간다는 그녀의 꿈은 간데가 없어지고 그녀는 살얼음판을 걷게 된다. 싸우는 남자는 사상이 들어나면서 학교도 못 나가고 밤낮없이 쫓기는 몸이 되어 소위 말하는 '지하'로 숨어들어야 했다. 그녀가 보고 싶으면 한밤에 지붕을 타고 와서, 열어논 유리창으로 들어온단다. 내가 이상하게, 닫아놓았던 유리창이 열려 있다 했는데 그 때문이었다. 박쥐처럼 야밤에만 찾아오는 좌익사상의 남자. 남자를 염려하느라 바싹소리에도 신경이 곤두서는 그녀. 그러면서 반쪽이 되어갔고 콜락콜락 기침이 떠나지 않았다.

"다 말하고 나니까 이렇게 시원한걸. 아 시원하다."

그녀는 진짜 큰 짐을 내려놓은 얼굴이었다. 그녀가 말을 이었다.

"그래서 너도 이제 다 알았는데 앞으로 어떻게 하는 게 좋을까? 그 사람 말은 서로 불편한 건 문제가 아니래. 자기는 이렇게 사는 게 생활이래. 그런데 잡히면 문제라는 거지. 자기한텐 늘 미행이 따라다니구 그러다 잡히면, 우리 다 알잖아. 잡히면 모두 어떻게 되는지를, 너까지."

그랬다. 잡히면 가혹한 일이 벌어졌다. 소문이 그랬다. 어떤 빨갱이가 꼬리가 잡히면 본인은 말할 것도 없고 가족, 친지, 사돈의 팔촌까지가 모조리 끌려갔다. 그리고는 다짜고짜 고문부터 당했다, 대라고. 모조리 대라고. 패고 발길질은 기본이고 주리 튼다고는 듣지 못했어도 물고문, 고춧가루 고문, 전기 고문 우선 하고 본다는 것이다. 아무 것도 모르는 사람이 있는 말 없는 말 막 주워대고 나와도 병신을 면치 못한다는 게 떠도는 소문이었다. 병신 된 사람이 있는 것도 사실이고.

"저기 있지, 저거?"

채 선생이 배낭을 가리켰다. 여차! 하면 그걸 메고 도망친다는 것이리라. 나는 하루도 더 있어서는 안 된다는 것을 알았다. 그녀가 더러 눈을 내리깔고 멍청해 보일 때가 있었는데 그게 바로 바깥 움직임에 신경을 곤두세우고 있은 때란 것도 알았다.

"채 선생."

"응?"

"하우스걸은 어떨까요?"

"갈 데가 그렇게밖에 없어?"

"정보를 모아보긴 하겠는데 하우스걸은 어떨까 해서."

정보란 물론 아르바이트자리를 말했다.

"그래두 거긴 좀 그렇다."

"사람들이 뭐래서?"

"그렇지. 미군관계는 아무래두."

"이상해요. 남자들도 미군에서 일들 많이 하는데 여자가 하문 여쩌구."

"돈은 많이 주나?"

"거기 월급이 쥐꼬리만 하대요. 많지 않대요."

"그런데 왜들 좋아해?"

"PX물건 훔쳐다 돈을 번대요."

"너두 그 생각이니?"

"아아니. 나는 거기가 궁금해요. 이참에 한번……"

"너무 서두르지 마. 여기가 당장 어떻게 되는 것도 아니구, 지금까지도 별일 없이 지냈으니까."

하는데 지붕에서 와장창, 호루라기가 삐삐! 귀청을 때렸다.

우리는 오뚝이처럼 일어섰다. 채 선생이 반사적으로 배낭을 끌어안고 다른 한손으로는 내 팔을 잡고서 부엌문으로 빠져나가 뒤꼍의 담 밑에 섰다. 담은 판자로 엮었는데 우리 키를 넘었다. 그녀가 내 어깨를 타고 판자에 올라가 거기에다 배를 깔고 나를 끌어올렸다. 콜락콜락하던 사람이 아니었다. 침착했고 대담했다. 죽을힘이 느껴졌다. 삐삐소리는 어둠 속에서 더 요란하게 칼바람을 뚫고 퍼졌다. 골목에 내려선 우리는 큰길을 향해 뛰었다. 삼각지 네거리에서 우리가 집어탄 전차는 막차였으리라.

돈암동에 있는 채 선생 사촌언니네 대문을 두들겼다. 형부가 외투를 뒤집어쓰고 나와서 대문을 열었다. 이때부터 소동이 벌어졌다. 잠에서 깬 언니가 채 선생을 욕하고, 미쳤다고 욕하고, 빨갱이 때문이지? 욕하고, 사촌동생을 연방 욕하면서,

"이럴 줄 알았다니까."

채 선생네에서 컸다는 그 언니는 나이가 많았다.

뜰아랫방이 비어 있어서 거기에다 부엌의 연탄을 옮겨왔다. 그러나 냉골이 더우려면 한이 없었다. 언니는 숯불을 피어 화로에 담아서 방에 넣어주고 마지막에 방문을 쾅! 닫고,

"썩을 년, 그럼 자!"

내뱉고는 안방으로 돌아갔다.

썩을 년 소리에 키득 웃었다. 웃고 나서 나만 웃은 것을 알았다. 이불속에 웅크린 채 선생은 숨소리도 없었다.

어떻게 됐을까. 아까 도망치면서 내가 전차 속에서 중얼거리듯이 말했었다.

"어떻게 됐을까요?"

지붕에서 와장창, 삐삐 소리가 온 동네를 뒤집어놨을 텐데……

채 선생이 컴컴한 차창 밖으로 눈길을 흘렸다가 혼잣말처럼 이렇게 말했었다.

"연락이 있을 거야, 내가 가는 데는 아니까. 그런 연락은 무슨 수를 써도 하니까."

무사해야 연락도 가능하다. 그녀는 기도를 하고 있었을 것이다. 무사하라고, 무슨 일이 있어도 무사하라고. 그러나 하마터면 잡힐 뻔하다가 그 긴장에서 풀려난 나는 차차 잠속으로 빠져들었다. 내가 자느라 채 선생이 언제 잠이 들었는지 나는 모른다.

방구들에 금이 가서 연탄가스가 샜는지 숯불이 화근이었는지. 눈

을 뜨니까 천장이 빙글 돌았고 머리가 쪼개지면서 우욱 하니 속이 뒤집혔다. 나는 방문을 걷어차고 나와서 댓돌 밑에 토했다. 커억, 커억 요란스럽게 토했다. 그리고 널브러졌다.

언니가 자다 말고 달려 나왔다.

"왜왜 왜! 야아가 가스 먹었다!"

언니가 소리쳤다.

형부가 뛰쳐나오고 아들이 뛰쳐나오고 "동치미 동치미!" 소리에, "순정이는, 우리 순정이는!" 하는 소리에, 누가 내 입에 동치미국물을 떠 넣었다. 몇 모금을 넘기는데,

"순정아 야아, 눈을 떠봐라. 야 야아!"

외마디소리가 들렸다.

화로가 밖으로 던져졌다. 내가 불렀다.

"채 선생!"

나는 비칠대며 방으로 돌아갔다. 그녀는 누운 채였다. 아무리 흔들어도 반응이 없었다. 정신이 반쯤 빠져나갔던 누군가가 동네 의사선생님을 모셔왔지만 그녀는 눈을 뜨지 않았다. 세상 모든 것을 잊어버린 고요한 얼굴이었다. 한방에서 나도 그녀도 같은 가스를 마셨다. 그러나 나는 살고 그녀는 죽었다.

"그놈 때문이다, 그놈 때문!"

언니가 소리치고,

"그놈이 야알 죽였다아!"

계속 소리쳤다.

그놈이 죽였다는데, 그 남자가 키가 어느 정도고 몸무게가 얼만지 나는 모른다. 한밤에 와서 새벽에 없어졌으니까. 언니 말에 따르자면 채 선생은 그 남자를 언니한테 데려왔단다. 사촌이지만 남에 있는 유일한 언니니까 자기 남자를 데려왔겠지. 그녀는 나를 달

고도 두어 번 언니한테 와서 밥을 얻어먹었다. 뭔가가 사무치면 왔을 것이다. 와서 엄마같이 나이 많은 언니 잔소리를 들었을 것이다. 빨갱이가 질색인 언니가 하필 빨갱이를, 하고 난리를 치면 그녀가 아랫입술을 약간 내밀어 보이면서 그저 웃었다고 한다. 너무기가 찬 언니가, '이걸 이모가 알면' 하면서 눈물을 닦곤 했다는 것이다. 남자 때문에 말라가는 사촌동생이 언니 눈엔 환이 보였다. 그녀는 광목에 둘둘 말려가지고 리어카 타고 돈암동 뒷산에 묻혔다. 언니가 눈가를 쓸면서,

"추워서 눈물도 나지 않는다."

멍청해 가지고 부르르 떨었다.

추운 대한이 없다는데 너무도 추운 대한이었다.

채 선생이 지평선을 걸어가 버리고 나서 2년이 흘렀다. 나는 학업을 마쳤다. 고생 고생했지만 고학생 사는 법이 있긴 있은 모양이었다. 마리는 나라에서 뽑는 시험에 붙어서 미국유학을 떠났다. 떠나면서 마리는 나하고 '포옹'이라는 것을 하면서 이렇게 말했다.

"미국 와, 내가 부를께. 버클리는 대한도 춥지 안태."

버클리는 마리가 가서 공부를 하게 되는 도시였다. '미친 년' 나는 속으로 중얼중얼했다. 뻥 까고 있네. 지가 무슨 재주로 날 불러? 내가 결혼할 때 피아노를 선물한다느니 부자 남자 만나서 집 사준다느니, 그녀는 이미 나한테 뻥을 까놓고 있었다. 이리저리 다니면서 뻥을 까는 여자였다. 그걸 우리는 안다. 그런데 그 뻥이 우리를 얼마나 따뜻하게 했었던지! 힘들 때면 그 뻥이 생각나고 희망이 슬며시 살아나면서 얼굴에 미소가 번지곤 했다. 채 선생을 보냈을 때도 나는 그녀 어깨에 기대서,

"대한이 왜 이렇게 추워!"

흑흑 흐느껴 울었다. 울고 울었다, 야속해서. 내가 힘들 때 옆에 없는 엄마가 야속했고, 딴 여자를 기웃거리는 내 남자가 야속했고, 그보다 대한이 추은 게 더 야속했다. 그걸 기억하고 있네. 버클리의 대한이 춥지 않다네. 내 눈에 눈물이 고였다.

자, 이젠 내 차례다. 부산 사는 친구가 부산 와서 같이 선생질하자고 꼬셨다. 그런데 문제가, 거기 학교에서는 국어선생이 필요한데 나는 국어가 전공이 아니었다.

"기다려 봐. 학기 초엔 이동이 많잖아. 자리가 날 거야. 기다려 응?"

그녀는 무슨 일이 있어도 나를 자기 학교에 끌어갈 생각이었다. 부산내기들이 텃세가 심하다면서.

"우리도 둘이면 꿀릴 거 없다. 서울이 어딘데?"

나는 기다리기로 했다. 서울에 있어도 좋겠지만 고생을 너무 했고 그놈이 있어서 여엉…… 학업도 끝났겠다, 기다리지 뭐. 어느 때보다 느긋했다, 나는.

내 운은 거기까지였다. 6·25가 터졌다. 38따라지들의 눈앞이 깜깜해졌다. 다시 인민대중으로 돌아가야 한단 말인가. 자유민주주의는 무너졌단 말인가. 여기저기에 '인민위원회'가 생기고 반동분자 색출이 시작됐다. 동 인민위원회—동사무소 말인데, 거기 동지들이 숨어있는 군경을 잡는다고 집집을 뒤지다가 내가 딱 걸렸다. 인텔리, 내가 인텔리였다. 사람은 자기 좋아하는 것으로 망한다더니 내가 인텔리였다.

그들은 잡았다! 싶은지 기세등등해서 그들의 용어를 써가면서 내 사상을 추궁했다. 나는 결코 반동이 아니라고 해명해 보았다. 서울 와서, 단지 공부하러 와서, 내가 얼마나 고생했는데, 그럼 프롤레타리아지. 프롤레타리아? 그렇다면 당원이냐? 남로당원은 아

니라니까,

"회색분자로군."

픽 비웃고,

"동무, 회색분자가 반동보다 더 악질인 거 모르오? 이리 붙었다 저리 붙었다, 기회주의자가 바로 회색분자란 말이오!"

탕! 얼러쳤다. 그래도 빨갛다고 들이댈래도 그걸 증명할 근거가 없었다. 우영부영 학생운동에 낀 바도 없고. 있다면 2년 전에 '남조선 괴뢰폭도' 어쩌고, 서 강사네서 아르바이트한 게 전부다. 내가 생각해도 그걸 민중운동이라 하기에는 웃기는 소리였다. 내 운명은 그들 손에 넘어갔다. 나는 인민위원회로 끌려갔고. 그런데 거기서 희한한 일이 벌어졌다. 위원장이 나타났는데 위원장이 서 강사였다. 이런 일이, 이런 일이 일어나다니!

그도 나도 첫눈에 알아봤다. 머리를 빡빡 깎았는데 그건 그가 형무소에서 막 나왔다는 표시였다. 감옥에선 다 머리를 깎으니까. 해방이 되면서 사상범이 무더기로 풀려났다. 갇혀 있었구나. 우리는 알아봤는데 둘이 다 표정을 바꾸지 않았다. 왜 그랬을까? 나로 말하자면 지옥에서 부처를 만났는데 안면이 있는 걸 왜 드러내지 않았을까.

이유를 알았다. 나를 끌고 온 동지들의 짤막한 보고를 듣고 나서 그가 내 앞에 섰다. 표정이 없었다, 전혀. 그가 말했다.

"동무는 교양사업부터 받으시오. 모든 걸 뜯어고쳐야겠소!"

나를 아니까. 깊이는 몰라도 그럭저럭 겪어봤으니까. 그러나 2년 전의 유약해 보였던 서 강사하고는 너무 달랐다. 사람이 변하는 걸 많이 봤는데 이 사람은, 가죽으로 반죽이 된 옷을 입고 또 그것으로 얼굴을 바르고 그래서 무슨 동상이 움직이고 말하는 것 같았다. 바늘로 찔러도 운운, 그런 말이 있는데 그보다 더 훨씬 심한 분위기였다. 할머니는 안녕하시냐, 이 난리통에 맞닥뜨렸으니 그 한마디는 물어야 옳은데 그런데 그 말이 나와 주지 않았다. 그런 분위기였다.

아, 사람이 주의니 사상에 갇히면 이렇게도 되는구나. 내가 힘들 때면 한 번씩은 생각났던 사람이다. 밥을 먹여주고 가방을 선물한 사람이다. 그래서 나는 그를 이용하고 싶어도 참았다. 그걸 지켰다. 선량한 사람이라고 생각했기 때문이었다.

나는 매일 그의 지령에 따라 교양사업을 받으러 다니는데 UN기가 끊임없이 뜨고 그때마다 길이 패이고 건물이 날아가고 사람이 하늘로 솟았다가 흔적이 없어졌다. 그런 길을 뚫고 다녔다. 명령이었다. 나를 담금질해서 시(市)로 보내고 더 위로, 위로 밀어 올린다는 것이다.

밤에도 놓아두지 않았다. 밤엔 노력동원이 있다. 밝은 낮에 공습으로 파괴된 곳을 어두운 밤에 주민을 동원해서 고쳤다. 거길 나더러 나가라는 것이었다. 밤에 노동하고 새벽에 돌아오고, 돌아오면 교양사업이다. 동원에 정 나갈 수 없는 사람은 사람을 사서 보냈다.

하룻밤을 한강에서 모래를 퍼 나르다 오니까 나는 탈진했다. 위원장동지하고 가막소 생활을 같이 했다는 선전책동지가 있었는데 이 동지가 탈진한 나를 그가 맡아서 하는 민주교실에 달라고 했다. 위원장동지가 한참 만에 떨떠름한 얼굴로 고개를 끄덕했다.

민주교실은 천국이었다. 주민을 재교육해서 인민을 만드는 곳인데 계획만 짜고 있었다. 그러다가 공습이 있으면 선전책동지가 어두운 얼굴로 창밖의 하늘을 쳐다봤다. 그러면 나도 그 옆에서 함께 쳐다보는데 내 얼굴은 발그레했다. 위원장과 선전책이 같이 고생해서, 그래서 위원장이 선전책의 말을 물리칠 수 없었나 했는데 나는 결코 놓여난 게 아니었다. 동네 극장에서 열리는 민중대회에 연사로 나가야 했다. 내가 주민을 빨갛게 만들어야 하는 것이다. 명령이었다.

내가 연사로 서야 하는 그 시간에 나는 금호동 언덕 밑의 한강나루에 있었다. 시키는 대로 지껄이면 그게 바로 빨갱이였다. 그럴 수는 없었다. 나는 그럴 수 없었다. 그것만은 죽어도 할 수 없었다. 아직도 내 마음은 자유민주주의였다. 아직까지는! 국군은 온다고 한다. 올 것이다. 나는 배를 타고 한강을 넘어 거기에 있는, 4분의 3 정도가 땅속으로 들어간 네모난 시멘트 구조물, 그런 것이 몇 갠가 있었는데 그 하나에 숨어 들어갔다. 하룻밤을 지내고 나와서 옆의 참외밭의 참외를 따 먹고 또 들어가서 저녁이 되어갈 즈음에, 누가 구조문의 뚜껑을 열었다.

"이게 뭐야!"

아저씨가 나자빠졌다.

그 구조물은 단무지를 담그는 이를테면 독이었다. 왜무를 차곡차곡 넣어서 단무지를 담그는데 난리가 나면서 그 일이 중단이 됐다. 나는 그 독 속으로 숨어든 것이었다. 수상하게 보고 찌르면 무슨 죄로 처단될지 몰랐다. 민심은 흉흉했다.

버리는 자 있으면 거두는 자 있다. 아저씨가 나를 거두었다. 나는 그 집 식구를 따라서 오이를 따고 고구마를 캐고 담뱃잎을 말렸다. 신새벽에 강을 건너 물건을 받으러 오는 장사치들에게 서울 소식을 물으면, 휘휘 둘러보고 귀에다 말했다.

"처녀, 물으니까 하는 말인데, 우리 조카딸이 세브란스 약산데 끌려갔다우. 네 살 아아가 에밀 기다리는데, 병원 있다 그대로 끌려갔어. 이 어린 걸 글쎄 너무 불쌍해서……처녀도 조심해요. 막판이 무섭다우."

내가 서울서 왔다는 걸 안다. 내가 물었다.

"막판이라뇨?"

"삐라 뿌린다는데 나는 보지 못 했고, 그래도 다 온 모양이우. 그런데 저것들이 곱게 물러나겠어?"

삐라는 물론 UN기가 뿌리는 삐라를 말했다. 아주머니가 땅에 대고 긴 숨을 내쉬었다.

별안간에 장사에 뛰어든 사람이 많았다. 한 푼을 벌어 양식을 사 먹기 위해서였다.

서울 하늘은 늘 시꺼맸다. 강을 하나 사이에 두고 이쪽은 양식이 잘 익어가는 시골 그대로였다. 그런데 며칠 사이, 강을 보고 온 사람들이 진저리를 쳤다. 모래사장에 시체가 여기저기고 물에도 둥둥 떠 있다고 했다. 어디선가 치열하게 싸우고 있고 그것도 점점 더 가까이에서 싸우고 있는 것이다. 그래도 장사치들은 그 강을 넘어 물건을 받으러 왔다. 먹는 일이 그렇게 다급해서.

다급하다, 남의 일이 아니었다.

나는 아저씨네 마당에서 다른 사람들과 멍석 깔고 모깃불 피워놓은 자리에서 잤다. 그렇게 잘 지냈는데, 모기에 뜯겨도 별일 없이 잘 지냈는데 막판이 무섭다더니 막판에 걸렸다. 모기 물린 자리가 덧났다. 이것은 내가 거의 해마다 겪는 일인데 피부가 약해서 덧났다 하면 그냥 가라앉는 일이 없었다. 꼭 페니실린 한 대를 맞고서야 수그러들었다. 이 나쁜 버릇이 아저씨네에 와서 고개를 쳐들었다. 왼쪽 귓불이 부어오르고 그쪽 볼까지 부어서 숭숭 쑤시다가 진물이 흐르더니 귓불하고 볼 사이가 조금 찢어졌다. 너무 아파 누울 수가 없어 앉아서 밤을 새는데, 사람들이 귓속을 들여다보고 찬물을 물라 해서 찬물을 물고, 찬물로 찜질하라 해서 그렇게 했지만 아무 소용이 없었다. 머리 전체가 뜨끔거렸다. 귀의 문제가 아니었다. 나는 견디다 못해서 결국 강을 건넜다.

사람들 말대로 모래사장에 시체가 있었다. 그걸 피한다고 허둥대다가 걸려서 넘어질 뻔했다. 강에는, 물에 며칠째 떠 있어서 배가 퉁퉁 차오른 시체가 여기저기 있었다. 옷이 터지고 벗겨져서 국군인지 인민군인지 분간이 되지 않았다. 나룻배가 그 옆을 스쳐도 무섭고, 그걸 느끼지 못했다. 내 머리가 너무 왕왕거려서.

하늘이 도우사 내가 아는 병원에는 의사 선생님이 계셨고 페니실린도 있었다. 이 주사는 근육에다 세 번 나눠서 맞아야 하는데 병원서 한 번 맞고, 나머지 두 번은 배운 대로 시간 맞춰 내가 내 손으로 맞아야 했다. 한 번 맞았는데 병원에서 나오면서 바깥 소리가 내 귀에 들렸다. 싸우는 서울의 소리가. 자취방으로 돌아오니까 주인 아주머니가,

"학생."

불러놓고,

"그 사람들이 두 번이나 찾아왔어."

그 보고부터 했다. 물론 동위원회에서 왔다는 소리였다.

와보니까 서울은 정말 막바지였다. 국군이 마포까지 왔다는 소리가 있고, 선발대가 종로에 들어왔다는 소리가 있고, 형무소에 갇혔던 인사들이 새끼줄에 엮여서 끌려간다는 소리가 있고, 산 밑에 양민이 무더기로 죽어 있다는 소리가 있고, 인민군이 줄줄이 달아나고 있다는 소리가 있었다. 그날 밤에 나는 인천 앞바다에서 쏴대는 함포의 아름다운 불빛을 보았다. 곡사포, 로켓트포 등이 유성처럼 긴 꼬리를 남기면서 모든 것을 파괴하는 그 불빛이 하늘에서 그렇게 아름다울 수가! 그리고 다음 날에는 어디서 날아온 불덩어리인지 알 수없는 그 불덩어리들이 내가 세들어 있는 집을 태우고 그 옆집 또 옆집을 태웠다. 다치지 않고 빠져나온 사람들이 아우성 하나 없이 타는 내 집을 바라봤다.

막바지를 조심하랬는데! 그래도 이럴 줄은 정말 몰랐다. 위원장님하고 선전책님이 허리춤에 권총을 찔러넣고 들이닥쳤다.

"후퇴요. 동무, 갑시다!"

위원장님이 소리쳤다.

위원님보다는 온건해 보였던 선전책님이 위원장님보다 더 독이 올라 명령했다.

"어디 있다 왔소? 어서어서 갑시다!"

따라나서지 않으면 죽이겠다는 것이다. 실로 하찮은 나를 찾아왔을 때는 그렇게 하자고 온 것이다. 쫓기는 자들이 악에 치받쳐 한 사람이라도 더 죽이겠다는 것이다.

나는 노여나지 못한다는 것을 알았다. 전쟁이니까, 죽고 죽이는 마당이니까. 서 강사를 쳐다봤다.

죽자.

내 눈에서 그가 '노'를 읽었다. 그의 손이 선전책보다 빠르게 허리춤으로 갔고 권총을 빼 들었다. 그리고 그 손이 높이 올라가더니 총신으로 내 정수리를 내리쳤다, 있는 힘을 다해서. 나는 퍽 무릎을 꺾었고 천천히, 천천히 머리를 땅에 떨구었다.

나를 처단한 그들은 빠른 걸음으로 사라졌다, 뒤도 한번 돌아보지 않았다. 그 발소리가 완전히 사라진 다음에 나는, 기절에서 깨어나는 사람처럼 우선 머리를 들었고 다음에 꺾였던 무릎을 일으켰다. 서 강사는 총신이 아니고 주먹으로 내리쳤다. 그것도 선전책의 눈을 속일 수 있을 만큼만. 그걸 알아차린 나는 최고의 '능청을 떨어 무릎을 꺾고 다음에 머리를 떨구었다.

두 엄마

제 이름은 제인입니다. 김 제인. 우리 어머니가 너무나 많이 생각해서 지은 예쁜 이름이에요.

제가 여섯 살 때의 어느 아침입니다. 눈을 딱 뜨고,

"엄마야."

소리내어 부르려는 순간에 저는 이상했습니다.

여긴 집이 아니야.

그렇습니다. 여기는 제인의 집이 아닙니다. 집이라면 눈을 딱 뜨는 순간에 이렇게 이상한 생각이 들 리가 없습니다.

코끝에 와 닿을 것만 같은 낮은 천장을 쳐다보고, 누렇게 빛이 바랜 요란한 꽃무늬의 벽지가 붙어 있는 방의 벽을 둘러보았습니다.

여기는 우리 집이 아니야.

저는 금세 입이 씰룩해졌습니다.

"엄마야."

조그맣게 불러 보았습니다. 그러자 무서운 엄마의 모습이 떠올랐습니다.

며칠 전의 일이었을까요. 이제 겨우 여섯 살의 저는 며칠 전의 일인지 기억할 수가 없습니다. 엄마가 아파서 병원에 갔다는 소리를 들었는데 저는 병원이라는 데가 아주 싫습니다. 거기에서는 간호사 언니가 아무리 상냥한 목소리로 사알살 달래고 좋은 소리를 해도 결국에는 주사라는 것으로 궁둥이나 팔을 꾹 찌릅니다.

그게 얼마나 무서운 일인데요. 아픈 거는 어느 만큼 아픈지 잘 모르겠지만 무서운 걸요. 무서운 건 아픈 거보다 더 싫은 일인 걸요.

그런데 엄마가 그 싫은 곳인 병원에 갔다는 거예요. 제가 유치원에서 돌아오니까 전화가 따르릉 오고 야단이에요.

식당언니가,

"왔어요, 지금 막. 바로 갈께요."

전화를 끊더니 제 손목을 마구 끄는 거예요.

"빨리 가자. 그러지 않아도 데릴라 갈 참이었다."

이러면서 말예요.

"언니 왜?"

"글쎄, 가야 해."

저는 유치원 가방도 벗어 놓지 못한 채, 유치원 윗도리도 갈아입지 못한 채 언니한테 끌려 나갔어요.

"언니, 엄마가 오랜 거야?"

"그래."

언니의 대답은 아주 짧아요. 그리고 눈알은 휘휘 도는 것 같았어요. 길에 나서자 마자 택시를 잡느라고요.

"엄마 어디 있는데?"

저는 다시 물었습니다.

언니는 대답을 하지 않았어요. 언니의 기분이 썩 좋은 것 같지는 않지만 엄마한테 가면 됐죠 뭐. 언니의 기분이 나쁘면 어때요, 엄마한테 가는데.

"어이구, 이눔의 차. 이눔의 차……."

언니는 머리가 바람개비같이 돌아요. 동서남북으로 오는 차를 다

잡으려는 것이지요.

언니가 겨우 차 한 대를 잡았습니다. 언니는 차 속에다 제인을 마구 쑤셔 넣었어요. 정말 식당언니가 아니라면 어린이를 유괴하는 나쁜 언니로 보였을 거예요.

"S병원. 기사아저씨, 아주 급해요."

요즘은 어린이들이 아픈 사람들이 입원해 있는 병실에 못 들어가게 돼 있다고 해요. 어린이들은 병균에 약하기 때문에 어린이들을 병균으로부터 보호하기 위해서지요.

그러나 언니는 저를 '중환자실'이라고 쓰여져 있는 곳으로 데리고 들어갔습니다. 그 순간에 저는 발이 딱 얼어붙었어요. 그 속이 너무 무서웠기 때문이예요.

얼핏 보았는데요, 가스통 같은 것이 여기저기 세워져 있고요, 플라스틱 마스크를 쓴 사람이 누워 있고요, 물병이 높이 거꾸로 매달려 있고, 긴 줄, 짧은 줄, 굵은 줄, 가는 줄.. 뭐 그런 것이 한꺼번에 눈에 달려 들어왔어요.

어디서 이모가 달려와서 저를 번쩍 안아 올렸습니다. 그리고 무서운 사람이 누워 있는 데로 저를 데리고 갔습니다.

"언니, 제인이 왔어!"

이모가 그렇게 말했습니다. 그리고 저한테는,

"제인아, 엄마 손 잡아 드려."

하는 거예요.

오 하느님, 이게 엄마라니요! 저는 두세 걸음 뒤로 물러났습니다.

엄마라는데 그건 엄마 얼굴이 아니었어요. 모두가 제가 무서워하는 것들이었어요.

가스통, 크고 작은 줄, 유리 마스크, 무지스럽게 굵은 주사바늘……엄마 얼굴이 어디 있어요? 없어요. 손도 저렇게 무서운 게 우리 엄마 손이라니. 게다가 엄마는 "제인아!" 부르지도 않잖아요. 눈도 감고 있는데 그건 우리 엄마 얼굴이 아니었어요.

"으앙!"

저는 너무 무서워서 울음을 터뜨렸습니다. 덜덜덜 떨면서요.

그때 저는 보았습니다. 엄마의 한 손이 약간 움직이는 것을. 가라 가라, 제인은 가라—하는 듯이 약하게 움직이는 것을요.

제가 울자 엄마 옆에 있던 사람들이 뭐라고 낮은 소리로 말했어요. 혀를 끌끌 조그맣게 차는 사람도 있었어요. '불쌍한 것!' 그렇게 중얼거리는 사람도 있었고요.

결국 식당언니가 저를 밖으로 다시 데리고 나왔습니다. 그리고 저는 다시 여기로 왔어요. 집이 아닌 여기로 온 것입니다.

저는 자리에서 부시시 일어났습니다. 그러자 오정이도 눈을 반짝 떴어요.

저는 아침에 일어나면 반드시 '엄마야' 불렀지만 여기가 집이 아닌 것을 알았기 때문에 입을 꼭 다문 채 일어났어요. 그리고는 방문을 열고 밖으로 나왔습니다.

"같이 가자."

오정이가 방 속에서 소리쳤어요. 그래서 저는 더 가지 못하고 그 자리에 서 버렸어요. 그런데 오정이가 나오지 안잖아요. 저는 잠깐 서 있다가 마당으로 내려갔습니다.

이것은요, 제가 집에서 눈을 뜨면서,

"엄마야."

소리치면,

"그래, 엄마 여깄다."

엄마가 꼭꼭 대답했거든요. 그러면 저는 또 엄마가 있는 마당으로 꼭꼭 나갔던 거예요. 그럴 때마다 엄마가 뭐라는지 아세요?

"우리 제인이 많이 컸다. 이젠 눈을 떠도 울지도 않고."

제가 왜 웁니까. 그래도 전엔 많이 울었나 봐요. 그러니까 눈만 뜨면 엄마가 있는 마당으로 나가는 버릇이 있어서 지금도 저도 모르게 밖으로 나가는 거예요.

밖에 나왔는데 아무 것도 없어요. 마당이 맨들맨들하게 단단히 다져져 있을 뿐이지 아무 것도 없어요.

그때 누가 제 뒷머리를 확 잡아당겼습니다. 오정이었어요.

"아야!"

제가 비명을 질렀습니다. 그러자 오정이가,

"왜 같이 가자는데!"

저를 노려보는 거예요.

엄마는 오정이를 보면 '벌같이 날아와서 곰같이 할퀴는 애'라곤 했어요.

오정이는 저와 동갑인데 저하고 잘 놀다가도 정말 벌같이 날아와서 곰같이 저를 할퀴곤 했거든요. 어떤 때는 제 얼굴에 버얼건 줄이 생길 때도 있어요. 그래서 제가 큰소리로,

"아야!"

울어요. 별일도 없었는데 오정이가 가끔 그렇게 난데없이 할퀸답니다.

제가 오정이한테 언어맞으면 엄마는 잔뜩 화가 나는 모양이예요. 그래도 저한테 '너도 오정이처럼 빡 할켜 줘라' 한 적이 없어요. 제가 울면 엄마가 뭐라는지 아세요? 저를 꼭 보듬고,

"우리 제인이 착하지, 착하지. 우리 제인은 하루 열두 번을 울다가도 엄마가 예쁘다면 해해 웃지."

그러는 거예요. 그러면 저는 정말 엄마를 쳐다보며 '해해' 웃고 말아요. 그러나 지금은 아무도 저를 보고 예쁘다거나 착하다고 말

하는 사람이 없어요. 지금도 오정이가 제 머리를 빡 잡아끌었기 때문에 저는 아파서,

"앙!"

울었거든요. 그랬더니 이모가 부엌에서 얼굴을 쑤욱 내밀고.

"오정이한테 또 얻어맞았구나. 너는 왜 맞걸이를 못하고 울기만 하니."

저한테 역정을 내고는 오정이 머리를 쥐어박았어요.

"왜 제인을 밤낮 울려!"

하면서 말예요. 그래서 결국 오정이도 울고 저도 울고, 아침부터 둘이 다 울고 말았습니다.

그런데 그 아저씨가 나타난 것은 제가 여기에 와서 얼마쯤 되어서였을까요? 어떤 아저씨가 길가에 멍청하게 서있는 저를 물끄러미 보더니,

"네가 제인이 같은데 이놈이 너무 더럽구나."

이러는 거예요.

아저씨는 저를 옆구리에 끼고 개울로 데려가서 제 얼굴을 빽빽 씻어주고요, 목을 간질간질 돌려가며 닦고요, 그리고 자갈 위에 내려놨어요. 저는 오정이는 싫지만 집 앞의 이 개울은 참 좋아요. 엄마하고 제가 살던 서울에는 개울이 없었거든요.

아저씨는 제 옆에 앉아서 담배 한 대를 피어 물고 하늘에 대고 연기를 푸우하고 내뱉더니 이러는 거예요. "이놈이 언제 크냐, 이 손하고 발이 언제 크냐" 이러는 거예요.

그때,

"제인아 제인아."

이모가 부르는 소리가 들렸습니다. 저는 아저씨를 쳐다봤어요. 아저씨가 제 손을 잡고 개울가에서 일어났습니다. 아저씨는 천천히

이모가 서 있는 곳으로 다가갔어요.

그런데 두 사람이 얼굴을 마주했을 때 참으로 이상했어요. 이모가 아저씨를 노려보듯 하니까 아저씨가 머리를 옆으로 젓는 거예요.

"언제?"

이모가 짧게 묻더군요.

아저씨가,

"어제."

짧게 대답했어요.

"어이구!"

이모가 그 자리에 스르르 주저앉는 거예요. 그리고는 다시,

"언제?"

했어요.

"……어제……"

그러니까 그 '어제' 뭔가 있은 거지요. 나중에야 저는 그 '어제'의 뜻을 알았습니다. 그리고 그 '어제' 엄마가 죽었다는 것도 안 것입니다. 알았다기보다 느낀 것입니다.

엄마는 유언을 했습니다.

제가 아저씨라고 했던 그 아저씨는 아저씨가 아니고 제 오빠랍니다. 우리 아빠는 제가 갓난쟁일 때 돌아가셨는데 그 아빠의 아들이 아저씨였든 거지요. 아저씨의 엄마는 따로 있었고요. 이렇게 설명하면 복잡한 것 같지만 간단합니다. 아저씨의 엄마가 돌아가셔서 우리 엄마가 아빠의 부인이 된 거구요, 저는 아주 늦둥이로 태어났기 때문에 아빠를 일찍 여인 거지요. 그러니까 아저씨는 제 오빠가 되고요.

엄마는 돌아가시기 전에 얼마간의 돈을 오빠한테 맡겼답니다. 그리고 저도 오빠한테 맡기고 싶었지만 오빠가 아직 장가도 가지 않았기 때문에 이모가 저를 키우고 그 대신 오빠가 다달이 이모한테 얼마씩 돈을 드리기로 했답니다. 이모나 이모부가 너무 어리숙해서 그 돈을 날릴까봐 그랬다는 겁니다.

그 소리를 듣고 이모가 팔짝 뛰었답니다. 자식은 자기한테 키우라면서 돈은 남을 줬다고요. 이모는 너무 화가 나서 저를 당장 오빠에게 보내버렸습니다.

배꽃 아파트 6동 203호.

그 아파트는 손바닥 만했습니다. 오빠하고 제가 살아야 하는 아파트가요.

오빠가 회사에 나가면서 저는 '어린이 놀이방'에 맡겨집니다. 유치원에는 다신 가지 못했어요. 또 오빠가 출장이라는 것을 가면 제가 혼자서 자는 날도 있었습니다. 자주는 아니었어도 얼마나 무서운지 아세요? 저는 한밤중에 일어나서 울다가 자다가, 울다가 자다가 했습니다. 그리고 더 나쁜 일이 찾아 왔습니다. 오빠에게 애인이 생긴 겁니다. 그런데 이 애인이 저를 눈의 가시처럼 여겼어요. 손바닥만한 집에 무슨 애냐고요.

"저 앨 내보내던지 더 큰 데로 이살 가던지."

오빠 애인은 제 앞에서 서슴없이 그런 말을 했습니다.

"큰 델 어떻게……"

오빠가 우물쭈물하면,

"맡은 거 있다면서? 그걸 갖고 당연히 큰 델 가야 하는 거 아냐, 저 앨 키우자면. 그래서 맡긴 돈 아냐?"

돈이라는 건 정말 나쁜 건가봐요. 이모도 그 돈 때문에 저를 오빠한테로 쫓았는데 그 돈 때문에 오빠 애인이 또 오빠를 괴롭히고 있었어요.

오빠는 결국 조금 더 큰 데로 이사를 갔고 그 애인하고 결혼도 했습니다. 저는 초등학교에 들어갔고요.

오빠하고 새언니는 맞벌이부부였습니다. 저는 목에다 아파트 열쇠를 길게 늘어뜨리고 살았습니다.

그런데 저는 늘 배가 고픈 거예요. 아침부터 오빠하고 새언니가 휙하고 나가 버리면 저는 그들이 먹다 남긴 빵부스러기를 주워 먹고, 제 것은 아무 것도 없었으니까요. 빵부스러기도 없으면 우유를 마시고 우유도 없으면 물을 마십니다. 먹다 남긴 반찬도 뒤져서 먹고요.

오빠하고 둘이 있었을 때가 훨씬 좋았습니다. 그때는 오빠가 빵 하나를 먹으면 저도 하나를 먹었거든요. 오빠 꺼하고 제 것, 오빠는 꼭 그렇게 두 개를 사왔습니다. 제가 엄마 생각이 나서 훌쩍거리면 눈물도 닦아줬고요.

그러나 새언니는 제 것을 사지 않아요. 저라는 애가 머리 속에 없는 겁니다. 오빠는 모든 것을 새언니한테 맡깁니다. 오빠가 제 것을 챙기면 새언니가 너무너무 화를 내서요.

"자기 그럴 거야? 내가 알아서 하는데 그럴 거냐구! 증말 신경질 나네. 그러니깐 시설에 보내자구!"

시설이라는 말만 나오면 오빠는 찔끔합니다. 시설에만은 저를 보내고 싶지 않은 모양입니다.

시설이라는 데가 어떤 뎁니까. 아주 나쁜 덴가요? 아이들 배고프고 늘 혼자 있어야 하고, 겨울에 손이 터도 돌봐주는 사람이 없고 옷이 작아져도 사주는 사람이 없는 그런 덴가요?

제 옷은 모두 작습니다. 아이들은 빨리빨리 크잖아요. 그러나 저에게는 새 옷이 없어서 저는 경비실 옆에 헌 옷 모아두는 델 가서 제가 입을만한 걸 골라올 때도 있습니다. 그러면서 저는 1학년, 2학년, 3학년이 되었습니다.

그래도 3학년까지는 모든 걸 참았습니다. 새언니가 아침에 벗어 던진 옷들도 치우고요, 설거지도 하고, 집안 청소도 했습니다. 이 집에서 살아남기 위해서였어요. 저는 이미 유치원생이 아니고 시설이라는 게 고아원이라는 것도 압니다. 저는 고아원 아이만은 되고 싶지 않았어요.

그런데 4학년이 되니까 제 머리가 커진 탓일까요. 저는 차라리 고아원이 낫겠다는 생각이 들었습니다. 그러면서 저는 이제는 더 이상 참으면서 살 수가 없었습니다. 엄마가 '착하지 착하지' 했던 제인이 사라져버린 겁니다. 저는 남의 물건에 손을 대게 됐습니다. 기껏해야 고아원 밖에 더 가겠어. 이러면서 말입니다.

늘 갖고 싶었던 빤짝이 머리핀을 문방구에서 훔쳤습니다. 너무나 먹고 싶었던 초코빵을 빵가게에서 훔쳤습니다. 양말, 팬티도 훔쳤습니다. 모두 성공을 했습니다. 훔치는 순간에는 심장이 깨어지는 것 같고 돌아서 나올 땐 '얏!' 소리가 날아올 것만 같은 그 숨 막히는 무서움. 그러나 성공하지 않았습니까. 할만하네요.

하늘에 계신 우리 엄마, 제가 이렇게 됐답니다. 다 엄마가 없기 때문이에요. 저를 꼬옥 껴안고 우리 제인이 착하지, 그렇게 사랑해 주는 사람이 없기 때문이에요. 그런데 엄마 얼굴이 떠오르지 않네요. 식당언니가 저와 헤어지면서,

"내가 시집만 갔다면 널 키우는데. 그래도 씩씩하게 잘 커야 한다, 엄마 얼굴 잊지 말고."

그런데 엄마 얼굴이 생각이 나지 않아요.

엄마 생각하지 말아야지. 내가 훔치는 거 엄마가 좋아할 리 없으니까.

저는 학교에서는 훔치지 않았는데 그 날 훔쳤답니다. 어떤 아이 신주머니에서 돈을 훔쳤습니다. 그 아이는 선생님에게 고했고 선생님은 화가 나서 조사를 했습니다. 아이들더러 눈을 감게 하고 훔친 아이는 조용히 일어나라고 한 것입니다.

물론 저는 일어나지 않았습니다.

10분. 선생님은 10분을 기다렸습니다. 그리고 다시 10분, 다시 10분.

저는 숨이 막혀 왔습니다. 선생님이 조용히 다시 10분! 했습니다. 40분 째입니다. 아이들이 웅성거리기 시작했습니다. 그러자 선생님이,

"마지막이다. 10분!"

소리치는 것이 아니겠습니까. 더는 참을 수가 없었습니다. 저는 일어났습니다. 선생님이 입을 꾹 다물고 아이들이 눈을 뜨기 전에 저를 앉게했습니다.

그 날 선생님은 저를 빈 교실에 불러 앉혀놓고 여러 가지를 물어보았습니다. 그래서 저는 선생님에게 고아원에 가고 싶다고 했습니다.

"고아원에?"

"저는 고아예요."

다음 날도 선생님은 저를 불러서,

"배가 고파?"

그러면서 김밥을 주었습니다. 그리고 다음 날에는 필통에다 여러 가지 학용품을 담아가지고 와서 주었습니다. 또 선생님은 공부가 끝난 뒤에 저를 오래서 이야기책을 줄 때도 있었습니다. 생일에는 T셔츠를 주시기도 하고요, 생일에 선물을 받아보는 것은 엄마가 돌아가시고 나서 처음이에요. 그 날도 저는 선생님에게 고아원에 보

내달라고 했어요. 제 눈에서 눈물이 떨어지는 것을 본 선생님이 자기도 울어 버렸습니다.

"그래도 제인아, 고아원에 어떻게 가니."

하면서 말입니다.

어느 새 선생님은 제 사정을 다 알게 되었습니다. 5학년이 되어서 선생님이 바뀌었지만 그리고 다시 6학년이 되었지만 선생님은 제 생일을 꼭 챙겨 주셨고 시간을 만들어서 저와 이야기를 나눠주셨습니다. 과일이며 빵도 많이 얻어먹었습니다. 그리고 저는 더 이상 남의 물건을 훔치지 않았습니다.

이제 곧 중학생이 되어야 할 텐데 제가 과연 중학생이 될 수 있을지. 새언니는 무슨 일이 있을 때마다 저 때문에 모든 일들이 꼬이기만 한다고 합니다. 지금의 집을 팔고 더 큰 집에 가야 하는데 지금 사는 집이 안 팔리는 것도, 또 오빠가 과장이 되지 못하는 것도 모두 저 때문이라고 합니다.

"요새 애들은 가출도 잘 하던데. 제 힘으로 산다고."

이건 저더러 나가라는 거 아니겠습니까.

"이모한테 가던지. 이모가 시골에 있다면서?"

이런 말도 합니다. 전에는 오빠가 없으면 했는데 이젠 오빠가 있거나 말거나 벙벙해요. 애기가 하나 생겼는데 그 애기를 제가 보지 않고 학교에 가는 게 참을 수 없는 모양이에요.

가출 가출, 제가 가출을 열심히 생각하는 것을 선생님이 아셨는지 어느 날 선생님이 절 불러서 이러시는 거예요.

"제인아, 선생님이 전에, 전에 가르치던 애가 하나 있었는데 아주 씩씩한 남자애였어. 그 애가 교통사고로 죽었단다. 그 애 엄마를 얼마 전에 만났는데 그 애 같은 애를 하나 길렀으면 하더라. 지금은 웃을 일이 없는데 그 애 같은 애를 하나 기르면 웃으면서 살

것 같다면서. 어때 제인아, 그 집 애 되는 거?"
"그 애는 남자애였다면서요?"
"여자애를 기르고 싶대."
"고아원 가는 것하고 어느 게 좋을까요, 선생님?"
"글쎄, 네 생각은? 고아원에 가도 고아원에서는 양부모 알지? 양부모를 열심히 찾거든. 고아원보다 양부모가 좋으니까 그렇겠지?"

운명. 좀 어려운 말로 해서 사람의 운명이라는 것이 이런 것일까요. 저는 가출하는 대신에 여기 엄마한테로 왔답니다.

여기 엄마—여기 엄마는 저처럼 불쌍한 것 같았어요. 조그만 아파트에서 혼자 살고 있었으니까요. 저는 혼자가 너무너무 싫거든요. 싫다기보다 무서워요. 여기 엄마도 혼자가 싫고 무서워서 나 같은 앨 데려왔는지 몰라.

아, 불쌍한 제인. 중학생이 되었는데도 아직 아무 것도 준비 못한 제인. 그래서 중학교에 아직 한 번도 가보지 못한 제인. 그런데 여기 엄마는요, 우선 저를 중학교부터 보냈습니다. 이제 여기라는 말을 빼고 엄마라고만 하겠어요. 엄마는 아파트 단지 안의 상가에서 조그만 반찬가게를 하고 있었어요.

엄마는 제 교복이람 가방이람 양말, 팬티 다 준비하면서,
"어디 맞나 보자. 너무 크나? 그래도 3년을 입어야지."
하면서 제 몸이 두 개쯤 들어갈 옷을 골랐답니다. 그래도 저는 꾹 참았습니다. 참는데는 이골이 나 있거든요. 이 옷을 입고 학교엘 간다고 생각하니까 몸이 두 개쯤 들어가는 거 참을 수가 있었습니다. 그런데 학교엘 가보니까 저처럼 훌렁훌렁한 교복을 입고 온 애들이 수두룩했습니다. 모두 3년을 입으려고요. 저는 웃음이 나왔습니다. 아니 제가 웃다니요.

엄마는 늘 바빴습니다. 반찬거리를 사오고 그것을 다듬고 씻어서 반찬을 만들고. 그야말로 손에서 물이 마를 새가 없었습니다.

엄마는 반찬을 만들면 우선 저한테,

"맛 좀 볼래?"

입을 하아 벌리게 해서 맛을 보게 했습니다.

그 반찬은 너무너무 맛이 있었습니다. 저는 그 반찬으로 밥을 꿀꺽 꿀꺽 먹습니다. 세상에 이렇게 맛이 있는 반찬도 있다니요. 엄마는 제가 너무 밥을 게걸스럽게 먹으니까 걱정을 했어요.

"제인아 천천히 먹어. 체할라."

저는 슬그머니 숟갈을 놓고 엄마를 쳐다봅니다. 그러면 엄마가 웃고 있는 거예요. 저는 다시 숟갈을 집어 들고 밥을 다시 먹습니다. 이만하면 제가 좋은 델 온 거 아닐까요? 그러나 세상은 그렇게 만만한 게 아닌가 봅니다.

어느 날 그 아저씨가 나타났습니다. 엄마 남편이라는 사람이요. 술이 잔뜩 취해서 엄마더러 돈을 내 놓으라는 겁니다. 달라, 못 준다. 싸움이 벌어지고 아저씨가 엄마를 때렸습니다. 살림을 부수고, 있는 돈 다 뺏고. 이런 일이 가끔씩 일어났습니다.

엄마 돈 다 뺏으면 우리는 어떻게 살아, 학교는 어떻게 가고?

그래도 엄마는 저를 학교에 보내려고 열심히 반찬을 만들었습니다. 아저씨 때문에 제가 겁을 먹고 이 집 아이 안 하겠다고 할까봐 그걸 마치 겁이라도 내듯이,

"너 하나 공부 못 시키겠니."

하면서 물에 손을 담그고 사는 거예요.

저는 결심을 했습니다. 아저씨가 싫고 무섭지만 결코 엄마 곁을 떠나지 않을 거라고요. 갈 데도 물론 없지만 있어도 안 갈 겁니다. 엄마가 저를 위해서 물에 손을 담그고 사는 한 안 갈 겁니다. 아저

씨만 엄마 돈을 뺏어가지 않으면 정말 좋을 텐데……

우리는 겨우겨우 살아가는 것 같았습니다. 그러면서도 저는 중학교를 마쳤습니다. 그리고 엄마는 힘이 들 텐데도 저를 정보고등학교에 보내 주었습니다. 이제 엄마하고 저는 하루도 떨어져서는 못 사는 사이가 된 것 같았습니다. 그래요. 저는 엄마를 생각하면 1초라도 빨리 집에 달려가고 싶어집니다.

"제인아, 어서 우유부터 먹어. 키가 후울적 더 커야지."

이런 말은 아무도 저한테 하지 않았는데 엄마는 저만 보면 우유를 자꾸 먹으라고 성홥니다. 요즘은 여자도 키가 커야 보기 좋드라면서 우유, 우유 하는 거예요. 그런 영양학은 어디서 들으셨는지.

어느 날입니다. 학교가 다 끝났을 때쯤에 누가 저를 찾는다고 합니다.

누굴까? 설마 오정이는 아니겠지. 어머, 오정이가 왜 난데없이 나와. 그 심술꾸러길. 그럼 식당언닌가? 언니가 시집가면 날 기른다고 했으니까. 저는 까맣게 잊고 있던 오정이며 식당언니가 떠올라서 비시시 웃었습니다.

그러나 복도에서 저를 기다리고 있는 사람은 오빠였습니다. 오빠 집을 나오고 나서 한 번도 만난 일이 없었던 오빠. 저는 갑자기 다리가 떨려 왔습니다. 빵, 고아원, 훔친 핀, 추웠던 겨울날의 터서 피가 맺었던 그 작은 손……그런 것들이 한꺼번에 밀려들면서 다리가 벌벌 떨렸던 것입니다.

오빠는 별 말이 없었습니다. 그저 저하고 함께 걸어서 근처에 있는 빵집으로 들어갔습니다.

오빠는 낮은 목소리로 저한테 공부만 열심히 하라고 했습니다. 대학은 꼭 자기가 시켜주겠다면서요. 정 자기가 못시킬 때는 저더러 아르바이트라도 할 생각을 하라면서 대학에 갈 대비를 하라는 겁니다. 저도 고2가 된 걸요.

"……니 엄마가 자기 동생보다 날 믿었는데……"

이제 저는 알지요. 저 세상의 엄마가 맡긴 돈을 오빠가 써버렸다는 것을. 아니, 새언니 등살에 할 수없이 써버렸다는 것을. 그래도 오빠가 써버린 건 써버린 겁니다. 누구 탓을 할 일이 아닙니다. 저는 그렇게 생각합니다.

새언니—지금도 복수심을 들끓게 하는 새언니. 그때의 그 배고팠던 나날, 걸핏하면 시설에 보내자던 말. 밤낮 째려보던 그 독한 눈길.

대학공부를 시켜준다고요? 초등학교 가는 것도 미워했던 새언니가 있는데 그 새언니한테 꼼짝 못했던 오빠가 무슨 재주로 절 대학공부를 시켜요?

오빠가 저한테 돈을 주었어요. 대학에 가면 입학금은 될 거라면서요. 아, 놀래라. 오빠 말인즉슨 제 이름으로 통장을 하나 만들려고 했는데 은행에서 가져오라는 게 너무 많아서 돈으로 가져 왔대요. 제가 미성년자이기 때문에. 그러면서 오빠가 물었어요.

"학교에서 아이들마다 통장 하나씩 만들어 주던데 그런 거 있냐?"

물론 있지요. 많이 저금은 못했지만 그래도 학생들은 다들 통장 하나는 갖고 있으니까요. 그러나 저는 오빠한테 있다 없다 말을 하지 않았습니다.

오빠가 꽤 두툼한 돈 봉투를 제 가방 속에 넣어 주었습니다. 그리고 우리 집 주소하고 전화번호를 적고, 저한테는 자기 직장하고 휴대폰 번호를 적어 주었습니다. 저는 문득 그 옛날에 오빠가 개울에서 제 얼굴이며 손발을 씻어 주던 일, "이놈 더러워 더러워" 하던 일이 생각났습니다. 오빠가 돈을 주니까 글쎄 금방 그런 생각이 나네요. 돈이란 참말 요상한 거야. 아니, 우리 오빤 본시 가슴은 따뜻했어. 그렇지 않았다면 하늘의 엄마가 오빠를 믿었겠어. 자기 동생보다 더 믿었겠냐고.

"널 보낸 뒤에 오빤 너무 괴로웠다……"

저와 헤어지면서 오빠가 그 말 한마디를 했습니다. 저는,

"괜찮아요."

빙긋 웃으며 대답했습니다.

이 말은 사실이니까요. 제가 오빠한테 계속 있었다면 정말 못된 애가 됐을 거예요. 도둑질도 계속 했을 것이고 그보다 먼저 가출을 했을 거예요. 거리를 헤매고, 생각만 해도 그야말로 가슴이 썰렁해 집니다.

아, 나의 선생님. 제가 그 선생님을 잊고 살았군요.

저는 오빠와 헤어지고 나서 그 길로 그 초등학교를 찾아갔습니다. 아직도 그 학교에 있을지 긴가민가했는데 그 학교에는 역시 안 계셨습니다. 결혼을 하고 신랑과 함께 뉴질랜드에로 이민을 갔다고 합니다.

저는 그 선생님의 주소를 찾아낼 겁니다. 그게 그렇게 어려운 일은 아닐 거예요. 알아내서 엄마하고 제가 함께 찍은 사진도 보내고, 엄마가 글쎄 그 힘든 살림에서 저를 대학에 보낸다고 학원 공부를 시키는 것도 알리고, 인문계를 보낼 껄 정보고등학교로 잘못 보냈다고 저한테 미안해 하는 것도 알리고. 그때는 엄마하고 제가 정보고등학교 쪽이 취업하기 쉽댄다고 그쪽으로 정했거든요. 그런데 엄마가 누구한테 무슨 소리를 들었는지 요샌 자꾸 인문계 고등학교로 보내지 않은 걸 후회한답니다.

저는 사실 괜찮거든요. 공부를 많이 하는 것도 좋지만 저한테 맞는 길을 빨리 찾는 것도 좋잖아요. 제가 공부에 소질이 없어서인지

는 모르지만. 제가 그렇게 말하면 엄마가,

"공부가 좋아서 하는 사람 없다. 싫어도 잘되려고 다들 열심히 하는 거지. 난 공부 많이 한 여자가 젤로 부럽더라."

이래요. 극성엄마가 다 됐어요. 제가 엄마를 도와드리는 것보다 공부를 하면 더 좋아하니까요. 선생님한테 이렇게 알려드릴 일이 많아요. 그 동안 선생님을 왜 잊고 살았을까. 아니, 잊은 게 아니었어요. 제가 적극적으로 선생님을 찾을 생각을 안 했던 거지요. 그러다가 오빠를 만나니까 선생님 생각이 마구마구 났던 겁니다.

오빠가 준 돈을 어떻게 할까. 사고 싶었던 것들 살까. 나도 남부럽지 않게 돈을 쓸 수 있다는 걸 애들한테 보여 줄까? 엄마는 PC방, 노래방 같은 데를 다 나쁜 곳이라고 생각하니까요. 그런 델 가서 춤을 한바탕 추고…….

그때 하늘의 엄마 생각이 났습니다. 하늘의 엄마가 오빠한테 맡긴 돈이 저한테 도움이 되었던가요? 아니지요. 저는 이 돈을 엄마한테 맡길 겁니다. 이 엄마가 없으면 저는 죽어야 하니까요. 다신 그 외롭고 슬프고 배고픈 아이가 되고 싶지 않으니까요.

저는 엄마에게 돈 봉투를 내놓으면서 오빠가 찾아온 얘기를 했습니다.

엄마 첫마디가 뭔지 아세요?

"싹싹 빌면서 같이 살자던?"

"엄마!"

다음에 엄마가 이랬어요.

"니가 없으면 난 못산다!"

그건 제가 제일 듣고 싶었던 말입니다. 제 눈에서 눈물이 흘러내렸습니다. 저는 울면서 말했습니다.

"여기가 내 집이예요. 죽을 때까지 내 집이예요!"

엄마하고 저는 손을 맞잡고 울었습니다.

엄마는 그 돈을 제 통장에 넣게 했습니다. 그리고 그 통장을 엄마에게 맡기라는 거예요. 그러면 엄마도 못 찾고 저도 못 찾는다는 겁니다. 돈을 더 통장에 넣어야 할 때는 통장을 내주겠지만 넣고 나면 다시 회수하겠대요. 전에는 통장 같은데 관심도 없었는데 액수가 커지니까 마음이 쓰이는 모양이예요.

"돈을 막 써버리면 안되니까 엄마가 맡으마."

저는 돈을 써보고 싶었던 일이 생각났지만 시치미를 떼고 말했어요.

"꼭꼭 저금해 둘 거예요 엄마."

"돈이란 좋고도 더러운 거란다. 지금까지 잘 컸는데."

"앞으로도 잘 클 텐데 뭘."

제가 약간 콧소리로 말했습니다.

"그럼 제인을 믿고 내줄까."

"아니야 아냐. 제 맘을 저도 몰라요."

"그 인간만 나타나지 않음 우린 아무 걱정이 없다."

엄마가 기분이 좋아서 말했습니다.

그 인간이란 물론 폭력을 휘두르는 그 아저씨 말이지요.

"그 동안 꽤 잠잠했는데. 요새 같으면 정말 살겠다. 돈도 조금씩 모아진다."

"돈을 왜 뺏겨요, 엄마는?"

제가 따지듯이 말했어요. 저 같으면 절대로 뺏기지 않는다는 생각을 했거든요.

"이웃이 창피하고. 그 황소 힘을 당할 수가 있냐."

"그 때문이예요?"

"그럼 뭣 때문이겠니."

"그렇다면 엄마, 이젠 그렇게 못하게 할 거예요. 내가 그럴 거예요. 엄만 요새 법도 몰라요? 요새는요, 남편이라도 아내를 때리고 그러면 붙잡혀 간다구요. 재판을 하면 엄마한테 가까이 오지도 못해요. 그런 거, 엄마 몰라요?"

"듣긴 들었다만……"

"그러니깐 이제부턴 내가 엄말 지킬 거예요. 절대로 엄마한테 손을 못 대게 할 거예요. 손을 대면 경찰에 고발할 거예요. 그럼 붙잡혀 간다니깐요. 엄마, 신문 못 봤어요? 한 집에 살아도 법에서 접근 못한다, 하면 엄마한테 접근 못하는 거예요. 지금은 그런 세상이라니깐요. 돈을 왜 뺏겨요 뺏기길. 엄만 바보라니깐."

바보라니까 엄마가 좋아해요.

"그래, 나는 제인이 하나 믿고 살란다. 그 인간만 아니면 너 잘 커주지, 엄만 더 바랄 게 없다."

"믿어도 돼요. 나 이제 고2잖아요. 이만큼 컸잖아요. 힘도 되게 세단 말예요."

"그래. 자식이 크면 부모도 함부로 못한다더라. 우리 제인이 많이 컸지."

엄마는 새삼스레 저를 뜯어보았습니다. 그래요. 저는 많이 컸습니다. 그래서 내킨 김에 이렇게 말했답니다.

"엄마하고 죽을 때까지 같이 살 거야. 시집 같은 거 안가고 엄마 지키면서."

그러자 엄마가 소리를 내어 웃었습니다. 그러면서 말했습니다.

"처녀가 시집 안 간다는 거짓말, 엄마더러 믿으라고?"

하늘에 계신 우리 엄마, 저는 그 엄마에게 걸고 맹세하겠습니다. 여기 엄마의 힘이 되는 딸이 꼭 되겠습니다. 그리고 오늘 밤 뉴질랜드에 이민 간 그 선생님에게 편지를 쓰겠습니다. 지금의 이 뜨거운 가슴으로 쓰겠습니다. 저를 이렇게 일어서게 도와 준 그들의 사랑에 뜨거운 감사를 하면서요.

어머니의 이름으로

내 어머니가, 내 어머니가 아니면 내 운명이 어떻게 달라졌을까, 성규도 그런 상상을 해본 일은 있었다. 그러면 엉뚱한 장면이 떠올라서 마음이 좀 이상해진다거나 하는 일이라고는 없었다. 내 어머니가 내 어머니라는 사실이 너무도 분명한데 다리 밑에서 주워왔다는 그런 말이 먹혀들 나이도 아니고 그러니까 어머니는 그저 어머니였다. 배를 앞으로 조금 내밀고 걸어서 아무래도 그 때문이겠지. 성질도 약간은 있어 보이는 내 어머니. 그러나 아버지에 대해서는 달랐다.

도대체가 아버지라고 하니까 아버진가 하는데 아버지 같은 데라고는 하나도 없었다. 아버지라면 보통 집에서 먹고 자면서 처자를 먹여살리는 게 아버진데 성규는 아버지를 청계천의 시장바닥에서 만났다.

만났다는 말도 이상하다. 그러나 시장바닥에서 만난 것이 사실이고 성규가 워낙 시장바닥에서 큰 아이였다.

성규는 아마 낳자마자 어머니 등에 업혀서 시장바닥으로 나왔을 것이다. 어머니는 시장바닥에서 하루를 벌어서 하루를 살았다. 성규가 아주 어렸을 때는 좌판에다 고무신을 벌려놓고 팔았다는데 성규에게 그때의 기억은 없고 어머니가 미제 구호품 장사를 했을 때부터의 기억은 더러 남아 있었다. 그러니까 여섯, 일곱 살은 됐을 때가 아닐까 그때가.

성규에게 아버지라는 자가 등장하는 것도 그때쯤일 것이다. 생각이 나다가 말다가 하는 나이 때. 등장이라는 말이 옳았다. 그 전에 등장을 했어도 그때의 기억은 없고 어느 날 성규의 눈에 그 사나이가 들어왔다.

그는 그때까지도 여전히 어머니를 따라다니며 살았다. 어머니는 그를 맡길 데도 없고 그래서 달고 다닐 수밖에 없는 처지였던가 보았다. 그러다 보니까 애가 혼자서 돌아다니게 됐을 때쯤에는 자주 잃어버리기도 했다는데 기억에 없는 그때의 이야기를 어머니가 더러 들려주곤 했다.

"너 같은 애는 없지. 어이구 말도 마라 야."

왜? 하고 물으면 무슨 애가 앞으로만 갈 줄을 알았지 돌아서 다시 오는 걸 몰랐다는 것이다. 그래서 앞으로만 가다가 엄마가 없으면 울고 우는 애를 파출소에 맡기는 사람도 있어서 어머니는 파출소에서 그를 업어오는 일도 있었고 또 요행히 아는 사람이 데려다 주는 일도 있었다. 그럴 때면 엄마가 정신이 나가서 그를 꽉 껴안다가도,

"아이고 이놈아!"

그의 궁둥이를 때렸다.

"너 때문에 내가 못산다. 너 때문에 아줌마 아저씨들이 장사도 못하구, 아이구 너 때문에!"

어머니로서는 아줌마 아저씨들께 폐를 끼치는 게 제일 미안스러웠다. 자식 키우는 사람들이니까 아이가 없어지면 옆에서들 함께 찾기 마련이었다. 모두가 고만고만한 자리에서 고만고만한 물건들을 팔아 가지고 그럭저럭 사는 사람들인데. 이래서 다음에 아이가 없어졌을 때는 어머니가 아무에게도 말을 못하고 혼자서 뛰어야 했다.

한번은 장바닥에 약장사가 왔는데 성규는 그 약장사의 원숭이한테 홀려서, 그것도 머리털이 다 빠져서 지저분한 약장사 원숭이한테 홀려 가지고 원숭이 따라서 함께 갔다.

얼마를 찾아 헤맸을까, 말도 못하고, 어머니가. 결국은 아줌마 아저씨들이 다 일어섰고 아저씨들이 자전거까지 타고 나서가지고 그 중의 한 아저씨가 낙원시장에서 울고 있는 성규를 찾아 자전거 뒤꽁무니에 태워가지고 돌아왔다. 네 살 때였다고 한다. 청계천 5가에서 낙원시장에까지 올라갔으니 그때 어머니는 너무나 혼이 나서 그 후로는 그의 발목하고 어머니 손목하고를 굵은 고무줄로 짜매두기도 했단다.

"그때 못 찾았으문 아이구 이놈아, 성규야."

그때 생각을 하면 지금도 오금이 저린 얼굴이었다. 어머니 말이, 아이 잃어버리는 것하고 죽는 게 어느 것이 고통이 더하고 덜하다고 말할 수가 없을 것 같다는 것이었다.

물건을 떼어 와서 팔고 그날그날 장사한 돈에서 일수를 내고 또 뭐를 내고, 해가 지면 물건을 꾸려가지고 보관소에 맡기고 그래서 성규를 키우는 그들 모자의 단순한 그림 속으로 한 사나이가 들어선다. 어머니는 그에게 그 사나이가 아버지라고 가르쳐주지 않았다.

언제 온지도 모르게 와선 어머니 좌판 귀퉁이에 서있는 사나이. 그리고 언제부터인지도 모르게 그 사나이를 알아보게 된 성규. 여름에는 밀짚모자를 눌러썼고 추워지면 귀마개가 달리고 챙이 쭈욱 빠진 검정 모자를 반드시 쓰고 있었다. 얼굴에 마스크를 쓰고 있을 때가 많았는데 입 꼬리 한쪽이 올라붙어 있었다.

어머니는 그 사나이가 한옆에 와서 서면 갑자기 손마디의 힘이 빠진 것 같은 느린 동작으로 꾸무럭꾸무럭 뭔가를 챙겨서 건네었다. 오므린 손아귀를 표나지 않게 펴서. 사나이도 건네주는 것에 허겁지겁 달려들지는 않았다. 그러나 받지 않는 일은 없었다. 그들이 그런 동작을 하면서 말을 주고받는지 어쩐지는 모르지만 주고받는다 해도 성규의 귀에 뚜렷이 들려오는 말은 없었다.

사나이는 성규를 눈여겨보는 일이 없었고 몇 살이냐고 묻는 일도 없었다. 성규는 커갔고 그 사나이가 나타나서 어머니에게 돈을 받아간다는 것도 알게 되었다.

누구지?

성규는 돈이 없으면 자기 모자가 굶는다는 것을 잘 알고 있었다. 시장바닥에서는 매일 돈 때문에 싸움이 붙고 심한 욕지거리가 오갔다. 피를 흘리는 일도 있었다. 돈 때문에 그는 추워도 더워도 참으면서 어머니를 따라다녔다. 그러면서 어머니 손바닥에 떨어지는 한 푼 두푼의 돈이 목숨이라는 것을 너무 일직부터 알면서 컸다.

어머니한테 돈을 받아가는 그 자가 대체 누구야! 물건값 갚아야하고 밥값 갚아야하고 자릿세, 무슨 유지비, 보관소 어저씨한테도 돈을 줘야하고 곗돈, 경조사 때마다…… 그런 돈을 받으러오는 아저씨, 아주머니도 싫은데 그것도 아니면서 어머니가 군소리 못하면서 돈을 내주는 그 자가 대체 누구냐 말이다.

그러나 성규가 더 눈이 뒤집힐 일이 일어났다.

성규네는 6·25때 함포사격을 받아서 집이 몽땅 날아간 조그만 빈터에다 방 하나, 부엌 하나의 하꼬방을 드려서 살고 있었다. 어머니는 그런 집에라도 사는 것을 너무나 다행스러워 하는 것 같았다.

하기사 그 시절에는 빈터가 다 자기 땅이었다. 그래서 버려진 땅만 보면 사람들이 거기에다 뚝딱 하꼬방을 드려가지고 살았다. 그러나 땅임자는 나타나기 마련이어서 자기 땅을 찾아오는데 하꼬방 임자들이 순순히 물러나지 않았다. 남의 땅에라도 살면 임자라나 그런 어거지를 쓰기도 하고 좀 유식하면 연고권이 있다, 어쩐다 하면서 자기들한테도 권리가 있다고 가슴을 내밀었다. 결국은 싸움이 붙어서 재판에 간다 만다하다가 땅임자가 얼마간의 돈을 물러나는 사람에게 쥐어주었다.

그러나 어머니는 쫓겨나는 걱정은 하는 것 같지 않았다.

"여긴 우리 땅이니까."

우리 땅이라고 큰소리치던 사람들이 어느 날 너저분한 짐을 말아서 떠나는 것을 더러 보았는데 어머니까지 남의 땅을 우리 땅이라고는 하지 않겠지. 그렇다면 어머니 말이 사실이라면 그렇다면 이 하꼬방이 그들 모자에게는 글자 그대로 스위트홈이었다.

즐거운 곳에서는 날 오라 하여도

내 쉴 곳은 작은 집 내 집뿐이리

……오 사랑 나의 집……

스위트 스위트 스위트홈! 어머니가 스위트홈에서 곯아떨어져 고단한 몸을 풀고 성규가 그 옆에서 무슨 잠꼬대를 우물거리며 단잠에 빠지고—성규에게 가장 행복했던 시절이다.

그런데 그 행복이 깨지는 날이 온 것이다. 어느 날 밤이다. 그는 어머니한테 달라붙어서 자고 있는 그 사나이를 발견했다. 어머니를 가운데에 두고 성규하고 사나이가 양옆에서 자고 있었던 것이다.

어째서 그 사나이다! 한눈에 그렇게 생각했을까. 잠을 덜 깨서 비몽사몽이었을 텐데…… 어째서 악! 소리를 치지 않았을까. 언제나 둘이서 잤는데 난데없는 사나이가 있었는데도…….

성규는 어머니를 깨우지 않고 떨면서 일어나 가지고 어머니 옆에 있는 그 얼굴을 찬찬히 보게 되었다. 처음이었다.

시장바닥에서 곁눈질로 봤을 때도 그랬는데 그 얼굴은 일그러졌다고 해야 할까, 비틀어졌다고 해야 할까. 아니다, 몸 전체가 일그러지고 비틀어져 보였다. 옷도 입은 채…… 그 꼴은 스위트홈하고는 거리가 아득한 뭐라고 해야 할까, 그렇다, 골병으로 찌들고 찌든 가이없는 모습이었다. 시꺼먼 모자가 머리에서 빠져서 뒹굴고 있는데 그 모자는 잘려나간 얼굴 하나가 얼굴 위에 더 있는 것 같았다.

이 자가 돈을 얻어갈 때마다 성규는 총을 탕 쏴주고 싶다고 생각했었다. 그러나 어머니가 하는 일이었다.

그래, 어렸을 때는 너무 어려서 아무 분간도 못했다고 치자. 그러나 지금은 어엿한 학생이다. 그런데도 성규는 퉁퉁 부어서 심술을 부리는 일은 있어도 어머니를 함부로 하지 못했다. 돈을 버는 어머니는 절대자였다. 그래서 어머니가 이 자에게 돈을 주어도 어머니는 어쩌지 못하고 이 자에 대한 미움만 키워왔다. 언젠가 쏴버릴 거야!

그런데, 그런데 이런 일이 언제부터 있어왔는가. 그가 동서남북을 몰랐을 때부터인가!

싫다아, 엄마!

엄마 하나 성규 하나, 성규 하나면 된다고 한 엄마였는데—목구멍에서부터 치받쳐 오르는 엄마에 대한 서러움으로 그는 두 어깨를 오므리고 상체를 떨었다.

아침에 눈을 떠보니 사내는 없었다. 언제나처럼 그와 어머니가 마주앉아서 밥을 먹었다. 그래도 간밤에 있은 일이 절대로 꿈은 아니었다. 그러나 이런 일이 자주 있는 것은 아니었다.

모르지. 그가 정신없이 한밤을 내쳐서 자고 그자가 감쪽같이 새벽에 사라졌다면, 그렇다면 매일매일 다녀갔어도 그는 모르는 수밖에 없다. 소곤소곤 살금살금, 그러면서 한밤을 지샌다 해도 그런 소리에 예민하게 눈을 뜨곤 하는 나이가 아니니까. 그래서 아침에 밥을 먹으면서 그는 어머니를 슬금슬금 보게 되었다.

성규도 많이 커서 시장바닥에서 어머니하고 함께 지내는 일이 없어졌다. 그때만 해도 그자가 어머니 좌판 옆에 유령같이, 그랬다, 유령같이 나타나면 그가 눈길로 쏘곤 했는데 지금은 성규도 없어서 주뼛거리는 일도 없이 시장바닥을 드나들면서 손을 내밀겠지. 기생충! 성규는 과외도 하나 못하는데, 중학교에들 간다고 과외 열풍이 대단한데!

어머니는 방을 하나 더 늘렸다. 성규 공부방이라고 했다. 판자를 몇 장 사다가 뚝딱한 것인데도 어머니는 너무너무 대견해했다.

"이젠 장가가도 되겠다 성규야."

하면서.

그 작자 때문이면서 흥……

성규가 한밤중에 그자하고 자주 맞닥뜨리는 것은 아니지만 그 사내가 이 집에 드나들고 있는 것은 엄연한 사실이었다. 새 방에다가 고물상에서 사온 성규의 책상을 드려놓던 날 어머니는 시장에서 일찍 돌아와서 부산스럽게 음식장만을 했다.

연탄불에다 아욱국을 올려놓고 난 어머니가 무, 마늘, 콩, 쌀, 쇠고기, 깨, 호박 바다에서 나오는 굴에다 파래까지 휘뚜루 마뚜루 조금씩을 자그마한 절구에 넣어서 빡빡 갈았다.

"이게 뭐야?"

성규가 신기해서 물었다.

"이거? 아버지 드실 거다."

아버지? 아버지? 성규는 주먹만한 우박을 맞은 것 같았다.

절구를 갈던 어머니 손이 멎었다. 숨소리도 멎은 것 같았다.

아버지? 지금까지 아버지가 없었잖아. 살아있다는 소리도 없었잖아. 무슨 아버지! 성규 입에서 그런 말이 튀어나오려는데,

"아버지 드실 거다."
어머니가 같은 말을 다시 했다. 그리고는 되게 차분하게,
"이왕지사 말이 나와서…… 말이 나와서 하는 소린데 성규야…… 그러니까 지금까지 내가 한번도 입밖에 낸 일이 없다만 기왕 말이 나와서, 너도 많이 컸고…… 그러니까…… 누가 아버지겠니? 그렇단다 그래."
그렇단다, 그래?
어머니가 고개를 몇 번이나 주억거렸다.
그렇단다 그래? 그렇다면? 그럴 리가 없다. 아버지가 살아있다는 것도 기절초풍할 일인데 그 기생충이? 어머니한테 달라붙어서 자던?
어머니 말이 들려왔다. 성규가 귀를 막았다. 그래도 들려왔다.
"왜 지금까지 말을 못하고 있었는지…… 에미 말을 잘 들어봐라."
"싫어엇!"
성규가 소리를 질렀다. 머리를 내둘러 도리질을 하면서 소리를 질렀다.
"그래도 성규야 니 애비구나."
"지금까지 없었는데!"
성규는 졸지에 불행해졌다. 아버지가 없는 게 훨 낫지. 그런 작자가 아버지일 바에는 없는 게 훨 낫다.
어머니가 맥을 놓고 있다가 꿍얼거렸다.
"내사 지금까지 참아왔는데 결국 요 주둥아리가…… 그래도 왜 애비는 애빈 거야, 새끼가 알건 알아야지. 그러니 이왕지사 말이 나와서…… 너도 컸고. 애비야 입도 뻥긋하지 못하라 했지. 그래도 니 애비 팔자가 팔자라서 잡히면 죽는 거라. 알겠냐. 잡히면 죽어

야. 그래서, 그런 흉한 사정이 있어서 우리가 요 모양으로 사는 거고. 알겠냐? 그러니까 목에 칼이 들어와도 너는 애비가 있구 어쩌구 그런 소린 입밖에 내는 거 아니다. 응?"

"걱정 마!"

칼이 들어와도? 그런데 왜 말은 해 가지고 성규는 분통이 터지고 성질이 나서,

"난 아버지가 없어!"

그리고 그의 입술이 삐죽삐죽 떨리더니 결국 울음이 터졌다. 그는 초등학교 6학년이었다.

어머니로서는 성규가 목에 칼이 들어와도 해서는 안되는 말은 하지 말았어야 했다. 그러나 어머니로서는 그 사나이가 왜 자기한테 붙어서 자는지를 성규에게 알리고 싶었을 것이다. 성규는 커가고 있었고 어머니가 외간남자를 끌어들인다고 생각하고 있을 것이니까.

"옌병헐…… 나가서 뒈지지!"

성규는 그런 소리를 우물거리면서 울고 있었다. 시장바닥에서 배운 욕지거리였다.

"그래도 이놈아, 그게 다 팔자소관이라는 거다, 이왕지사……"

어머니가 한숨같이 말했다, 눈물을 찍어내면서. 눈물을 별로 보이지 않는 어머니 눈물에 다소 찔끔해진 성규가,

"배고파. 밥이나 줘."

딴청을 했다.

그런데 어머니가 기다리라고 했다. 성규는 다시 엉엉 울기 시작했다. 아버지니 뭐니 해놓고 밥도 안주고 같이 먹자는 수작이겠지. 그는 새로 들인 방으로 들어가서 벌렁 들어 누웠다. 그는 잠이 들어버렸다.

어머니가 흔들어 깨워서 그가 일어난 것은 한밤중이었다. 그렇게 느껴졌다. 그러나 사실은 밤이 어둑해지기 시작할 무렵이었다. 아버지? 아버지라는 작자가 그날은 빨리 왔다.

아버지라는 작자가 그 요상한 죽(절구에서 휘뚜루마뚜루 찧던 그 물건인 모양이었다)을 입안에다 흘려넣었다. 성규하고 어머니는 물론 아욱국에다 밥을 말아서 훌랑훌랑 먹었다.

개죽을 먹고 있네, 개죽이나 먹고, 성규는 진짜 별 꼬라지를 다 보는 기분이었다. 성규가 그 작자하고, 어머니가 팔자소관이라고 했고 아버지라고 했으니 아버지라고 하자. 아버지하고 한 밥상에서 밥을 먹는 게 도대체가 처음이었다. 그 동안은 하느님이 도우사 아버지가 이 집에서 밥을 먹은 일이 없었다. 그것도 너무나 이상한 일이었다. 아버지하고 어머니가 나 모르게 둘이서 몰래몰래 먹었나, 저런 개죽을 만들어서.

성규가 아버지에 대해서 시종일관 눈에 불을 켜는 것은 돈 때문이었다. 주위에서들 하꼬방 신세를 면하는 사람들이 차츰 나오는데 성규하고 어머니는 하꼬방에다 방을 하나 더 드린 것 말고는 그날이 그날이었다. 성규가 커가고 거기에 따라서 돈 씀씀이도 커가겠지만 그래도 그렇지 새는 데가 없다면 남이 블록집을 올리면 자기들도 올리고, 그럴 텐데도 하꼬방을 면하지 못했다.

"그래도 땅이야 우리 꺼니까."

어머니는 그런 소리나 했다. 적산이긴 해도 아버지가 해방 직후에 잡아둔 건데 집은 난리통에 불타버리고 땅이 남아 있어 가지고 그걸 어머니 이름으로 임대차계약을 해 놨다나 어쨌다니.

아니 아버지가 있으면 아버지가 마땅히 돈을 버는 게 아닌가. 다른 집들은 다 그랬다. 그러니까 아버진데 지금도 보아하니 어머니한테 돈을 타가는 눈친데 그래도 아버지랄 수가 있는가. 성규는 그

점이 용납이 되지 않았다.

그러나 쥐구멍에도 볕들 날이 왔다. 어머니가 성규에게 의논하기를,

"우리도 블록집을 올릴까."

하는 것이었다.

"엄마, 그 말이 정말이야?"

"그러니까 말이다, 니가 고등학교 처억 붙으문 그때 방 세 개해서. 장가도 보내게."

또 장가라네. 하꼬방 늘릴 때도 그때도 초등학생을 붙잡고 장가 어쩌고 하더니, 그래도 성규는 그 말이 간지럽기도 해서 빙글거리면서,

"돈은 있고?"

"고등학교만 붙어봐."

성규는 어머니가 자기한테 오로지 정성을 쏟고 있는 것을 알고 있었다. 중학교 들어갈 때도 어쩌다 늦은 밤에 밖에 나가보면 판자울타리 밑에서 어머니가 장독에 냉수 떠놓고 빌고 있었다. 아주 추운 밤에도 어머니가 그렇게 빌고 있었다.

과외 못하는 것이 불만이긴 해도 어머니가 빌고 있는 모습을 보면 성규는 흐뭇했다. 맹물로 뭐, 입으로 투덜투덜해도 가슴이 훈훈했다.

"고등학교? 문제없어. 그러니까 집부터 짓자 응, 엄마."

"그래도 말이다……"

"뭐가 또 그래돈데?"

성규가 응석 섞인 소리로 어머니 턱밑에 붙어 앉았다.

"너도 왜 아버지가 이상하다는 건 알지?"

아버지? 예감이 좋지 않다. 도대체가 아버지라는 작자가, 아버

지가 돼 가지고 지금껏 자기네 경제에 어떤 도움이 됐는가.

"아버지는 없다면서? 그랬잖아. 목에 칼이 들어와도 없대잖아?"

"하이고, 그러는 게 아이다."

"아니면 뭐!"

"그러니까 성규야, 그 왜 아버지가 밥을 우리처럼 못먹는 거 알지?"

"몰라. 밥을 우리랑 같이 먹기나 하고?"

그래, 가끔 몰래 겨 들어와선 어머니 허리를 껴안고 자고, 어떤 남자들이 첩 두고 본처 두고 하는 거, 성규도 안다. 그러니까 어떤 남자가 한집에서 한결같이 같이 살지 않는다면 그건 백의 백, 딴데 다른 여자가 있다는 얘기다.

어머니가 첩일까 본철까. 이상한 건 개죽을 먹는다는 소린데 개죽을 먹건 사람의 밥을 먹건 그래서 어쩌겠다는 건데?

"성규야 그러니까 아버지가 말이다, 6·25때…… 사고를 당해서……"

사고를 당해도 죽지는 않았네. 그때 얼마나 많은 사람이 죽었는데.

"수술을 해서, 그러니까 달라붙어 있는 목줄인가 뭐, 거길 수술을 해서, 그러면 뚫을 수도 있다는구나."

"그래서 수술을 하겠다는 거네. 그 말이네? 엄마가 그런 돈이 있네?"

"돈이야……."

블록집이라면 목수를 붙잡아 올 것까지도 없이 손재주가 있는 사람이 문틀을 짜 맞혀주고, 한편에서는 흙을 파다가, 아니면 시멘트로 블록을 찍어서 앞집 아저씨, 뒷집 형해서 며칠 안에 쓱싹 올라가는 것을 흔히 보았다. 그러나 성규의 주변에서 수술을 쓱싹 하는 것을 본 일이 없었다. '수술'이라는 병은 손도 대보지 못하고 숨이 넘어가는 병이었다. 수술? 콧방귀가 나오는 말이었다.

"…… 그러니까 아버지가…… 수술을 꼭 한번, 하고 싶대서……."

"하면 되겠네!"

"이놈아 그러지 마라. 니가 왜 그러니."

"하면 되잖아!"

"엄마 돈 가지고는 택도 없다. 땅이나 판다면 모를까……"

성규는 심장이 덜렁 떨어지는 줄 알았다.

이럴 줄 알았다니까, 알았다니깐!

"산 입에 거미줄이야 치겠냐. 아버지 소원이다."

"으으으, 난 죽어버릴 거야!"

수술을 하면 아버지가 달라지고, 아버지 생활이 달라지고, 그러나 그때부터 어머니하고 성규는 집이 없어진다. 절도 없어진다. 학교? 어림도 없다. 시장바닥에는 집도 절도 없어서 쪼그만 애들이 코를 찔찔 흘리면서 장사 뒤치다꺼리, 기술(?) 뒤치다꺼리하면서 커간다.

성규가 충격을 너무 크게 받았기 때문인지 어머니가 집을 지었다. 판잣집을 뜯어내고 거기에다 시멘트를 찍어서 블록집을 올렸다. 이것은 누가 보아도 번듯한 집이었다.

성규가 고등학교에도 들어갔고 앞으로 대학에도 갈지 모르지만 어머니는 여전히 정한수 한 대접을 떠놓고 한밤중에 달님, 별님에게 빌었다. 대학에 들어가라고 비는 거라면 너무 일찍부터 정성을 드리는 셈이었다. 그러나 지지리도 팔자 더러운 년이어서, 시장바닥의 아줌마들이 흔히 그런 소리를 잘했는데, 어머니는 지지리도 팔자 더러운 년이어서 하혈을 하다 죽었다.

성규는 여자들이 하혈을 하다 죽는다는 소리를 몰랐지만 어머니는 다 죽게 되어서야 병원에 갔다. 그리고 무식도 너무 했지 피를 흘리면서 복도 걸상에 앉아 가지고 자기 차례를 기다렸다. 일분, 일초를 다투는 판국에! 어머니가 의사와 마주했을 때 피를 이미 너무 흘려서 의사는 간호사더러 다른 환자들을 돌려보내게 하고 수혈부터 하려고 혈관을 찾는데 잡히지 않았다.

"절개!"

의사가 혈관을 열고 주삿바늘을 꽂았지만 어머니는 스르르 눈을 감았다. 숨이 넘어갔다. 성규가 학교에서 아직 돌아오지 못한 시간이었다.

의사가 말하기를, 어머니는 소파수술을 받고 그 뒤끝이 깨끗하지 않아서 피를 흘린 모양이라고 했다. 그런 때는 자궁 속을 빨리 깨끗하게 해주면 되는 거라고.

소파수술은 왜 했는데? 시장아줌마들이 낳고 싶지 않은 아이를 뗀다고 소파수술을 쓱싹 한다고들 했다. 그러나 어머니가 왜 소파수술을 했는지를 성규는 모른다. 하지만 피만 흘리지 않으면 죽지 않는다고, 그런 때는 간단한 수술만 다시 하면 죽지 않는다고 의사도 말하고, 그런 경험이 있는 시장아줌마들도 말했다. 어머니는 피를 너무 흘리면 죽는다는 것도 몰랐을까. 귀신이 쑤군댈 노릇이지 귀신이 꼬드기지 않고서야 시장바닥에서 하는 소리가 그런 것들인데!

시장바닥에는 상인들의 모임이 있었다. 청계천에도 상인들이 다 달이 회비 몇 푼씩을 내면 좋은일, 궂은일을 챙겨준다는 상인번영회가 있었다. 거기에서 졸지에 고아가 된 성규에 대해서 자연스럽게 이야기가 오갔다. 가까운 친척도 없다는데 이 아이를 어떻게 해줄 방도가 없겠는가 하고.

학교에서 손을 써준다거나 독지가가 나타나서 뒤를 봐주겠다면 모르는데 그렇지 않으면 한참 예민한 시기라서 아이를 버릴지도 모른다. 그럴 바에는 시장바닥에서 일을 배우게 하는 게 어떻겠는가.

먹고 자고 돈까지 바라는 것은 뭣해도 먹고 자고, 그러면서 일을 배울 데는 있었다. 발바닥에 불이 나게 심부름을 해주고 얻어먹을 데는 있었다. 시장바닥에는 그런 일손이 언제나 필요했다. 번영회 회장이 성규를 불러서 그런 데는 어떠냐고 물었다.

"그러니까 학교는 일단 중도 퇴학으로 하고오, 너도 잘 알겠지만 사람이 학교 나왔다고 꼭 성공하는 것도 아니다. 그러니까 세상에서 흔히 말하는 훌륭한 사람들이 독학을 해 가지고 많이 성공들 했다. 그러니까 보자, 독학해서 크게 된 사람이 누군고 하면,"

번영회회장이 그 사람들의 이름을 주어 섬기려는데 잘 떠오르지 않는 모양이었다.

번영회회장은 6·25 전에는 초등학교 교장도 했다는 이를테면 시장바닥에서는 먹물 먹은 사람에 속했다. 그러나 이 바닥의 살벌한 생존경쟁에 부대끼면서 이전의 고상한 기억이 멀어진 모양이었다. 성규는, 앞으로는 번영회회장의 말처럼 학교도 못 가고 독학이나 해야 훌륭해질 수 있는 자기가 슬픈 것 같기도 하고 다행스러운 것 같기도 해서,

"알았습니다."

머리를 숙인 채 대답했다.

"그래, 알았다니까 됐다. 알았으면 가서 잘 생각해 봐라."

"…… 네."

그러나 독학을 해서 성공하는 결심보다 성규에게는 더 급하게 해야 할 일이 있었다. 아버지 존재는 아무도 언급하지 않는데 어머니가 죽은 것조차 모르는 아버지라는 사람의 존재는 목이 달아나도

입밖에 내서는 안되는 일이고, '동남여고 2학년 고 현숙' 그게 누구인가.

어머니는, 우리는 친척도 별로 없다고 했다. 별로면 있긴 있냐고 물으니까 이모뻘 되는 데가 어쩌구 하다가,

"그래, 말이 나온 김에 주소는 너도 적어둬라. 사람의 일을 뉘가 알아서……."

그날따라 어머니는 낙엽이 굴러가는 곳을 바라보는 사람 같은 서글픈 말투로 이모뻘 어쩌구 하는 사람의 집 주소를 일러주었다.

지금까지 한번도 본 일이 없는데 그렇다면 친척도 아니네. 성규는 그쯤으로 생각했다. 시장바닥에는 친척이 없다는 사람도 많았다. 전쟁이 세상을 뒤집어놓는 바람에 아무도 없다는 사람이 그렇게 생겨난 모양이었다. 특히 이북에서 온 사람들은 아무도 없는 사람이 많았다. 그러나 성규는 아무도 없다는 게 별로 상관이 없었다. 엄마가 있어서……

아무도 없다…… 성규는 어머니의 물건들을 뒤적뒤적하다가 '동남여고……' 그 쪽지를 발견했던 것이다.

그것은 낡은 옷서랍의 맨 밑의 아마 구호품이리라. 그런 옷 속에다 종이로 세 번쯤 싸고 또 싸서 끼어 있었다. 누가 보아도 소중하게 그리고 은밀하게 간직해 두었다는 것을 알 수 있었다. 성규가 여자들보다 둔하고 아직 아이라고는 해도 그쯤은 알 수 있었다. 더구나 어머니를 막 잃은 그의 마음은 언제 치솟아 올라올지 모르는 바다 밑의 웅크린 파도와도 같이 예측이 불가능했다.

고 현숙? 그 아이, 저 소중하고 은밀하게 간직해 둔 그 아이가 누구냐? 그는 학교로 가는 대신에 동남여고로 갔고 흘금거리는 학생들을 붙잡아서 2학년 '고 현숙'을 찾아냈다.

하얀 깃의 교복이 많이 작아진 그 아이는 '홍 문자'라는 이름을

대자 총에 맞은 병사같이 두 눈알이 튀어나왔다. 그리고 숨을 한번쯤 몰아쉬고 나서 말했다.

"너는 누군데!"

"아들이다."

성규가 그 쪽지를 내보였다.

"아들? 홍 문자는 어디 있는데!"

"……."

"어디야!"

"죽었어……."

"죽어?"

"지난 주에…… 엄마가 죽었다……."

"엄마? 홍 문자가! 왜 죽어!"

"…… 갑자기……."

"갑자기? 왜 갑자기 죽어? 홍 문자가 왜 죽냐구! 너는 어떻게 오고?"

"나는 아무 것도 모른다. 엄마가 죽고 나서 그 종이가 나와서……."

"그러니까 죽었다는 거지? 홍 문자가 죽었어? 죽었다구…… 죽어…… 죽어…… 죽어……."

교문을 등지고 서 있던 단발머리의 그 아이가 두 손을 배에 대더니 허리를 꺾었다.

수업을 시작하는 벨이 울렸다. 그 아이는 그러고 있다가 이윽고 천천히 아주 천천히 허리를 펴고 손으로 무슨 신호를 했다. 성규는 가도 오도 못했다.

그 아이는 조퇴를 했고 고 현숙은 다짜고짜 홍 문자가 있는 데로 가겠다고 했다. 어떻게 가겠다는 것인가. 그러나 그 말만 하고는 돌덩이처럼 입을 닫아버렸다. 성규는 묘하고 기분이 이상하고 요술을 만난 것 같았다. 그러나 그 아이가 하겠다는대로 버스타고, 갈아타고, 걷고 해서 망우리로 갔다. 며칠 전에 어머니가 묻힌 무덤이 거기에 있었다.

무덤은 관리소를 지나서 초입 길가에 조그맣게 봉분을 이루고 있었다. 꼭 아기 무덤 같았다. 그나마도 시장바닥의 아주머니, 아저씨 몇이서 그렇게 만들어 주었다.

죽은 사람을 목매게 보고 싶어하면 환상으로 산 사람처럼 나타나 보이기도 한다는데 성규는 어머니가 무덤에서 나와 자기를 맞으러 오지 않을까, 그런 생각도 해보면서 걸음을 멈췄다.

성규가 선 곳에 그 아이도 멈춰 섰다. 그리고 그 아이는 그 초라한 무덤을 내려다보다가 눈길을 들어 먼 곳을 응시했다.

그 아이의 입이 달싹거렸다. 이게 내 어머니냐고.

네 어머니?

"엄마가 집을 나갔어, 날 낳고 바로…… 난 엄마가 있다는 걸 알고부터…… 그날부터 기다렸어. 엄마가 찾아오겠지 날 찾겠지. 자나깨나 찾아오겠지, 날 낳은 엄마라면 찾아오겠지. 한시도 나는 엄마를 잊지 못하고 집에서도 학교에 와서도 언젠가는, 언젠가는 나를 찾을 거라고, 꼭 찾을 거라고 기다렸어."

그들의 나이 차는 얼마 되지 않았다. 성규가 그 아이보다 석 달쯤 앞서 있었다. 연년생도 아니고!

그 아이가 발밑에 지지러 앉았다.

"죽어? 어떻게 날 또 버리고 죽어, 날 보지도 않고! 어떻게 엄마가 돼 가지구 이렇게 또 죽어! 엄마가 나한테 왜 이래 엄마가, 엄마가—엄마가 죽어? 엄마가 날 쪼끔이래두 생각했다면, 그랬다면 이렇게 죽을 순 없잖아!"

떨리던 그 아이의 목소리가 결국 통곡이 되어 쏟아졌다. 이럴 수는 없어, 이럴 수는 없어엇, 그 한마디만 되풀이하면서. 기다려도 울음이 그치지 않았다.

니 엄마? 엄마를 너무 기다려서인지 눈가에 주름을 잡고 시선을 먼 곳에 던지곤 하던 아이…… 그 애 말이 맞다면, 성규는 후들거리는 다리를 옮겨놓으며 혼자 산에서 내려왔다.

나는 누구인가. 너는 또 누구고. 네 엄마는 누구고 내 엄마는 누군가. 엄마가, 엄마가 설마 내 엄마가 아닐 수는 없지 않은가.

'사람의 일을 뉘가 알아서……' 아버지를 기다려볼까. 그럴 수가 없었다. 한시도 기다릴 수가 없었다. 아버지를 아버지로 믿어보지 못하고 어머니를 전부로 알고 살았는데 그 어머니가 무너진다. 성규는 가슴이 폭발할 듯해서 그날로 그 집을 찾아냈다. 그리고 거기서 자기가 어떻게 태어난지를 알았다.

해방과 함께 이 땅에서는 남북이 갈려서 좌우 이데올로기가 목숨을 내놓은 싸움에 들어갔다. 아버지는 그 싸움의 마당에서 소위 빨갱이였고 어머니는 그 빨갱이 청년을 사랑한 은행원 아가씨였다. 그리고 북에서 우익이 무자비한 핍박을 받은 것처럼 남에서는 좌익이 용서할 수 없는 증오의 대상이었다.

빨갱이는 물러가라! 그러면 좌익에서는 타도로 맞섰다. 악질지주, 반동, 인텔리겐차, 미국놈…… 타도 타도 타도!

이남에 혼자 넘어와서 어머니는 서울 사는 이모를 어머니 삼아 의지했는데 이모는 이 조카딸을 보기만 하면 못살게 들볶았다. 고르고 골라서 빨갱이하고 연애질을 한다고, 니 팔자 내 팔자 다 망칠 거냐고. 비이쩍 말라 가지고 타도나 일삼는 놈의 어데가 좋냐고.

"석주야, 너도 북에 살라봐서 알잖아. 난 빨갱이라문 치가 떨린다."

그러면 은행원 어머니가,

"그래도 이모, 이 사람이 나 공부하라고 숨어다니면서도 여기저기서 책을 얻어다 준다우."

그리고 웃었다고 한다, 목소리도 달콤하게.

이런 기막힐 노릇이 어데 있나. 북에 있는 지 에미가 맏딸이 잘돼야 제 동생들 잘된다고 입버릇처럼 말했는데 숨어다니는 놈하고나 놀아나서—이모는 조카딸을 실연(失戀)이라는 것을 시켜서라도 빨갱이하고는 떼어 놓으려했다. 그런 이모가 이모네 대청마루에서 물 한 사발을 떠놓고 결혼을 시켰다. 어머니 뱃속에 아이가 들어 있었다. 그러나 결혼을 시키고 나서도,

"너도 빨갱이 년이지. 빨갱이하고 사는데 빨갱이 년이지. 이제 이 이모도 타도, 타도다."

보기만 하면 이런 푸념을 늘어놓았다.

이모는 진짜로 그렇게 생각하고 있었다. 그래서 빨갱이라지 달래서 빨갱이라겠나. 수틀리면 에미 애비 없는게 빨갱인데 그런 빨갱이한테 시집을 갔으니.

"니 신세를 어쩌니. 은행에나 붙어 있겠냐."

눈물을 흘리기도 했다.

이모가 눈물을 흘리면서 안타까워한 대로 치명적인 결과가 왔다. 어머니는 처녀 적에 앓았던 폐결핵이 도졌다. 남편이 밤낮없이 쫓기고 도망을 다녀서 제대로 먹질 못하고 제대로 자질 못했다. 그리고는 사람소리, 바람소리에도 심장이 멎곤 하던 어머니는 성규를 낳았을 때 회복하기 어려운 몸이 되어있었다.

어머니는 젖이 나오지 않아서 미국에서 원조해 주는 탈지우유(우

리는 우유를 생산하지 못했다)를 일주일에 한번씩 배급을 받아와서 성규를 키웠다.

6·25가 터졌다.

그때 총소리보다 먼저 어머니 머리를 내리친 것은 원조우유가 끊긴다! 절대적인 그 사실이었다. 우유가 끊기면 백일도 되지 않은 성규는? 어머니는 시립도서관으로 달려갔고 거기에서 탱탱 부른 젖가슴을 싸매고 불안한 눈알을 굴리고 있는 젊은 여자를 다짜고짜 데리고 왔다. 성규의 유모다. 성규는 살 운수였다. 시립도서관은 일자리를 구하는 사람들이 모여드는 곳이기는 하지만 그러나 유모로 올 수 있는 여자가 보통 때도 늘 있는 것은 아니었다. 더구나 난리가 터져 가지고 사람들이 우왕좌왕 할 바를 모르던 때다.

탈지우유를 삭이지 못해서 살이 붙기는 고사하고 늘 설사만 하던 성규가 유모를 만나면서는 설사는 여전히 하면서도 하루가 다르게 살이 붙었다. 그리고 빨갱이 세상이 마침내 와 가지고 아버지가 옆구리에 권총을 찌르고 네 활개치고 다녔다. 그러나 아버지는 새 세상을 만난 동지들하고 새 나라를 세우느라 바빠서 먹고사는 일에는 여전히 책임을 지지 않았다.

먹을 것이 없었다. 여기저기 창고에서 이승만 정권에서 배급을 풀던 쌀을 약탈해가고 소문난 부잣집을 털었다. 그러나 몇몇 사람이 두세 끼를 때우고 나면 다시 바닥이 났다. 전쟁이 그런 것이었다.

미군기의 공습은 쉴새없이 이어지고 어머니하고 유모는 그 폭격의 사이를 뚫고 뚝섬에 가서 푸성귀 밭을 매주고는 보리쌀을 얻어왔다. 먹을 것은 역시 시골에 있었다. 서울사람들은 눈만 뜨면 옷가지며 패물 같은 것을 꾸려갖고 양식하고 바꿔먹기 위해서 미군기하고 숨바꼭질을 하면서 시골을 찾아갔다. 굶어도 폭격을 맞아도 죽기는 마찬가지, 앉아서 죽느냐 뛰다가 죽느냐 그 차이였다.

동족끼리 엄청 죽고 죽이고 했다. 그러나 어느 쪽도 영광된 승리를 거머쥐지 못하고 90일만에 도망가는 자, 쫓는 자가 바뀌었다.

인천 앞바다에서 대포알이 날아왔다. UN군이 와있는 것을 알리는 포격이었다. 전초병은 이미 여기저기에 잠입해 와있었다.

아버지는 90일 동안을 권총 찌르고 네활개 치고 다녔으니 도망을 가야 했다. 잡히면 죽는다. 어머니는 몇 마디 나누지도 못하고 남편을 보냈다. 어디로 가는지도 모른 채…… 가는 아버지가 살아남을지 남는 어머니가 살아남을지……

밤이 되면 여기 저기서 후퇴하는 북한군의 모습이 눈에 뛰고 또 포격에 얼이 빠진 사람들이 집안보다 더 위험한 밖으로, 밖으로 뛰쳐나왔다. 발 밑에서는 파편을 맞은 사람들이 설설 기면서 신음하고 있고 쿠웅 쉬르르르,……

그 쿠웅 쉬르르를이 이쪽에 와서 꽂히면 그러면 그 지점의 집들이 날아가고 사람이 죽어서 뼈도 찾지 못했다.

아버지는 도망가는 사람들 속에 끼어서 무작정 가다가 길이 차단이 됐다는 소리에 동굴 속으로 숨어들었다.

미군이 상륙했다. 수색전이 벌어진다. 국군이 훑고 가고 UN군이 훑고 가고 그래도 어딘가에 또 숨어있는 것을 알기 때문에 수색은 집요했다. 그들의 발소리가 머리 위에서 어지럽게 얽히고 그리고는 들려오는 단말마의 죽어가는 자의 목소리. 그때마다 동굴속의 사람들은 그 소리와 함께 죽는다. 숨이 붙어있어서 살아있는 것이지 동굴속에서는 하루에 몇 번씩 죽는다.

눈길 닿는데 모두가 폐허였다. 땅에서 하늘에서 포탄이 아낌없이 쏟아졌다. 그러나 역시 끝장을 내지 못했다. 중공군이 파리떼처럼 몰려오면서 미군(UN군)이 다시 밀린다. 전황이 이렇게 바뀌여서

UN군이 전(全)전선에서 후퇴. 지상과 지하에서 이 정보가 날아가고 날아온다.

아버지가 지상으로 올라왔다.

적하고 아군이 뒤엉킬 때 그때가 바로 이 세상이 지옥을 연출한다. 전투원하고 아무 관계가 없는 일반사람들이 무법천지가 된 세상에서 떼죽음을 당한다.

"저놈이 빨갱이다!"

그러면 즉결처분이 내려졌다. 흰둥이가 빨갱이가 되어서 죽을 수도 있고 빨갱이가 흰둥이로 죽을 수도 있었다. 사람들이 그런 천지를 겪었기에 한번 겪은 일을 두 번 겪지 않으려고 그 무법천지 속에서 대부분의 사람들이 거취를 정했다. 북으로 가는 사람, 남으로 가는 사람, 아버지가 이 때를, 그 혼란을 틈타기고 했다.

아버지가 집으로 왔다. 그런데 아버지 입이 확 돌아있었다. 풍을 맞은 사람처럼 또는 돌을 베고 자다가 그 냉기로 해서 돌아버리는 사람처럼 한쪽 입 꼬리가 눈가에 달라붙어 있었다. 그러니까 아버지는 하루에도 몇 번씩 죽는 동굴생활에서 입이 그렇게 돌아버린 것이다. 공포에 떨다가 공포를 이기지 못해서.

빨갱이로 살 수 있는 곳, 그곳, 빨갱이끼리 사는 곳 그곳으로 가자! 그곳으로 가서 사회주의자 그대로 살자! 땅에 올라설 수 있는 날만 있다면 그렇게 살리라고 아버지는 동굴속에서 맹세했다. 그리고 그러기 위해서 아버지하고 어머니는 마지막 남은 힘을 다했다. 다시는 떨어지지 않기 위해서, 죽어도 함께 살아도 함께 하기 위해서.

아버지 몸이 너무 쇠약했다. 어머니 몸은 더 쇠약했다. 그러나 지체할 수가 없었다.

"가다가 못 가면 같이 죽어요."

"그러지."

어머니가 양잿물을 준비했다. 손에 넣을 수 있는 것이 그것뿐이었다.

전에 옆집 아줌마가 남편하고 싸와가지고 '나 죽는다아!' 그리고는 부엌 한구석에 놓인 양잿물을 먹었다. 아줌마는 입에 넣자마자 웩 토해냈는데 그랬는데도 입안이 녹아내렸다. 죽는 사람들이 흔히 양잿물을 먹었다.

아버지, 어머니, 유모, 성규, 네 식구가 떠났다.

유모가 성규를 업었다. 어머니는 언제나 성규를 유모하고 짜매놓았다. 유모가 있어야 성규가 산다. 어머니는 성규에게 자격이 없었다.

그런데 서울을 빠져나가기도 전에 유모가 걸음을 멈췄다. 북으로는 못 가겠다는 것이었다. 지금까지도 폭격이 심하거나 하면 잠시잠시 몸을 피하곤 했는데 북으로는 절대로 못 간다는 것이었다.

성규를 내려놓았다.

"나는 못가요. 북으로는 못가요. 목에 칼이 들어와도 못 가네요!"

북으로 간다는 말은 입밖에 내지도 않았는데 알아차렸다. 성규만 업고 있으면 한가족으로 묶이어서 보호를 받는데 성규를 내려놓으면 소속을 떠나게 되어 그때부터 자기를 자기가 책임을 져야한다, 이 난리 통에! 그러나 유모는 못 가겠다는 것이다. 빨갱이가 아니므로.

어머니하고 아버지는 오도 가도 못하게 되었다.

이런 때에 단칼로 처치하거나 밧줄로 매서라도 끌고 가는 것이 전시다.

이모…… 이모 이모 이모! 이모, 살려줘요!

어려울 때마다 어머니는 이모를 떠올렸다. 그러나 참았다. 이모가 빨갱이를 너무나 두려워했고 잘못 말려들면 멸문지환(滅門之患)도 당한다고 생각하고 있는 것을 알고 있었다. 실제로 빨갱이 아들을 둔 부모가 반 죽어나는 곤욕을 치르고 또 사돈의 팔촌도 화를 면하지 못하던 세상이다. 어머니는, 자기들 때문에 이모가 머리카락 한 올도 다쳐서는 안 된다고 생각하고 있었다.

어머니가 이모에게로 발길을 돌렸다.

이모네 대문이 활짝 열려있었다. 이제 또 치뤄야하는 난리를 앞두고 걷잡을 수없이 불안하고 황망한 식구들의 마음을 그대로 보여주듯이.

"이모!"

어머니가 불렀다. 약하디 약한 그 단 한마디에 이모가 달려나왔다. 눈알이 눈썹에 붙어 가지고.

어머니는 대문 안에 들어서지 않았다. 대문 고리를 잡고 밖에 선 채 이모를 또 불렀다.

"이모…… 나 좀 살려줘요. 이모…… 성규하고 유모를…… 여기다 떨구고 가께요. 이모가, 이모가 좀…… 살려줘요. 유모가…… 북으로는 안 간대요. 유모가…… 성규를 버리면…… 그때는 이모…… 이모가 성규를 고아원에 보내줘요."

어머니가, 어머니에게는 너무도 긴 이 말을 마쳤다.

이모가 입을 틀어막고 대문간에 엎어졌다.

어머니하고 아버지가 떠났다. 그러나 미아리 공동묘지께에 와서 어머니가 쓰러졌다. 성규가 눈앞에서 없어지자 어머니는 더 이상 몸을 가누지 못했다. 지금까지 기적처럼 버텨준 몸이었다.

어머니 말고도 무덤 사이에는 꼼짝을 못하는 사람들이 있었다. 산 사람인지 죽은 사람인지. 그러나 움직일 수 있는 사람들은 묵묵히 그리고 서로를 잡아끌면서 어디론가 걸어갔다. 그러한 사람들의 발소리가 야밤까지 끊이지 않았다. 저벅저벅 저벅저벅, 그러다가 어느 한순간에 모든 소리가 괴괴하고 쓸쓸하게 멎을 때가 있었다.

쓰러지고 다시는 일어나지 못하던 어머니가 한쪽 팔꿈치에 힘을 모아 일어나 앉았다. 그 어머니 입에서 외마디소리가 흘러나왔다.

"우리 성규, 살려줘요!"

그것은 너무나도 맑고 그러면서도 너무나도 높고 날카로운 목소리였다. 하늘 끝닿은 데도 찢어놓을 것 같은 그렇게도 높고 날카로운 목소리였다. 아버지가 놀래서,

"석주!"

어머니를 부둥켜안았다. 아버지 팔이, 지금까지 추욱 늘어졌던 아버지 팔이 힘을 모았다. 그러자 어머니 몸이 부드러워졌다, 차츰차츰. 어머니는 성규에 대한 미련을…… 놓았고…… 몇 초가 지나서…… 어머니가 양잿물이 들어있는 보시기의 뚜껑을 열었다. 그리고 두 사람이 그 한 덩이씩을 입에 넣었다. 어머니는 그것을 삼켰고 아버지는 목을 타고 넘어갈 때 뱉었다.

유모가 떠난다고 했다. 언젠가 그 말이 나올까봐 이모는 살얼음판이었는데 그러나 마음을 다잡은 사람의 결심을 뒤집을 재간이 없었다. 유모가 떠났다. 이모는 유모가 쑤던 암죽냄비를 이어받아 가지고,

"아이고 내 팔자, 아이고 이 년 팔자!"

하며 죽었는지 살았는지도 모르는 조카딸을 원망하지만 그러나 해결책이 없었다.

"고아원?"

이 년아, 고아원이 어데 있다던? 니 년이 와 찾아서 보내던지!

그래, 고아들을 비행기 태워가지고 제주도 보냈다는 미군아저씨 이야긴 나도 들었다.

"그럼 이년아, 니가 그 아저씰 찾아야지!"

그 동안 유모 모르게 아이를 키우겠다는 사람을 수소문도 해보고 고아들을 돌보는 데를 알아보기도 했다. 그러나 허사였다. 미군 헤스아저씨는 더 이상 없었다. 집안이 보리죽 먹을 형편도 어려운데 암죽냄비 벼락을 맞고, 그런데 유모가 돌아왔다. 그날로 돌아온 것이다. 성규를 두고 나가서 돌아오기까지의 일을 유모가 털어놓았다.

6·25가 터지던 날 아침에 유모는 집에서 쫓겨났다. 남편이 끌어들인 계집이 벌서부터 안방차지를 하고 있었다. 그리고 유모는 몸만 풀면 그날로 집을 나가게 되어있었다. 유모는 딸애를 낳았고 이젠 집을 나가야했다.

그러나 난리가 터졌고 그것은 아무도 예상하지 못했던 일이었다. 거리에서는 외출을 나온 군인들더러 본대로 돌아가라고 마이크 소리가 요란하고 난리에 허둥대는 사람들이 의정부 쪽에서부터 꾸역꾸역 몰려왔다. 이런 일이 일어나리라고 누가 상상인들 했을까. 대통령이 북진을 한다, 북진을 한다 했지만 노인네가 해보는 소리로만 알았지 북에서 진짜로 내려오리라고 누가 알았을까.

유모는 남편이 자기를 쫓아내지 못한다고 생각했다. 상황이 달라졌다. 배운 것이 짧아도 난리가 나면 우유배급이 끊긴다는 것은 짐작이 되었다. 미국에서 보내오는 우윤데 당연히 끊길 것이다. 그러면 에미 젖이 없는 핏덩이가 어떻게 되는가. 다른 때도 아니고 난리 통에! 제일 먼저 말라죽을 것이다. 그런데 남편이 쫓아내겠는가.

그러나 남편은 내쫓았다. 이 한 자리에서 모두가 다 죽는다 해도 그 지긋지긋한 싸움을 더는 못하겠다면서 나가지 않으면 번쩍 들어가지고 내던질 것 같았다. 유모가 돌아버렸다. 귀속이 앵앵거리고 머리통이 열을 받아서 조각이 날 것 같았다.

"내 새끼 죽이네, 연놈이 내 새끼 죽인다아!"

그러나 연놈은 요지부동이었다. 니 년만 나가면 된다는 것이었다. 새끼 죽이지 않는다면서.

이렇게 되자 유모도, 새끼를 생각하는 데에 한도가 와서 그래, 나가라면 못 나갈 소냐. 붙잡지만 말아라 이 불쌍놈들! 자리를 박차고 나와서 끝을 냈다. 새끼를 남겨두고.

유모는 이를 갈면서 맹세를 했다. 내 새끼만 죽어봐라, 니 연놈도 죽는다. 그것도 그냥 죽는 게 아니다. 니 연놈의 두 눈깔을 내 손으로 호배파서 짓이겨 죽일 것이다!

그 애가 살아 있었다. 말라서 비틀어지지도 않았고 구박떼기처럼 비실거리지도 않았다. 예사 애처럼 자라고 있었다. 믿기지 않는 일이었다. 전쟁만 아니라면 심청이 아버지가 한 것처럼 젖을 동냥해서 애를 키울 수도 있었을 것이다. 그러나 유모는 이런 것을 보았다. 가족들과 함께 공습을 피해서 방공호 속에 들어가 있다가 죽어서 나오는 어린것을. 그 애는 엄마 젖이 없어서 밥물을 떠먹이고 있었다. 난리가 나기 전에는 성규처럼 탈지우유를 배급받아서 먹였다고 했다. 그 아이가 그렇게 죽어가는 것을 보았다.

니 연놈 죽고 나 죽고? 아니다, 딸애가 살아있는데, 목숨이 붙어있는데, 그들이 살렸는데, 죽자 사자 살렸는데, 유모는 펑펑 눈물을 쏟았다. 그리고 돌아왔다.

"이모님, 성규를 이제 내 새끼로 알고 키울래요."

그것이 돌아온 유모가 한 말이었다.

"그래라 그래. 그래그래 그래라."

그들은 꼭 어미하고 딸처럼 함께 눈물을 뿌렸다.

유모는 피난갔던 사람들이 서울에 좀씩 모여들 즈음부터 청계천가에 나가서 밥벌이를 시작했다. 성규를 한시도 옆에서 떼어놓지 않았다.

아버지, 양잿물을 뱉어내서 살아남은 아버지, 마스크로 얼굴을 거의 가리고 시장바닥을 기웃거리는 아버지를 만나서 유모는 어머니가 죽은 것을 알았다. 그리고 목숨은 붙어있되 잡히면 죽어야 하는 사람으로 살아온 아버지. 그러나 아버지는 목숨이 붙어 있어서 유모도 이용하고 또 딴 여자도 이용했을 것이다. 그렇지 않았다면 그가 지금까지 그 뱃속에다 흘려넣은 그 엄청난 개죽을 누가 쑤었겠는가. 아들에게 연좌죄는 씌우지 않았다. 성규가 그의 아들로 있지 않았으므로.

이모할머니에게서 소위 말하는 출생의 비밀을 알고 난 성규는 번영회 회장에게 부탁을 해서 땅을 처분했다. 그 돈으로 아버지가 수술을 했다. 유모가 말하기를 화상으로 달라붙은 목안을 수술을 해서 넓히면 밥도 먹을 수 있다니까. 의사가 그렇게 말했다니까.

성규는 학교를 때려치웠다. 그리고 어머니(유모)에게 작별인사를 갔다.

무덤은 그때 그대로 흙이 드러나 있었는데 그 조그만 무덤가에,

내 어머니 여기에 잠들다 딸 고 현숙

나무막대기 하나가 박혀 있었다. 그 나무막대기의 키는 1미터 20? 30? 폭은 15센티쯤이 되리라. 대패질을 하지 않아서 거칠거칠한 바닥에 먹을 갈아 하나 하나 눌러쓴 글씨. 그것은 너무나 초라해서 오가는 사람들의 발길을 붙잡는다. 누가 보아도 어린 딸이 꽂은 막대기라는 것을 알 수 있었다. 얼마나 슬펐으면 저 막대기를 꽂았을까.

성규는 서서 그 막대기를 내려다본다.

사랑한다는 말을 장가 보낸다—그러나 여기에 어머니를 기다리다 기다리다 이제야 어머니를 차지하고 그 어머니의 이름으로 이 초라한 나무막대기를 꽂은 딸이 있다.

둘러보면 비석이 제대로 서있는 데도 있고 아직 세우지 못한 무덤도 있었다.

김(金) ○○지묘(之墓)

자(子) 아무개

자부(子婦) 아무개……

해주(海州) 오공(吳公) ○○지묘

자 아무개

여(女) 아무개……

다들 비슷비슷한 내용이었는데 그 중에 그의 눈길을 끄는 비문 하나가 있었다. 십자가가 새겨져 있고 그 아래로 이런 글이 적혀 있었다.

성 아무개는 어느 해 어느 날에 나서 아무 해 아무 날에 정 누구하고 결혼하여 슬하에 아들 아무개하고 딸 누구를 두고 아무 해 아무 날에 하느님의 부르심을 받아……. 남편이 적음

남편이 적음…… 성규 머리에 글귀 하나가 보였다.

이 석주는 1926년에 나서 1949년에 진 시준과 결혼하여 슬하에 아들 성규를 두고……. 남편이 이 글을 적는다

이모할머니가 말했었다.

"내가, 이 이모할미가 그러니까 니 에미 애빌 결혼시킨 게 그게 니가 뱃속에 있어서가 아닌 게야. 결혼이야 시키지 않아도 그것들이 같이 살게 뻔한데 그래두 결혼은 하고 싶어서 그것들이……

결혼 어쩌구 하는 걸 내가 딱 잘랐지 모른다구. 그랬더니 그것들

이, 니 에미 애비가 말이다. 틀렸다 싶어서 돌아서 가더구나. 그런데 대문소리가 나지 않는 게야. 나무대문이 삐이꺽이든지 딸까닥이든지 소리가 나얄 텐데 소리가 없어. 그래서 내가 문틈으로 내다봤지—"

그랬더니 어머니 아버지가 대문간에 서 있더란다, 한 손을 마주 잡고 고개를 떨구고서. 지랄하네. 어머니는 비스듬히 서 있어서 이모할머니가 얼굴을 볼 수가 있었는데 아버지는 등을 돌리고 있어서 얼굴이 보이지 않더란다.

그렇게 얼마를 서 있다가 어머니가 눈길을 들어서 아버지하고 눈을 맞췄다. 그러자 어머니 입이 조금씩 벌어지면서 그 입에서 미소가 배어 나오고 그 미소가 얼굴 전체로 퍼지고 그리고 또 비어있는 한 손이 올라가서 아버지 이마를 어루만졌다.

"이렇게 이렇게,"

이모할머니가 어머니가 한 것처럼 성규의 이마를 어루만졌는데 그 순간 성규는 온몸이 덜덜 떨렸다.

"그러더니 그것들이 이번엔 애비가 에미 어깨죽지께를 쓰담는 거야. 먼지라도 터는 것처럼 슬슬. 에미 얼굴에 전깃불이 켜져서 환해지고 반짝거리고 입이 더 벌어지고 저년이…… 말도 없이…… 둘이 그냥 마주보고 있는데 보기만 해도 좋은 게야…… 인력으론 못 말리는 일이지. 내가 둘을 불러들였다. 그리고 마루에서 미모할아버지가 결혼을 시켰어. 교회 장로라……."

이십 년도 더 지나서 성규가 유모의 무덤을 찾았을 때 그 자리엔 조그만 봉분도 나무막대기도 없었다. 관리소에 알아보니까 묘지가 정리됐는데 그때마다 신문공고를 내서 묘주(墓主)들을 찾았지만 그 무덤은 아무도 연락이 없어서 무연고묘로 처리가 되었다고 했다.

포옹일기

몇 살 때를 기억할까. 다섯? 단편적으로나마 기억이 있을까. 그 기억은 여섯쯤이 아니었을까. 나는 엄마따라 시장엘 가는 날을 늘 세곤 했다. 그러면 그날에 엄마가 나를 시장에 데리고 갔다. 엄마가 좋아서 나를 데리고 다니고, 그러지는 않았을 것이다. 시장까지는 한참을 걸어야하고 시장 보는데도 나는 거추장스런 존재였을 것이다. 그러나 엄마가 시장에 가는 기미만 보이면 기 쓰고 내가 따라나서는 바람에 하는 수없이 며칠에 한번, 그렇게 되었을 것이다.

그날은 대개 지켜졌다. 내가 엔간히 밝혔어야 말이지. 그러나 엄마는 나를 데리고 나서도 내 손을 잡아주거나 그러는 일은 없었다. 늘 한발 앞서서 걸어갔다. 나를 뚝 떼어놓을 만큼 빨리 걷는 것은 아니지만 엄마하고 내가 손을 잡는 일은 없었다. 나는 여느 아이들처럼 까치걸음도 하고 뒤쳐졌다 싶으면 달리기도 했다. 그러나 엄마에게 치대거나 그러지는 안았다. 그래도 나는 신이 나 있었다. 시장에 가고 있으니까.

그 시장은 도시 동쪽에 있었다. 야채, 생선, 건어물, 곡물 그밖에도 두루두루 파는 시장인데 천장이 아주아주 높고 몸집이 학교교실 스무 개는 들어가고도 남을 것 같은, 그런 긴네모꼴의 큰 건물 하나가 그 시장 복판에 있었다. 지붕은 양철이었겠지. 바닥은 시멘트인데 가운데에 홈이 있어서, 나는 그 홈을 수리조합 도랑 같다는 생각을 했었다.

이 지방에는 일찍이 수리조합을 일으킨 분이 있었다. 그 수리조합 도랑을 내가 본 일이 있는데 폭이 3미터쯤이 되는 도랑이 일직선으로 곧바로 뻗어가지고, 깊이를 알 수없는 물이 일정한 무게를 느끼게 하며 도랑에 흐르고 있었다. 그것은 도랑이라기보다 사람이 만든 작은 강이었다. 아무리 가물어도 수리조합 도랑에는 일정한 물이 흘렀다. 그런데 이 건물의 시멘트 바닥의 홈에도 늘 뭔가가 흘렀다. 오물처리가 그렇게 빠져나갔다. 그러니까 그때로서는 놀랍도록 선진화된 시장건물이라 할 수 있는데 나는 뭐 그 건물이 위대해서 시장가기를 밝히는 것은 아니었다. 그 안에서 떡장사를 하는 외사촌언니의 송편이 나를 기 쓰게 하는 목표물이었다.

언니라고 하지만 제일 큰 이모 딸이라서 엄마만큼이나 나이가 많았다. 그래도 언니는 언닌데 나는 한 번도 언니를 '언니' 하고 불러본 일이 없었다. 그 시절에는 언니도 아니고 '성' 인데 엄마 같은 사람을 '성' 하고 부르는 일도 이상했고, 어린 내가 그렇게 부를 일도 없었다. 성네는 우리 친척 중에서 제일 가난하지 않았을까. 떡장사가 그 집의 절대적인 생활수단이었으리라. 성은 정해진 자리가 있었는데 그 자리 떡함지 앞에 내가 서면 성은 꼭,

"기리 왔구나."

그리고는 떡을 주었다, 한 개를.

늘 그랬다. 꼭 한 개를. 나만 보면 반작용처럼 성은 떡 한 개를 주었고 나는 받아가지고 떡함지 앞에 쭈그려 앉아서 그걸 먹었다. 엄마는 나를 거기에 떨궈놓고 벌써 시장을 보는 모양이었다. 송편 한 개. 찰떡도 있고 콩떡도 있었겠는데 꼭 송편 한 개를 주었다. 이것이 내가 무슨 일이 있어도 엄마 따라 시장에 와야 하는 목표물인데 그 송편이. 그것을 받아먹으면 시장에 온 목표는 달성이 되었다.

그 송편은, 입쌀 반죽으로 어른의 손바닥 만 한 둥근 피(皮)를 만든다. 소는 삶은 통팥을 반쯤 으갠 걸로 쓰는데 그 소를 푹 떠서 피에 넣어 덮으면 반달 모양의 송편이 탄생한다. 피의 두께는 A4용지 두 겹 정도쯤 될까. 그러니까 아주 얇다는 소리다. 피가 얇은데다 소가 푹 들어가서 송편의 배가 불룩 배불뚝이 같다. 무지 크다. 하나라지만 송편은 크고 맛은, 간을 한 듯 만 듯한 통팥 소의 맛이겠는데 이를테면 〈황홀〉 그것이었다. 나는 그 송편보다 더 맛이 있는 것을 모른다. 손안에 다섯 개쯤은 들어가는 각가지 소가 들어간 문화 찬란한 송편을 모르는 여섯 살의 나에게 시장이라면 연상되는 것이 오로지 그 무지 송편이었다. 그러니까 무슨 일이 있어도 엄마는 나하고 약속한 그 시장가는 날은 지켜야 하는데 더러 지키지 않을 때가 있었다. 내가 따라나서면,

"오늘은 못 간다."

딱 없는 얼굴을 하는 날이 있었다.

내 낙심은 더 말할 것도 없다. 당장 입이 나오고 표정이 부르튼다. 그래도 일단 떼를 쓴다, 가겠다고. 약속한 날이 아닌가. 분명히 엄마가 잘못하고 있다. 떼를 써본다. 하지만 못 간다면 못 갔다. 내가 떼를 써도 못 갔다. 엄마가 잘못이고 내가 옳아도 못 간다면 못 갔다. 나는 포긴지 양본지를 한다. 그러면서 생각한다. 사정이 있겠지, 엄마도 사정이 있을 거야, 있을 수가 있지. 스스로를 납득시키면서 엄마를 이해한다. 그래서 불만스러워도 물러나서 넘어간다.

두 번까지는 그 이해가 가능했다. 그런데 세 번이 되면 문제가 달라졌다. 이해가 아니다. 이해가 아니고 '성의' 문제가 됐다. '성의'가 없다, 엄마가 내게! 그렇게 되면 참을 수가 없었다. 내가 이해하느라고 노력하고 노력했는데 세 번! 나는 소리친다. '성의'가

없는 엄마, 이렇게 엄마가 내게 성의가 없어도 되는가? 엄마가 시장에 가버리고 없어도 나는 그대로 소리친다, 온몸의 힘을 뽑아서 소리친다. 그것은 물론 우는 일이다. 엄마가 없어도 운다, 땀이 뻘뻘 흘러도 운다. 엄마가 올 때까지 운다, 한 시간이고 두 시간이고. 나중에는 소리를 질러서 머리가 띠잉! 아파오는데 그래도 멈추지 않는다. 목이 잠겨도 계속 소리친다. 엄마가 올 때까지는 울어야 한다!

하루는, 그런 어느 날, 중학생 오빠가 집에 있었다. 오빠는 내게 엄청 어른이었다. 중학교 4, 5학년쯤 됐으니까. 그 오빠가 나를 달래고 또 달랬다. 그러나 나는 오빠 말을 듣지 않았다. 나는 방 앞에 붙어있는 마루에서 울고 있었는데 오빠는 결국 너무 시끄럽다고 이불을 가져다 내게 푹 씌어버렸다. 그래도 나는 그 속에서 땀에 젖어가며 울었다. 물론 울다가 말다가 했겠지만 이불속에서 기여 나오지는 않았다. 엄마가 왔을 때 내 눈은 퉁퉁 부어서 눈꺼풀 아래, 위가 맞붙을 지경이었다. 엄마는 기가 찼겠지만 별다르게 굴지는 않았다. 그러거나 말거나라기보다 냇버려 뒀겠지. 하지만 나는 헛일을 한 것은 아니었다. 내가 거의 두 시간을 운 것을 엄마가 알게 됐으니까.

엄마 무릎에 앉아본 것은 젖에 매달린 때까지일까. 동생이 생겨서 그 무릎은 동생 차지가 되고 그 후로 나는 엄마 무릎에 기어 올라간 기억이 없다. 설마 하루아침에 엄마 무릎하고 내가 이별한 것은 아니겠지만 하여간에 이별한 후로 소위 말하는 엄마하고의 스킨십은 단절이 됐다. 엄마하고 닿는다는 것이 어쩌면 그렇게 서먹했을까. 엄마 손이 닿으면 움찔—그렇게까지 표 나는 것은 아니지만 그런 느낌이었다. 엄마 체취에서 멀어진 것이다.

엄마는 아픈 애라도 생기면 거의 반쪽이 됐다. 고백 하나를 하는데 내가 감기몸살이었던가, 열이 설설 낫을 때의 일이다. 엄마는 내 숨이 금방 넘어갈 것 같은 모양이었다. 다른 것은 다 젖혀두고 나한테 매달렸다. 그런 때의 엄마는 완전히 내 차지였다. 이런 일은 아프지 않고는 일어날 수없는 일이었다. 그래서 나는 가능하면 많이 그리고 오래 아프고 싶었다. 그런데 엄마 지극정성 때문인지 사흘인가 해서 나는 멀쩡해졌다. 더 아파도 되는데, 나는 엄마를 속이기로 했다. 계속 밥이 싫다며 들어 누워서 아픈 체를 했다. 어리광이었다. 다 큰 것이 어리광이었다. 아픈 때만 통하는 어리광이었다.

그것이 통했겠는가, 자존심이 걸린 연기였는데.

그 때 엄마는 부엌에서 저녁을 짓고 있었는데 아주 평상시대로의 어조로,

"이제 그만 일어나라."

엄마가 그때 내게 한 말이다.

아팠다가 나으면 훌훌 털고 일어나야 하는 것. 그래서 방도 치우고 심부름도 가야 하는 것. 그것이 엄마의 위대한 소신이었다. 아이들이 아팠을 때 헌신적이었어도 일단 나으면 엄마는 자비를 베풀지 않았다.

나는 벌떡 일어났다. 연기가 탄로 났는데 무안해서 어떻게 더 누워 있을 수가 있었겠는가. 엄마 소신은 위대했으므로 나는 엄마가 콱 싫었다.

이야기가 앞서 갔는데 다시 여섯 살(?)로 돌아가서 얼마 후에 아버지가 전근을 했다. 우리는 도시에서 공부하는 아이가 셋이나 있어서 아버지만 우선 임지로 떠났다. 그리고 며칠인가 지나 우리 집에서 화투판이 벌어졌다. 엄마하고 엇비슷한 나이의 누구엄마,

누구엄마 네댓이 가운뎃방에 모여가지고 화투짝 소리도 요란하게,

"비닷!"

"둥근달이닷!"

큰소리를 쳐댔다. 엄마도 젖먹이 아이를 옆에 끼고 치마폭을 벌린 채 얼굴에는 웃음이 넘실댔다. 그리고 저녁때가 되어서 떡장수 성이 떡함지를 이고 부엌문으로 해서 들어왔다. 누구엄마들은 대개 댓돌 위의 마루로 해서 안방 문을 열고 들어오는데.

떡이 함지 채 화투판 복판으로 디밀어졌다. 나는 이미 송편 두 개를 양손에 들고 있었다. 떡은 삽시에 동이 났다. 떡값이 그 자리서 치러지고 떡장수 성은 입이 벌어져서 돈을 챙겼다. 그날 팔다 남은 떡이었겠지. 꽤 되는 떡이 그렇게 소비가 됐다. 팔다 남으면 이고오라고 엄마가 시켰을 것이다.

화투치는 장면, 그것은 내게 참으로 기이(奇異)하게 보였다. 우리 집에서 화투판이 벌어졌다.

내겐 이모, 고모, 삼촌이 많았는데 만주고모가 제일로 활달하고 하이칼라였다. 우리는 그 고모를 '아재, 아재' 불렀는데 방학 때면 이 아재가 아이들 부대를 몰고 만주를 출발해서 우리 집에 도착했다. 와서는 그 부대가 신세를 지는데 그 신세를 갚는 방법이 밤마다 엄마하고 나란히 누워서 쏙닥쏙닥 쏙달거리는 일이었다. 우리 친척들 사이에서는 좀 드물게 사기성이 있는 고모였다. 그런 경향을 아는지 모르는지 나이가 비슷한 이 시누, 올케가 사이가 좋았다. 만주아재는 엄마하고 쏙닥거리다가 우리한테 그 범위를 넓히는 일도 있었다. 내가 열 네댓쯤 됐을까.

"느이 엄마 시집와서 말이다—"

이렇게 시작이 되면 아이들이 귀를 모았다. 고모 말재주가 거짓말이 반은 보태서 우리를 혹하게 했으니까. 고모 왈, 아버지하고

엄마는 강을 사이에 두고 마주보는 동네에 살았다. 엄마는 열일곱에 세 살 연하인 아버지에게 시집을 왔다. 시집을 오면서 아버지하고 엄마 거처가 바뀌었다. 학교를 다니는 아버지가 학교에서 가까운 처가로 옮기고 엄마는 강을 넘어와서 시집살이를 한 것이다. 그리고 다음 해라고 고모가 말했다.

"느이 엄마가 신랑도 없는 시집살이를 하는데 하루는 저녁 설거지를 하다가 꽃접시 하나를 깼구나."

그게 대단한 접시였다. 현장을 본 사람이 있었으면 그 자리서 쫓겨날 일이었다.

그때의 그릇은 놋그릇이 아니면 질그릇, 기껏해야 알루미늄 나부랑이 정도였다. 그러다가 시장에 사기그릇이 등장했다. 이 신식그릇이 부엌 살림하는 아낙들의 눈길을 사로잡았다. 여인들은 어렵게, 어렵게 그 신식그릇을 장만했다. 겨우 한, 두개 정도를. 그리고는 아끼고 아꼈다. 그것이 새 유행이었다. 그 유행이 도시에서 시골로 번졌는데 그 유행을 따르지 못하는 아낙이 대부분이었다. 돈이 없어서. 그런데 그 신주 모시듯 하는 꽃접시 하나를 아차! 엄마가 깬 것이다. 우리 할머니, 호랑이 할머니, 엄마의 시어머니는 기골이 장대하고 보기에도 호랑이었다.

그 날 밤 엄마는 식구 모두가 잠든 것을 확인하고 집을 빠져나왔다. 낳고 자라온 강 건너 집에 그런 그릇이 있었다, 같은 꽃무니 그림의 사기접시가. 물건이 다양하지 못했던 시절이니까 한동안은 같은 모양의 그릇이 유행했겠지. 엄마는 강을 건넜다. 야밤에 혼자서. 아랫도리는 벗어서 머리에 이고 치마는 그 위에다 뒤집어썼다. 강폭은 꽤 되었는데 대충 깊지는 않았다. 그러나 물속은 굴곡이 있어서 가슴까지 차오르는데도 더러는 있는 법이다. 그 야밤에 젊다 못해 어린 여자애가 물귀신도 나온다는, 샛강도 아니고 이름 있는 큰 강을 혼자서 건널 생각을 했고 그래서 건넜다.

엄마야 필사적이었겠지. 그러나 물귀신 꼴로 들어선 딸을 보고 친정부모는 사색이 됐다. 등골에는 땀이 배고. 시집살이가 무섭대도 그렇지…… 그러나 딸을 나무라고 어쩌고 할 계제도 아니었다. 꽃접시 두 개부터 얼른 싸서 딸에게 들려서 내쫓듯이 보냈다. 외삼촌이 조카딸을 강 건너까지 데려다 주었다. 그런데 여기에 재밌는 장면 하나가 첨부된다. 설마 아재 창작은 아닐 거야. 사기성이 있다고 해도 그런 장면은 만들어내지 못하지. 가장 찬란한 장면이니까.

엄마가 친정 마당을 나서는데 아버지가 기거하는 방문 한 짝이 벌컥 열렸다 그러더니 그 속에서 아버지 윗도리가 마당으로 휘이익 날아왔다. 엄마가 아버지를 보지 않고, 방문도 한번 열어보지 않고 가니까 세 살 아래 신랑이 심술이 나서 윗도리를 내던진 것이다. 어른 아무도 아버지 생각을 하지 못했다. 그렇게 꽃접시는 원상복귀가 됐는데 나중에 호랑이 시어머니, 우리 할머니가 그 사건을 듣더니 말했단다.

"지를 내가 죽이겠어 살리겠어. 미친 거."

큰고모도 이 이야기가 나오면 웃는 얼굴로 머리를 끄덕였다. 엄마는 입이 무거운데 만주아재가 바람을 넣는 통에 맺혔던 이 이야길 해버렸겠지. 내 생각에, 이 사건만큼 엄마를 잘 보여주는 것도 없지 싶다. 화투치는 엄마가 내 눈에 기이하게 보인 것은, 그 사건을 알 턱이 없는 어린 내 속에 그 사건의 엄마 이미지가 이미 있었던 게 아닐까, 하는 생각이 든다. 나는 두 번 다시 엄마가 화투치는 모습을 본 일이 없다. 치마를 퍼더버리고 화투치는 모습을.

남쪽에서 바람이 불어오자 처녀들이 바구니를 옆에 끼고 경마장에 모여들었다. 처녀들뿐이 아니다. 아줌마들, 조무래기들도 모여

들었다.

우리 집 앞으로 광활한 경마장이 펼쳐져 있었다. 알기 쉽게 무슨 무슨 구(區) 하나만큼이나 넓은 경마장이었다. 그 들판에서 경마가 열리는 것은 일 년에 한두 번일까. 그때나 그곳이 왁자지껄하고 다른 때는 그냥 텅 빈 벌판이었다. 봄이 오면 들판에 나물이 돋아난다. 여자들이 들판의 나물을 캐느라고 시간가는 줄을 모른다. 손칼로 나물을 캐는 그 여자들 옆에서 아이들도 따라한다고 막대기로 흙을 뒤집는다. 아이들도 시간가는 줄을 모른다. 재미있다. 너무너무 재미있다. 캐보면 안다. 그 나물은 반찬이 되는데 아이들이 캔 나물은 못 먹는 것도 더러는 섞이고 또 지저분하다. 그러나 아이들의 말을 들어보면 자기네 엄마가 그 나물을 정성스레 다듬어서 역시 반찬을 한다고 했다.

"울 엄마가 반찬을 해, 얘."

한 아이가 그러면 다른 아이도 질세라,

"울 엄마도 해, 얘."

내 또래가 무두 한단다.

그럼 울 엄마는? 나는 숨이 턱에 닿게 집에 달려가서 내가 캔 나물을 엄마에게 내밀었다. 엄마는 뒤꼍에다 그걸 후울 버렸다. 다음에도 버렸다. 다듬고 말고 할 시간이 엄마는 아깝다. 데치면 한 줌도 되지 않을 것을. 엄마는 시간이 아깝고 나는 나물이 아깝다. 내 정성이 아깝다.

다시는 엄마에게 나는 나물을 가져가지 않았다. 대신 헛간에서, 조개껍질을 주워서 소꿉놀이하는 솥에다 나물을 데치기로 했다. 헛간에는 땔감인 깡마른 솔단이 그뜩했고 솔단에서 떨어진 솔잎은 바닥에 수북했다. 솥을 걸고 그 밑에 솔잎을 조금 긁어서 불을 댕기니까 타다닥! 소리를 내면서 타올랐다. 잘 탄다. 그런데 '잘 탄다'

를 할 사이도 없이, 진짜로 눈을 한번 껌벅하는데 불이 번지고 있었다, 바닥으로, 온통 솔잎인 바닥으로! 정말로 순식간이었다. 나는 반사적으로 손에 잡히는 솔가지로 불을 때렸다. 그러자 불은 솔가지에 옮겨 붙었고 그 불길이 내 손등으로 달려들었다. 나는 으악! 소리도 지르지 못하고 솔가지를 던졌다. 솔가지는 솔단으로 날아갔고 그것이 모두 한꺼번에 일어난 일이었다. 솔단에 불이 붙고 헛간 전체가 불덩어리로 변했다. 불덩어리는 붉은 혓바닥을 날름거렸다. 불을 잡으려던 나는 헛간에서 달려 나왔다. 세 살 맏이 언니 하나가 집에 있었는데 언니는 안방에서 나오면서,

"엄마 엄마!"

소리쳤다

남쪽에서 바람이 불어오는 날이었다. 그만그만한 집 세 채가 바람따라 탔다, 깡그리.

불탄 자리에서 매일 엄마가 눈물을 찍어내면서 뒤지고 다녔다. 뒤지면 뭔가가 나오는 모양이었다. 보물찾기 같았다. 나도 뒤지고 싶네, 막대를 갖고. 그러나 엄마가 나만 보면 햇빛이 부신 사람처럼 눈이 세모꼴이 됐다. 아, 내가 불을 냈지. 나는 찔끔해서 비실비실 뒷걸음질을 친다. 그 자리에서만이 아니고 엄마는 나하고 눈이 마주치면 표정이 험악해졌다. 우리가 표정 없는 사람들이라는 소리를 듣는데 아니다. 그 무렵의 엄마 표정은 정말 풍부했다. 당분간 나는 엄마를 스을슬 피해 다녀야했다. 실화(失火)다 방화다, 신문지상을 떠들썩하게 했던 큰불이었다. 우리 말고 두 집은 어떻게 됐을까…… 아버지는 나를 놀렸다.

"시집갈 때 아무 것도 없다."

집을 태워먹었으니 시집갈 때 맨몸이라는 것이었다. 그 말이 뭐 내게 먹혔겠는가. 시집이 벌집처럼 나무에 걸린 집인지 아닌지도

모르는데. 그러나 뭐는 맞는다더니 내가 시집갈 때, 진짜 냄비 하나 들고 가지 못했다. 훨씬 나중의 일이지만. 집이 없어서 우리는 예정보다 빨리 아버지하고 합치게 됐다.

그 사택은 지붕이 양철인데 비만 오면 '투당탕!' 소리가 엄청 컸다. 오죽하면 한밤에 내가 눈을 뜨고 그랬을까. 겁이 나게 그 소리는 컸다. 양철지붕에 비오는 소리. 나는 안다, 그 대포 터지는 소리를. 그러나 아버지하고 엄마가 집에 있으면 나는 걱정 없이 다시 잤다. 그런데 아버지는 있고 엄마가 없으면 잠을 다시 이루지 못한다.

엄마는 하루 정도 집을 자주 비웠다. 아이 셋을 자취방에 두고 와서 두 집 살림 하는 꼴이었다. 엄마가 아버지에게,

"오토바이에 우차(牛車) 달고, 그러면 안 될까요?"

소 대신에 오토바이에다, 애가 셋이니까 리야카 같은 걸 달고 통학하는, 그런 구상이었다. 〈필요는 발명의 어머니〉라는 말이 있는데 그러나 엄마 구상은 성공하지 못해서 그냥 두 집 살림이 계속됐다.

양철지붕 두들기는 빗소리로 잠을 깨고 나는 집에 엄마가 없다는 것을 안다. 대포는 탕! 탕! 터지고 어떡하지, 이렇게 비가 오면 길이 막힐 텐데, 버스길이 막히면? 나는 일어나서 두 손을 모은다.

"비 그만 오세요. 엄마 보내 주세요."

빈다. 엄마는 몰랐을 거야, 양철지붕에서 대포가 터지면 내가 한밤에 간절히 빌었다는 것을. 그러나 아침이 되면 하늘은 말짱해지고 나는 1학년생이라 씩씩하게 학교에 간다. 가끔 신작로 같은데서 마을처녀들이 나를 보고,

"엄마, 중이 메 갔다."

아니면,

"뙈놈이 메 갔다."

그러곤 했다. 뙈놈은 중국사람인데 아이들이 뙈놈도 중도 무서워했다. 나는 잠깐 헷갈렸다가 놀려먹는다는 것을 알아차린다. 그래도 처녀들은 그렇게 놀려먹는 게 재미있는지 늘 같은 말로 놀렸다. 내가 엄마를 무척 기다린다고 생각하는 모양이지? 엄마가 없으면 사택에는 아버지하고 나만 남으니까. 그러나 나는 외로운 아이가 아니었다. 낮에는 소사(小使)아저씨를 독차지해서 따라다니고 밤엔 동네 조무래기들하고 아저씨의 조그만 단칸방에서 귀신이야기를 들으면 시간이 언제 갔는지를 몰랐다.

아저씨는 몇 살이었을까. 학교 뒷마당에 아저씨집이 있었다. 부엌 하나, 방 하나 그런 집인데 학교에 딸린 집이니까 아저씨집도 사택이다. 아저씨는 그 집에서 혼자 살았는데 나는 우리 집에서보다 아저씨 집에서 더 많이 지냈다. 아저씨는 나를 업어주는 것을 좋아했다. 학교 일에 지장만 되지 않으면,

"자, 업혀라."

해서 업었다. 그러다 보니까 아저씨가 교무실에서 시험지를 등사판에 밀 때도 나는 아저씨 주변에서 얼쩡거렸다.

내가 제일 못하는 공부가 '조선어'였다. 그래서 아저씨가 우리 '조선어' 시험지를 밀 때, 나는 아저씨에게 딱 붙어서 기어이 시험지 한 장을 얻어냈다. 아저씨는 끝까지 주지 않으려했는데 결국 주고 말았다. 문제유출이다. 아저씨는 얼마나 고민했을까. 나는 고민보다 그저 좋아했는데.

내게는 이런 아저씨가 있었고 쨍 맑은 밤하늘에서는 별이 쏟아지고 그보다 운동장에 반딧불이가 천지였다. 달리고 소리 지르고 빙빙 돌고, 무슨 놀이를 해도 다 재미있었다. 그러다가 춥고 쓸쓸한 겨울이 왔다. 그런데 엄마가 열흘이나 집을 비워야 하는 일이 생겼

다.

엄마가 하루 정도를 비울 때는 내 생활에 아무 변동이 없었다. 그러나 열흘이면 조금 달라진다. 우선 아버지가 밥 짓는 법을 가르쳐주었다.

"쌀을 이 정도로 퍼다가, 그래그래. 세 번 씻고오, 그리고 다음에는 일어야지."

쌀에 돌도 있던 때다.

"잘 일었나? 오올치. 다음에는 물인데 자, 쌀을 이렇게 고르게 펴고 이 손을 짝 펴서 쌀에 얹고, 이 손은 그 우에다 얹고—"

그러면 쌀 위에 두 손바닥이 포개진다. 물을 붓는다. 물이 포개진 손등으로 넘을락 말락, 그 정도로 부으란다. 이것이 내가 아버지로부터 배운 밥 짓는 법이었다.

나는 아침저녁으로 밥을 지었다.

"우리 기리가 밥을 아주 잘한다."

아버지가 칭찬하니까 나는 한 가지를 더 하게 됐다. 밖에 묻어둔 김치독에서 김치도 꺼내왔다. 물이 뚝뚝 떨어지는 손으로 꺼내왔다.

겨울의 아이들 손은 대개 튼다. 잘 씻지 않아서 튼다. 물만 쓱쓱 끼얹고 씻었단다. 어른이 붙잡아서 씻어도 그때뿐이다. 손등이 갈라져서 피가 내비칠 때도 있다. 그럴 때 엄마들이,

"자기 전에 아무개야, 오좀을 받아서 푹 담가라."

오줌에 담그면 확실히 손등이 부드러워졌다. 무슨 호르몬이 있어서 그렇다는데 엄마들이 호르몬을 알 턱이 없고 옛날부터 그렇게 해왔다. 그러나 애들은 들은 체 만 체다. 귀찮아서 튼대로 산다. 그러면 엄마들이 또,

"젖은 손으로 밖에 나가지 마라."

물기 있는 손으로 밖에 나가면 이건 뭐 맘대로 트라는 소리다. 그런데 나는 물이 뚝뚝 떨어지는 손으로 김치를 꺼내오곤 했다. 살림을 산다고 마른 손, 젖은 손이 없다. 열흘이 가는 동안에 내 손은 트고 갈라지고 피가 흐르고, 좀 애처로울 지경이 됐다. 밖에 나갔다가 들어와서 손이 정 시리면 더운 물에 푹 담근다. 앗! 불에 덴 것 같다.

엄마가 왔다. 엄마는 내 손을 더운 물에 불려서 때를 벗겨냈다. 여간 아픈 게 아니다. 눈물이 찔끔 나지만 참는다. 아프다고 놓아줄 엄마가 아니다. 엄마 때문에 그냥 아프다. 그래도 이제부턴 살림을 안살아도 된다. 아저씨한테 뛰어갔다.

아저씨가 없다. 어디 갔을까. 자전거 타고 학교 심부름 갔겠지. 할 수없이 나는 집으로 돌아왔다. 그런데 이번에는 엄마가 없다. 엄마가 없으면 간 데는 뻔했다. 나는 2백인가 3백 미터쯤 떨어져 있는 담뱃집으로 뛰어갔다.

연초(煙草)전매청의 허가를 얻어서 담배를 파는 담뱃집에는, 담배 말고도 빼면 1, 2, 3등까지 경품이 따라나오는 껌, 색색가지 빛깔의 별사탕, 노랑 곽에 든 다소 신식이랄 수 있는 캐러멜 등등, 순 아이들을 상대로 하는 물건 몇 가지가 상품의 전부였다. 그래도 동네 아줌마들은 가면서 오면서, 담뱃집 마루에서 잡담을 나눴다. 이 동네에 단 하나뿐인 가게다. 내 짐작은 틀림이 없었다. 저어기 앞쪽에서, 엄마하고 서넛 되는 아줌마들이 가게마루에 앉지도 않고 선채로 이야기를 나누고 있었다. 한참 이야기꽃이 핀 모양이었다. 내가 하하거리면서 달려가니까 엄마가 내 한손을 잡아서 그 손등을 내밀어보이면서 말했다.

"이렇게 텄더라구요, 피가 나구."

지금까지 하던 이야기의 계속인가? 나는 속으로, 뭐 내 손을 그렇게 아프게 했으면서…… 그런데 엄마 그 말소리가 어쩌면 그렇게 촉촉하게 들렸을까. 가슴에 파고드는 목소리, 내 가슴에.

그 소리에 한 아줌마가 내 다른 한손을 잡았고, 또 한 아줌마는 내 머리를 쓰다듬었고, 저마다 한마디씩을 했다.

"고생 많았네, 기리가……."

"그럼, 손이 트지. 어린 게 밥을 한다구……."

쯧쯧, 혀를 찼다.

나는, 처음에는 부끄러워서 눈길을 땅으로 보냈다. 엄마 말, 이렇게 텄더라구요—그게 칭찬이라는 걸 알아듣는데, 아마 내가 엄마에게 처음 듣는 칭찬 같은데 부끄러웠다. 그런데 이상하다, 부끄러웠는데 그게 슬며시 눈물로 변했다. 그래서 나는 결국 울었다.

아버지가 연금을 탈 수 있는 20년의 햇수를 채우고 교직에서 물러났다. 나는 전학을 했고 소사아저씨하고도 헤어져서 시골보다 약삭빠른 아이들이 많은 학교에서 6학년이 됐다. 그리고 그 해에 두 학년이 합쳐서 복식이던 학급이 한 학급으로 독립이 됐다. 그 바람에 우리 반에 많은 재수생이 들어왔다. 재수생은 우리보다 한두 살이 많았다.

내게는 골칫거리 정식이란 애가 있었다. 공부도 곧잘 했는데 이 애가 나만 보면 쥐를 갖고 노는 고양이로 변했다. 왜 그랬을까. 아주아주 나중에 내가 들은 바로는, 관심이나 애정을 자기가 알아차리지 못하고선 오히려 못된 행동으로 표출하는 수도 있다고 했다. 방법치고는 저질이다. 정식이는 무엇이 동기인지 모르지만 불쑥 내 귀에다 고함을 처대고, 다리를 걸고, 여자애들 공기판을 차엎고, 내 이름이 기리라고 '기리기리 똥기리'. 내가 저보다 힘이 모자라니까 4학년에 전학을 와서 줄곧 당하는 능멸이었다. 이유도 없이 시람 능멸하는 놈, 내가 축구선수라면 한발로 뻥 차서 저세상으로 보내 거기서나 잘난 체 놀아보라고 할 것인데!

기사(騎士)가 나타났다. 재수생 한수다. 정식이가 못되게 굴면 한수가 막아섰다. 그게 아무나 할 수 있는 일이 아닌데 한수가 했다. 그리고 그렇게 몇 번을 방해를 받자 정식이가 찔끔했다. 비겁한 놈, 자기보다 힘이 세다 싶으니까 꽁무니를 빼네. 한수 인기가 높아지고 우리 여자애들은 한수에겐 웃음을, 정식이에겐 픽, 냉소를 던졌다. 정식이가 퇴장을 당하는 장면이었다.

한수하고 웃음으로 지내다 보니까 우리는 소설책 같은 것도 더러 바꿔보았다. 그러다가 한수가 학교가 끝난 뒤에 우리 집 골목으로 나타나는 일이 생겼다. 그러면 나는 한수 오는 것을 기다리고 있은 것처럼 밖으로 나가서 그가 들고 오는 책을 얼른 받아갖고 들어왔다. 내가 얼른 나가는 것은, 혹시라도 엄마 눈에 한수가 띌까봐서인데 한수가 왔다는 것을 내가 어찌 알까.

나는 한수를 지키고 있었다. 이건 절대로 엄마가 알아서는 안 되는 일인데 정말, 절대로 절대로. 엄마가 알면 틀림이 없다. 꼭뒤에 피도 마르지 않은 게—그럴 것이다. 사내를 밝힌다, 그 소리다. 그래서 모멸에 찬 눈길로, 천한 것들에게나 보내는 눈길로, 어쩌다 저런 한심한 게 생겼나 하는 눈길로—생각만 해도 창피하고 아, 부끄럽다. 남녀칠세 부동석. 엄마가 남녀칠세 부동석, 그걸 알아? 모르지. 아류로 때려잡는 거지. 성(性)이 다른 인간은 모조리 오염물질이라고. 그러니까 무슨 욕지거리라도 퍼부어서 막아야 한다고. 그게 지키는 일이라고. 엄마는 내 수치심을 최고로 건드려서 박살을 낼 것이다. 끔찍하다. 정말 끔찍하다.

그렇다면, 그토록 끔찍하다면 한수가 나타나는 것을 알려서 그걸 막으면 되는데, 그런데, 그 끔찍한 것을 뛰어넘는 내 힘으로도 다

스릴 수 없는 것이 내 속에 웅크리고 있으니. 나는 밖을 지켜보다가 한수가 나타나면 집을 빠져나갔다. 갈등을 하다가 판가름이 그렇게 났다.

그러던 어느 날 밤이다. 나는 한수를 기다리고 있었다. 〈아 무정(無情)!!〉—레미제라블—청소년용으로 그런 이름이 붙은 그 책을 가져다주마고 약속한 날이었다. 한수가 약속대로 나타났는데 책은 주지 않고 그대로 걸어갔다. 어두운 골목길에는 사람이 없었다. 나는 한수를 뒤따랐다. 가까운 곳에 강이 있었다. 한수가 그 강둑으로 나갔다. 연애 거는 남녀가 잘 이용하는 곳이었다. 가지마라, 가지마라. 그 소리가 들리는데 한수 따라 강둑을 넘어서 모래사장으로 나아갔다. 우리는 그 모래사장을 걸었다.

"너도 읽어봐. 읽어보면 아는데 정말 아, 무정!!이더라."

한수가 그렇게 시작했다. 고아 코제트하고 마리우스청년의 가슴떨리는 사랑. 구구절절 한수는, 때론 한숨으로 이야기했고 감탄사로 이야기했고 쉼표로 감정을 다스렸다가 시장 장발장아저씨로 넘어갔다. 아저씨가 너무 좋고, 자기도 장차 그런 사람이 되고 싶단다.

"장발장아저씨, 그런 사람도 있을까. 난 그런 사람이 되고 싶다!"

장발장아저씨? 소사아저씨가 생각나네. 시골을 떠나온 후 한 번도 보지 못했다. 아저씨는 나를 업고 뒷동산에도 자주 올라갔는데 가선 차렷, 자세로 나팔을 불어주곤 했다. 황금빛 나팔꽃 같았던 아저씨의 나팔. 내가 뱀이 무섭다면 아저씨는 그 나팔을 불면 뱀이 달아난댔다. 그러면서 나팔을 불어주었다. 소나무 그늘에 앉아서 뱀이 달아난다는 나팔소리를 듣곤 했던 나날. 문득 이런 생각이 든다. 혹시 아저씨는 나만한 아이를 하늘로 보낸 건 아니었을까. 아저씨, 안녕하세요?
별똥별이 흘렀다, 그 시골하늘에서처럼. 그러나 소망을 빌 사이도 없이 흘러가버렸다.
시간이 많이 갔다. 나는 집이 가깝지만 한수는 한참을 가야했다. 우리는 강둑에서 헤어졌다. 그리고 돌아서 오는데 오만가지가 내게 달려들었다. 나는 달렸다. 내 예감은 적중했다. 밀면 열려야 할 대문이 열리지 않았다. 이걸 미처 생각지 못했다. 내가 나올 때는 확실히 열려 있었으니까. 밤이 되면 빗장은 지른다는 생각을 하지 못했다. 빗장이라는 것은 소리를 지르면 열린다. 그러나 나는 그렇게 할 수가 없었다. 친구 혜라한테 갔었다고 해도 얻어맞을지 모르는데, 밤이 몇 시냐고. 그런데 어디를 갔었다고 해명도 하지 못한다, 나는.
달이 있었던가? 골목 안은 너무 고요했고 발소리 하나 없었다. 그러나 그게 그대로 유지되라는 보장은 없었다. 누군가가 나타나서, 모든 것이 잠에 빠져든 깊은 밤에 열리지 않는 대문 앞에 그림자처럼 서있는 기집애를 보면 기절조풍해서 우리 대문을 두들겨댈지도 몰랐다. 우물쭈물할 때가 아니었다. 나는 담을 처다 보고 대문 밑을 살폈다. 담은 절대로 어떻게 할 대상이 아니었다. 도둑을 막는 담이기도 한데 내가 넘을 수 있게 허술했겠는가. 대문하고 그 밑이 10센티 정도 사이가 있었다. 나는 쭈그려 앉았다. 그리고 거기를 파기 시작했다.
거기 흙이 돌처럼 단단하지는 않았다. 파지기는 파졌다. 그러나 내 손끝의 살갗은 벗겨졌고 피도 비쳤겠지. 나는 파고 팠다. 살로 파고 손톱으로 팠다. 뒤꼭지엔 불이 붙었고 무슨 발소리가? 미친듯이 팠다. 머리에는 엄마만 가득했다.
어떤 구멍도 머리가 들어가면 어깨가 들어가고 다 들어간댔다.

나는 몇 번이나 구멍에다 머리를 디밀어보았다. 그리고 마침내 머리가 들어갔다. 어깨가 따라서 들어가고 배가 들어가고 궁둥이도 뽑아낼 수가 있었다. 나는 대문 안에 일어섰다. 한 시간? 두 시간? 하루처럼 길었던 싸움에서 내가 이기는 순간이었다. 엄마하고의 싸움에서.

그 다음 날 나는 강에 나갔다. 다리에 들어서서 모래사장을 내려다보았다. 다리에서 조금 떨어진 그곳 모래에 우리들의 발자국이 선명히 나 있었다. 학교 운동장만큼이나 큰 둥그러미가 선명하게 보였다. 한수하고 내가 걷고 걸어서 만든 둥그러미. 우리는 걸으면서 서로의 손이 닿을까봐 사이를 두고 걸었다. 발자국이 넓게 퍼져서 둥그러미가 더 선명하게 보이는 게 그 때문이었다. 나는 난간에 붙어서 눈길을 떼지 못했다. 브르르 떨었다.

혼났지, 내가. 오죽 혼이 났으면 문제될 만한 짓은 다 중지해 버렸을까. 한수도 밀어냈다. 그게 사춘기가 오는 신호였을지도…… 그걸 내가 알 턱이 없다. 어른이라는 엄마도 모른다. 내가 그 둥그러미하고 대문 밑의 작은 구멍 덕분에 이제 올지도 모르는 그 야릇한 것을 이겨낸 것도 모르고 엄마는 걸핏하면 나를 못마땅해 했다.

"남의 집 애들은—"

이러면서.

절제는 해도 나는 고분고분하지는 않았다. 흥, 남의 집 애들? 누구? 남의 집 엄마는 좋아 뵈도 남의 집 애들? 나는 콧방귀다.

또 있다, 엄마 잘하는 소리.

"말만한 게—"

욕이면 욕이지 말은 왜 갖다 붙여. 한다는 소리가 사람을 말에다나 갖다 붙이고, 밤낮. 내가 참지 않는다.

"밥 먹고 컸으니까 말만하지!"

엄마는 말대꾸를 한다고 매를 든다. 나는 맞는다. 그러면 엄마가 또 하는 소리가,

"달아나지도 않고. 다른 애들은 달아나기도 한는데!"

맞으면서 나는 우습다. 때리자고 매를 들었으면서 내가 달아나지 않아서 엄마는 약이 오른다. 그래서 때리는 수밖에 없게 된 엄마. 바보 같은 엄마, 엄마 약점이 들어난다. 달아나주나 봐라. 나는 절대로 달아나지 않는다. 엄마가 진짜로 때린다. 그리고 매를 던지면서 후욱, 한숨과 함께 탄식을 한다.

"갈수록 태산이다……"

새끼 키워먹기가 그렇다는 것이다.

새끼가 태산이라면, 내가 태산이라면 나도 할 말이 있다.

엄마는 늘 바쁘니까, 그리고 부지런하니까. 눈만 뜨면 쫓기는 엄마. 문득 화투치는 엄마가 떠오를 때가 있다, 다른 하나의 엄마. 꼭 한번 본 엄마 모습인데 그 모습이 왠지 내 마음을 아릿하게 해서 나는 엄마를 이해도 하고 양해도 하는 편이다. 나한테 소홀하다 싶어도 마음속으로 양해를 하고 이해를 한다, 바쁘니까. 나도 그렇게 마음 쓸 줄은 안다. 그러다가 엄마 손을 빌려야 하는 일이 생긴다. 겨울이 와서 누비저고리를 언제까지 해 달란다거나 블루우머 만들 옥양목 몇 자를 검은 물 들여 달란다거나. 내가 할 수없는 일인데 그래서 엄마한테 약속을 받아낸다.

약속은 지키라고 하는 것인데 엄마가 지키지 않는다. 지키지 않는 것이 아니라 지키지 못한다고 나는 이해를 한다. 발이 닳고 손이 닳아서 사는 엄마니까. 그래서 마음속으로 약속날짜를 연기한다. 또 연기한다. 엄마는 내가 연기하고 또 연기하는 것에 신경도 쓰지 않는 눈치다. 다시 연기한다. 내 마음이 하해(河海)는 아닌데

그걸 눈치 채지 못하고 또 지키지 않는다. 그 다음이 내 차례다. 저고리를 지어주고 물을 들여줘도 나는 절대로 받아들이지 않는다. 거들떠보지도 않는다. 시효가 지났다. 엄마가 내게 가져야 하는 '성의'의 시효가 지난 것이다. 아무리 바빠도 성의문제다. '성의'는 이해차원이 아니다, 마음이다. 내가 생각해도 내가 좀 성의문제에서는 까탈스러웠다. 성의 없는 엄마, 나는 말도 하기 싫다. 말을 하지 않는다. 엄마가 무슨 말을 해도 모른 체다. 그런 시위를 보름이나 했는데도 엄마는 알아차리지 못한다. 바쁘니까. 애들 기분 따윈 살피지도 않으니까, 태산 타령이나 하면서. 그러다가 어느 날,

"왜 그러니? 말도 안쿠 뚱해서."

이런 소리를 한다. 그리고 생각해 보니까 그 일 때문이라는 것도 알아차린다. 엄마는 기가 차다. 어이가 없다. 그게 언젯적 일인데 입을 봉하고 저게 그 동안……

빨리도 알아차렸네, 보름이나 내가 혼자서 끙끙거렸잖아. 그것이 조금 억울하지만 엄마가 어이없어하니까 마음은 풀린다, 풀려간다. 풀려가는데 엄마가 또 '남의 집 애들은' 푸념을 한다. 오빠가 그 타령을 옆에서 듣고 있다가 한마디를 했다.

"우리 집 애들요? 괜찮이요. 다 둘러봐도 이만한 애들 없어요."

엄마는 속으로야 좋았겠지. 그러나 우리들—형제가 많아서, 눈에는 실쭉해보였다.

우리가 순한 애들은 아니었다. 엄마 흉도 잘 보고. 엄마가 남의 애들 부러워하면 우리는 남의 엄마 부러워했다.

"잔소리 잔소리. 다른 집 엄마는 안 그러지?"

"그럼. 지애가 젤이지. 그 못난 걸."

"난 그런 엄마가 좋아. 그런 엄마 될 거야."

내친 김에 '엄마 되겠다'는 말을 해놓고 얼굴이 벌개지기도 했다.

그게 품위 있는 여자애가 벙벙거릴 소리가 아니었다. 돌아앉아서나 쑥덕거릴 소리지. 그러나 우리는 품위가 없어서인지 늘 벙벙거렸다. 엄마 잔소리, 숟가락 들고 놓는 것까지 잔소리. 귀를 막고 싶은데 그게 무시가 되지 않아서 우리들의 기분을 완전히 긁어놓곤 했다.

"정말이지 우리 엄마처럼 잔소리 좋아하는 엄마도 없을 거야."

이게 우리의 공통된 의견이었다. 우리에게도 이렇게 할 말이 있었다.

우리보다 나이가 많고 이리저리 돌아다녀서 견문도 넓은 편인 오빠가 투덜거리는 우리들 보고 타이른 일이 있었다.

"엄마 함부루 말하지 마라. 내가 만주로 도망쳤을 때,"

우리 집에서 제일 문제아가 오빠다. 중학교 때, 아무튼 여러 문제를 일으켜서 퇴학을 당하고 열하니까(무안하니까) 엄마 금비녀랑 금가락지랑, 패물이라고 묻어둔 것들을 훔쳐갖고 만주로 도망을 쳤다. 열흘인가 걸려 찾아내서 엄마하고 아버지가 붙잡으러갔다. 오빠는 허름한 여관방에 이불을 뒤집어쓰고 죽치고 있었는데 엄마하고 아버지가 들이닥쳐도 일어나지 않고 돌아누워 버렸다. 당연히 아버지가 폭발해서 고함을 질렀다. 고함이 먹히지 않으니까 다음 단계가 설득이었다. 고금의 성공한 사람, 실패한 사람들을 거명하면서 누누이, 인간만사 마음먹기라고 강조했다. 오빠는 웅크린 등을 보인 채 끔쩍을 안했다. 결국 아버지가 타협안으로 후퇴했다. 집에만 가주면 어떻게 해 주겠노라고.

꾸물꾸물 오빠가 일어났다. 아버지는 타협이 이루어졌다고 생각했을 것이다. 아니다.

"아버지를 따라서 엄마가 여관방에 들어섰는데 아버지가 고함을 지르고 어쩌고 하는 동안 한마디를 안 하더라. 방에 들어서면서 앉은 그 자리에 그대로 앉아서, 아버지가 앞에 앉고 엄마가 그 뒤에 앉았는데 무릎을 딱 꿇은 채 한마디도 안해."

그게 점점 오빠를 숨이 막히게 했다. 아버지 '말씀'은 머리에 들어오지 않는데 말이 없는 엄마 압박이 견딜 수가 없었다. 그래서 일어났다는 것이다.

"엄마를 함부루 보지 마."

그것이 오빠 결론이었다.

오빠 견해하고 우리 견해가 꼭 일치하는 것은 아니었다. 숨이 막히는 엄마가 아니고 좀 덜덜거리는 엄마, 만만한 엄마, 지 새끼 제일인 엄마, 무릎에도 훌쩍 뛰어오를 수 있는 그런 엄마가 우리는 좋을 것 같았다. 나는 앞으로 집을 떠나야 하는데 태산이었다. 숨이 막히는 엄마를 상대해서 싸워야 한다. 노래를 잘하는 언니가 하나 있다. 소문이 자자해져서 이 지역의 기생들이 언니를 불렀다. 초청을 한 것이다. 언니가 창(唱)을 뽑았다. 창을 들은 기생들이 모두 머리를 떨구고 들지 못했다. 나는 지금도 언니 '오 솔레미오'보다 더 잘 부르는 '오 솔레미오'를 들어본 적이 없다. 마리아 칼라스도 아니었다. 그 언니가 노래를 위해 애쓴 전설 같은 이야기.

언니는 목을 스므드하게 한다나, 노래하는 사람은 날계란을 하루에 하나는 꼭 먹으라는 말을 굳게 지켰다. 그래서 책값을 축내서라도 계란을 사서 하루에 곡 하나를 목에 흘러보냈다. 그리고 또 사람이 없는 산속을 찾아 목청껏 노래연습을 했다. 악기도 한, 둘은 다뤄야한다는 소리에 피아노 레슨을 받았는데 레슨비를 아버지가 주지 않았다. 까짓 것 해봐야 기생 밖에 더 되겠냐고. 언니는 공부가 딸리는 부잣집 여학생의 공부를 도와주었다. 그렇게 애를 썼는데 엄마하고 아버지는 그녀를 시집이라는 데로 쫓았다. 쫓겨 간 언니가 사내놈 둘을 생산했다. 그런데 그때까지도 노래 이야기가 나오면 언니 눈에 눈물이 그렁했다.

기생이 돼버리지 진짜.

어느 날 돌연변이 38선이 생겼다. 나는 떠날 채비를 서둘렀다. 언니는 실패했지만 나는 아니다. 언니처럼 나도 울고불고, 밥을 굶고, 이불을 뒤집어쓰고, 친구네서 무단외박하고, 죽는다고 시위하고.

언제부터인가 나를 들쑤셔온 그것들—바람을 쐈다가 물을 쐈다가 소년의 심장을 쏘는 활이 있고, 거짓말만 잘하면 발가벗는 임금님이 있고, 언니 노랫소리가 하룻밤 사이에 지구를 돌아돌아 돌아서 제자리로 오는 안개의 강이 있고. 그 세계에서 나는 가난한 성의 송편 하나를 노래할 것이며 조선어 시험지 한 장을 빼준 소사아저씨의 나팔소리를 잊지 않을 것이며—그러기 위해 나는 가야했다. 그 비상(飛翔)의 꿈을 좇아 겨우 서울로 떠나려는데 그게 되지 않는다. 꼭 내 엄마가 구닥다리여서만도 아니다. 38선 돌파가 숱한 사건을 뿌려 놨다. 죽음, 강간, 강탈, 체포. 학생이나 젊은 사람들은 스파이로도 몰려서 애꿎은 시베리아 유형도 당했다. 가다가 행방이 묘연해지면 그런 일을 당한 걸로들 알았다. 다 사실이다. 그런데다 38선을 돌파했다 해도 먹고사는 일이 아득하다. 돈을 대줄 길도 없고 형편도 아닌데…… 나는 그 모든 것을 마다하지 않았다. 하나 밖에 몰랐다.

엄마는 내가 죽을지도 모른다고 생각하게 됐다. 투쟁방법에서 제일 효과를 본 게 단식이었다. 평소의 엄마는 아이들이 단식투쟁을 하면 신경도 쓰지 않았다. 배가 고프면 먹겠지. 실제로 그랬고. 반찬투정도 상대해주지 않았다. 못 먹을 걸 먹인 적이 없으니까.

나는 단식을 방법으로 한 것이 아니었다. 진짜 죽자고 했다. 떠나지 못할 바에는 죽자. 간단했다. 엄마가 그걸 느낀 것 같았다.

엄마자신이 그래서 강을 건넜다. 시어머니 눈총이 무슨 목숨하고 바꿀 일인가. 그런데 간단했다. 밤에 혼자서 깊고 귀신도 나온다는 강을 건넜다.

저게 죽게 생겼다, 엄마가 거기에 이른 것이다. 마침내 나는 짐을 꾸릴 수 있게 되었고 밀선도 타게 되었다. 바다가 안전해서가 아니다. 같이 가게 된 사람이 밀선을 타기 때문이었다. 밀선이 다 고기 잡는 돛단밴데 운이 나빠서 폭풍을 만나면 물귀신이 되고 바람을 만나지 못하면 동해바다를 기약없이 떠돈다. 위험하다고 생각하면 한 발짝도 떼어놓을 수가 없다.

나는 엄마에게 고분고분해졌다. 미안한 생각도 슬며시 들었고 내가 못되게 굴었다 싶기도 하고. 그런데 웃음은 절로 나오고 취기가 오른 사람처럼 나는 흥얼흥얼 흥얼거리기도 했다. 절망에서 자유로워졌고 꿈은 이루어지다! 다.

이별에 대비한 것은 아무 것도 없었다. 챙기고 또 챙긴 배낭을 메고 떠나면 되었다. 바래다주고, 그런 것은 없었다. 옆에 사는 언니가, '어서 가라, 어서 가' 그러면 되었다. 엄마가 따라나설 줄은 정말 몰랐다. 그런데 따라나서는 엄마를 보고 나는 너무나 어처구니가 없어서,

"엄마!"

한 자리에 딱 멈춰섰다. 배낭 말고 한손에 든 가방을 엄마가 뺏으려했다. 나는 뺏기지 않았다.

"어딜 따라온다구, 밤인데!"

밀선이 기동차타고 40분이나 가야하는 항구에 있고, 밤이 저물어서 몇 시에 떠난다고는 했지만 정기여객선이 아니다. 떠나야 떠나는 밀선이다. 엄마가 새벽에 돌아오게 될지도 모른다. 그러나 내가 펄쩍 뛰는 것이 그래서는 아니었다. 엄마도 생각해보면 알 테지,

이런 행동이 아무 효과가 없다는 것을. 이미 연습해 본 일이라는 것을. 돌이켜 생각해도 가슴이 먹먹하다.

아이들에게 가을운동회는 만국기와 함께 펄럭이는 축제다. 사택에 살 때는 집하고 운동장이 붙어 있어서 엄마가 두 곳을 갔다왔다 했다. 학교가 바뀌고 내가 크고 엄마는 바쁘고, 그날이 와도 나는 언제나처럼 점심을 싸갖고 가서 그냥저냥 운동회를 보냈다. 밤잠을 못자고, 그럴 나이도 아니었다. 그러다가 엄마가 반성을 했겠지, 한 번도 가주지 못했다는 것을. 엄마가 운동회에 오마고 했을 때 나는 놀라기도 했지만 사실은 가슴이 찡했다. 엄마가 와서 같이 점심을 먹는 애들을 내가 부러워했다는 것을 알았다. 나는 엄마를 기다렸고 점심을 먹을 장소도 마음속에 정해두었다. 거기까지는 좋았다.

내가 마음속에 찍어둔 장소는 학교 뒷산 그 기슭의 아담한 한그루 소나무 밑이었다. 점심때 나는 서둘러 그 자리를 찾아갔다. 여러 사람이 이미 산기슭을 차지하고 있었다. 그래도 내가 찍어둔 자리는 아직 비어있었다. 거기까지도 좋았다. 점심을 펴놓고 먹기 시작하는데,

"이거 맛있다, 엄마."

내가 그러면,

"음, 많이 먹어."

이렇게 엄마가 대답해 줘야 하는데. 아니면,

"엄마, 나 뛰는 거 봤어?"

"꼴찌하구선."

"히히히."

이렇게 가는 게 정상인데 엄마도 나도 말이 없다. 밥을 먹으면서 말이 없다. 말이 없어도 통할 때가 있고 그게 더 편안할 수도 있

다. 그러나 엄마하고 나는 통해서도 아니고 편안해서도 아니고 말이 없을 뿐이다.

엄마는 내가 심술이 나서 밥을 먹지 않으면 '먹지 마!' 해결책이 그것이었다. '밥부터 먹고, 기운 차리고 그리고 이야기해 보자쿠나' 이런 온유한 화법은 배우지 못했다. 그런데 내가 좋아하는 반찬들을 대충 들고 온 그 소나무 밑은 온유함, 바로 아기자기가 어울리는 자리였다. 여기저기서 재잘거리고 활짝 웃고들 있었다. 엄마도 그런 아기자기를 하고 싶겠지. 그러나 되지 않는다. 엄마가 되지 않는 걸 내가 될 리가 없다. 그래서 아기자기에 소질이 없는 두 사람이 말이 없고 말이 없으니 어색해진다. 더 어색해진다. 이러다간 숨까지 막히겠다. 벗어나야지. 나는 꾸역꾸역 먹었고 엄마는 기다리고 있다가 그릇들을 싸가지고 돌아갔다.

그런 일이 있었다. 엄마도 잊지 않았을 것이다, 그 실패를.

"싫다는데두 엄마, 오지 말라는데두!"

나는 죽자고 가방을 주지 않았다. 그래도 엄마는 기어이 뺏어갖고 걸어갔다.

역에 당도해서 기동차를 타고 나는, 화가 나있는 거 같기도 하고 태산에 억눌린 것 같기도 한 얼굴의 이 엄마를 어찌할까, 생각했다. 내가 하는 꼴에는 아랑곳하지 않고 저렇게 따라오는데 엄마 하는대로 하랄 수밖에. 그러나 나는 신경을 끊겠다. 그렇게 할 것이다. 그 운동회 날, 결과적으로 나는 슬펐다. 기대와 설레임이 배반으로 돌아온 그날, 다시는 그러고 싶지 않다.

항구에 도착했다. 배가 기다리고 있었다. 역시 돛단배였다. 소박한 그런 어선이었다. 사람들이 모여들었다. 달빛이 없는 어둠속에서 모두가 말없이 움직였다. 배를 탈 사람들의 머릿수가 점검되고, 모두가 타는 사람은 아니었다. 엄마처럼 따라온 사람들이 역시 있었다. 뱃사람이, 배에 오르면 바로 배 밑으로 내려가도록 지시했다. 고깃배로 위장해서 항구 목을 빠져나가려는 것이다. 그게 다 손짓으로 전달이 되고 남는 사람들은 뒤로 빠지게 했다. 서어치라이트가 몇 초마다 번쩍번쩍 돌면서 항구를 훑어보는데 우물거리는 사람들이 잡히면 단박 밀선이 탄로가 난다. 빨리 빨리, 뱃사람들이 재촉했다. 떠나는 사람, 보내는 사람이 변변한 이별도 못하고 그저,

"가아!"

"알았어, 갈 거야!"

잠긴 목소리로 서로를 밀어냈다. 누가 살고 누가 죽을지를 모른다. 분단 뒤의 혁명바람이 그랬다. 완전히 울고 있는 사람도 있었다.

엄마가 꽉 쥐고 있던 가방을 넘겨주었다. 그 가방 때문에 온 사람 같았다. 1초 2초 3초…… 우리의 눈길이 얽혔다. 그러자 엄마가 손짓을 했다. 가라, 가라고. 엄마가 뒤로 물러갔고 옆 사람이 내 옆구리를 쿡 찌르면서 귀에 대고 말했다.

"빨리 올라요."

나는 한걸음을 내디뎠다. 그때다. 내 몸 안에서 폭발이 일어났다. 엄마! 엄마를 안아보고 싶어! 꼭 한번, 한번 안아보고 싶어. 안아보구 싶다구!

가라 기리야, 지금이야 지금. 지금 가서 안아보고 와라!

뒷사람이 나를 밀었다. 밀려서 나는 배에 올랐고 널판 밑으로 내려갔다.

엄마 우리가, 내가, 엄마 닮지 않겠다고 맹세한 거 알지? 알 거야.

어제, 우리 앞집 살던 영빈엄마 만났는데 늙었더라고. 우연히 만나서 반갑다고 전화번호 나누고 그리고 헤어지는데 영빈엄마 이러는 거야.

"너는 어쩜 생긴 것부터 하는 짓부터 모두 에미니."

이게 처음 듣는 소리는 아닌데, 고향사람 만날 때마다 내가 듣는 소린데 그때마다 나는 총에 맞아서 억! 길바닥에서 울고 있는 거야.

바지가 없는 남자

문을 열자 준호가 술병하고 안주가 든 비닐봉지를 내밀었다. 승희는 받아들면서 말했다.

"안사와도 됐는데. 집에 있는데."

"남으면 다음에 와서 또 먹자."

준호가 말했다.

"그래."

승희도 가볍게 대답했다.

언젠가 준호가 혜영이 흉을 봤다.

"그년이 치사하드라."

"뭐가?"

승희는 그때 목소리를 좀 높여서 물었다. 승희는 혜영이가 치사한 정도를 넘어서 사기꾼이라고 여기고 있었기 때문이었다.

"아, 치사하드라."

준호는 그냥 치사하다는 말만 되풀이했다.

"옛날의 혜영인 치사하지 않았구?"

"그때? 글쎄다……"

"자주 만났나봐?"

"길에서 우연히 만나서 집에 양주두 있구 뭐 존 술이 많다 해서 갔지."

"그럼 존 술 먹었겠네?"

승희는 준호와 혜영의 정사장면이 떠올랐다. 걸찍하게 그려졌다. 그러자 준호가 이렇게 말했다.

"술은 있는데 안주가 없대서 시장에 안주 사러 갔지. 그런데 이것저것 듬뿍듬뿍 사잖아."

승희는 감을 잡았다. 혜영이가 그녀 식으로 남자에게 바가지를 씌운 것이다. 문화적인 여성처럼 이것저것을 슬쩍슬쩍 얘기하면서 이해타산이 능한 여자. 혜영이 얘기를 들은 뒤에 승희는 준호에게 약간의 신경을 썼다. 준호가 전화를 걸어서 '뭐하냐, 바쁘냐?' 하면 대개 오라고 해놓고는 술하고 안주를 사왔다. 그리고 그때까지 그런 신경을 쓰지 못한 자기가 좀 둔했다는 생각이 들었다. 소주 두어 병에다 사이다 하나, 땅콩 조금에 쥐포 정도를 사는 것도 빠듯했을 때는 빠듯해서 신경이 가지 못했다고 하자. 그러나 그런 신경도 쓰지 않다 보면 아예 둔해버리는 모양이라는 생각이 들었다. 준호 하는 대로 냅버려두고—승희는 준호가 혜영이 흉을 보는 것을 들은 뒤부터는 잠자고 있던 신경 하나를 제대로 다시 쓰게 되었다.

"그 동안 바빴어?"

준호가 방에 들어와 앉으며 물었다. 그 말은 준호가 승희를 만나면 꼭 묻는 말이었다.

"으응, 별로."

"그런데 저번에 전화 했을 때 왜 시큰둥했냐, 오지 말라면서?"

"그때? 그땐 좀 바빴어."

"그렇지만 오지 말라는 게 뭐야."

어? 승희가 좀 놀랬다. 준호는 그때 승희에게 올 마음으로 전화를 걸었는데 승희는 사실 좀 바빠서 오지 말라고 했다. 준호는 바쁜 사람의 시간을 절대로 뺏는 사람이 아니기 때문에 승희는 그에게 바쁘면 바쁘다고 말했다. 그렇지만 술을 마시러 밖에 나오라는 것도 아니었는데 진짜로 준호가 오면 큰 지장이 있었을까고 승희는 그때 상황을 잠깐 되새겨 봤다. 누군가가 필요해서 상대방을 찾았을 때 상대방이 받아주지 않으면 허전해진다는 것을 승희도 종종 경험하기 때문에 '그렇지만 오지 말라는 게 뭐야' 하는 준호의 말이 승희 마음에 걸렸다. 그러나 준호는 이어 이렇게 말했다.

"바빠야 하지? 그래, 넌 더 바빠야 해."

승희가 피식 웃었다. 사람이 많이 움직일수록 사는 분량이 풍부하다면 준호와 승희를 비교할 때 승희는 준호의 20분의 1이나 살까, 그렇게 밖에 되지 못할 것이었다.

승희가 소반과 술잔, 안주, 접시 따위를 들고 왔다. 준호가 술잔이 아닌 큰 컵에다 소주와 콜라를 함께 따랐다. 그렇게 해서 마시면 아주 부드럽다고 준호가 극구 칭찬하는 칵테일이었다. 콜라가 사이다일 때도 있었다. 다음에 그는 세모꼴의 빠닥종이 속에 든 땅콩을 까 담았다. 한 개 2백 원짜리 다섯을 까 담아도 승희가 시장에서 사온 한 됫박 7백 원의 3분의 1이 될까 말까했다. 아니, 3분의 1은 고사하고 5분의 1도 될까 말까했다.

"아니, 이건 너무 비싸다."

승희가 빈 빠닥종이를 손끝으로 소리를 내보이며 말했다. 그것은 급할 때 구멍가게에 달려 나가 사면서 그녀가 늘 생각하는 일이었다. 그러자 준호가 말했다.

"그 속에 몇 알갱이가 들었는지 알아?"

"글쎄, 일곱 여덟?"

"탁 잡으면 같은 갯수가 잡히는 거야. 탁 집어서 빠닥종이에 넣고, 탁 집어서 넣고, 내가 학생 때 그 아르바이트를 했다,"

"어머, 이 사람 봐."

"백 개, 이백 개해서 가게에 넘기는데, 그 하나에 이문이 얼마나오겠어?"

1원? 2원? 그렇게도 못 되었는지 몰랐다. 그의 얼굴이 그렇게 말하고 있는 것 같았다. 들으면 들을수록 그가 겪은 일들은 다양했다.

"자 마셔요."

승희는 잔을 들어서 그의 잔에다 일부러 쨍! 큰소리를 냈다.

"많이 바빴나 봐."

그녀가 말했다.

준호가 오랫동안 오지 않으면 그는 바쁜 것이고 자주 오면 일거리가 끊어지기 때문이었다.

"바빴어."

준호가 대답했다.

"돈 많이 벌었겠네?"

"벌었지."

하다가 준호가 방안을 두리번거렸다. 그리고 말했다.

"이놈의 집이 왜 이렇게 덥냐. 우리 집은 추워서 야, 웃풍이 되게 쎄드라."

"우리 집이라니?"

"답십리 집이지."

"들어갔어?"

"버얼써 들어갔어. 아까 집에서 전화했잖아."

집에서? 승희는 그 말을 믿지 않았다. 왜냐면 아까 전화할 때 준호 옆에서 높은 여자 목소리가 들렸다. 준호 아내는 그런 높은 목소리를 낼 나이도 아니고 또 그런 여자도 아니었다. 승희는 거짓말하는 준호를 노려봤다.

"들어갔어. 내가 들어간다구 했잖아. 그런데 겨울이 되니까 이놈의 집이 추워서, 코를 내놓고 자는데 코가 시려. 코가 원숭이 똥구멍같이 빨갛게 된다."

준호가 웃고 승희도 따라 웃어주었다. 그러나 승희는 한마디 오금을 박았다.

"집인데 옆에서 여자 소리가 나?"

"여자 소리?"

"집에서 전화했다며? "

"아, 아까? 아깐 여관이었어. 여관에서 영화 자막 번역하고 있었어."

그는 여관에 나와서 일을 할 때가 많았다. 그렇다면 집에서 전화했다는 소리가 잠깐 혼돈해서 한 말인지도 몰랐다. 승희는 잠자코 자기 잔의 술을 마셨다. 준호가 다시 방안을 두리번거렸다.

"이놈의 집은 정말 덥다 야. 바지 벗어두 되지?"

승희는 조금 당황했지만 '안 돼' 하지 못했다. 준호가 일어나 바지를 벗어서 걸상에다 줄을 세워 잘 걸어 놓았다. 그리고 말했다.

"이렇게 해 노면 구기지도 않고. 자 됐다."

그는 두 손을 탁탁 털듯이 두어 번 때리고 나서 내복 바지에 와이셔츠 바람으로 현관에 나가 잠을쇠 고리를 찰카닥, 소리를 내서 잠궜다. 그리고 제자리에 돌아와 앉으면서 말했다.

"저렇게 잠궈 노면 누가 와도 얼른 바지 입고 열어주면 되지, 그지?"

승희는 미소 짓고 그를 보았다.

그는 늘 콤비로 입었다. 콤비를 잘 입으면 남자가 멋이 있는데 승희가 언젠가 그에게,

"그 옷, 멋이 있다."

칭찬을 해 줬는데,

"이년아, 돈이 없어 그런다."

그는 손잔등으로 승희를 쌔려주는 시늉을 해보이면서 말했다.

'이년' 소리는 참 듣기 거북한데 승희는 쭉 참아왔다. 아는 남자들 중에서 승희 보고 '이년' 하는 사람은 준호뿐이기 때문이었다. 그는 여자에게 친밀감을 느낄 때 '이년' 했다. 누구 욕을 할 때도 물론 '그 년이' 했지만 그러나 승희가 그의 콤비를 진짜로 칭찬했는데 '이년' 한 것은 승희를 의아하게 만들었다. 더구나 옷을 괜찮게 입을 줄을 아는 준호가 '돈이 없어 그런다', 그 말은 더욱 승희를 의아하게 만들어 놓았다. 그래서 승희가,

"진짜루 멋이 있어서 그런 거야"

말꼬리에 힘을 주어서 항의했다.

"그래?"

준호의 대답이 순해졌다. 그리고는 말했다.

"옷을 한 벌 사 입자면 목돈이 들지 않니. 그래서 난 바지 하나 사구 또 다음에는 웃도리 하니 사구, 그래서 나는 바지하고 웃도리가 다 다르잖아."

승희는 준호가 그런 이유로 콤비를 입는 줄은 몰랐다. 그런데 준호가 오늘 입고 온 옷은 아래위가 같길래, 그가 현관에 들어설 때 승희가 그것을 알아보고,

"존 옷 입었다."

그 말부터 하자

"한 벌 맞췄잖아."

그가 대답했다.

그가 바지를 벗어도 되냐고 했을 때, 그녀는 그가 진짜로 더워서 바지를 벗고 싶어 한다고 생각했다. 겨울의 아파트 방은 일반주택보다 대개 실내온도가 높았다. 그러나 그가 바지 줄을 세워서 바지

를 걸상에다 얌전히 걸어놓는 것을 보고 그녀는, 자기가 '안 돼' 할 수가 없었던 이유를 새삼 안 것 같은 마음이었다. 새옷. 콤비가 아닌 새옷. 그녀가 말했다.

"집에 들어갔다면 이제부턴 돈이 굳겠네?"

준호는 늘 여자를 끼고 살았다.

"야, 내가 언제 여자한테 돈 쓴 줄 아니? 그년들이 썼지."

"준호씬 그게 무슨 자랑이야?"

"그래두 다 나를 좋다는데 어떡해, 서로 돕고 사는 거지. 걔들이 자기가 손해 본다구 생각해봐. 나한테 왜 붙어 있어. 너는 그런 거 차암 어둡구나."

준호가 히득히득 웃었다. 준호가 그렇게 웃으면 승희는 할 말이 없었다.

'너는 왜 그렇게 고전적이니?' 그렇게 준호가 놀릴 때도 있고, '너는 어째서 그렇게 맹꽁이니' 답답해 할 때도 있었다. '니가 잘 살면 내가 와서 술 얻어먹을 수도 있잖아' 그래서 그때 승희가 말했었다.

"그런 소리 말어. 돈이 없다구 반드시 비참하지두 않아. 내가 저번에 냉장고를 사왔는데 그날 밤에 말이야, 깊은 밤에 눈이 훅 떠지잖아. 무슨 소리가 들리는 거야. 그래서 일어나 앉았는데 무슨 소린지 모르겠드라구. 귀를 기울이니까 안 나는 것도 같구 나는 것도 같구. 그러다가 냉장고에서 나는 소리라는 걸 알았어."

"무슨 소린데?"

준호가 승희 말에 끌려들면서 물었다.

"그러니까 들어봐. 낮엔 얌전하던 냉장고가 밤에 소리를 내는 거야. 나는 당황해서 그 소리가 진짜 냉장고에서 나는 소린지 다른데서 나는 소린지 알려구 방바닥에다 귀를 갖다 댔네. 그랬더니 웅웅

하고 방바닥이 울리잖아. 분명히 냉장고에서 나는 소리 때문에 바닥이 울리는 거야. 나는 팔짱을 꼈어. 홀로 깊은 밤에 잘못 샀구나 싶은 거야. 보증서라는 게 붙어오긴 했지만 아프터 써비스를 누가 믿어?"

"큰일 났구나."

준호가 감을 잡았다. 그가 웃으면 반달이 되는 눈으로, 코로, 입으로, 몸 전체로 웃으면서 말했다.

"남들 다 사구 그제사 겨우 사온 냉장곤데 소리가 나니 큰일이잖아."

"누가 아니래. 팔짱을 끼고 앉았는데 기도 안차드라고. 그렇지만 진짜로 고장이 난 냉장곤지 아닌지 또 확인해 보려구 방바닥에다 귀를 다시 갖다 댔어. 그랬더니 아무 소리도 없잖아. 그렇지만 한 번 잘못 샀구나 싶었는데 내가 쉽사리 안심이 되겠어? 계속 귀를 대고 있었지. 그랬더니 아니나 다를까 다시 응응거리기 시작하는 거야."

"야, 이 바보야. 모타 돌아가는 거 몰랐구나."

"몰랐지. 그냥 얼마나 별러서 샀는데 잘못 샀다는 생각만 커가는 거야. 그래서 잠이 다 달아나서 냉장고 앞에 지켜 앉아 있는데 모타 소리가 들리기 시작하면 내 심장두 쿵쾅쿵쾅 크게 뛰고 소리가 멎으면 내 심장도 조금 갈앉는 거야. 그랬다니까."

"부자는 도저히 상상 못하는 일이다, 그지? 그렇지만 슬픈 일이기도 하다, 그지?"

"뭐가 슬퍼? 아침에 그 얘길 하니까 우리 애가 나처럼 걱정을 하다가 나중에 얼마나 웃었다고."

"에미하고 딸이?"

준호는 그 장면을 상상하는지 다시 눈이 반달이 되는 웃음을 웃었다. 그리고 말했다.

"여자 벌이란 참 쥐벌이지?"

쥐벌이? 그 말은 실감이 났다.

"우리가 학교 다닐 때, 왜 연애를 안했을까."

준호가 문득 말했다.

"연애를 했으면 둘이서 잘 살았을지도 모르는데, 안 그래?"

"글쎄, 그 반대일 수도 있고—"

승희가 받았다.

"준호씨가 집을 나왔다 들어갔다 하는 사람인데."

"그래그래, 너는 맹꽁이니까 당장 헤어지자고 했을 꺼다."

"잘 아네."

대학을 다닐 때 준호는 승희의 선배이자 그녀가 속해 있은 미술부의 부장이었다. 게다가 국전(國展) 입상이라는 경력까지 갖고 있었기 때문에 그녀는 준호를 우러러보는 처지였다.

"한번을 말이야—"

준호가 얘기를 계속했다.

"너하고 키스하려구 층계참에서 내려오는 걸 기다리는데 아, 못하겠어."

"왜?"

승희가 새로운 사실에 놀래서 물었다.

"아, 고전적으로 내려오는데 어떻게 하냐."

승희가 머리를 젖혀 크게 웃었다. 아, 기분좋은 말!

"고전적? 나는 그렇게 고전적인 여자가 아닌데."

"아, 그래두 그땐 고전적으로 보이드라."

"그렇다구 준호씨가 마음먹은 키스를 못해?"

"그래두 그렇게 됐어. 잘된 거지 머."

"정말이야. 우리가 키스하구 어쩌구 했었다면 우린 한 달도 못 갔을 거야. 그러지 않은 덕분에 지금도 만나고 있고."

"야 이년아, 너는 왜 모조리 비관적이냐. 동물과 인간이 다른 건 사람이 섹스를 종족보존 외에도 즐기기 위해서도 쓴다는 그 점이다. 사람만이 섹스를 즐길 줄을 안다 이년아."

"누가 아니래? "

"술이나 처먹어."

준호가 키스를 하려고 해봤자 그것이 큰 뜻이 없는 일리라는 것을 승희는 알고 있었다. 준호는 아무튼 여자를 자주 바꿔가며 살았다. 그것도 늘씬한 젊은 여자만 골라서. 집을 나와도 처자를 꼬박꼬박 부양해 가면서. 그는 결코 수입이 적은 사람이 아니었다. 그는 늘 돈을 좇아 뛰었다. 뛰면서 여자를 바꿔가는데 왜 바꾸냐고 물으면 시집을 보냈다고 대답했다. 그의 말대로 젊은 여자들은 그에게서 뭔가를 얻고 떠나는 것 같았다. 모델이 되고 싶은 여자, 영화배우, 디자이너 심지어 학교를 한때 쉬고 있는 여대생까지도 그의 곁에 있는 동안에 무슨 발판을 잡았다고 생각하게 되면 그의 곁을 떠나가는 모양이었다.

밤이 늦어지는데 부경이가 돌아오지 않았다. 왜 늦을까 싶지만 준호가 와 있을 때는 이렇게 늦는 게 승희에겐 편했다. 부경이는 중학교 때부터 집에 찾아오는 준호를 보아왔는데,

"넌 기집앨 왜 저렇게 애교 없게 키우냐."

준호가 약간 언짢아 할 정도로 그에게 냉정했다. 그러나 어린 중학생을 데리고 준호한테 애교를 부리라고 강요할 수는 없었다. 그러다가 부경이가 대학에 들어가도 준호에 대한 태도를 바꾸지 않길래 승희가 타일렀다.

"준호가 너더러 애교가 없대. 애교 없는 거 너, 콧대 세우는 일

아니다. 좀 잘 대해줘.”
부경이가 피식 웃으며 말했다.
“준호는 소주 칵테일 밖엔 몰라.”
승희가 준호, 준호하니까 부경이도 따라서 준호, 준호 하는데 소주 칵테일이라는 말이 경멸해서라기보다 친근감 쪽으로 들려서 승희는 부경이를 다시 봤다. 눈을 씻고 봐도 허세가 없는 준호 인품을 부경이도 느끼는 것 같아 애가 컸구나 싶었다. 승희는 전에 준호네 집엘 놀러간 일이 있었는데 그때, 준호네 식생활이 굉장히 수준이 높아서 좀 부러웠었다. 집은 대단치 않아도 먹는 것은 그야말로 ‘쩨’로 놀았다. 그가 승희한테 올 때 ‘쩨’로 못 노는 것은 ‘쩨’로 놀고 싶어도 ‘쩨’로 놀 수 없기 때문이라는 것을 승희는 느끼고 있었다. 그가 밖에서 여자들하고 놀고, 집에 생활비를 부지런히 대면 책임을 면하게 되어있는 게 아니었다. 그는 아들 하나, 딸 하나를 두고 있는데 밑의 아들이 커가면서 머리가 이상해져 갔다. 그러니까 준호는 그 아들의 정신과 치료비도 마련해야 했다. 아들은 병원과 집을 오락가락하는 모양이었다. 입원비가 백을 훨씬 넘는데 그 돈을 만드느라 똥구멍이 빠졌다고 준호가 말할 때가 있었다.
“너, 그놈이 병원이 제집이구 집이 별장이다. 일요일에 집에 와서 하룻밤을 자고 다시 들어가는데, 오늘 아침 집에 가보니까 예편네라는 게, 고기를 구워서 먹이구 구워서 자꾸 먹이구—”
승희는 처음에 구워 먹이구, 해도 알아듣지 못했다. 그러다가 그날이 월요일이라는 것을 알았다. 일요일에 왔다가 돌아가는 월요일. 별일이었다. 정신과의 어떤 환자에겐 일요외출이 있는 걸까. 또 이야기하는 준호가 보통 때와 하나도 다르지 않게 말하기 때문에 믿을 말이 아니다 싶기도 했다.
“그렇게 먹어라, 먹어라 해서 잔뜩 먹여서 병원에 데려가는데,

그게 에미라는 거다, 그지?"

그게 에미라는 거다—준호가 상상의 에미를 말하고 있는 걸까. 아니지……그러니 준호는 똥구멍이 빠지게 돈을 벌어서 집에 들여놓지 않을 수 없는 사람이었다. 밖에서는 소주 칵테일이나 마시면서.

승희가, 준호가 했다는 말을 해줬기 때문인지 다음에 준호가 왔을 때 부경이는,

"안녕하세요 아저씨."

애교있게 인사를 했다.

"그래그래, 니 이름이?"

준호는 백번을 알려줘도 백번 다 이름을 잊어먹었다.

"부경이!"

승희가 옆에서 큰소리로 말했다. 다음에 또 잊어먹겠지만.

"그래그래 부경아, 너도 이리와. 대학생쯤이면 술도 마셔야지. 못 마시냐?"

못 마시냐를 크게 소리치니까,

"마셔요."

하면서 부경이가 술상 옆으로 왔다.

다른 때 같았으면 '못 마셔요' 하고 자기 방에 들어가 버릴 아인데 접때 말이 효과가 있었나 싶어서 승희는 마음이 좋았다. 그런데 준호도 꽤 좋은 모양이었다. 된 소리, 안된 소리를 부경이에게 늘어놨다. 명동에 나가 옷을 한 무더기 얻어다 주겠다는 등.

"모델년들이 못 줘서 야단인데."

승희가 웃고 부경이도 웃었다. 준호는 일이나 돈 관계는 아주 정확했는데 그 밖의 것은 다 그 자리서 하는 소리였다. 언젠가 부경이에게 영화 초대권을 얻어준다고 아주 지킬 듯이 약속해 놓고 당

연히 지키지 않았다.

"애들하고 한 약속은 지켜야지."

그런 소리까지 제 입으로 해놓고 말이다. 그가 그런 소리를 다 지켰다면 다른 일은 하나도 못했을 것이다. 지키지도 않을 말을 하고 있는 준호를 부경이가 웃고 있자,

"부경이가 웃으니까 예쁘다."

준호가 말했다.

부경이는 웃지 않을 수가 없는지 그대로 웃고 있었다.

"마셔. 이 정도는 마셔도 돼."

준호가 잔을 입에 들이대니까 부경이는 받아가지고 상위에 놓았다.

"니 에미가 그렇게 가르쳤냐."

"아니에요, 아저씨."

"우리 딸년은 엉덩짝이 쩍 퍼지고 애교가 철철 흐르니까 사내놈이 얼른 채 가드라. 너는 니 에미처럼 존경으로 살 거니?"

존경에 대해서 애매하게 밖에 알아들을 수가 없는 부경이가 '아니에요, 아저씨'를 되풀이했다.

승희가 처자 있는 남자의 아이를 낳고 헤어지면서 아이의 양육비도 소위 말하는 위자료도 한 푼 받지 않은 것을 안 준호가 승희더러 존경스럽다고 했다. '너는 바보다' 하는 것을 승희는 물론 알지만 그녀는 그녀 나름대로 그것을 선택했다. 또 출판사보다 월급이 좋은 외국은행에 일자리를 옮기라고 권했을 때도 승희는 준호의 호의가 고마웠지만 거절했다. 그때도 준호는,

"어쩌면 너는 머리에 곰팡이가 그렇게 썼냐."

한심해 하면서,

"이 세상에 존 게 따로 있는 거 아니다. 우린 자기 머리 갖고 좋은 걸 판단하고 선택해야 돼."

조용히 말했다.

"알아."

승희는 짧게 대답했었다.

그 뒤로 준호는 승희에게 그 남자나 일에 대해서 다시 말하지 않았다. 여하간에 준호는 승희가 꼭 막혔다고 생각될 때면 '존경'이라는 말을 썼는데, 그것을 알 턱이 없는 부경이가 '아니에요'를 되풀이했다. 승희가 옆에서 부경이를 도와주었다.

"영심인 애가 있어?"

영심이는 준호 딸 이름이다.

"있어가 뭐야, 말도 한다."

"아들? 딸?"

"사내새낀데 이놈이 날 보구 할부지, 하잖아."

부경이와 승희가 얼굴을 맞췄다. 둘이 다 세상에서도 이상한 소리를 듣는 것 같은 얼굴이었다. 할부지? 그러자 그러면 그렇지, 준호의 입에서 이런 말이 튀어나왔다.

"그래서 내가 그 녀석 궁둥이를 때려 줬잖아."

"왜?"

"왜요?"

승희하고 부경이 입에서 같은 질문이 동시에 나왔다.

"아저씨 하라고."

"아저씨?"

이번에도 승희하고 부경이가 함께 말했다.

"그래, 그래서 그 녀석이 날 보문 아찌, 아찌한다."

하하하하, 하하하하.

"할부지 소리가 아주 싫드라."

"그래서 아찌야?"

"아저씨, 하라 했지 머."

하하하하, 다시 한바탕 터진 소리로 모두가 웃었다. 정말 준호다운 짓이었다. 부경이도 계속 웃었다.

준호가 부지런히 오다가 발이 뚝 끊어지고 거의 일 년 가깝게 전화 한 통화 없을 때면 부경이가 문득 묻기도 했다.

"준호 바쁜가봐?"

정말 코빼기를 볼 수 없네. 준호가 전화로 '놀러 갈까?' 할 때마다 승희가 전화를 끊고 나서 부경이에게, '일거리가 별로 없나부다' 하고 말해 왔기 때문에, 그가 나타날 때가 그의 '일거리 없음'이라는 것을 부경이도 알고 있었다.

"바쁜가부지 머."

승희가 대답했다.

"바쁜 거 좋지 머."

부경이가 말했다.

승희는 빙긋 웃었다. 사람들은 바쁘다고 불평하지만 바쁘지 않을 때보다 바쁠 때가 살맛이 나는 게 사람이다. 부경이는 준호를 승희 친구로 존중하기로 마음을 먹은 것 같았다. 승희 마음이 한결 편해졌다. 젊었을 때 승희는 준호를, '미친 놈' 하면 그만이었다. 승희가 집착을 갖는 남자상은 준호하고는 딴판이었다. 그때는 어쩌다 만나도 대화가 겉돌았다. 조금 나이가 들면서 승희 생각이 달라졌다.

준호는 그림에 소질이 있는 것 같은데 그림을 계속하지 않았다. 그에게는 아주 젊었을 때 그린 그림이 몇 점 있을 뿐이었다. 그 그림을 보면 승희 가슴이 오히려 아릿했다. 섬세하고 청아한 그림 같은데…… 승희가 물었었다.

"왜 그림을 안 그리지?"

"그려서 머하니."

준호가 감단하게 대답했다.

그는 남의 눈이 아닌, 자기 기준으로 보는 천재를 사랑했다. 그리고 자기에겐 천재 기질이 있다고 생각하지 않는 것 같았다. 학교 때만 해도 밤늦게까지 미술실에서 그림을 그리는 그를 보아온 승희로서는, 그가 왜 자기에겐 천재 기질이 없다고 그렇게도 빨리 단정을 내렸는지를 알 수 없었다.

"그 속을 빤히 아는데 그림 그려 머하냐."

그런 소리를 꼭 한번 들었는데, 그 속이란 환쟁이가 되는 계단을 두고 말하는 것 같았다. 누구 파라든가 어디에 달라붙어야 한다든가, 심지어 먹여야 한다는 등. 그러나 그가 꼭 그림을 그릴 사람이었다면 그렸을 것이다. 그는 일찍이 화가를 포기했거나 자기 재능을 정말로 재본 것이 틀림없었다. 천재가 못된다고 판단했을 바에는 지지리 궁상을 떨어야 하는 화가의 길을 택하지 않은 게 과연 준호답기도 했다. 그는 돈이 무엇인지 알고 있었다. 돈의 서열을 첫째로 꼽는 그는 자기 능력껏 일을 쫓아 바쁘게 뛰었다. 홀로 조용히 그림을 그리기보다 그는 배워서 바로 써먹는 사람이었다. 그래서 '쥐벌이' 밖에 못하는 승희를 답답해했다.

그러나 그는, 일감을 계약하기 전에는 업자하고 절대로 술을 마시지 않는 철칙을 갖고 있는 사람이기도 했다. 또 언젠가 신문사에서 그의 사진이 필요했는데 아무데서도 그것을 입수하지 못했다. 신문에 적어도 보도가치가 있다고 생각되는 사람의 사진을 입수하지 못한다는 것은 드문 일이었다. 그는 인터뷰에 응하는 일이 없고 사진을 돌리는 일이 없었다. 그러면서 젊은 여자들하고 노는 것을 몰상식한 경우만 아니면 광화문 네거리서건 누구 앞에서건 거리낌 없이 말했다. 그러한 그를 보아오는 동안에 승희의 생각이 조금씩,

조금씩 달라졌다. 그녀는 죽었다 살아나도 하지 못하는 일을, 그러나 그렇게 했다고 해서 꼭 나쁘달 수도 없는 일을 그는 하고 있었다. 그래서 준호가 집에 왔다 가면 승희는 그를 배워야겠다는 생각이 들었다. 얻는 것이 없으면 사람의 관계는 이어지지 않는다. 필요하지 않은 사람은 세월과 더불어 망각이 되어 주위가 정리가 되고 사람은 나이와 함께 남는다.

"얘가 너무 늦네."

승희가 문득 중얼거렸다.

"딸년?"

준호가 받았다.

"남의 딸 갖고?"

승희가 눈을 흘겼다.

"걔가 요새 예뻐졌드라."

"본시 예뻐요."

"아니야, 예뻐질 나이가 됐어. 너, 우리나라 기집애들이 되게 이쁘다. 동남아에 나가봐두 그렇구, 우리나라 기집애들이 확 눈에 들어오드라. 쭉 빠진 게 미끈하다. 거기다 비하문 야, 그쪽 기집애들은 뭔가 언발란스야. 코가 납짝하다든가 쬐깨하다든가. 홍콩에 가보문 중국년들이 눈과 눈 사이가 이만큼—"

준호가 손으로 눈썹과 눈썹 사이를 쭉 늘려서 잡아보였다. 그만큼 떨어져있다는 것이었다. 그러고 보니 중국여자들의 인상이 그런 것 같기도 했다.

그의 말이 계속됐다.

"뒷모습이 좋아서 앞으로 돌아가보문 그렇다. 그년들은 좀 병신스러운 데가 있어. 그런데 우리나라 기집애들은 안 그렇단 말이야. 나는 길을 다니면서 깜짝깜짝 놀랜다. 그년들이 그렇게 예쁘고 싱싱한데 나는 이렇게 구닥다리구. 소외감을 느낀다. 말두 마라. 통하지 않아. 즈들끼리 지지배배, 지지배배하는데 정말 부럽다는 생각이 든다."

"젊은애들만 쳐다보니 그렇잖아!"

승희가 빽 소리를 질렀다.

"늙은것들을 보문 더 슬퍼 야!"

준호도 지지 않고 입을 크게 벌려 소리를 질렀다.

"그럼 여기나 자주 와."

승희가 목소리를 떨구었다.

"바쁘다고 하는 년이."

"내가 준호씨를 얼마나 소중하게 여기는데?"

"알아. 그렇지 않음 내가 미쳤다구 여기 오니. 넌 존 데가 있어. 그렇지 않음 내가 정말 미쳤다고 여기 오니."

술이 거의 바닥이 났다. 승희는 새 술을 가져올까말까 망설였다.

"연애 더러 했어?"

준호가 말했다.

"아니. 부경이 시집 보내구 난 뒤에 할 거야."

"에미라고?"

준호가 웃었다.

"그럼."

승희가 머리를 끄덕였다.

그녀 가슴 밑으로 회한이 퍼져나갔다. 그래, 연애 같은 것을 하려면 부경이 몰래 했어야했다. 정사는 더욱 그랬다. 그런데 감정을 주체 못한 승희가 가위로 제 머리를 싹둑싹둑 자른 일도 있었다. 아릿한 회한이 맴을 돌았다. 승희 손에서 커간 부경이는 한 번도 그 일에 대해서 내색을 하지 않았다. 그 아이가 속으로 삭히는데 승희는 그러지 못한 것 같은 회한이 가슴을 치달았다. 나이를 먹어간다—. 승희는 소외감을 느낀다는 준호를 쳐다봤다.

현관 초인종이 울렸다.

"이크!"

준호가 일어나서 바지를 찾고 승희가 기다리는데 문이 열렸다.

"어?"

준호가 한 다리를 끼다말고 현관을 봤다.

"아까 잠궜는데?"

문을 열고 들어온 부경이와 승희의 눈이 마주쳤다. 바지에다 겨우 두 다리를 낀 존호가,

"어떻게 된 일이야?"

승희를 쳐다봤다.

"내가 아까 잠궜잖아, 분명히."

준호는 수수께끼를 풀려는 듯이 계속 승희를 보고 있다가,

"알았다, 내가 들어온 뒤에 니가 잠궜구나. 그걸 내가 잠군다고 도로 풀어논 거구."

준호가 히히 웃었다.

그러나 승희는 웃음이 나오지 않았다. 우습기도 하고 기가 차기도 한데 웃을 수가 없었다.

준호의 추리가 맞았다. 준호가 들어온 뒤에 승희는 습관적인 동작으로 문을 잠궜는데 바지를 벗으면서 준호가 도로 열어놨을 때 그의 뒷모습을 보기만 했다. 그러니까 승희는 문을 이미 잠군 걸 떠올리지 못하고 그의 뒷모습을 지켜봤을 뿐이다. 그러니 잠궜던 문이 도로 열린 것은 당연한 일이었다.

부경이 벙벙히 서 있다가 준호에게 '아저씨 안녕하세요' 인사도 없이 자기 방으로 들어갔다. 그러지 않았는데, 퍽 싹싹해졌는데…

…

준호가,

"야, 코메디다."

다시 히히 웃었다.

"이리 오랠까?"

승희는 대답 대신 팔짱을 꼈다.

"제기랄. 애 앞에서 바지 바람으로 있은 거 안 좋아, 그지?"

승희는 바람이 빠진 웃음을 웃었다. 준호가 승희에게 놀러와서 바지를 벗은 것은 정말 이번이 처음이었다.

"기집애는 민감하니까, 그지? "

"몰라."

승희는 짧게, 심란하게 말했다.

부경이가 방에서 나와 현관에서 신발을 찾아 신었다. 승희는 당황했지만 되도록 보통 때의 목소리로,

"어디 가니?"

물었다.

"응."

부경이가 대답했다.

머리를 꺾고 있기 때문인지 잠긴 목소리 같았다. 잡아야 할 텐데……

"밤이 늦었는데 어디 가?"

승희는 너무 강하지도 또 너무 약하지도 않은 목소리로 말했다.

"금방 올 꺼야."

그리고 부경이가 현관문을 열고 나갔다. 승희는 잡지 못했다.

"걱정되니? 그렇다구 걔한테 변명할 수도 없잖아. 모르겠다, 니 딸이니까 니가 알아서 해."

"정말, 바지는 왜 벗구?"

"이방이 너무 더워서 벗었잖니. 그리구 누가 오면 얼른 입으려구 문까지 잘 잠궜잖니."

준호가 또 히히 웃었다.

"그렇지만 야,"

승희가 준호의 말투가 되면서 울상이 됐다.

"옷은 왜 맞춰와 가지구선—.

"옷이 무슨 죄냐."

"새 옷이니까 모셔놨잖아."

"제기랄. 딸년을 왜 그렇게 무서워 하니!"

"준호씬 왜 새 옷씩이나 해 입구선!"

아이고, 내가 아둔했어, 하고 승희가 생각했다. 부경이가 현관에 벙벙히 서 있었을 때, 아저씨가 새 옷이 구길까봐 벗어놨다고 사실대로 말했으면 그 애는 준호를 잘 아는 만큼 이해를 했을지도 모른다. 그걸 문이 열린 것만 이상해 했으니.

준호가 또 히히 웃었다. 승희는 따라 웃으면서 속이 상해서 눈물이 내비치는 눈을 껌벅껌벅했다.

쥐야 새야 들어라

경애는 오늘의 온양행이 재미가 있을 것이다, 없을 것이다를 반반으로 잡고 있었다. 그러나 어쩌면 재미가 있을 것이라는 쪽이 조금 더 강했다. 혹시 그렇지 못해도 공짜로 따라가는 거니까 좀 참자는 마음이었다.

집합장소는 예상과는 달리 강남터미널이었다. 민실이네 승용차로 간다고 했는데—경애가 그런 뜻을 담고 민실이를 쳐다보자,

"큰 차가 편해, 신경두 덜 쓰이구. 내가 다녀보니까 그렇드라고."

민실이 대답이었다.

하긴. 백번 옳은 말씀이지. 좁은 승용차 안에서 기사 아저씨한테 신경을 쓰는 고역이란 승용차족이 딱하게 보일 때도 있었다. 그것은 희수언니도 같은 생각인 모양이었다. 희수언니는 사람좋은 웃음을 담고서 차표를 끊으러간 민실의 뒷모습을 보았다. 그러더니 경애에게 말했다.

"재가 시민회관서 표 팔고, 그런 거 알지?"

"응? 응."

듣고 보니 그런 소리를 들은 일이 있은 것 같았다.

"여학교 때 말이다, 학교에서 단체루 시민회관 가잖아. 그럼 재가 표 팔다가 '언니!' 그러면서 뛰어나온다. 내가 창피해서."

"왜?"

"쪼갠 게 분 하얗게 바르구 입술 빨갛게 칠하구. 그래두 날 보문 반갑다구 '언니!' 그러구 나오는구나."

그 시절에 도도하기가 하늘을 찌르는 제복의 여학생하고 야하게 분 바르고 입술을 칠한 아주 어린 매표원의 모습이 떠올랐다. 경애는 희수언니가 그때, 친구들 보는 앞에서 민실이가 '언니!' 그러고 반겨준 것이 얼마나 민망했던지를 충분히 알 수 있었다. 민실이는 초등학교를 다니면서도 집안을 도와야하는 그런 딱한 집안의 아이였다.

"샀어."

민실이가 표를 흔들어 보이며 다가왔다.

"어떡하니. 오늘은 니가 돈을 다 써야하니."

희수언니가 말했다.

"언니두. 그렇지 않음 내가 돈을 안쓰우?"

"그렇구나. 니가 부자가 돼서 얼마나 좋은지 모르겠다."

"이런 돈쯤은 내가 얼마든지 쓸 꺼니까 언니가 미국에서 자주만 오우. 그럼 셋이서 또 이렇게 모여서 나들이 가잖우."

"경애까지 같이 가니까 정말 옛날루 돌아간 것 같다."

"그렇지? 우린 서울 살아두 못 만나는데 언니가 오니까 이렇게 만나게 되잖아."

민실의 말이 맞았다. 민실이와 경애는 서울에 살지만 서로 찾아다니는 일이 없었다. 그것은 두 사람의 생활환경이 전혀 다르기 때문이겠지만 그러다가도 희수언니가 나타나면 서로 모였다. 그때는 세 사람이 꼭 모여야 아귀가 맞는 것처럼 서로가 서로를 찾았다.

"어떡하지? 표는 셋이고."

민실이가 말했다.

표가 셋이니 누구하고 누가 짝을 지어 앉고, 누가 혼자 앉느냐는 말이었다. 경애는 얼른 희수언니하고 민실의 어깨를 함께 붙었다. 두 사람이 꼬옥 짝을 지어 앉으라는 뜻이었다. 두 사람에 대한 우애의 표시지만 사실은 자기가 혼자 앉고 싶었다. 희수언니는 요 근래에 와서 미국생활에 자리가 잡혔기 때문에 귀국 횟수가 많아졌다. 지난 가을에 왔을 때 버스를 함께 탔다가 경애는 혼이 났다.

언니는 처음에 미국에 건너가서 마음을 잡을 수 없었을 때의 이야기를 했는데 참으로 공감이 가는 데가 많았다. 그 생활에 적응을 못하면 소나무(?)에 목이라도 매달아야 한다고 비장하게 생각했을 때의 일, 그러다가 이 종교 저 종교를 찾아다니고, 이 교파 저 교파를 전전하다가 마침내 지금의 교파에 정착하게 된 대목까지는 경애의 마음을 끄는 데가 참으로 많았다.

그런데 한 교파에 정착하면서 거기서 맛보는 기쁨과 전도의 필요에 대해서 역설하면서부터 경애는 하품을 깨물게 됐다. 이쪽은 별로 필요하지 않은 기쁨을 굳이 나누고 싶다는 것이다.

사람은 이야기를 나누다가 생각이 서로 달라질 때가 있는데 희수언니는 그 생각의 차이를 안타까워하면서 기쁨을 나눠주겠다는 것이었다.

“니가 몰라서 그러는 거야. 알면 이것처럼 좋은 거 없다.”

이러면서 부득부득 버스깐에서 자기 기쁨을 나눠주겠다는 것이었다.

여행에서 이런 길동무를 만나면 그야말로 큰 봉변이다. 그래서 길동무가 큰 조건이 되는데 길동무를 잘못 만났다 싶을 때는 표정을 의식적으로 살벌하게 해서 죽어도 입을 안 열겠다는 듯이 꾹 다물고 있어야 할 경우도 생긴다. 경애 기분이 그때 그런 일보 직전에 와 있었다. 그러나 경애는 마음을 아주 너그럽게 먹고 그때는 희수언니 기분을 끝까지 적당히 맞춰 줬는데 이번에도 또 그런 곤욕을 치루고 싶지는 않았다. 물론 저번처럼 기쁨을 부득부득 나눠주겠다는 고집을 부리지 않을지 모르지만 그것은 아무도 장담할 수 없는 일이었다.

경애는 버스 앞자리에 희수언니하고 민실이 두 사람을 나란히 앉히고 자기는 뒷자리에 가서 생판 모르는 아가씨와 함께 앉았다.

아, 떠나는구나.

남편은 어쩌다가 집을 비우는 경애를 못 가게 하지는 않았다. 그러나 수학여행 보내듯이 행복해 하면서 보내는 것도 아니었다. 하지만 그것은 경애가 남편을 내보낼 때도 마찬가지였다. '당신 집 걱정하지 말고, 나하고 같이 못가는 것을 미안해하지 말고. 집에 빨리 오려고 바득바득 애쓰지 말고 잘 놀다 오세요' 이러면서 남편을 내보낸 일은 한 번도 없었다. 언제나 심술이 약간 나려는 것을 참으면서 집에 남곤 했다. 그러니까 남편이 희색이 만면해서 내보내지 않더라도 보내준 것만으로도 감사해야 할 일이었다. 경애 얼굴에 히죽, 하는 웃음이 스쳤다.

남편의 일은 그렇고, 창밖을 내다보는 경애의 눈이 가늘어졌다. 사실 마음에 걸리는 것은 고3짜리 아들이었다. 그 아이 때문에 시집간 딸을 불러서 식사준비, 식사시간을 일일이 메모해 뒀을 정도였다. 남은 하루쯤, 하지만 경애로서는 하루쯤, 그럴 수가 없었다. 자기가 하루쯤, 하고 마음을 놓아버리면 아이는 열흘쯤, 하고 마음을 놓아버릴 수도 있는 일이었다.

그러나 그 아이가 제일 열심이 경애더러 가라고 했다. '엄마, 걱정 말고 가요. 나 먹을 거 찾아먹고 공부 잘 할게' 경애는 괜히 눈시울이 뜨거워지려고 했다.

온양까지 고속버스는 기분좋게 달렸다. 차에서 내려서 희수언니가 '여기가 온양이니?' 휘휘 둘러보며 말했다.

고국에 돌아와 보니 모두가 잘 살게 되어서 온천 간다, 콘도 간다 그런 걸 들어서 '이게 온천거리라는 거냐?' 그렇게 묻는 말 같았다. 그 기분은 경애도 마찬가지였다. '대체 온천은 왜 하는 거야. 목욕하고 샤워하면 되는 걸' 하고 희수언니의 말이 계속될 것 같았다. 경애는 온양에 학생 때 한번 와보고는 이번이 처음이었다. 서울에서 코 닿는 덴데도.

"여관은 물 좋고 음식 좋은 데가 제일이야. 내 단골이 있어."

민실이 말이다.

희수언니하고 경애는 어련하겠어, 하는 얼굴로 민실이가 가는대로 따라갔다. 관광호텔에 모셔도 그뿐이고 여인숙에 끌고 가도 그뿐이었다. 그러나 물주를 따라 온천거리를 걷는 기분은 나쁘지 않았다. 술하고 과일은 사갖고 들어가는 것이 요령이라고 해서, 민실이가 사서 들려주는 대로 희수언니하고 경애는 술과 과일광주리를 저마다 들고 민실이가 앞장서 들어가는 여관으로 들어섰다.

"우린 커다란 온돌방으로 줘요."

민실이가 서글서글하면서도 사근사근한 목소리로 주문했다. '네에' 하고 남자아이가 그들을 이층 방으로 안내했다. 민실이가 커다란 온돌방에 들어서면서 흥흥, 냄새를 맡았다.

"냄새는 없고, 됐다."

그녀가 만족한 듯이 말하며 윗도리를 벗었다. 초여름의 날씨가 더워서 세 사람의 콧등에는 모두 땀이 맺혀 있었다. 희수언니하고 경애도 윗도리를 벗었다.

그런데 민실이는 윗도리만 아니고 계속해서 옷을 벗었다. 그러더니 아무 스스럼이 없이 다 벗고 팬티 하나가 되더니 욕실로 들어갔다.

"아니 야, 숨이나 돌리고 목욕하자."

희수언니가 말했다.

옷을 훌훌 벗어던지기에 무슨 짓을 하나 했는데 욕탕에 직행하는 통에 너무 어처구이가 없는 모양이었다. 그러자 민실이가 탕속에서,

"여기가 넓고 좋다. 모두 빨리 들어와, 빨리 빨리. 온천장에 왔으면 모욕부터 해야지."

희수언니는 여전히 어처구니가 없는 얼굴이었다. 경애도 역시 어처구니가 없었다. 온천장에 온천하러 온 것은 사실이지만 그래도 옷을 그렇게 벗어던지는 것도 그렇고 아무 말도 없이 욕탕에 직행하는 것도 그렇고. 뭔가 하는 짓이 자기들하고는 다른 것 같았다. 경애는 궁금했다.

"언니, 민실언니가 어떻게 저런 부자가 됐어? "

"지금의 영감을 붙잡고서지. 그 영감이 땅을 갖고 있었던 모양이다. 그때야 서푼짜리나 되는 땅이겠니."

"그렇구나!"

"우습지? 재가 ㄱ여학교 아이들을 만나면 ㄴ여학교를 다닌 체하고, ㄴ여학교 아이들을 만나면 ㄱ여학교를 다닌 체한다. 그리구 내 앞에선 일체 그런 소리는 건드리지 않으니까 나도 일체 모른 척하지."

희수언니하고 경애는 ㄱ여학교 출신이었다.

"이야기를 시작하면 서울장안에 모르는 사람이 없드라. 나는 머리가 어지러워요. 누구누구 장관, 누구누구 사장, 학장, 회장……."

"여걸이다. 능력이 있네."

희수언니가 이빨을 짝 드러내고 웃었다. 경애 말에 동감인지 졸부를 웃는지.

"너는 어떠니?"

희수언니가 물었다.

"뭘?"

"잘 살지?"

"그냥 저냥."

"먹곤 살지? 요새 교수들 대우도 나아졌다니까 괜찮은 거니?"

경애는 이러구 저러구가 하기 싫어서 간단히 '응' 한마디로 대답했다. 그러나 되는대로 한 대답은 아니었다. '응' 이 아주 틀린 말은 아니었으니까.

"그럼 됐다."

희수언니는 그 한마디로 끝내버렸다. 먹고 살 수 있다는 말을 믿고 그러면 됐다고 다행해 하는 투였다.

"뭐하고 있어?"

탕속에서 민실이가 소리쳤다.

밖의 두 사람이 급히 옷을 벗어던지고 욕탕으로 들어갔다. 그 속은 호화롭지는 못해도 널찍했다. 물속의 민실의 얼굴이 빨갛게 익어 있었다.

"물이 뜨겁니?"

희수언니가 물었다.

"온천수가 뜨거워야지. 들어와서 푹 담궜다 나와요."

민실이가 탕속을 가리키며 말했다.

희수언니가 탕속에 손을 담궜다가 '이크!' 하며 물러앉았다.

"왜, 뜨거우?"

"뜨겁다, 야."

"경애도 뜨겁니?"

민실이가 경애에게 물었다. 경애는 애매하게 머리를 끄덕였다.

"그러지 말구 경애, 넌 들어와. 온천에 왔으면 뜨거운 온천수에 몸을 푹 담궜다 나와야한다. 이까짓 물이 뭐가 뜨거우냐. 들어와 보면 괜찮으니까 들어와 봐."

경애는 조심조심 물속으로 들어갔다. 들어가 보니까 정말 견딜만 했다. 그러나 희수언니는 끝까지 물속에 들어오지 않고 밖에서 적당히 찬물을 섞어가면서 목욕을 끝냈다. 민실이는 빨갛게 익은 얼굴로 혀를 끌끌 찼다. 그렇게 희수언니를 흉봤다. 그러나 희수언니를 부득부득 물속에 끌어넣지는 않았다. 희수언니가 오래 미국에 살고 있다는 것을 역시 머리에 두고 있는 것 같았다.

세 여자는 물에서 나왔다. 그들은 적당히 속옷만 걸치고 또는 잠옷으로 벽에 기대기도 하고 방바닥에 들어눕기도 했다.

"기분 좋다."

희수언니가 말하자,

"조금 있다가 또 들어가 해요."

민실이가 말했다.

희수언니하고 경애가 함께 웃었다.

"웃긴. 온천에 오면 자꾸 해야지, 우린 그러우."

"자주 오니?"

"가끔."

"누구랑? 영감이랑?"

"영감하구두 오지만 여자들끼리 여기저기 물 좋은 델 찾아다니지."

"팔자 좋다."

그러자 민실이가 후우, 한숨과 함께 말했다.

"지금이야 팔자 좋지. 먹고 싶은 거 먹구, 가고 싶은데 가고. 그렇지만 나처럼 고생한 사람 봤수? 고생, 고생해두 나처럼 고생한 사람은 없수. 그 얘긴 책으로 엮어두 아홉 권하고도 남을 거야."

"아홉 권은 왜 또 아홉 권이니? "
"말도 마 언니. 난 고생을 짊어지고 태어난 사람이야."
그 말속에는 어렸을 때의 일을 말하는 데가 있는 것 같았다. 그러자 희수언니가 이렇게 받았다.
"우리 세 사람이 고생 안한 사람이 있냐. 경애두 고생할 만큼 하고 나는 어떻구? 한국에 와보면 여기 사람들, 다 편쿠 팔자 좋드라. 너, 내 발꿈치 볼래? 여기 군살 볼래? 이렇게 군살이 박히게 나는 하루종일 서서 일한다. 그게 미국생활이다."
"그래두 언니는 보기가 좋아. 여기 있는 언니 친구들보다 백배 보기가 좋드라."
"그건 내가 일하기 때문이지. 난 여기에 와서 여기 사람들처럼 살 수는 없겠드라. 모두들 모였다하면 늙었다는 것하구 자식새끼 얘기가 전부더구나. 왜 모두들 들어누워서는 늙었다, 늙었다야? 정말이지 나는 여기 있으면 나도 늙어버릴 것 같드라. 아니, 나이는 또 왜 그렇게 따지구 아픈 데는 왜 그렇게 많아? 아프지 않으면 사람 측에 못 끼겠던데?"
"언니, 언니는 이제 중늙은이우. 그런 중늙은이가 아프지 않으면 중늙은이 아니게? 또 중늙은이가 자식새끼 소리가 아니구 무슨 할 얘기가 있수?"
"글쎄…… 모르겠다."
희수언니가 민실이 말에 동의는 하지 않았지만 따지는 것은 포기했다. 그러자 민실이가 재치있게 받았다.
"여기 중늙은이들이 모두 언니처럼 스낵바 했다가는 서울장안이 스낵바로 터저나가겠수."
"언니, 스낵바 해?"
경애가 놀래서 물었다.

"모르니?"
민실이가 말했다.
"몰라."
"스낵바 한대. 이제 또 세탁소까지 한대나 보드라."
그러니 발꿈치에 군살이 박힐 수밖에 없다는 그런 투였다.
"아니, 콤퓨턴가 뭔가 했잖아."
경애는 콤퓨터까지만 알고 스낵바는 모른다.
"그게 말이야—"
희수언니가 말했다.
"이젠 젊은 사람을 따라갈 수가 없다. 머리를 노 써야 하는데 그게 안 돼."
경애는 묻던 말이 막혔다. 젊은 사람을 따라갈 수가 없다는 것은 희수언니의 실토일 것이었다. 서글픈 이야기였다. 미국사회에서 머리로 사는 것 같았던 언니가 발로 사는 사회로 떨어져 내린 것 같은 느낌이었다.
"밥은 아직 안주나. 이제 몇 신데?"
민실이가 중얼거렸다. 경애도 배가 슬슬 고프다고 생각하고 있었다.
희수언니가 풀어놓은 시계를 찾아 들여다보면서 말했다.
"5불 10전."
"언니, 몇 시라구?"
민실이가 다시 물었다.
"어마!"
희수언니가 벌떡 누웠던 자리에서 일어나 앉았다.
"내가 지금 5불 10전이라 했니?"
"그래서 내가 몇 시냐구 다시 묻잖우."
그제사 경애도 눈이 휘둥그래진 얼굴이 되었다.

"내가 또 그랬구나."

"그게 무슨 소리우?"

"우리 스낵바에서 말이다, 종일 파는 게 2불 40전, 3불 25전, 5불 30전 그런 햄버거, 핫도그, 쥬스 그런 거잖니. 그러니까 종일 1불 50전, 4불 50전, 이런 게 입에 붙어있어. 그래서 누가 시간을 물으면 천연덕스럽게 2불 10전, 이런 말이 나온다. 아침에 일어나서두 7불 15전, 이러기가 예사란다."

민실이가 자기 시계를 보았다. 그러더니 '5불 25전' 크게 말했다. 세 여자가 함께 소리내 웃었다. 경애는 희수언니의 7불 15전의 아침을 잠깐 생각해 보았다. '아이구, 벌써 7불 15전이다' 그러면서 후닥닥 일어나는 그녀. 건강하고 그리고 웃기는데 왠지 명치 끝이 사르르해 왔다.

문에 노크소리가 나더니 저녁식사가 들어왔다. 큰 교자상 두 개가 이어지고 음식이 가지 수를 헤아릴 수도 없게 차려졌다.

"야, 이거 언제 다 먹니."

희수언니가 감탄해서 말했다. 경애도 동감이란 듯이 말했다.

"정말 너무 많아. 너무 잘 차렸다."

민실이는 어디 보자, 하면서 접시를 이리저리로 옮기며 말했다.

"저번에 오니까 여기가 음식이 좋드라구. 온천에 오문 음식이 좋아야지. 한상 떠억 받은 기분이 나야지 온천 온 기분이 나지. 저번에 좋았기에 여기 다시 온 거유."

"그래두 야, 너무 많다."

"천천히 먹어요. 다 못 먹으면 남기지 뭐."

그들은 사가지고 와서 냉장고에 넣어두었던 맥주도 꺼내서 마셨다.

"맥주 맛 나지?"

"너무 좋다."

"저번에 오니까 예편네들이 잘들 먹드라구. 고기를 몇 근 먹었드라?"

"누구랑 왔는데?"

희수언니가 물었다.

"거 있잖우. 아현동의 김 장군, 그 마누라하구 그 마누라가 친한 여자가 또 있어."

그러더니 민실이가 무슨 비밀스러운 말이나 되는 듯이 말소리를 뚜욱 낮추었다.

"삼청동에 장관 마누라가 하나 있어. 그 여자를 끌고 오구 난 그 있잖우, 필동의 그 언니랑 함께 왔수."

"그 언니가 누구야?"

"이사장 말이우, ㅂ학원의."

희수언니가 눈웃음을 슬쩍 경애에게 흘려보냈다. 필동, 했을 때 희수언니는 다 알아들었으면서 일부러 반문했는지도 몰랐다.

"그 이사장 언니야 내가 오직 잘 섬기우. 눈만 떴다하면 거기가 살잖우."

"거기 가서 뭐하는데, 밤낮 교제하니?"

"아아니, 이거 하러 가지."

민실이가 두 손을 탁탁 쳤다. 희수언니하고 경애가 처음에는 그것이 뭘 뜻하는지를 몰랐는데 거의 동시에 알아차렸다. 경애가 '화투?' 하자 희수언니도 '화투구나? 했다. 민실이가 머리를 끄덕이면서,

"거기 가면 또 패들이 있어요. 이게 매일 붙어서 판이 벌어지는데—"

경애는 반사적으로 '주부도박단', 신문에 크게 나는 여자들의 사

진이 떠올랐다. 그들은 대개 얼굴을 감싸쥐고 쩔쩔 매고 있었다.

"내기하니? 너 큰일 난다."

희수언니가 말했다.

민실이는 두 여자가 상상하는 것을 충분히 알겠다는 듯이 손을 내저었다.

"십 원, 백 원. 밤새 해봤자 천 원이우."

이야기하며, 먹으며, 또 두 여자더러 많이 먹으라고 권하며 하던 민실이가 전화기를 들어서 서울통화를 했다. 농장에서 온 쌀을 담궈 떡을 하라는 것이었다. 그 통화가 끝나자 민실이가 경애에게 말했다.

"너, 집 걱정은 싸악 잊고 많이 먹어."

그러지 않아도 푸짐한 음식을 보자 남편하고 아이들 생각이 저절로 났던 경애는 가슴속을 들여다보인 것 같아서 얼굴이 뜨거워졌다.

"내가 지금 떡을 해 놓으랬으니까 내일 그 떡을 가져가면 돼. 그걸 먹이면 되니까 오늘은 너나 실컷 먹어."

"언니—"

경애는 뒷말을 머뭇머뭇했다. 나를 무시하지 말라고 해야 할지 진정이 고맙다고 해야 할지 잘 알 수가 없었다.

"너야 현모양처니까 우리하고는 다르지. 언제 불평을 하니, 불만을 말하니. 집안을 가즈런히 다독거리면서 소리없이 얼마나 잘 사니. 그래두 훈장하는 집안의 꼴은 뻔하다. 소문에 들으니까 니 남편은 또 그렇게 꽁생원이라면서?"

그러나 그 꽁생원은 흉을 보는 말로보다 깨끗한 사람이라는 말로 들렸다. 그래서 경애는 이렇게 받았다.

"융통성이 영 없는 사람이지 뭐."

"그래두 남자는 믿지 마라."
민실의 말이 비약했다.
"요정을 하는 친구 말을 들으니까 대학교수가 젤로 음흉하다드라."
경애는 그런 소리가 처음이 아니기에 웃었다.
"애가 웃어. 지 남편은 안 그렇다는 거지? 너 요정에 앉아서 지방 출장을 간 것처럼 예편네한테 전화 거는 거 보통이란다. 대학교수는 안 그럴 것 같지? 안 그러긴 뭐가 안 그래, 더 한다드라. 여자 바치는 것도 더한다드라. 보기에 민망하대요. 늘 점잔을 빼야 하니까 그게 그런데서 영 반대로 폭발하나봐. 너 기분 나쁘니?"
"아아니."
"저 봐. 아무렇지 않은 체하는 것 봐. 그거 말이다, 속아서 사는 것까지는 좋은데 믿어서는 안 된다."
"야 야 야."
희수언니가 민실이의 말허리를 꺾었다. 그리고는 다급한 일이나 되는 것처럼 물었다.
"이거, 몇 십만 원 되는 상이니?"
"몇 십만 원?"
"아무리 먹어두 그대루 있잖아."
"언니, 이거 십만 원도 안 되는 상이우. 돈이 아무리 헤푸다구 몇 십만 원이 뭐유, 몇 십만 원이."
"그것 밖에 안 되니? 난 또 몇 십만 원 된다구. 여기선 여자들이 몇 십만 원을 턱턱 풀어서 쓰니까 그러잖아."
"그러지 말구 천천히 먹어요. 물에 들어갔다 나왔다하면서 천천히 먹으면 되는 거지."
그러더니 민실이가 또 옷을 다 벗어던지고 탕으로 들어갔다.

"재가 또 물에 들어가니?"

희수언니가 말했다.

탕속에서 쏴아 하고 물 트는 소리가 들렸다. 경애가 '히히' 웃었다. 맥주가 기분좋게 몸속에 퍼져 있었다.

"유식한 체하는 걸 보문 내가 웃어 못살지."

희수언니가 말했다.

"어제는 뭐라드라? 그래, 트러블을 트라이 하는 거야. 자꾸 트라이 하는 거야. 내가 얼마나 혼났겠니, 우스운 걸 참느라구. 교양 있게 잘 나가다 그런다. 자신이 없으면 쓰지 말지 왜 트라이 해가지구 나 못살게 만드니. 아이구 혼났다."

"트라이?"

경애가 깔깔거려 웃었다.

"안 들어올 거야?"

민실이가 탕속에서 소리쳤다.

"응, 들어가 들어가."

경애는 소리쳐 대답하면서 희수언니를 보았다. 희수언니는 안 들어간다고 손을 내저었다. 경애가 일어나서 옷은 벗어던졌다. 민실이를 동무해 줘야 할 것 같아서였다. 예까지 경비를 전부 부담해서 왔는데, 많이 먹이려고 마음을 쓰는 것이 보이는데.

경애를 보자 민실이가,

"미국 아주머닌?"

방을 찍어보이면서 물었다.

"안 들어온대."

"온천에 와서 물에 안 들어오다니, 온천에 오문 여덟 번은 해야 하는데."

"그럼 언니는 여덟 번을 할 거야?"

"자기 전에 한번 더 하구 내일 아침에 일어나서 하구, 가기 전에 한번 더 하구, 그러면 몇 번이야? 다섯 번이지? 이번엔 다섯 번만 해야겠다."

"그럼 다른 땐 여덟 번을 다 하는 거야?"

"여덟 번 하지."

경애가 때그르르 웃었다. 민실이는 수건을 바닥에 깔고 길게 누웠다. 경애도 따라서 누울까 했지만 술기운이 있는데도 그것이 잘 되지 않았다. 어째서 이렇게 풀어질 줄을 모를까, 사람이.

"미국 아주머니, 요새 대접을 자알 받는다."

민실이 말이다.

"언니네에 있다며?"

경애가 물었다.

"응, 자기 일 보고는 우리 집에 오지. 여기저기서 초대하구 구경 다니구…… 미국 잘 갔지."

그것은 경애도 동감이었다.

우리나라에서 국제결혼이라면 양공주 하다가 가는 일이 많은데 희수언니는 정상적인 국제결혼을 한 케이스였다. 그녀도 6·25전까지는 순탄하게 지냈는데 난리 통에 남편이 북으로 끌려가면서 기구한 인생이 시작됐다.

"언니 고생두 보통은 넘는다. 어떤 영감하고 잠시 산 거 아니? 알겠지. 그러다가 우리 이층으로 굴러들어왔다. 덕을 보려다 혹을 붙인 격이 돼서 영감을 떼어버리구 왔지. 얼마나 막막했으면 왔겠니. 하기야 내가 우리 영감 만나기 전이구 식당을 했으니까 우리 집에 와서 공밥을 안 먹은 사람이 없다. 안 먹은 사람은 꼭 너 하나다."

"언니, 나야 남편이 있으니까."

"부부싸움 한 일도 없어? 부부싸움 하고도 다들 우리 집에 오드라. 집을 뛰쳐나왔다가 갈 곳이 없으문 우리 집에 오드라."

경애는 부부싸움을 하고 집을 뛰쳐나오면 길을 쏘다니다가 도로 집에 들어가곤 했다. 그녀는 잠잠히 앞가슴에 물을 끼얹었다.

"사람이 운이라는 게 막히면 아무 것도 안 된다. 언니가 오직 버둥거렸니. 그런데 세 끼 밥을 못 먹는 거야. 그때 생각을 하면 지금은 출세를 해도 너무 했지."

"국제결혼을 잘했지 뭐."

"그 미국 아저씨가 언니를 살렸지. 야, 새끼 딸린 한국여자하고 결혼을 해서, 마누라하구 그 새끼들을 함께 대학공부 시켰잖니. 언니가 대학공부할 때 얘기 들었지? 언니는 학교 공부하고 미국 아저씨는 학교 숙제를 대신 해줬다는 거? 사십이 돼서 대학공부를 하자니 그것두 웃기드라."

"그렇게 어렵게 대학 공부를 했는데……"

"써먹지 않는다구? 왜 써먹었지. 얼마나 알량하게 대학공부를 했는지는 모르지만, 써먹기는 써먹다가, 그렇고 그렇게 됐지."

"그렇고?"

"너는 모르나부다. 언니가 그 사람하고 헤어진 거?"

"헤어졌어? 이혼했어?"

"헤어졌어, 야. 헤어지구 스낵인지 빤지를 시작했지 아마. 왜 헤어진지는 모르지만 헤어질만해서 헤어졌겠지. 그게 그렇다. 나도 남들이 다 성공했다, 성공했다 하지만 내 여기에는 까아만 점이 박혀 있다."

민실이는 길게 드러누운 자기의 불그레한 가슴 한 복판을 가리켰다.

"내 영감이 꼭 뭔가 잘못해서라기보다 성이 다른 자식을 기르는 내가, 어떻게 마음이 편켔니. 여기에 멍이 들어 있다."

민실이가 가슴을 가리키고 있던 손의 힘을 스르르 뺐다. 그녀의 손이 타일바닥으로 떨어져 내렸다. 경애는 그녀의 생활을 속속들이는 모르지만 그녀도 자식을 데리고 지금의 남편하고 만난 모양이었다.

"너는 돈은 부족했는지 모르지만 정신적으로는 복을 받았다. 지금까지 한 남편하고 좋은 자식들 두고 있잖니. 그 사람들한테 잘해라. 그렇게 사는 게 쉬운 일이 아니다. 나이 들수록 그게 쉬운 일이 아니라는 걸 느낀다. 잘 해. 지금까지 잘 했으니까 물론 잘 하겠지만, 정말 잘 해라."

경애는 민실의 가슴에다 물을 끼얹어주었다.

경애도 희수언니처럼 옛날부터 민실이를 조금 경멸할사한 마음이 가슴 밑바닥에 있었는데 사실은, 민실이가 세 사람 중의 누구보다도 마음이 따뜻한지 몰랐다. 그녀의 식당에서 공밥을 먹지 않은 사람이 없었다는 말을 들었을 때부터 경애는 그런 생각이 들었다. 트러블을 트라이해서 바닥을 드러내곤 하지만 앞뒤로 계산을 짝짝 빼내는 사람들보다 민실이가 훨씬 봄바람 같은 존재인지도 몰랐다.

다음 날 그들은, 이왕 나온 김에 현충사까지 돈다고 서울에는 결국 늦게야 돌아왔다. 돌아가면서 온천을 한 횟수를 세어 보았는데 민실이는 자기가 예정했던 대로 역시 다섯 번이고 경애는 세 번, 희수언니는 두 번이었다. 온천에 가면 여덟 번은 해야 한다는 민실이가 '이 사람들, 온천에 갈 자격이 없군' 그러면서 자기 주장을 굽히지 않았다. 희수언니가 '그럼 물속에서 나오지 말구 그 속에서 먹구 그 속에서 자지 그래' 해서 모두를 웃겼다.

민실이는 경애에 대해서도 자기가 예정했던 대로 집에 데리고 가서 저녁을 먹이고 떡꾸러미를 안겨주었다.

"이거 솥에서 짝 갈라서 따로 싼 거다. 손 안 댄 거다."

민실이는 어제 서울통화를 하면서 그렇게 시켰다.

"손 댄 거면 어떠니."

희수언니가 말했다.

"아니야, 정성이야."

민실이가 대답했다.

경애는 떡꾸러미를 받아들고 밖으로 나왔다.

집에서는 별일이 없을까, 없겠지…… 딸애가 저녁을 해놓고 돌아갔겠지. 남편하고 막내는 그녀가 오기를 기다릴 것이다. 그들에게 선물이 있어서 좋다. 딸애도 함께 떡을 먹었으면 좋겠지만 따로 떼어 두었다가 내일 주는 수밖에 없다. 민실이가 정성이라 했겠다. 경애도 남편의 밥을 제일 먼저 푸지만 그것은 그저 습관인 것 같았다. 아이들에게도 그렇다. 경애는 아이들의 뒷바라지를 소홀히 하는 일이 별로 없는 편인데 그것도 머리에서 생각해서 옳다고 판단하면 한다. 정성이라는 생각은 별로 머리에 없다.

그러나 이번 여행에서 얻은 것이 있었다. 그것은 한 남편 밑에서 좋은 아이들을 두고 있다는 점이었다. 그들은 물론 가난하게 살았다. 남편은 또 학벌이 있어서 지금의 교수직에 있는 것도 아니었다. 중·고등학교 선생을 오래 하다가 어찌어찌 대학으로 갔다. 그리고 딸아이를 시집보내고 큰아이를 유학 보내고 막내가 남았다. 정말 아슬아슬하게 살아온 살림이었다. 대학교수의 체모를 겨우 갖춘 생활을 하는 것은 아주 최근의 일이다. 그것도 요즘 젊은 애들이 재벌회사에 들어가서 자기 차를 굴리는 것에 비하면 아직도 너무 빠듯한 생활이다. 하지만 그것은 그녀가 산 시대의 유물인지도 모른다. 그녀는 현재 자기가 가지고 있는 것만으로도 복 받은 여자라는 것을 이번에 알았다. 들어가는 길에 떡을 안겨주면 남편도 집을 비운 일에 별 말을 않겠지.

경애는 발걸음이 가벼워졌다. 아파트에 들어서는데 뭔가가 휘다닥, 지나갔다. 쥐였다. 쥐새끼들, 쓰레기통을 파먹다가 달아나나부다. 부저를 누르자 남편이 나왔다. 표정이 없는 그 얼굴.

경애는 막내 방을 살그머니 들여다보았다. 자고 있었다. 초저녁에 자고 늦게 일어나서 할 모양이었다. 경애는 소리나지 않게 도로 문을 닫았다.

그녀가 옷을 갈아입자 남편은 보고 있던 텔레비전을 껐다. 그녀는 여행에 대해서 몇 마디를 하고 부엌으로 가서 가지고 온 떡을 잘랐다. 정성이랬겠다. 그녀는 딸의 몫으로 한 덩어리를 내놓았다. 그리고 접시 두 곳에 떡을 담았다가 막내의 것은 식탁 위에 그대로 두었다. 자다가 일어나서 떡을 먹는 것은 공부하는 아이에게 위에 부담이 될 것 같아서였다. 그녀는 나머지 접시 하나를 들고 안방으로 들어갔다.

그러나 남편은 자는 밤에 무슨 떡이냐면서 접시를 밀쳐버렸다. 그리고는 경애의 손을 잡아끌었다. 경애는 알아차렸다. 그녀는 잠시 생각했다.

한때는 이것 때문에 복도에까지 도망가고 쫓아오곤 했다. 그러나 경애는 더 생각하지 않고 옷을 훌훌 벗어던졌다. 온천장에서 훌훌 벗어던졌던 그 기분인지도 몰랐다.

그러나 불과 일분도 못되어서 그녀는 거실에 나와 장승같이 서 있었다. 정말 어찌할 바를 모르게 속이 부글부글 끓어올랐다. 그녀는 부엌으로 가서 떡 덩어리를 집어들었다. 그리고 그것을 들고 베란다 창문을 활짝 열어젖히고는 그 떡을 뜯어 던졌다.

"쥐새끼야 먹어라, 하늘을 나는 새야 먹어라! 이건 아무도 손대지 않은 떡이다!"

경애는 이것 때문에 얼마나 싸웠는지 몰랐다. 남자는 시간이 길건 짧건 별상관이 없는지 모르지만 경애는 약이 올라서 견딜 수가 없었다. 남편은 시작했는가 하면 내려왔다.

"어따 먹어라, 실컷 먹어라. 너도 훔쳐 먹기만 해서야 되겠니. 이렇게 주는 거 실컷 받아 먹어라!"

경애는 점점 그 일을 싫어하게 되고 남편을 피하게 됐다. 그래서 남편이 복도에까지 쫓아오는 일이 벌어졌다.

"내가 그랬지, 병원에 가보라고. 그 말을 들어먹어? 창피해? 오늘날까지도 병원에 안 갔다. 야 새야, 들어? 안 갔단 말이다!"

그게 사람이니? 미안한 거 모르는 인간이. 참아? 그래, 잘 참았지. 내가 사람이니? 사람이 아닌 것들이 붙어서 자알 산다는 소릴 들어가면서 살았네.

경애는 또 떡을 뭉텅뭉텅 뜯어서 던졌다. 속이 좀 시원해질까.

"바람 안 피고, 그래서 나도 분수 지키며 남편 공경 잘했다. 그러니 이놈의 쥐새끼야, 이제라도 미안한 게 뭔지를 알아서 이해해 달라는 한마디만 들어도 내가 또 참는다, 왜 미안한 걸 모르냐. 내가 참는 재주가 너무 뛰어나서지?."

경애의 손에서 떡덩어리가 다 없어졌다. 부글거리던 속은 많이 갈아앉아 있었다.

민실이한테 가서 스낵바 하나 내 달래자. 벌어서, 신장을 팔아서라도 꼭 갚을 꺼니까.

하나의 책으로 묶어내며

나에게 커다란 영향을 준 세 사람이 있었다. 사촌오빠 허준(許準), 작가 오에 겐자브로(大江健三郎) 그리고 내 남편인 소설가 김이석(金利錫)이다.

허준은 입지전적인 인물이다. 그는 모진 역경을 이겨내면서 보기 드문 친화력으로 자신을 키워 일본의 일고(一高)를 거쳐서 센다이 대학을 나온 사람이다. 그는 무엇을 기대했던지 나 어렸을 적부터 내게 열정과 꿈을 가질 수 있게 부단히 도와주었다. 말로, 글로, 행동으로 그는 나에게 주문했다. 공부를 하라고, 글을 읽으라고. 내가 무슨 일이 있어도 공부를 하리라고 마음먹은 것은 전적으로 그 오빠의 영향이었다.

해방이 남북을 갈라놓은 뒤 나는 남으로 왔지만 그는 조총계여서 나는 그를 찾을 수가 없었고 그는 나를 찾지 않았다. 색깔을 거론하면서 너와 내가 서로를 마구 죽이던 시절이다. 우리는 그렇게 다시는 만남이 이어지지 않았다. 그가 세상에 태어나지 않았더라면 글 쓰는 박순녀가 세상에 없었을지도 모르는데 말이다.

오에 겐자브로의 작품을 만난 것은 그의 초기작품인 '사육(飼育)'에서부터다. 그 뒤 그의 작품은 거의 읽었다. 내가 다른 외국작품을 원어로 읽을 수가 있었다면 나는 오에가 아니고 또 다른 작가를 만났을지도 모른다. 그러나 내가 원어로 어렵지 않게 읽을 수 있는 것은 영문학보다 일본작품이 더 친근했다. 그때 내가 그의 작품에서 느낀 것은 다른 작품들은 어찌어찌 흉내를 낼 수가 있을지 몰라도 그의 작품은 그럴 수가 없다는 점이었다. 그렇게 그의 시야가 다르고 해석법이 특이했다. 나는 그의 시야에 붙잡혔고 그 가치관에 사로잡혔다. 그러자 나 스스로가 그림자 같아 보였다.

옹기장이가 자기가 굽어낸 옹기들을 높이 쳐들어서 냅다 깨부순다. 새 정신에 새로운 손끝을 가다듬기 위해서다. 그러한 가치관의 이동을 나는 오에게 배웠다. 그의 글이 문법에서 더러 벗어나고 악문(惡文)이라는 소리가 있기도 한데 그때 그의 말을 정확하게 기억은 못하지만 요는, 문법에서 벗어나고 악문이라도 내가 하고자 하는 뜻이 잘 전달이 되면 그것으로 된다고 그가 답했다. 그 말에 나는 쾌재를 불렀다. 작가가 이만한 용기가 없고서야 어찌 창작을 한다고 할 수 있겠는가.

어찌 보면 예술지상주의자이며 인도주의자였던 김이석이 나에게 가르쳐준 것은 바로 자유민주주의였다.

해방이 되면서 우리는 모두가 민주주의를 신봉하는 시민으로 거듭났다. 김이석은 그 속의 진짜와 가짜를 가려내는 묘수를 가졌었다. 그는 사이비들, 가짜들을 너무너무 싫어했다.

그의 가족관, 성의식, 돈, 예술추구 등등에 대한 사고의 뿌리를 더듬어 가보면 거기에 바로 자유민주주의가 있다는 것을 나는 차차 알게 되었다. 그러자 그가 자유며 평화를 목숨처럼 여기는 까닭을 안 것 같았다. 그는 적어도 내가 가짜가 아니며 자신이 무엇을 하고 있는지를, 창작이 무엇인지를 똑바로 알기를 원했다.

그는 내가 어떤 땅에 어떤 척박한 조건으로 태어난지를 깨닫게 해주었고 내가 할 수 있는 것이 오로지 노력뿐이라는 것도 알게 해주었다. 그는 내게 공부를 할 수 있는 시간을 제공해 주어서 나는 3년 남짓 맹렬하게 책만 읽을 수가 있었다. 길을 잃어도 제자리로 돌아올 지표를 마련해 준 것이다. 겉돌면서 산 나에게 스스로를 올바로 알게 하는 시간이었다. 그리고 그 시점에서 그가 내 곁을 떠나버렸다. 그는 내게 예술을 심었는데 나는 생업으로 붓을 들었다. 고통의 시간이 시작된 것이다.

지금 내가 무엇을 하고 있는가. 그것이 언제나 내가 나에게 던지는 물음이었다. 나는 무엇을 하고 있는가! 나는 글을 쓰고 있지 않은가. 이것도 글인가. 우리의 푸른 하늘보다 더 아름다운 푸른 하늘이 밖에 있다는 것을 아는데, 그렇다면 그리로 가는 길을 닦아야 하지 않은가. 우리 교포가 밖에서 우리말로 우리 전통 소재를 다뤄서 쓴 글을 읽으면 거기에 내가 가지지 못하는 격조를 느낀다. 아, 예술은 진정 그 땅이 피어나는 꽃이란 말인가.

80년대쯤 되었을까. 북한작가들의 작품 여러 편을 읽을 기회가 있었다. 그때 나는 거의 절망을 하면서 내가 쓰고 있는 글이 그들의 글에다가 조금은 더 색채와 다양함을 가미한 그런 글일 거라는 것을 알았다. 그렇구나. 이 땅은 한참을 더 비옥해야 하겠고 한참을 더 정신에 자양분을 공급해야만 하겠구나. 김이석이 요구하고 허준이 주입한, 공부하라던 그 말이 떠올랐다.

이 책을 펴내면서 그들에게 답해야 할 말을 생각해 본다. 이렇게밖에 쓰지 못했냐고 섭섭해 할 그들에게 뭐라고 답해야 할까. 그래도 그들의 당부를 명심했노라고 가만 말해 본다.

이제 꼭 덧붙일 말이 있다. 이 책을 묶어 펴내는 소설가 고산고정일하고는 50년 지기가 된다고 그가 말했다. 정말 그렇구나. 고산은 김이석이 발굴해내고 내가 이어받은 조금 남다른 사이다. 유능한 편집자가 유능한 작가를 배출한다는 말이 있는데 그는 나를 무진 채찍질했다. 늘 마음에 들어하지 않아했고 쓰지 않는다고 몰아세웠다. 모든 것을 겪지 않았냐고. 마땅히 써야 할 사람이 쓰지 않는다고. 내 힘이 부치는 것을 알면서도. 그 마음 씀씀이가 고맙다, 고맙다. 그리고 또 한 사람이 있다. 궂은일을 도맡아서 도와준 이용희 선생. 한결같이 그림자처럼 도와주셨음을 감사드린다.

사랑하는 우리 가족이여. 그래도 나는 늘 '생각하는 사람'처럼 자세를 잡으면서 절절하게 글을 썼는데 성적표가 이렇다. 이해하고 받아주리라 믿는다.

그리하여 다시 새롭게 시작하리라 다짐한다.

2014년 새해를 맞으며
박순녀

박순녀(朴順女)
서울대학교 사범대학 영어과 졸업. 조선일보 신춘문예 〈케이스워카〉 이어 《아이 러브 유》《로렐라이의 기억》《어떤 파리》 등 작품 발표 현대문학상 수상. 옮긴 책 E. 브론테 《폭풍의 언덕》 C. 브론테 《제인에어》 나보코프 《롤리타》 등이 있다.

박순녀창작소설들
이중섭을 찾아서
박순녀 지음
발행일 2014. 1. 1
발행인 고정일
발행처 동서문화사
창업 1956. 12. 12. 등록 16-3799(윤)
서울 강남구 도산대로 163(신사동)
☎ 546-0331~6 (FAX) 545-0331
www.dongsuhbook.com
*

사업자등록번호 211-87-75330
ISBN 978-89-497-0838-6 03810